Anne Nyholm

Teuflischer IQ

Roman

Deutschsprachige Erstausgabe Januar 2022

Anne-Marie Käfer
c/o Anne Nyholm
Ottenschlag 7a
46244 Bottrop
(Pakete und Päckchen werden nicht angenommen)
annemariekaefer@yahoo.de

Satz: Corinna Rindlisbacher, www.ebokks.de
Umschlag: Giusy Lo Coco, Magicalcover.de
Umschlag-Grafiken: Depositphotos

Manchmal ist Freundlichkeit eine Maske,
hinter der sich eine grausame Fratze versteckt.

1. Kapitel

Mittwoch

Till Brönners And I Love Her *dringt aus den Lautsprechern.*

Sie dreht die Musik leiser. »Woran denkst du?«

»An dich«, lüge ich.

Wenn sie wüsste, was gerade in meinem Kopf vor sich geht, würde sie aus dem fahrenden Auto springen.

Mein Gehirn läuft in bestimmten Situationen auf Hochtouren. Jetzt spüre ich förmlich, dass Milliarden von Neuronen meine Schädeldecke mit Blitzen befeuern. Bäm, bäm, bäm.

An manchen Tagen ist das Feuerwerk in meinem Kopf grün, dann ist es rot, heute ist es orangegelb. Die Farbe des Höllenfeuers.

Ich drehe die Musik wieder lauter. Nur keinen Fehler machen. Erwischt zu werden ist das Letzte, was ich brauchen kann. Das ist mir schon mal passiert. Wie heißt es so schön? Gebranntes Kind scheut das Feuer. Mich erwischt *niemand mehr.*

Dass ich mich verbrannt habe, ist lange her. Es gibt viele Dinge aus meiner Kindheit, an die ich mich nicht mehr erinnern kann. Ereignisse, die die Zeit ausradiert hat. Aber dieser *Vorfall hat sich in mein Gedächtnis gebrannt.*

Es war der letzte Schultag vor den Ferien. Ein Tag, an dem mein Herz erfüllt von Glücksgefühlen war. Der Himmel erschien mir blau, obwohl er verhangen war und es Scheiße geregnet hat. Es war der letzte Schultag vor Beginn der Sommerferien. Dass auf meinem Zeugnis im Fach Sport ein Ungenügend stehen würde, war mir klar. Das ist mir jedoch am Arsch vorbeigegangen.

Die Tatsache, meinen Sportlehrer und seine Sticheleien sechs Wochen lang nicht ertragen zu müssen, war ein besseres Gefühl, als die schwarzhaarige Magdalena Seidel mit Zunge zu küssen.

Herr Lauer hat mir den Spitznamen Loser verpasst und mich im Sportunterricht lächerlich gemacht, wann immer meine Leistung miserabel war. Und das war in der Regel der Fall.

Die große Pause vor der Zeugnisvergabe haben meine Freunde Nico, Michael und ich hinter der Turnhalle unter dem Regendach verbracht. Dort standen die Müllcontainer. Da durften wir uns nicht aufhalten … das hat uns aber nicht gejuckt. Dort sind wir unserer Lieblingsbeschäftigung nachgegangen. Wir haben gegen imaginäre Feinde gekämpft.

Mit dem Karambit-Messer, das ich meinem Vater vor einigen Wochen geklaut habe, wurden sie getötet. Die Waffe, mit der man jemandem mit einem Schnitt die Kehle durchtrennen kann, hatte eine unglaubliche Faszination auf uns ausgeübt. Abwechselnd haben wir die rasiermesserscharfe gebogene Klinge durch die Luft sausen lassen, uns dabei gedreht und Kampfgeräusche ausgestoßen, die für unsere Ohren Musik waren.

»Hast du *es genommen?«, wollte mein Vater wissen, nachdem es verschwunden war.*

»Nein.«

»Wenn ich dich beim Lügen erwische, kannst du was erleben.«

»Ich lüge nicht.«

Während Nico unter kurzen Kampflauten immer wieder zugestochen hat, ist mir auf dem Stapel Altpapier eine Ausgabe der Schülerzeitung aufgefallen, auf dessen Titelbild unser Pauker Lauer zu sehen war. Ich habe sie hervorgezogen, auf das Foto gespuckt und die Zeitung auf zusammengequetschte Kartons gelegt.

Kaum im Besitz des Messers bin ich darauf zugestürmt und habe die Klinge in die verhasste Visage gerammt. Einmal, zweimal, dreimal … in die Augen. Immer wieder in die Augen. Blut. Es floss Blut. Meine Hände waren voller Blut.

»Wichser! Scheißtyp! Motherfucker! … Arschloch! Ich briiing dich um, du Sau.«

Wie von Sinnen habe ich abwechselnd geritzt und zugestochen, und es wurde immer blutiger. In meinem Kopf rauschte es. Das, was vor mir lag, das war kein Bild, das war Lauer, und ich stellte mir vor, wie alles Leben aus ihm wich.

»Hör auf!«, schrie Michael und wollte mich vom Stechen abhalten, was er nicht schaffte.

Hinter mir wurde es tumultig. Ich hörte Stimmen, sie erreichten mich aber nicht.

»Der dreht durch! Mensch, holt jemanden! Schnell! Er blutet stark, er bringt sich um!«

Der feste Griff, den ich im Nacken spürte, die Finger, die mein rechtes Handgelenk wie einen Schraubstock umspannten, zwangen mich zur Aufgabe.

»Hast du sie noch alle?«, schrie mir jemand ins Ohr.

Und dieser Jemand war Herr Lauer. Das Messer fiel zu Boden und ich hielt still. Herr Lauer war, obwohl er schon ein älteres Semester war, ein begeisterter Karatekämpfer. Es zwar zwecklos, sich in irgendeiner Form zu wehren.

Zwei herbeieilende Lehrerinnen unterstützten ihn. Sie pressten Taschentücher auf meine Hände und untersuchten genau, wo die Wunde war, aus der mein Lebenssaft sickerte. Ich weiß nicht mehr, wie ich ins Schulgebäude gekommen bin.

Ich erinnere mich erst wieder an den strengen Blick des Direktors, der nach der Verarztung zum Telefonhörer gegriffen hatte, um meine Eltern anzurufen. Sein Schreibtisch sah aus, als hätte er ein Huhn darauf geschlachtet.

Während er die Rufnummer wählte, drohte er mir.

»Das hat Folgen. Darauf kannst du dich verlassen. Geh jetzt runter in deine Klasse.«

Auf dem Flur, am Treppenabgang, lehnte Herr Lauer am Geländer. Mit einem mulmigen Gefühl wollte ich mich an ihm vorbeischleichen, doch er reichte mir mit einem Lächeln die Hand, nach der ich zaghaft griff. Er roch extrem nach Schweiß, und ich gab mir keine Mühe, den Würgereiz zu unterdrücken.

Er zog mich zu sich, beugte sich zu mir und flüsterte: »Hör mir jetzt gut *zu, Loser. Wenn du noch einmal Scheiße baust, dann bau sie so, dass dich niemand dabei erwischt, okay? Ich zeig dir jetzt, wie es geht …«*

Es knackte und ein Schmerz durchzuckte meinen Körper. Das Jaulen, das meiner Kehle entwich, war mir fremd. Auch der Schrei, den ich ausstieß, als ich nach einem Schubs die Treppe runtergesegelt bin.

Nach einer schmerzhaften Landung lag ich auf dem Rücken und heulte Rotz und Wasser. Dabei krümmte ich mich und fiepte wie ein Welpe, der zu seiner Mama wollte. Das Treppengeländer verschwamm vor meinen Augen.

Lauer kniete plötzlich neben mir. Wie durch einen Nebel hörte ich seine Stimme. »Rufen Sie einen Krankenwagen, Frau Schlautmann. Er ist die Treppe runtergeflogen. Es sieht so aus, als habe er sich das Handgelenk gebrochen.«

Was danach folgte …

Meine Gedanken werden unterbrochen. »Pass doch auf …« Ihr Schrei holt mich aus der Vergangenheit.

Ich reiße das Lenkrad herum. Der Wagen wäre fast von der Straße abgekommen.

Sie hantiert mit ihrem Handy.

»Komisch. Ich habe keinen Empfang.«

»Ist der Flugzeugmodus aktiviert?«

»Nein.«

Ich ziehe mein Handy aus der Brusttasche. Nach einem Fingerwisch beruhige ich sie. »Ich habe auch keinen Empfang. Es wird am Satelliten liegen.«

Wieder wischt ihr Finger über das Display. Es leuchtet hell.

Die Situation scheint sie zu beunruhigen. Meine Begleiterin rutscht auf dem Ledersitz hin und her.

»Du bringst mich doch morgen früh rechtzeitig zurück, oder? Ich habe wichtige Termine. Was meinst du? Wie lange dauert es denn noch, bis wir da sind?«

Ich rieche Angst und ich muss zugeben, der Duft gefällt mir.

»Mach dir keine Gedanken.« Der Wagen gleitet so leise über die Fahrbahn, dass ich das Knistern ihrer Nylonstrümpfe höre. »Es dauert nicht mehr lange.«

Es soll Menschen geben, die den Hauch des Bösen spüren, das ihnen widerfahren wird. Sie *spürt es. Da bin ich mir sicher.*

Aus Erfahrung könnte ich ihr sagen, dass das Leben Geschichten schreibt, die man nicht sofort versteht. Das Hier und Jetzt wirft oft Fragen auf, auf die wir erst später eine Antwort erhalten. Das gilt gleichermaßen für schöne und schreckliche Geschichten.

Und wieder schaut sie auf ihr Handy. »Noch immer kein Empfang. Das ist komisch. Ich muss dringend eine Freundin anrufen. Sie wartet auf meinen Rückruf.«

Ich glaube ihr kein Wort. Sie fühlt sich unwohl in meiner Gesellschaft. Und das möchte sie jemandem durch die Blume mitteilen. Zu spät. Es gibt kein Zurück mehr.

»Probiere es gleich noch mal. Der Netzausfall wird nicht ewig dauern.«

Ich muss mich zusammenreißen, nicht laut loszulachen. Das ist großes Kino. Sie weiß nicht, dass sich in meiner Lederjacke ein kleines Gerät befindet, das den Empfang von Funkwellen verhindert.

Ich schaue auf die Uhr. 22:10 Uhr. Es ist dreißig Minuten her, dass ich mein Auto vom Gelände der verfallenen Villa Heimatland *gelenkt habe. Vor meinem geistigen Auge taucht der Obdachlose auf, dann habe ich die Stimme von Lauer im Ohr, die flüstert: ›Wenn du noch einmal Scheiße baust, dann bau sie so, dass dich niemand dabei erwischt, okay?‹*

2. Kapitel

Freitag

Durch das geöffnete Fenster höre ich Bremsen quietschen. Ein nervtötendes Geräusch, das Mirellas alter Kastenwagen seit ein paar Wochen macht.

Ich bin ein bekennender Morgenmuffel und mag es nicht, wenn meine Schwester am frühen Morgen kommt, weil sie für zwei redet. Ich rubbele meine Haare trocken.

Mit einem Blick aus dem Badezimmerfenster sehe ich, dass sie vor der Garage parkt.

Kurz darauf klappern Absätze auf den Natursteinplatten vor dem Haus.

Mit einem Handtuch um die Hüften laufe ich in mein Arbeitszimmer. Dort lasse ich die angefangene Flasche Rotwein und eine leere Tüte Chips in die unterste Schreibtischschublade verschwinden. Die Auflaufform mit den Nudeln, die ich eigentlich gestern Abend essen wollte, aber nicht gegessen habe, wandert hinterher.

Ich bin ein undankbarer Abnehmer. Meine Mutter kocht oft für mich mit, und ich lasse das Essen verkommen. Dabei ertappt zu werden, ist mir unangenehm.

Stöckelschuhe klappern jetzt im Erdgeschoss.

»Johannes?« Türen werden geöffnet und fliegen zu.

Ich laufe ins Gästezimmer und steige in Boxershorts.

Mirella ist außer Atem, als sie den Kopf zur Tür hereinstreckt. »Ah, hier bist du. Warum sagst du denn nichts? Guten Morgen.« Sie trägt einen ovalen, geflochtenen Weidenkorb, in dem ein Stapel gemangelte Wäsche liegt. Sie lässt ihn auf den Boden knallen.

»Hallo. Wieso bist du so früh auf den Beinen?«

»Früh? Ich sitze jeden Morgen mit Andreas um 5:30 Uhr am Frühstückstisch. Du weißt doch, dass er kurz vor 7 Uhr in der Klinik sein muss. Es stehen fast jeden Tag Operationen an.« Sie streift die Schuhe von den Füßen. »Ach, Hannes, warum lüftest du nicht? Im Haus ist richtig dicke Luft.« Sie steuert das Fenster an. Im Vorbeigehen stellt sie sich auf Zehenspitzen und haucht mir einen Kuss auf die Wange.

Sie wartet nicht auf meine Antwort, sondern redet weiter. »Du hast bestimmt noch nicht gefrühstückt. Trinken wir einen Kaffee zusammen?«

Mit einem Blick auf die Uhr schüttele ich den Kopf. »Nein. Ich muss in einer Viertelstunde los.«

»Was liegt denn an? Ist es was Schlimmes?«

»Olli und ich müssen in die Rechtsmedizin nach Lübeck. Ein Obdachloser wurde gestern leblos in einem Schuppen auf dem Gelände der alten *Villa Heimatland* gefunden. Der Staatsanwalt hat eine Obduktion angeordnet.«

Ich ziehe ein leichtes Hemd an und schlage Mirella leicht auf die Finger, weil sie mir beim Schließen der Knöpfe helfen will. »Finger weg. Ich kann das allein.«

Ihre Hände schnellen zurück. Sie bläht die Wangen. »Was? Die *Villa Heimatland* liegt doch bei uns in der Nähe. Wurde er etwa umgebracht?«

Ich habe keine Lust, aus dem Nähkästchen zu plaudern. »Es ist noch zu früh, um etwas sagen zu können.«

»Als wenn die armen Teufel nicht schon genug Elend hätten. Es muss furchtbar sein, kein Dach über dem Kopf zu haben.« Sie stellt ihre Schuhe ordentlich hin, dann schiebt sie den Korb durch den kleinen Flur ins Schlafzimmer.

Sekunden später höre ich sie wirken. Schranktüren werden geöffnet und nach einer Weile wieder geschlossen. Auch dabei steht ihr Mund nicht still.

»Ich könnte deinen Job nicht machen, Hannes. Du wirst jeden Tag mit dem Bösen konfrontiert. Und ständig diese Sisyphusarbeit.«

Stoff wird geräuschvoll beiseitegeschoben.

»Warum öffnest du nicht die Fenster? Es gibt nichts Schöneres, als die frische Morgenluft ins Haus zu lassen. Schrecklich, dass du es immer so dunkel magst.«

»Ich hab's vergessen.« Ein frischer warmer Windzug schleicht sich ins Zimmer. Und mit ihm ein Hauch von *La Belle Hélène*. Es schmerzt, die Erinnerung zu atmen. Hannah hat diesen Duft geliebt. Er hängt noch in ihrer Kleidung, von der ich mich nicht trennen konnte.

Bilder tauchen vor meinem inneren Auge auf. Sequenzen eines grausamen Filmes, bei dem das Schicksal Regie führte.

Wir wollten auf dem Schrottplatz im östlichen Gewerbegebiet von Malente einen flüchtigen Täter stellen, der zuvor einen Supermarkt überfallen hatte. Er feuerte zwei Geschosse ab, die mein rechtes Bein trafen. Dann fiel noch ein Schuss. Er erwischte Hannah. Es war ein Bauchschuss.

Die nächste Kugel hat Olli abgefeuert und den Täter außer Gefecht gesetzt.

Ich bin neben Hannah zusammengesackt und musste hilflos mit ansehen, wie sich ihr Hemd rasend schnell dunkelrot färbte. Mit letzter Kraft hat sie sich an mich geklammert und geflüstert: »*Hannes … wir sind schwanger. Ich … ich wollte es dir heute Abend sagen.*«

Seit Hannah nicht mehr bei mir ist, bin ich vom Schlafzimmer ins Gästezimmer gezogen. Ich habe es nicht ertragen, allein in dem großen Bett zu liegen. Es kommt auch heute noch vor, dass ich aus dem Tiefschlaf erwache, im Glauben, dass Hannah lebt. Ich hasse die Träume, die mir vorgaukeln, dass sie ganz nah neben mir liegt und ich den Duft ihrer Haare atme. Mich überrollt jedes Mal eine Welle der Übelkeit, wenn meine Hand ins Leere tastet. In diesen Momenten kann ich mich nicht dagegen wehren, dass sich mein Magen schmerzhaft zusammenzieht. Vor Monaten war es so schlimm, dass ich mich übergeben musste. Das hat nachgelassen.

Das Gästezimmer ist noch immer mein Zufluchtsort.

Ich schlucke, denn saurer Mageninhalt bahnt sich meine Speiseröhre hinauf. So bitter wie mein Leben ist, schmeckt es auch.

Vor vielen Monaten gab es Zeiten, in denen ich jeden Abend eine ganze Flasche schweren Wein intus hatte und mit einem Schleier vor den Augen ins Gästezimmer gewankt bin. Dort habe ich mich wie ein nasser Sack aufs Bett fallen lassen und war nur von dem einen Wunsch beseelt, nie mehr aufzuwachen.

An einem dieser Abende habe ich im betrunkenen Zustand das Bild von Hannah und die Tasse, die sie mit vielen Herzchen für mich bemalt und mir geschenkt hatte, vom Nachttisch gefegt. Es war ein Geschenk zu unserem dritten Jahrestag. Vor mir lagen Scherben und mir war klar, dass es so nicht weitergehen konnte. Statt kostbare Erinnerungen zu pflegen, habe ich sie zerstört.

Von dem Tag an war Alkohol für mich tabu. Ich habe ein halbes Jahr lang keinen Tropfen mehr getrunken und jeden Schmerz ausgehalten, den man aushalten muss, wenn man einen geliebten Menschen verloren hat.

Stille, schlaflose Nächte und das Bewusstsein, dass ich mein Leben ordnen muss, um nicht vor die Hunde zu gehen. Das Einzige, was ich bis heute nicht geschafft habe, ist, mich wieder im Schlafzimmer einzurichten.

Mirella unterbricht meine Gedanken.

»Was machst du an diesem schönen Freitagabend, Hannes? Alessia und Frank kommen. Sie bringen Alessias Schwester Sarah mit. Wenn du Lust hast …«

»Danke für die Einladung. Aber du hast ja gerade mitbekommen, dass ich zu tun habe.« Meine Antwort fällt schroff aus.

Mirella versucht seit geraumer Zeit, mich mit einer ihrer Freundinnen zu verkuppeln, deren Glück mit Füßen getreten worden ist.

»Schade, dass du nicht kommen kannst. Mama jammert schon seit Wochen, dass du dich so selten blicken lässt. Sie hat gesagt, dass sie nicht mehr weiß, wie deine Stimme klingt.«

»Ich habe viel zu tun. Sie kann mich anrufen, wenn sie meine Stimme hören möchte.«

»Sie probiert es oft. Aber du gehst ja nie ans Telefon. Warte ab, wenn sie dich erwischt, zieht sie dir die Ohren lang.«

Wer eine italienische Mutter hat, weiß, dass das keine leere Drohung ist.

Mirella schießt die nächste Frage ab. »Mama will wissen, ob du gestern den Nudelauflauf gefunden hast. Er stand im Kühlschrank.«

»Natürlich. Sag ihr, dass ich alles aufgegessen habe. Ich bedanke mich später selbst bei ihr.« Mittlerweile muss meine Nase ein ganzes Stück länger geworden sein.

Meine Schwester kommt aus dem Schlafzimmer. Sie pustet eine schwarze Haarsträhne aus dem Gesicht. »Wenn du wieder Wäsche zum Mangeln oder Bügeln hast, ruf mich an. Oma freut sich, wenn sie was zu tun hat.«

»Ja, das mache ich.« Unsere Großmutter ist über achtzig und für ihr Alter noch sehr fit. Sie sorgt mit Hingabe dafür, dass die gesamte Familie mit gemangelter und gebügelter Wäsche versorgt wird, und mein Opa hilft ihr dabei.

Mein Handy klingelt. Es ist mein Partner Olli. Ich gehe ran und bitte ihn, sich eine Minute zu gedulden.

Mirella küsst mich auf die Wange. Sie breitet die Arme aus, um das Gleichgewicht zu behalten, und schlüpft in ihre Schuhe. »Ich bin weg, Hannes. Es wird Zeit, dass du uns bald wieder besuchen kommst. Andreas jammert schon seit Wochen. Er würde gern mit dir eine Partie Schach spielen. Franziska und Julia vermissen dich auch.«

Ich weiß, dass das an den Haaren herbeigezogen ist. Mein Schwager mag Sehnsucht nach mir haben, aber meinen pubertierenden Nichten spuken andere Männer im Kopf herum als ihr alter Onkel.

»Sobald ich etwas Luft habe, melde ich mich.«

Mirella läuft samt Weidenkorb die Treppe hinunter.

Olli und ich sind seit zehn Jahren ein Team.

»Moin, Olli. Bist du schon auf dem Weg?«

Er hält sich nicht mit langen Vorreden auf.

»Ich habe im Stau gestanden. Du musst dich nicht überschlagen. Ich bin erst in zehn Minuten bei dir.«

»Okay. Ich warte vor dem Haus.«

»Übrigens, Bleckmann hat vorhin angerufen und gesagt, dass wir Kat unter unsere Fittiche nehmen sollen. Ab heute ist sie mit in unserem Team. Sie sitzt seit einer halben Stunde bei den Kollegen hier in Oldenburg. Ich hole sie zuerst ab, dann kommen wir zu dir.«

Die Nachricht haut mich nicht aus den Socken. Leicht frustriert beende ich das Gespräch. Irgendwie habe ich damit gerechnet, dass der Kelch nicht an uns vorübergehen wird. Es war klar, dass Bleckmann uns seine Nichte aufs Auge drücken wird.

Als ich schon an der Treppe bin, bremse ich ab und lege den Rückwärtsgang ein. Zurück im Schlafzimmer schließe ich die Vorhänge. Die Sonne muss draußen bleiben.

Nachdem ich meine Dienstwaffe aus dem Kurzwaffentresor geholt und umgeschnallt habe, schlüpfe ich in eine leichte Jacke.

Ich humpele leicht, als ich die Stufen runterlaufe. An manchen Tagen erinnern mich Schmerzen daran, dass vor einem Jahr und acht Monaten zwei Projektile aus meinem rechten Bein herausoperiert worden sind.

In der Küche krame ich im Schrank nach einer neuen Packung Zigaretten.

In meinem beruflichen Umfeld haben vor fast einem Jahrzehnt etliche Kolleginnen und Kollegen das Rauchen aufgegeben. So auch ich. Seit einem Jahr und acht Monaten inhaliere ich wieder Zigarettenqualm und höre mir deswegen des Öfteren Moralpredigten an. Ich rauche zwar nicht viel, aber ich rauche.

*

Olli ist unpünktlich. Nach fast zwanzig Minuten herumschlendern zünde ich mir eine Zigarette an und setze mich auf die Treppenstufe vor dem Haus.

Ich bin gespannt, wie die Zusammenarbeit mit Kat läuft. Da sie die Nichte unseres Chefs ist, sollten wir ein wenig aufpassen, was und worüber wir reden.

Kat hat ihrer Heimatstadt Frankfurt den Rücken gekehrt und ist nach

Norddeutschland gekommen. Ich weiß, dass etliche Kolleginnen und Kollegen von ihrer Auffassungsgabe begeistert sind. Sie soll sehr ehrgeizig sein.

Figürlich ist sie ein Lara-Croft-Typ. Ihre endlosen Beine stecken meist in engen Jeans. Die langen blonden Haare sind stets zu einem Pferdeschwanz zusammengebunden. Wenn sie die Gene ihrer Mutter hat, muss ihr Vater ein sehr glücklicher Mann sein.

Als sie mir das erste Mal auf dem Flur begegnet ist, dachte ich, sie sei ein Model, das in unserer Polizeistation etwas zu erledigen hat.

Weder Olli noch ich hatten bislang mit ihr zu tun.

Außer einem Hallo auf dem Flur haben wir nie ein Wort mit ihr gewechselt.

Auf meine Ohren ist Verlass. Das Geräusch des nahenden Autos hört sich nach unserem Dienstwagen an.

Als Olli mit dem schwarzen BMW um die Ecke geschossen kommt, drücke ich die Zigarette aus und schnippe sie mit dem Finger in den Vorgarten.

Es rächt sich, dass ich meine Oberschenkelmuskeln vernachlässigt habe. So schnell wie vor einigen Monaten komme ich nicht auf die Beine.

Olli beugt sich zur Beifahrertür und öffnet sie. »Die Kutsche kommt spät, aber sie kommt. Steig ein, Prinzessin.«

Ich schüttele lachend den Kopf. »Blödi.«

Kat lächelt mich an und ein freundliches »Hallo« verlässt ihre Lippen. Da wir uns namentlich kennen, erübrigt sich die Vorstellung.

Nachdem ich mich auf den Beifahrersitz fallen lassen habe, werfe ich ihr einen Schulterblick zu. »Willkommen an Bord. Auf gute Zusammenarbeit.«

Sie schnallt sich ab und quetscht sich förmlich zwischen die Lücke der Vordersitze. »Danke. Ich freue mich, dass ich dabei sein darf, Herr Feddersen.«

»Spar dir die förmliche Anrede und den Herrn Feddersen. Ich heiße Johannes und auch das kürzen wir noch mal ab … Hannes. Nenn mich einfach Hannes.«

»Oh. Das freut mich. Danke, Hannes.«

Ich schnalle mich an und werde leicht in den Sitz gepresst, als Olli Gas gibt.

*

Olli richtet den Rückspiegel. Anschließend dreht er sich kurz zu Kat um. »Hast du dich schon ein wenig hier eingelebt?«

»Ja. Ich mag Norddeutschland sehr. Als Kind und Jugendliche durfte ich jedes Jahr einige Wochen der Sommerferien hier verbringen. Mein Onkel und meine Tante, also die Bleckmanns, fanden, dass ich ein viel zu blasses Stadtkind sei, das an der guten Seeluft aufgepäppelt werden müsse. Mit meiner Cousine Merle habe ich mich super verstanden. Ihre Eltern, also mein Onkel und meine Tante, haben damals in Großenbrode gewohnt. Wir sind mit den Rädern durch die Gegend gejuckelt. Jede Stunde habe ich genossen, die wir an den Stränden der Umgebung abgehangen haben.«

»Das kann ich verstehen. Hannes und ich sind gebürtige Oldenburger und können uns nicht vorstellen, außerhalb der Ostseespitze zu leben.«

Olli setzt den Blinker und fährt auf die A 1.

Kat erklärt, dass sie es prima findet, für die nächste Zeit nicht nur am Schreibtisch arbeiten zu müssen. Bleckmann habe sie erst gestern Abend informiert, dass sie uns für eine Weile begleiten solle, sie aber nur halbherzig aufgeklärt, was den Fall angehe.

Ich komme zur Sache.

»Okay. Dann lege ich mal los. Der Obdachlose Winfried Stresemann ist gestern Morgen gegen 8 Uhr von einem Mitarbeiter des Ordnungsamtes leblos in einem Schuppen gefunden worden. Der steht auf dem verwilderten Gelände der *Villa Heimatland*. Stresemann hatte sich dort häuslich niedergelassen, was jedoch nicht erlaubt war. Die Villa soll abgerissen werden. Stresemann hatte sich vehement geweigert, das Gelände zu verlassen. Der Mitarbeiter des Ordnungsamtes wollte noch einmal mit ihm reden und ihn bitten, den Schuppen freiwillig zu räumen, weil er sonst

Ärger bekäme. Er hat sofort den Notarzt alarmiert, aber der hat nur den Tod feststellen können. Neben seinem Schlafsack lag eine leere Flasche Rotwein und eine, die angebrochen war. Die Spurensicherung hat die wenigen Habseligkeiten eingetütet. Der Tote hatte eine seltsame Gesichtsfarbe, die sich bis zum Oberkörper erstreckte. Solche Verfärbungen hat der junge Notarzt noch nicht gesehen. Der arme Teufel ist vergiftet worden.«

»Verstehe. Und gleich erfahren wir, was die Leichenschau ergeben hat?«

»Genau. Unser Kollege Grimm war gestern bei der Obduktion dabei. Er war an dem Fall dran. Bleckmann hat angeordnet, dass wir übernehmen und uns in Oldenburg für die Dauer der Ermittlungen einrichten sollen. Dass in jeder Weinflasche eine tödliche Dosis Gift war, ist sicher.«

»Er ist also umgebracht worden?«

»Wenn er das Zeug nicht selbst dem Wein beigemischt hat, kann man davon ausgehen.«

»Was ist das genau für eine Villa?«, erkundigt sich Kat neugierig. »*Villa Heimatland* hört sich hübsch an und ich stelle sie mir auch hübsch vor.«

»*Hübsch* ist gut«, antwortet Olli. »Die Bruchbude liegt direkt neben dem Stadtgarten. Eine kleine Stichstraße führt dorthin. Um die Villa ranken sich viele düstere Geschichten. Im 18. Jahrhundert hat dort eine reiche Fabrikantenfamilie gelebt, und die männlichen Familienmitglieder der von Bennefels haben nacheinander Suizid begangen. Vor dem Zweiten Weltkrieg wurde aus der *Villa Bennefels* die *Villa Heimatland.* Ein Haus für verwaiste Kinder. Es sollen dort Misshandlungen stattgefunden haben. Nach einem Brand stand die Hütte dann leer. Bis vor Kurzem war das Gelände noch ein Eldorado für Obdachlose. Die sind aber alle der Aufforderung nachgekommen, das Feld zu räumen. Winfried Stresemann war der letzte Mohikaner.«

»Das klingt alles eigenartig. Welches Motiv könnte der Täter gehabt haben, einen Wohnungslosen umzubringen? Ich meine, die tun doch niemandem etwas.«

Ich drehe mich zu Kat um. »Wenn ich *die* Frage mal spontan beantworten könnte.«

»Hat sich niemand gemeldet, der ihn vermisst hat?«

»Die Welt der Obdachlosen ist eine andere. Es gibt viele, die lieber in Gruppen leben, andere sind Einzelgänger, daher ist es generell schwer, die letzten Tage zu rekonstruieren. Mitunter wissen sie selbst nicht, was sie gestern oder vorgestern gemacht haben. Es kommt vor, dass die Frauen oder Männer keine Angabe machen können, wo sie in den letzten Nächten einen Unterschlupf gefunden haben.«

Olli räuspert sich. »Bleckmann … ähm, dein Onkel Rudi erwartet so schnell wie möglich einen Bericht.«

Kat lacht ein helles Lachen. »Während des Dienstes vergesse ich den Onkel Rudi. Wir können bei Bleckmann bleiben.«

Olli und ich wechseln einen kurzen Blick. Uns ist klar, dass wir in Kats Beisein nicht mehr all das sagen können, was wir über Bleckmann denken. Das wird nicht einfach sein.

Als könnte unsere hübsche Kollegin Gedanken lesen, sagt sie: »Bleckmann ist ein sehr cholerischer Mensch. Ich rege mich oft über ihn auf. Sollte ich ihn mal als Arsch betiteln, verpetzt mich nicht.«

*

Olli parkt vor dem Hintereingang des Institutes für Rechtsmedizin, der eigentlich den Menschen vorbehalten ist, die die Leichen zur Obduktion bringen. Wir nehmen seit Jahren diesen Weg, weil wir wesentlich schneller da sind, wo wir hinwollen.

Nachdem wir die Treppe hinuntergelaufen sind, folgt Kat der Anweisung, die auf dem Schild neben der Tür steht. *Bitte klingeln.*

Sie verzieht das Gesicht. »Hier klingelt man ungern, oder?«

Olli grinst. »Sei dankbar, dass du den Knopf noch drücken kannst. Die meisten, die herkommen, sind so kalt, die können keinen Finger mehr bewegen.«

Kat rollt mit den Augen. »Suuuper Spruch. Den muss ich mir merken.«

Es summt leise. Kat drückt die Tür mit der Hüfte auf. Schon auf den ersten Metern des durchweg weißgekachelten Flurs empfangen uns unsichtbare Schwaden fremder Gerüche. Sie signalisieren unmissverständlich, wer hier der Herr im Hause ist. Der Tod, dessen Schweiß anders riecht als der der Lebenden, ist hier allgegenwärtig.

Kat ist jetzt ein wenig blass um die Nase. Hier unten kann es passieren, dass die Vorstellungskraft Bilder malt, die man nur schwer beiseiteschieben kann.

Olli registriert anscheinend auch, dass unser Küken die Gesichtsfarbe gewechselt hat. »Wenn du frische Luft schnappen willst, geh einfach raus, okay?«

»Danke. Ich war zwar noch nie bei einer Obduktion dabei, es ist aber nicht das erste Mal, dass ich in der Rechtsmedizin bin«, kommt es ein wenig trotzig zurück.

Wir müssen nicht bis ins Büro von Dr. Lundberg laufen. Der Sektionsassistent Bernward kommt uns entgegen. Er arbeitet seit ewigen Zeiten in der Rechtsmedizin und sorgt unter anderem dafür, dass in den Obduktionsräumen alles hygienisch sauber ist.

Er steuert eine Schiebetür an. »Hallo zusammen. Ihr könnt mit reinkommen. Lundberg wartet schon auf euch. Sie ist drin. Es ist alles clean.« Er rückt seine Brille zurecht und streicht sich mit zwei Fingern über den Schnäuzer, der nicht nur die Farbe von Weizenstroh hat, sondern auch so ausschaut. In leicht gebückter Haltung schleicht er vor.

Es ist immer wieder seltsam, ihn so behutsam laufen zu sehen, denn hier kann er niemanden aufwecken.

Ich nicke Bernward zu, den wir alle Ben nennen. »Danke, Ben.«

Dr. Lundberg hat das Handy am Ohr, als wir den Raum betreten, dessen Inventar fast ausschließlich aus Metall besteht. Sie hebt eine Hand und lächelt uns an. Ihre Stimme ist fest und klingt melodisch.

»Ja, es ist schön, dass du mich abholst … Dann kann ich ein Glas Wein trinken … Ja … Das können wir machen.«

Ich finde die neue Rechtsmedizinerin sehr attraktiv. Die Frau um die fünfzig ähnelt der Filmschauspielerin Senta Berger, als sie in dem Alter war. Ihre kinnlangen rotblonden Haare sind leicht gelockt. Es überrascht mich, dass der Leiter der Rechtsmedizin, eine Sie ins Team geholt hat. Sein Ton ist hart und barsch. Dadurch hat er schon einige Mädels aus dem Institut vergrault.

Kat verschränkt die Hände auf dem Rücken. Sie wirft einen verstohlenen Blick auf Dr. Lundberg. Mit neugierigem Blick schlendert sie auf und ab und beäugt die vielen großen und kleinen Instrumente, die hier zum Einsatz kommen. Besonders interessiert betrachtet sie anatomische Meißel, Sektionsmesser und Schädelspalter, die auf einem Schrank neben den beiden Obduktionstischen liegen. Mit zusammengekniffenen Augen beugt sie sich vor und inspiziert die Abflussrinne an einem der Metalltische, in denen die Flüssigkeiten abfließen können, die bei einer Obduktion austreten.

Dass ihre Fantasie im Moment sehr beflügelt ist, ist an ihrem Gesichtsausdruck zu erkennen. Sie bläht leicht die Wangen. Mit gerümpfter Nase legt sie den Kopf in den Nacken. Sie betrachtet die Wände, die bis zur Zimmerdecke gekachelt sind. Im künstlichen Licht der Deckenleuchten wirkt sie noch blasser, als sie ohnehin schon ist.

Dr. Lundberg beendet das Gespräch. »Ja. Bis später.«

Während sie ihr Handy in die Tasche ihres weißen Kittels gleiten lässt, schaut sie von Gesicht zu Gesicht. »So, jetzt bin ich ganz für Sie da.«

Nacheinander greifen wir nach der schlanken Hand, die sie uns entgegenstreckt.

»Mariele Lundberg. Ich bin die Neue.«

»Freut mich, Dr. Lundberg. Mein Name ist Johannes Feddersen und das sind meine Kollegen Oliver Hesse und Kat Holt. Unser Vorgesetzter ist Polizeirat Rudi Bleckmann.«

»Ich weiß. Mit Herrn Beckmann habe ich vor einer halben Stunde telefoniert. Er hat sich nach dem Befund der Obduktion erkundigt. Kommen Sie, gehen wir nach nebenan in den Kühlraum.«

Ihre Hände verschwinden in den Kitteltaschen. Sie läuft vor.

Bens Stimme folgt uns. »Brauchen Sie mich im Moment, Doktor? Oder kann ich nebenan alles vorbereiten?«

Mariele bleibt so abrupt stehen, dass ich ihr fast in die Hacken trete. Sie wirft ihrem Assistenten einen Schulterblick zu. »Nein, Ben. Danke. Gehen Sie rüber. Heute Vormittag brauche ich Sie nicht mehr.«

Wir müssen nicht weit laufen, denn die Kühlkammer befindet sich nur einen Raum weiter.

Dr. Lundberg entnimmt einer Box, die an der Wand hängt, Gummihandschuhe und streift sie über. »Ihr Kollege Grimm und der Staatsanwalt Czarnitzki waren gestern bei der Obduktion dabei.« Sie öffnet die Metalltür einer Kühlkammer und zieht eine Schublade heraus.

Sie öffnet den Reißverschluss des weißen Sacks.

Wann immer ich in diesem Raum stehe, kommt mir der Titel des Romans von Mel Marshall in den Sinn. *Im Totenhemd sind alle gleich.* Ob Bankier, ein gut betuchter Geschäftsmann oder ein Landstreicher … am Ende macht es keinen Unterschied.

Dr. Lundbergs Stimme unterbricht meine Gedanken.

»Durch den Laborbefund des untersuchten Weines hatten wir ein leichtes Spiel. Unser Mann ist an einer akuten Intoxikation, also an einer Vergiftung, verstorben. In beiden Flaschen haben wir große Mengen des Pflanzengiftes Atropin gefunden. Das Gift wurde in Form von Saft hinzugefügt.«

Kat hebt die Augenbrauen. »Atropin?«

»Ja. Atropin ist ein Inhaltsstoff, der in verschiedenen Pflanzen vorkommt. In den sogenannten Nachtschattengewächsen. Unter anderem findet man es in der Tollkirsche, die hochgiftig ist. Die Erntezeit der Früchte ist im Herbst, aber auch die Blätter und Pflanzenteile sind hochgiftig. Man muss also nicht unbedingt auf die schwarzen Früchte warten.« Sie doziert weiter. »Fangen wir nun bei der äußeren Besichtigung an. Die rot-blaue Gesichtsfarbe … Sie geht runter bis zu beiden Schlüsselbeinen und setzt sich weiter nach hinten fort, bis zur Höhe des 1. Brustwirbels. Die übrige Haut war blass-gelblich, sie wies nur spärliche Totenflecke von blass-roter Farbe auf.«

»Worauf deutet die Gesichtsfarbe hin?«, will Olli wissen.

»Die Farbe ist ein typisches Zeichen der Vergiftung. Als wir die Haut abpräpariert haben, waren wir überrascht, wie groß die Blutfülle in den Gefäßen des Halsbereiches war. Als wir das Skalpell angesetzt haben, sickerte flüssiges Blut heraus. Im Herzen und sämtlichen Körpergefäßen war es ebenso. Und ... wir konnten keine Blutgerinnsel entdecken. Tja ... Der Laborbefund der chemischen sowie biologischen Untersuchung war keine Überraschung. In den Körperflüssigkeiten und Organen wurde einwandfrei Atropin nachgewiesen.«

Ich starre auf den Leichnam. »Wie viel von dem Zeug muss man zu sich nehmen, damit man die Engel singen hört?«

Dr. Lundberg zieht den Reißverschluss zu und schiebt die Schublade zurück. »Die tödliche Dosis liegt bei zehn bis zwanzig Beeren. In jeder der Flaschen wurde so viel von dem Pflanzengift nachgewiesen, dass der Verzehr tödlich enden musste.« Sie zieht die Gummihandschuhe aus und pfeffert sie in einen Müllbehälter.

»Welche Vergiftungssymptome treten auf?«

»Die Pupillen weiten sich, die Haut wird heiß und trocken. Die Schleimhäute in Mund und Rachen werden ebenfalls trocken, dann treten Sprach- und Schluckstörungen auf und der Puls fängt an zu rasen. Letztendlich kommt es zur Bewusstlosigkeit und der Tod tritt durch eine Atemlähmung ein.«

Dr. Lundberg läuft zum Waschbecken. Wasser rauscht.

Kat hakt nach. »Merkt man denn nicht, dass man sich was einverleibt, was dermaßen giftig ist?«

Mariele greift nach einem Papiertuch. »Nein. Das ist ja gerade das Tückische an der Tollkirsche. Sie schmeckt süß.«

Wir folgen Dr. Lundberg zurück in den Flur. »Ich faxe den kompletten Bericht später rüber. Sollten Sie noch Fragen haben, melden Sie sich einfach.«

Während wir uns verabschieden, wünschen wir Dr. Lundberg eine angenehme Einarbeitungszeit.

Olli zwinkert ihr zu. »Seien Sie auf der Hut. Professor Gundlach ist nicht einfach zu händeln. Er hat den Ruf des bösen Wolfs, der hübsche Frauen frisst.«

Mariele Lundberg hebt ihre linke Hand und winkt mit dem Ringfinger, an dem ein dicker Klunker sitzt. »Keine Sorge. Ich habe den bösen Wolf gezähmt. Wir sind seit zwei Monaten verlobt.«

*

Wir sitzen in Bleckmanns Büro und warten darauf, dass er hereingeschneit kommt. Er ist wie ein Kettenhund. Reizt man ihn, dreht er durch und bellt so laut, dass man seine Stimme durch Wände hören kann. Er ist gerade dabei, im Zimmer nebenan jemanden auseinanderzuschrauben.

Olli und ich tauschen fragende Blicke. Irgendeine Kollegin oder ein Kollege muss ordentlich was verbrochen haben, wenn er dermaßen die Zähne fletscht.

Kat hockt auf der breiten Fensterbank. Sie kaut an einem Apfel und lässt die Beine baumeln. Während Neuzugänge in so einer Situation den Kopf einziehen, bleibt sie gelassen. Sie scheint die Ausraster ihres Onkels zu kennen.

Sie verzieht auch keine Miene, als Bleckmann so temperamentvoll angerauscht kommt, dass die Tür auffliegt und gegen die Wand knallt.

Unser Kollege Malte Grimm folgt ihm auf dem Fuße. Sein schmales Gesicht ist gerötet. Er fährt sich mit einer Hand durch die Haare. Er ist außer sich. »Chef, Sie haben mir den Urlaub für Montag genehmigt. Ich habe schon vor zwei Wochen einen Tisch im *Royal Garden* reservieren lassen. Es ist unser fünfter Hochzeitstag.« Seine sonst so coole Stimme klingt jetzt schrill. »Meine Frau hat mir angedroht, mich kaltzumachen, wenn das nicht klappt.«

Bleckmann lässt sich auf den Schreibtischstuhl fallen, seine Hände wedeln in der Luft. »Lassen Sie sich das nicht gefallen, Grimm. Zeigen Sie Ihre Frau an.«

Grimm stützt sich auf den Schreibtisch. »Was Sie machen, ist nicht rechtens. Das … das ist gesetzlich nicht erlaubt.«

»Ach ja? Hm. Dann zeigen Sie nicht Ihre Frau, sondern mich an.« Er beugt sich vor und schreit: »Von mir aus auch uns beide. Und wenn Sie das gemacht haben, kümmern Sie sich verdammt noch mal darum, dass wir den Giftmörder des Obdachlosen hinter Schloss und Riegel bringen. Wenn Sie das bis Montag geschafft haben, können Sie freimachen.«

Grimm flucht leise. Dann dreht er sich um und verlässt das Büro.

Bleckmann zieht ein Taschentuch aus der Hosentasche und wischt sich über die Stirn.

Ich blähe die Wangen. »Hatten Sie nicht gesagt, dass *wir* uns um den Fall Stresemann kümmern sollen?«

Kat knabbert am Apfelknoss und hüpft von der Fensterbank. »Das habe ich auch so verstanden.«

Unser Chef atmet wieder ruhiger. »Ich habe umdisponiert. Ihr müsst zum Hochhaus in die Kleistraße 2 in Oldenburg.« Er schaut auf den Zettel, der vor ihm liegt. »Eine Frau Hörbiger ist Mieterin in dem Betonklotz. Sie hat in der gegenüberliegenden Wohnung die Leiche einer Frau entdeckt. Bei der Toten soll es sich um die Putzfrau ihrer Nachbarin Valentina Miermann handeln. Alles deutet darauf hin, dass die ältere Dame umgebracht worden ist. Wahrscheinlich erdrosselt oder erwürgt. Die Kollegen von der Spurensicherung sind schon vor Ort.« Bleckmann rückt den Standventilator zurecht, der auf seinem Schreibtisch steht, und schaltet ihn ein. Es surrt leise. »Dr. Lundberg hat mir vorhin den Bericht der Obduktion von Stresemann gefaxt. Ich bespreche das also mit Grimm.« Er lehnt sich zurück und lässt sich den künstlichen Wind des Ventilators um die Nase wehen.

Wir sind entlassen.

Die Blicke, die Kat, Olli und ich tauschen, sprechen Bände. Den Weg nach Lübeck hätten wir uns sparen können.

*

Vor dem 12-stöckigen Hochhaus in der Kleistraße 2 stehen zwei Streifenwagen, die hellblaue Lichtblitze in Richtung Himmel schicken. Der kleine Transporter der Spurensicherung ist ebenfalls da.

Auf dem Gehweg haben sich jede Menge Schaulustige versammelt. Ein Kollege vom Streifendienst hat Posten neben der Eingangstür bezogen.

Ich zeige ihm meinen Ausweis. »Wo müssen wir hin?«

Der junge Beamte schaut Kat an, als er meine Frage beantwortet. »In die zehnte Etage. Nach dem Verlassen des Aufzuges gehen Sie in den linken Flur. Es ist die letzte Wohnung auf der rechten Seite. Die Spurensicherung ist schon oben und Dr. Lundberg von der Rechtsmedizin ist ebenfalls da.«

Wir rauschen durch. Während Olli und ich den Aufzug ansteuern, nimmt Kat Kurs auf die Treppe. »Wir sehen uns oben.«

»Du willst laufen?«, erkundigt sich Olli erstaunt.

»Sicher.«

Wir starren ihr nach, als sie wortlos in rasanter Geschwindigkeit lossprintet und zwei Stufen auf einmal nimmt. Ihr Pferdeschwanz schwingt im Takt hin und her.

Meine Hand landet in Ollis Genick, ich schiebe ihn vor mir her. »Los. Mach voran. Die wird auch noch ruhiger. Wenn sie in unserem Alter ist, nimmt sie auch den Lift.«

Im Aufzug riecht es nach kaltem Rauch. Auf dem Boden liegen ausgedrückte Kippen. Die metallenen Wände sind mit allerhand Schweinkram bekritzelt.

Olli beugt sich vor und liest das ›Kleingedruckte‹. »Wer schreibt denn Ficken mit zwei K und Bumsen mit doppelt Martha?« Er schüttelt verständnislos den Kopf.

Ich ziehe die Augenbrauen hoch. »Ganz einfach. Wahrscheinlich diejenigen, die sich das Hirn aus dem Kopf gevögelt haben.«

Für den Spruch ernte ich einen leichten Kinnhaken. »Klugscheißer.«

Im Aufzug betrachte ich mein Gesicht im Spiegel, der stellenweise blind ist. Die Vergangenheit hat Spuren hinterlassen. Mein Dreitagebart und die Schläfen sind von Monat zu Monat grauer geworden, während die restlichen Haare noch dunkel sind.

Olli und ich sind gleichaltrig. Seine Ausstrahlung ist jedoch wesentlich jugendlicher als meine. Er wird meist jünger als zweiundvierzig Jahre geschätzt.

Die Fahrstuhltüren öffnen sich mit einem leisen Zischen.

Wir laufen in den linken Flur, in dem reger Betrieb herrscht.

Es riecht nach Erbsensuppe, Kohl und fremdländischen Gewürzen. Wir laufen an Wohnungstüren vorbei, die weit geöffnet sind. Menschen stehen zusammen und unterhalten sich leise. Ich gehe davon aus, dass es die Mieter des Hauses sind.

Ein Beamter von der Streife hat sich breitbeinig vor der letzten Wohnungstür aufgebaut, die am Ende des Flures liegt. Unter dem Klingelschild steht lediglich der Name Valentina.

Die Kollegen von der Spurensicherung sind schon bei der Arbeit. Sie tragen weiße Plastikanzüge. Einer der Kollegen hantiert mit Puder und Klebestreifen, ein anderer kniet auf dem Boden und kramt in einem Metallkoffer nach etwas, was ihm wahrscheinlich bei der Spurensuche helfen soll.

Der Beamte, der vor der Wohnung steht, versorgt uns mit Schutzanzügen, in die wir schlüpfen.

Als wir das Appartement betreten, deutet ein Kollege auf die geöffnete Tür, die augenscheinlich ins Wohnzimmer führt. »Dort liegt die Tote.«

Auch in dem Zimmer sind die Jungs vom Erkennungsdienst dabei, die Spuren zu sichern.

Mein Blick fällt auf die Leiche der älteren Frau, die mit ausgebreiteten Armen rücklings auf dem Boden liegt. Ihre leblosen Augen sind starr auf die Zimmerdecke gerichtet.

Dr. Lundberg kniet daneben. Sie schaut kurz auf. »So schnell sieht man sich wieder.«

Olli und ich heben zum Gruß die Hand.

Das Gesicht der Toten ist bläulich verfärbt. Unter ihrem Kopf befindet sich eine getrocknete Blutlache, die Nase und der Mund sind blutverkrustet. Der Hals des Leichnams ist mit dunklen Flecken übersäht, die Beine der Toten liegen seltsam verdreht auf dem Boden. Die Schuhe befinden sich nicht an den Füßen des Opfers. Einer liegt neben ihrem rechten Arm, der andere vor dem Heizkörper unter dem Fenster.

Der süßliche, leicht eisenhaltige Geruch des Blutes hat die kulinarischen Düfte längst verdrängt.

Jetzt trudelt Kat ein. Sie grüßt in die Runde. Ich stelle sie als unsere neue Teamkollegin vor.

Sie bläht die Nasenflügel. Der Geruch wird auch ihr nicht verborgen bleiben. Für einen Moment legt sie den Handrücken unter die Nase.

»Können Sie schon was sagen, Doktor?« Ich beuge mich ein wenig über die Leiche.

»Ja. Die Frau wurde eindeutig erwürgt. Die Zyanose, also die bläuliche Verfärbung, und der Blutstau weisen unter anderem darauf hin. Hier … Schauen Sie sich die Würgemale an. Da hat jemand richtig viel Kraft angewendet.«

Kat betrachtet den leblosen Körper. »Wieso sind da so viele Flecke?« Sie schaut Dr. Lundberg fragend an.

»Niemand hält still, wenn sich Hände um den Hals legen, die zudrücken. Das Opfer wird sich mit aller Kraft gewehrt haben und daher musste der Täter mehrfach nachgreifen. Das erklärt die wahllosen Würgemale.«

»Ah. Okay.«

Dr. Lundberg redet weiter. »Die Frau ist von hinten erwürgt worden. Der Todeszeitpunkt war gestern. Vermutlich in der Zeit zwischen 11 Uhr und 15 Uhr. Näheres kann ich erst nach der Obduktion sagen.«

Die Nichte unseres Chefs ist ganz bei der Sache. »Dass sie von hinten erwürgt wurde, erkennen Sie an den Würgemalen, oder?«

»Genau. Der Täter hat ihren Hals mit beiden Händen umschlossen und zugedrückt. Wäre sie von vorn erwürgt worden, wären die Abdrücke am Kehlkopf größer.«

Ich hocke mich neben Dr. Lundberg. Die Angehörigen der Opfer von Gewaltverbrechen erleiden Höllenqualen. Sie werden von Fragen umhergetrieben, auf die es mitunter nur spekulative Antworten gibt. Wie sehr hat der geliebte Mensch in den letzten Minuten seines Lebens gelitten?

»Wie heißt die Frau?«

Ein Beamter wedelt mit einer Plastiktüte in der Luft, in der Papiere liegen. »Die Frau heißt Wittler. Agathe Wittler. In ihrer Handtasche haben wir ihren Ausweis gefunden. Eine Nachbarin hat die Leiche entdeckt, Herr Feddersen. Die Frau wohnt direkt gegenüber. Sie heißt Irene Hörbiger, ist achtundfünfzig und arbeitet als Krankenschwester in der Oldenburger Klinik. Wir haben ihr gesagt, dass Sie gleich mit ihr sprechen werden.«

»Danke.«

Kat schlägt sich tapfer. Ich sehe ihr an, dass sie sich zusammenreißen muss. Der Anblick einer Leiche ist nie angenehm, dieser ist schlimm. Aber es gibt noch ganz andere Hausnummern.

Olli deutet auf die blutverschmierte Tapete neben dem Schrank. »Hoppla. Wer wollte denn da mit dem Kopf durch die Wand?«

Knut Sondermann lässt den Fotoapparat sinken, mit dem er am Dokumentieren ist. »Ich hoffe, dass wir das bald herausfinden werden.«

Ich stehe langsam auf und schaue mich um. Die Wände sind nackt. Es sind weder Bilder noch Regale vorhanden. Der gesamte Wohnraum ist mehr als spartanisch eingerichtet. Außer einer Ledercouch, einem kleinen Wohnzimmertisch und einem Highboard gibt es in diesem Raum keine Möbel. Auf den ersten Blick sieht es nicht danach aus, dass hier jemand nach Wertgegenständen gesucht hat. Sämtliche Schranktüren und Schubladen sind geschlossen.

Auf dem Boden liegen einige Flaschen mit Putzmitteln, eine Thermoskanne und Scherben aus Porzellan, die ein Kriminaltechniker mit einer Pinzette aufsammelt und in eine Tüte fallen lässt. »Es sieht ganz danach aus, als habe sich das Opfer kräftig gewehrt.«

»Ja. Das sieht ganz danach aus.« Ich schaue mich weiter um. Auf der Fensterbank steht ein kleiner Eimer, der mit Wasser gefüllt ist und in dem ein Schwamm schwimmt. »Was ist mit dem Türschloss?«

Theo, der jüngste Beamte des Erkennungsdienstes, meldet sich zu Wort. »Es ist wie neu. Keinerlei Spuren einer gewaltsamen Öffnung. Entweder hat das Opfer ihren Mörder hereingelassen oder er hatte einen

Schlüssel zu der Wohnung. Na ja. Die letzte Möglichkeit wäre noch, dass die Wohnungstür offenstand, der Täter zufällig im Haus war und die Gelegenheit genutzt hat, die Wohnung zu betreten.«

Mein Daumen wandert nach oben. »Sensationell. Du denkst wirklich mit.«

Obwohl ich den jungen Kollegen nicht auf die Schüppe nehmen wollte, lachen alle.

Knut Sondermann zeigt auf die Tüte, in der die Ausweispapiere der Ermordeten liegen. »Frau Wittler ist vor einigen Tagen dreiundsechzig Jahre geworden. In ihren Papieren lag ein Zettel, dass in einem eventuellen Notfall ihre Tochter benachrichtigt werden soll. Die Tochter heißt Angelika Paulsberg und wohnt in der Vogelsiedlung. Die hat noch keine Ahnung, was mit ihrer Mutter passiert ist.«

Ich verspüre einen Stich im Magen. Die Lebensgeschichte eines jeden Menschen kann so schnell anders verlaufen oder ganz plötzlich enden. Einmal umblättern und die Seiten sind nicht mehr beschrieben, sondern tiefschwarz.

»Danke, Knut.«

Kat läuft zum Fenster und starrt hinaus.

Farid Ünlü kommt hereingeschossen. Er ist der Leiter der Spurensicherung und ein nervöses Hemd. Ihm kann nichts schnell genug gehen. »Hallo Hannes, hallo Olli. Kommt mit in die Küche und ins Schlafzimmer. Ich will dabei sein, wenn ihr große Augen macht.«

Ich hebe eine Hand und laufe zur Fensterbank, auf der der Putzeimer steht. »Sekunde …«

Olli folgt mir. »Die Spuren deuten darauf hin, dass Frau Wittler mit der Reinigung der Fenster beschäftigt war.«

»Ja.«

Farid geht es nicht schnell genug. Er schüttelt entnervt den Kopf, murmelt etwas von lahmarschig und gibt uns ein hektisches Zeichen, ihm zu folgen. »Mensch. Wo bleibt ihr denn? Gehen wir zuerst in die Küche.«

Er schafft es immer wieder, mich auf die Palme zu bringen. »Hee, schalte einen Gang runter, okay? Wir sind nicht die *Ehrlich Brothers*. Wir können nicht fliegen.«

Farid lässt uns den Vortritt, als wir vor dem Raum stehen, in dem für das leibliche Wohl gesorgt wird. »Seht euch mal um. Hier wohnt nicht wirklich jemand.«

Wir schauen uns um.

Ein Tisch, ein Stuhl, das war's. Auf der Küchenzeile steht lediglich ein Kaffeeautomat, daneben eine Packung mit Cappuccino-Kapseln. Ich zücke mein Handy und schieße Fotos.

Kat öffnet mit ihren behandschuhten Händen die Schränke der kleinen Einbauküche. Außer vier Tassen, vier Teller und einigen Sekt- und Weingläsern herrscht darin gähnende Leere. Der Kühlschrank ist spärlich gefüllt. Es befinden sich lediglich Käse, ein Glas Marmelade und Butter darin. An alkoholischen Getränken mangelt es jedoch nicht. Im Seitenfach der Tür stehen vier Flaschen Schampus.

Farid ist schon wieder im Flur. »Kommt mit. Jetzt geht's einen Raum weiter.«

Er hat nicht zu viel versprochen. Wir sind wirklich überrascht, was wir hier vorfinden. Das Schlafzimmer scheint nicht für Menschen eingerichtet worden zu sein, die an Schlaf denken.

Ein großes, schwarzes Lederbett dominiert den Raum, an dessen rotgestrichenen Wänden Seile in unterschiedlichen Längen baumeln. In einer vergitterten Glasvitrine haben diverse Peitschen, Fesseln und Augenbinden ihren Platz. Masken aus Gummi und verschiedene Sexspielzeuge geben eindeutige Hinweise darauf, dass hier allerlei sexuelle Vorlieben praktiziert worden sind. Auf dem Nachttisch liegen Handschellen.

Vom Bett aus kann man auf ein TV-Gerät schauen, das an der gegenüberliegenden Wand montiert ist. Daneben steht ein Drehständer, in dem unzählige DVDs platziert sind. Olli studiert die Titel.

Kat öffnet einen Wandschrank. Augenblicklich schwebt der Duft eines schweren Parfüms in den Raum.

Olli hustet. Seine Hand wedelt in der Luft. »Pft, pft hätte vollkommen gereicht. Hier hat jemand pft, pft, pft, pft gemacht.«

Meine Großmutter hätte Tränen in den Augen, wenn sie das sehen könnte. In dem Schrank herrscht nicht nur Ordnung, die Wäsche wurde auch nach Farben sortiert. Von hell nach dunkel. Der Kleiderschrank erinnert mich an den Holzkoffer mit Buntstiften, mit denen Hannah gemalt hat, wann immer sie Zeit dazu hatte. Ich war erstaunt, wie viele verschiedene Töne es von einer Farbe gibt. Smaragdgrün, phthalogrün hell, lichtgrün, grasgrün, laubgrün, permanentgrün usw.

Unsere junge Kollegin geht mit zwei Fingern die hauchdünnen Klamotten durch, dann nimmt sie ein durchsichtiges Etwas aus schwarzer Spitze heraus und studiert das Etikett. »Wow. *Alexander McQueen*.« Nach einem weiteren Griff pfeift sie durch die Zähne. »*Saint Laurent*. Hier hat jemand einen sehr erlesenen Geschmack.«

In einem zweiten Schrank befinden sich ausschließlich schwarze und rote Kleider aus Latex, Kunstleder oder Lack. Hochhackige Stiefel und Schuhe stehen in Reih und Glied auf Regalen.

Und wieder schaut Kat auf die Etiketten. »Boah, hier steht und hängt wirklich jede Menge Kohle.«

»Und was heißt das genau?«, frage ich interessiert. »Kannst du das auch in Zahlen ausdrücken?«

Kat nickt. »Wenn eine Frau über tausend Euro auf den Tisch legt, ist sie dabei.«

Mein Finger zeigt auf die Dessous. »Für den ganzen Kram?«

»Nee. Für ein Teil.«

Olli schüttelt langsam den Kopf. »Da hängt ja ein Porsche drin. Mann, bin ich froh, dass ich mich scheiden lassen habe.«

Mit einem nachdenklichen Gesicht betrachtet er eingehend den Spiegel, der über dem Bett an der Decke angebracht worden ist.

»Es sieht so aus, als wäre das ein reiner Dienstleistungsbetrieb. Valentina Miermann schafft wahrscheinlich hier an. Wenn es so ist, wird sie auch woanders gemeldet sein.«

Ich schieße noch einige Fotos.

Knut ruft nach mir. »Hannes, die Nachbarin, die die Ermordete gefunden hat, muss in einer Stunde ins Krankenhaus. Ihr Dienst beginnt.«

»Danke, ich bin schon da.«

Als Olli Anstalten macht, mir zu folgen, winke ich ab. »Schau dich hier weiter um. Ich nehme Kat mit.«

*

Frau Hörbiger macht einen mitgenommenen Eindruck, als sie uns bittet, am Küchentisch Platz zu nehmen. Sie ist blass. Unter ihren Augen liegen dunkle Schatten. Die kastanienbraunen Haare hat sie streng nach hinten frisiert.

»Während meiner Dienstjahre als Krankenschwester habe ich schon sehr oft Tote gesehen, Herr Kommissar. Das gehört zu meinem Job. Aber so etwas Grausames ist mir in meinem ganzen Leben nicht unter die Augen gekommen.« Sie schüttelt sich. »Und der Geruch. Puh.« Sie fächert sich mit der Hand Luft zu. »Ich wünschte, ich hätte die Leiche der armen Frau nicht gefunden.«

»Ich kann verstehen, wie sehr Sie das Ganze erschüttert hat, Frau Hörbiger. Wir müssen Ihnen aber ein paar Fragen stellen. Da kommen wir nicht drum herum.«

Sie knetet das Papiertuch, das sie in den Händen hält, und nickt tapfer. »Ich weiß.«

»Schildern Sie uns, wie Sie die Tote entdeckt haben?«

»Ja. Sicher. Ich war heute gegen 9 Uhr im Keller. Als ich zurückgekommen bin, ist mir aufgefallen, dass die Tür gegenüber nicht richtig zugezogen war. Ich habe mir nichts dabei gedacht. Da war so ein Spalt …« Mit Zeigefinger und Daumen zeigt sie circa zwei Zentimeter. »Gegen 10 Uhr bin ich einkaufen gegangen, da war die Tür noch immer einen winzigen Spalt geöffnet. Nachdem ich nach einer Stunde zurückkehrte und sich nichts verändert hatte, kam mir das etwas komisch vor. Zuerst habe ich geklingelt, dann lautstark angeklopft. ›Frau Miermann?‹, habe ich gerufen. ›Frau Miiiermann? Ist alles okay bei Ihnen?‹. Tja, indem ich wieder feste gegen die Tür schlug, öffnete sie sich langsam. Nach kurzem Überlegen bin ich in die Wohnung gelaufen und habe dann …« Sie presst das Papiertuch vor den Mund. »… die Frau Wittler im Wohnzimmer in dem ganzen Blut auf dem Boden entdeckt. Frau Wittler putzt schon länger für Frau Miermann.« Sie tupft an ihren Augenwinkeln. »Erst wollte ich nach dem Telefon greifen, das auf der Fensterbank steht … Mir ist jedoch geistesgegenwärtig eingefallen, dass ich besser nichts anfassen sollte. In Windeseile bin ich zu mir rüber und habe die 110 gewählt.«

»Ist Ihnen gestern etwas aufgefallen? In der Zeit von 11 Uhr bis 15 Uhr? War die Tür zu dem Zeitpunkt schon geöffnet?«

»Das weiß ich nicht. Gestern hatte ich Frühdienst und bin um 5:30 Uhr aus dem Haus gegangen. Nach dem Dienst war ich einkaufen und bei der Fußpflege. Als ich gegen 17 Uhr heimkam, ist mir nichts aufgefallen.«

Kat presst die Lippen aufeinander. »Wie lange wohnen Sie hier und seit wann lebt Frau Miermann in dem Appartement gegenüber?«

»Ach, wir sind hier eingezogen, nachdem das Haus gebaut wurde. Das war vor dreißig Jahren. Seit zwanzig Jahren lebe ich allein. Mein Mann ist verstorben und mein Sohn ist längst ausgezogen. Frau Miermann wohnt seit circa drei Jahren hier. Wir haben ab und an ein paar Worte gewechselt. Frau Wittler kam einmal in der Woche. Mein Gott, die Arme …« Und wieder presst sie das Tuch vor den Mund. »Es war immer sehr nett, ihr zu begegnen. Frau Wittler hatte eine sehr warme Ausstrahlung.«

Als Kat eine Pause macht, in der sie meinen Blick sucht, nicke ich kurz. Sie versteht mein Zeichen, die Befragung fortzuführen.

»Frau Hörbiger, wissen Sie, wo wir Frau Miermann erreichen können … Wo sie arbeitet?«

»Nein. Das weiß ich nicht. Manchmal höre ich tagelang nichts von ihr. Das letzte Mal bin ich Frau Miermann am Mittwochabend gegen 19 Uhr begegnet. Da wollte ich runter zum Flaschencontainer, und sie kam mir entgegen. Bis jetzt sind wir uns eigentlich immer abends über den Weg gelaufen.«

Ich mische mich ein. »Wissen Sie, ob Frau Miermann mit anderen Mietern engeren Kontakt hatte?«

Frau Hörbiger ist ein offenes Buch. Ich sehe, wie es in ihrem Gesicht arbeitet.

»Tja. Vielleicht fragen Sie mal den Mark Timmerhaus. Der wohnt ja zur Rechten von Frau Miermann. Er arbeitet im *Schlachthof Surmann*. Das hat er mir vor langer Zeit erzählt. Vielleicht weiß er mehr. Sprechen Sie auch unseren Hausverwalter an. Der heißt Hinnak Münker und bewohnt mit seiner Frau die komplette untere Etage. *Der* war ab und an gegenüber.« Sie räuspert sich und lächelt Kat an. »Ich bin nicht neugierig, wissen Sie. Aber wenn ich etwas im Hausflur höre, dann schaue ich schon durch den Spion, denn dafür ist er ja da, nicht wahr? Aber wie gesagt. Ich gucke nur durch das Teil, wenn sich im Flur etwas rührt. Ich gehöre nicht zu den Menschen, die die Nachbarn bespitzeln, wissen Sie.« Sie kratzt sich am Hals. Ihre Fingernägel hinterlassen rote Striemen auf ihrer Haut. »Nur darum habe ich mitbekommen, dass unser Hausverwalter mal drüben war.«

Kat nickt. »Sicher. Danke.«

Frau Hörbiger schaut auf die Uhr. »Ich muss los. Mein Dienst fängt gleich an. Am Wochenende muss ich nicht auf die Station. Da darf ich mich ein wenig erholen und das brauche ich auch.«

Ich greife in meine Jackentasche und reiche ihr meine Visitenkarte. »Sollte Ihnen noch irgendetwas einfallen, melden Sie sich bei uns, Frau Hörbiger.«

Als wir die Wohnung verlassen, kommt Olli uns entgegen.

»Hannes. Farid hat zwischen Frau Miermanns Wäsche eine Anmeldebescheinigung für Prostituierte gefunden. An den Hurenpass war eine Alias-Anmeldebescheinigung geheftet. Dort ist lediglich der Name Valentina eingetragen. Die Lichtbilder sind identisch. Ich habe dir Fotos davon geschickt, die müsstest du im Posteingang haben. Valentina schafft also, wie vermutet, an. Außer dem Bums hier hat sie noch eine Wohnung in der Kiepenkerlstraße 28.« Er schaut Kat und mich abwechselnd an. »Und jetzt haltet euch fest. Heute früh war ein Günther Miermann auf der hiesigen Dienststelle und hat seine Tochter Valentina als vermisst gemeldet. Er und seine Frau haben Angst, dass ihr etwas zugestoßen sein könnte. Sie hat auf der Hauptstraße eine Boutique für Dessous, die seit Donnerstag geschlossen ist. Das beunruhigt ihre Eltern. Was ihre alten Herrschaften noch mehr in Unruhe versetzt … sie hat ihre beiden Katzen unversorgt in der Wohnung zurückgelassen. Normalerweise hat sie die Tiere nie allein gelassen. Wenn sie nur einen Tag nicht daheim war, hat sie ihre Eltern gebeten, die Versorgung der Katzen zu übernehmen.«

»Was ist mit ihrem Handy?«

»Es ist ausgeschaltet. Die Eltern sind jetzt in der Wohnung der Tochter.«

Bevor wir uns auf den Weg in die Wohnung von Valentina Miermann machen, um mit ihren Eltern zu sprechen, klingeln wir beim Nachbarn von Valentina. In der Wohnung von Mark Timmerhaus rührt sich nichts.

Anschließend versuchen wir, mit dem Hausverwalter zu sprechen. An dessen Tür im Erdgeschoss hängt jedoch ein Zettel. Herr Münker ist erst morgen wieder anwesend. Für den Notfall hat er eine Handynummer angegeben, die ich sofort wähle.

Er fällt aus allen Wolken, als er hört, was im Haus passiert ist, und bestätigt, dass Frau Miermann die Wohnung vor drei Jahren gemietet habe. Er sagt, dass er seit Dienstag auf einer Familienfeier sei und erst morgen zurückkäme. Die Handynummer des Mieters Mark Timmerhaus hat er in seinem Telefon gespeichert und will sie mir nach dem Gespräch per SMS senden. Sie kommt prompt.

Auch hier versuche ich sofort, Kontakt aufzunehmen. Herr Timmerhaus hat sein Mobiltelefon jedoch ausgeschaltet.

Olli wird sich mit einem Kollegen in Zivil und einer Psychologin auf den Weg zur Tochter der ermordeten Agathe Wittler machen. Frau Paulsberg hat noch immer keine Ahnung, dass ihre Mutter einem Mord zum Opfer gefallen ist.

Er wirft Kat den Schlüssel des Dienstwagens zu.

Bevor wir starten, sehe ich mir die Fotos an, die Olli mir geschickt hat. Auf der Anmeldebescheinigung für Prostitution sehe ich das Foto einer Frau mit langen, blonden Haaren. Ihre vollen Lippen sind leicht geöffnet. Wäre sie nicht vollkommen überschminkt, würde ich sie als bildhübsch bezeichnen.

*

Valentina Miermann wohnt in einem Mehrfamilienhaus. Das rustikal verklinkerte Gebäude macht einen gepflegten Eindruck. Neben der Eingangstür befinden sich vier Klingeln und ebenso viele Briefkästen.

Die Tür ist weit geöffnet und mit einem Keil festgestellt. Nach dem Betreten des Hausflurs duftet es nach Putzmittel. Die Steinfliesen sind feucht. Hier hatte jemand Flurwoche.

Kat und ich laufen auf Zehenspitzen die Stufen hinauf und lesen die Namensschilder der Bewohner.

Valentina wohnt in der obersten Etage rechts.

Die Wohnungstür wird unmittelbar nach dem Klingeln geöffnet.

Eine füllige Frau um die fünfzig begrüßt uns. Sie erklärt mit zittriger Stimme, dass sie die Mutter von Valentina sei. »Danke, dass Sie gekommen sind.«

Sie macht einen aufgewühlten Eindruck. In ihrem Gesicht kann man lesen, dass sie sich große Sorgen um ihre Tochter macht. Ihre Augen sind rot und geschwollen. Ihre halblangen blonden Haare sind mit einem Gummi zusammengebunden, aus dem sich etliche Strähnen befreit haben und wirr in ihrem Gesicht hängen.

Sie bittet uns ins Wohnzimmer. Ein Mann steht mit dem Rücken zu uns. Er starrt durch weit geöffnete Schiebetüren auf die große Loggia, die mit einem drahtverstärkten Netz sowie einem Überkletterschutz gesichert ist. Ich gehe davon aus, dass es Herr Miermann ist.

Auf einem raffiniert gestalteten Gerüst aus Holz thronen zwei weiße Maine-Coon-Katzen, die sich eine Runde Abendsonne gönnen.

Frau Miermann berührt den Arm des Mannes. »Günther … Die Kriminalpolizei ist da.«

Der stämmige Mann dreht sich langsam um, und noch bevor Kat

und ich uns vorstellen können, spricht er das aus, was er denkt. »Es muss etwas passiert sein. Valentina wäre nie weggefahren, ohne uns Bescheid zu sagen. Wenn sie länger als einen Tag unterwegs war, hat sie uns gebeten, die beiden Katzen zu versorgen. Die Tiere sind ihr Ein und Alles.« Er fährt sich durch die schütteren grauen Haare und zeigt auf die Terrasse, auf der die Sonne lange Schatten wirft. »Schauen Sie selbst, welches Paradies sie für die Tiere hat schaffen lassen. Da durften nur Profis Hand anlegen, damit alles ordentlich wird.«

Nachdem wir unsere Namen genannt haben, rückt Frau Miermann Stühle zurecht, die am Esstisch stehen.

»Setzen Sie sich doch …« Ihre Augen füllen sich mit Tränen. »Man kennt sein Kind. Da stimmt was nicht. Ich habe gestern Abend ein paar Mal versucht, meine Tochter anzurufen, jedoch nicht erreicht. Sie schaltet das Handy meistens aus, wenn sie Yoga oder Qigong macht. Heute früh war es auch nicht eingeschaltet und auf dem Festnetzapparat konnte ich sie ebenfalls nicht erreichen. Um 8:30 Uhr habe ich mich voller Sorge auf den Weg in Valentinas Boutique gemacht. Unsere Tochter ist jeden Morgen zeitig im Laden, weil sie oft umdekoriert und ständig hin und her räumt. Sie ist sehr ordentlich, alles muss seinen Platz haben. Als ich dort ankam, stand ich vor verschlossener Tür. Nachdem ich den Laden betreten habe, wurde mir ganz komisch. Es war alles so still … irgendwie tot. Dann habe ich in den Briefkasten geschaut. Dort lag der Zettel einer verärgerten Kundin. Sie wollte gestern einige Dessous abholen, die sie verschenken wollte. Außerdem eine Benachrichtigung von einem Schreiner, mit dem meine Tochter einen Termin hatte. Er sollte nach einer Tür sehen, die sich nach dem Verlegen eines neuen Teppichs nicht mehr richtig schließen ließ. Das passt alles nicht zu unserer Tochter, wissen Sie. Valentina ist sehr gewissenhaft und hält ihre Termine immer ein. Und wenn sie einer Kundin oder einem Kunden etwas versprochen hat, dann hat sie das Versprechen eingehalten. Immer.«

Herr Miermann stellt sich hinter seine Frau und legt die Hände auf ihre Schultern, die er leicht drückt. »Das stimmt. Auf Valentina ist Verlass.«

Kat schreibt mit. Ich höre zu.

Jetzt ergreift Frau Miermann wieder das Wort. »Fakt ist, dass unsere Tochter uns immer informiert hat, wenn etwas Besonderes anstand. Nachdem ich die Boutique verlassen habe, bin ich nach nebenan … zum Juwelier Sassnitz. Er war schon im Laden. Ich habe Herrn Sassnitz gefragt, ob er unsere Tochter gestern gesehen hat. Das hat er verneint. Er dachte, Valentina sei krank, weil ihr Laden geschlossen war.«

»Ist in Ihrer Familie in den letzten Tagen etwas Außergewöhnliches passiert?«

Herr Miermann läuft im Kreis. Seine Hände verschwinden in den Hosentaschen. »Ach, woher. Wir verstehen uns sehr gut und sind auch nie oberflächlich miteinander umgegangen, Herr Kommissar. Wir haben über alles offen gesprochen. Verstehen Sie, was ich meine?«

Kat schluckt. Ich ahne, was ihr durch den Kopf geht. Die Miermanns werden ihre kleine heile Welt gleich in Frage stellen.

»Lebte Ihre Tochter in einer Beziehung?«

»Nein. Sie war Single. Wenn Sie einen Freund gehabt hätte, wären wir die Ersten gewesen, denen sie es erzählt hätte.«

Ich hole mein Handy hervor. »Wann haben Sie Ihre Tochter das letzte Mal gesehen?«

Frau Miermann spielt mit ihren Fingern. »Am Mittwoch. Sie war zum Mittagessen bei uns. Die Boutique ist jeden Mittwochnachmittag geschlossen und an diesem Tag essen wir gemeinsam zu Mittag. Valentina war wie immer fröhlich und wir haben über ihren Urlaub gesprochen. Sie möchte im September für zehn Tage nach Mallorca fliegen. In der Zeit werde ich im Laden stehen, damit hier alles weiterläuft. Sie hatte einen Prospekt dabei. Voller Vorfreude hat sie uns das Hotel gezeigt, das sie buchen möchte. Es gab auch nichts Neues … Sie hat lediglich erwähnt, dass sie am Nachmittag einen Termin beim Gynäkologen habe.«

»An einem Mittwoch?«, fragt Kat geradeheraus.

»Ja. Sie hat wortwörtlich gesagt: ›Heute habe ich um 17 Uhr einen Termin beim Frauenarzt.‹ Ich gehe davon aus, dass es eine Routineuntersuchung war. Hätte Valentina Beschwerden gehabt, Schmerzen oder so was in der Art, hätte sie es mir gesagt.«

»Wissen Sie, bei welchem Doktor Ihre Tochter in Behandlung ist?«

»Sie ist bei Dr. Schäfers in Behandlung. Der praktiziert in dem Ärztehaus neben dem *Autohaus Schulz.* Ich bin dort ebenfalls in Behandlung.«

Kat notiert alles.

Ich zeige den Miermanns das Foto, das Olli mir aufs Handy geschickt hat. »Ist das Ihre Tochter Valentina?«

Herr Miermanns Antwort fällt knapp aus. »Ja.«

Seine Frau hält mein rechtes Handgelenk fest umkrampft und starrt auf das Display meines Handys. »Sicher. Das ist unsere Valentina. Das Foto ist circa zwei Jahre alt. Wer hat Ihnen das Bild gegeben?«

Sanft löse ich den Klammergriff der älteren Frau und räuspere mich. »In einem Hochhaus in der Kleistraße 2 ist heute die Leiche einer dreiundsechzigjährigen Frau gefunden worden. Sie ist eines gewaltsamen Todes gestorben. Sie wurde erwürgt. Dabei handelt es sich um die Putzfrau Ihrer Tochter. Ihre Valentina hat diese Wohnung vor drei Jahren angemietet. Den Hausverwalter haben wir noch nicht gesprochen.«

»Quatsch«, sagt Frau Miermann burschikos. »Valentina hat hier gewohnt und nicht in einem Hochhaus.«

»Unsere Kollegen von der Spurensicherung haben in einem Schrank, der in dieser Wohnung steht, diese Anmeldung gefunden …« Mir fällt es schwer, weiterzureden. Ich öffne das Bild des Hurenpasses, dann lege ich das Handy auf den Tisch. »Das ist eine Anmeldung für Prostituierte.« Mein Zeigefinger wischt über das Display. Ich zeige den verstörten Eheleuten die Bilder der Küche und des Schlafzimmers.

Die Miermanns schauen sich die Fotos an. In ihren Gesichtern arbeitet es. Ihre Blicke sind erst überrascht und fragend, dann vollkommen fassungslos.

»Nein. Das muss ein Missverständnis sein.« Herr Miermanns Stimme klingt so verzweifelt, wie seine Frau schaut.

Er lässt sich kraftlos auf einen Stuhl fallen. »Das glaube ich nicht.« Er sucht den Blick seiner Frau. »Wenn es das ist, wonach es aussieht … Das *muss* ein Irrtum sein. Sonst würde unsere Valentina ja ein Doppelleben führen.«

Ich kann verstehen, dass die Fotos und die Informationen die kleine heile Welt der Miermanns zum Einstürzen gebracht haben.

Die Frage, ob Valentinas Eltern die Ermordete gekannt haben, wird verneint.

Während Frau Miermann leise weint, beantwortet ihr Mann weitere Fragen.

Ob Kleidung fehlt, können die Eheleute nicht mit Bestimmtheit sagen. Ob ein Koffer oder eine Reisetasche fehlt, wissen sie ebenfalls nicht.

»Ihre Tochter fährt einen weißen Audi. Das Fahrzeug steht in der Tiefgarage des Hochhauses. Entweder hat sie sich zu Fuß auf den Weg gemacht oder wurde von jemandem abgeholt.«

Die Stimme des älteren Mannes zittert leicht. »Das Ganze wird ja immer mysteriöser. Was soll man denn davon halten?«

»Könnte es sein, dass sich Freunde um die Versorgung der Katzen kümmern?«

Und wieder werden Köpfe geschüttelt.

»Valentina hat nur einen sehr kleinen Freundeskreis. Die haben wir längst alle angerufen. Ihre beiden ehemaligen Schulkollegen sind seit einer Woche in Kroatien und ihre Freundinnen, die schon mit ihr in den Kindergarten gegangen sind, haben Valentina seit Wochen nicht getroffen. Beide sind verheiratet und müssen sich um ihre Kinder kümmern. Die haben sich ein wenig aus den Augen verloren. Ihre beste Freundin, Marlene Ickinger, haben wir zuerst angerufen. Sie hat noch am Dienstag mit unserer Tochter telefoniert. Sie hat absolut keine Ahnung, wo sie sein könnte. Und wenn *die* es nicht weiß …« Er zuckt mit den Schultern. »… die Mädels haben ständig die Köpfe zusammengesteckt. Die lieben sich wie Schwestern.«

Frau Miermann schluchzt laut. Mit erstickter Stimme sagt sie: »Das kann doch alles nicht wahr sein, Günther. Diese Fotos. Das … das *darf* nicht wahr sein.« Sie ballt die Faust und beißt in den Knöchel ihres Zeigefingers. »Wir waren uns doch so nah. Wir hätten mitbekommen, wenn sie solche Sachen gemacht hätte. Nein, das glaube ich nicht. Sie ist doch keine Nutte.«

Herr Miermann sagt nichts mehr. Er sitzt am Tisch und vergräbt sein Gesicht in die Hände.

Kat macht einen betroffenen Eindruck.

Frau Miermann nickt, als ich sie bitte, uns ganz kurz die Wohnung zu zeigen.

Die Räume sind sehr hell und geschmackvoll eingerichtet. Die weißen, modernen Möbel sind gepflegt. Die Wohnung hat Valentina Miermann aufgeräumt verlassen. Das Bett im Schlafzimmer ist ordentlich zugelegt. Auf einem kleinen Sekretär liegt hübsches Briefpapier, daneben ein antiker Füller. Frau Miermann erklärt mir, dass ihre Tochter leidenschaftlich gerne Briefe von Hand verfasst.

»Valentina schreibt vieles, was sie persönlich mitteilt, mit dem Füller. Sie findet es schade, dass die Menschen sich immer mehr an die Tastatur gewöhnen.«

Ich frage Frau Miermann nach einem neueren Bild, das ihre Tochter zeigt. Ihre Stimme zittert, als sie aus ihrer Handtasche eine kleine Mappe holt und mir ein Foto daraus reicht. »Ein Bild braucht die Polizei doch nur, wenn man den Verdacht hat, dass …« Sie lässt den Satz unvollendet und blickt mich flehentlich an.

»Frau Miermann, ich versichere Ihnen, dass wir alles tun werden, um herauszufinden, wo sich Ihre Tochter aufhält.«

Günther Miermann nimmt seine Frau in den Arm. »Beruhige dich, Carola. Es wird sich alles aufklären. Vielleicht hat Valentina nur ihren Namen für den Mietvertrag der Wohnung gegeben. Und dieser, dieser Ausweis … Das muss auch alles nicht so sein, wie es scheint.« Er schaut mich an. »Die Putzfrau … Wie ist sie gestorben?«

Meine Kiefermuskeln mahlen. Ich wiederhole das, was ich bereits gesagt habe. »Sie wurde erwürgt. Die Untersuchungen sind noch in vollem Gange.«

Herr Miermann nennt Kat die Namen und Adressen der Freundinnen seiner Tochter. Er hat lediglich die Telefonnummer ihrer besten Freundin Marlene Ickinger im Kopf. »Sie wohnt zwei Straßen weiter. In der Elisenstraße 5. Marlene arbeitet bei der *BSA-Bank* hier in Oldenburg und hat freitagnachmittags immer frei.« Valentinas Vater bringt uns zur Tür. »Morgen früh werden meine Frau und ich in die Boutique gehen. Vielleicht hat meine Tochter irgendwo eine Notiz liegen … Sie muss doch etwas vorgehabt haben. Die lässt doch nicht einfach alles liegen und haut ab.«

Als wir das Haus der Miermanns verlassen, ist es kurz vor 20 Uhr.

Vom Dienstwagen aus rufe ich Bleckmann an. Er unterbricht mich nicht einmal, als ich Bericht erstatte. Und das kommt so gut wie nie vor.

»Okay, Hannes. Die ganze Geschichte riecht irgendwie faul. Valentinas Auto befindet sich in der Tiefgarage des Hochhauses, sie hat ihre Boutique geschlossen und die Katzen unversorgt zurückgelassen. Dazu kommt … Ihre Eltern haben keinen blassen Schimmer. Sprechen Sie so schnell wie möglich mit Frau Ickinger.« Er räuspert sich. »Farid war vorhin in meinem Büro. In der Hochhauswohnung der Miermann muss im Wohnzimmer auf der kleinen Couch ein Laptop gestanden haben. Die Steckdose befindet sich hinter dem Möbelstück. Das Kabel war so raffiniert zwischen Rückenlehne und Sitzkissen geführt, dass nur der Klinkenstecker hervorschaute. Es ist nicht auszuschließen, dass der Täter das Teil mitgenommen hat.«

*

Als Frau Ickinger uns durch ihre Wohnung auf die Terrasse führt, sauge ich auf, was ich sehe. Wuchtige Pilotensessel aus braunem Leder, deren Seiten aus genietetem Aluminium bestehen, beherrschen den großen Wohnraum. Schränke, die aus einem Holz gefertigt wurden, das ich keinem Baum zuordnen kann, sind an Extravaganz kaum zu überbieten. An der Seite, gegenüber einer braunen Couch mit vielen Kissen, hängt ein übergroßer Flatscreen.

Frau Ickinger führt uns auf eine ausladende Dachterrasse, auf der eine schicke Loungegruppe steht. Die grauen Holzmöbel mit den türkisfarbenen dicken Polstern erinnern mich an Urlaub.

Die Freundin von Valentina Miermann ist eine herbe Schönheit. Sie erzählt uns, dass sie vierunddreißig Jahre ist und glücklicher Single sei. Ich studiere ihre Gesichtszüge, die durch die große Nase und den außergewöhnlich breiten Mund maskulin wirken. Sie fährt sich mit einer Hand über die streichholzkurzen, pechschwarzen Haare, als sie uns einen Platz auf der Sitzgruppe anbietet. Ihre knabenhafte Figur steckt in einem grünen Teil, von dem ich weiß, dass es Bodysuit heißt. Hannah besaß einige dieser Kleidungsstücke.

Sie zeigt auf Gläser, die umgestülpt auf dem edlen Glastisch stehen. »Ich kenne mich nicht mit dem Besuch der Polizei aus. Darf ich Ihnen ein Wasser anbieten? Kaffee habe ich auch. Oder dürfen Sie nichts annehmen?«

Kat lächelt Frau Ickinger an. »Das ist okay. Danke. Ich nehme gern ein Mineralwasser.«

Ich bedanke mich ebenfalls und freue mich auf ein Kaltgetränk.

Die Hand von Frau Ickinger zittert leicht, als sie die Gläser umdreht und eine Flasche Wasser aus einem Kühlbehälter nimmt. »Ich wollte gerade meine Yogaübungen absolvieren, um mich abzulenken. Ich bin beunruhigt, seit Günther angerufen und gefragt hat, ob ich wüsste, wo Valentina steckt. So etwas hat sie meines Wissens noch nie gemacht … Ich meine, einfach irgendwo hinfahren, ohne sich vorher abzumelden. Ich wusste immer schon vorher, wenn sie mal für ein oder zwei Tage verreisen wollte.« Sie schraubt die Flasche zu. »Puh. Und die Geschichte mit Pünktchen und Anton, also mit den Katzen … Nie im Leben hätte sie die Tiere unversorgt in der Wohnung gelassen. Kein Wunder, dass sich Günther und Carola große Sorgen machen.« Sie befüllt die Gläser mit dem kohlensäurehaltigen Getränk. Ihr Kopf deutet auf das Handy, das auf dem Tisch liegt. »Seit Günther mich informiert hat, versuche ich jede halbe Stunde, Valentina zu erreichen. Ich habe ihr unzählige Textnachrichten geschrieben. Das ist auch noch nie passiert, dass sie meine Nachrichten nicht liest. Wir sind beste Freundinnen.«

Ich lehne mich zurück. »Frau Ickinger … wann haben Sie das letzte Mal mit Valentina gesprochen?«

»Am Dienstag.«

»Worüber haben Sie geredet?« Ich nippe an dem Wasser und lasse die junge Frau nicht aus den Augen. Sie veranstaltet eine Gesichtsgymnastik vom Feinsten. Sie kaut auf der Unterlippe, hebt die Augenbrauen und bläht die Nasenflügel.

»Mein Gott, worüber haben wir geredet … über Valentinas Urlaub. Sie freut sich wahnsinnig darauf.« Sie presst die Lippen zusammen. »Dann haben wir über ihren Termin beim Arzt gesprochen. Sie wollte am Mittwoch zum Gynäkologen. Ansonsten haben wir darüber nachgedacht, am Sonntag gemeinsam Joggen zu gehen. Wir fahren oft über die Sundbrücke. In Meeschendorf führt ein Weg am Wasser entlang in Richtung Südstrand und dem *Yachthafen Burgtiefe*.«

Ich nicke. »Kenn ich. Was hatten Sie für einen Eindruck von Ihrer Freundin? Ist Ihnen etwas aufgefallen? War sie anders als sonst?«

»Nein. Nichts war anders. Valentina war fröhlich wie immer. Bei ihr läuft alles rund.« Sie starrt auf ihr Wasserglas.

»Frau Ickinger, wussten Sie, dass Ihre Freundin eine Zweitwohnung gemietet hat?«

»Eine Zweitwohnung?« Ihre Stimme klingt kratzig.

»Ja. Eine Zweitwohnung. In einem Hochhaus. In der Kleistraße 2. Dort wurde heute die Leiche der Putzfrau Ihrer Freundin gefunden. Eine Frau Agathe Wittler. Sie ist eines gewaltsamen Todes gestorben.«

Sie wird weiß wie die Wand. Mit weit aufgerissenen Augen schlägt sie eine Hand vor den Mund. »*Was* sagen Sie da? Frau Wittler ist umgebracht worden? Das ist ja schrecklich.«

»Kannten Sie Frau Wittler?«

»Nur vom Namen her. Sie ist mir nie begegnet. Valentina hat öfter von ihrem ›Engel‹ gesprochen. Ihre Putzfrau kam einmal in der Woche zu ihr in die Kiepenkerlstraße und hat sich um die groben Hausarbeiten gekümmert.« Sie starrt auf Kats Tablet, das auf dem Tisch steht.

Ich wiederhole meine Frage. »Wussten Sie, dass Ihre Freundin eine

Wohnung in der Kleistraße gemietet hat? Die Tatsachen sprechen dafür, dass sie in der Kleistraße angeschafft hat. Wir haben in der besagten Wohnung eine Anmeldebescheinigung zur Prostitution gefunden. Eine Alias-Bescheinigung haben die Kollegen von der Spurensicherung ebenfalls entdeckt. Sie ist auf den Namen Valentina ausgestellt.«

Sie schaut zu Boden und fährt sich mit beiden Händen durch die kurzen Haare. »Dazu sage ich nichts. Ich habe Valentina das Versprechen gegeben, mit niemandem darüber zu reden.«

Kats Stimme wird eindringlich. »Wir wissen doch, womit Ihre Freundin – neben ihrem Job als Geschäftsfrau – Geld verdient. Sie verraten uns kein Geheimnis. Zwischen dem Verschwinden Ihrer Freundin und dem gewaltsamen Tod von Frau Wittler könnte ein Zusammenhang bestehen. Helfen Sie uns dabei, die Fragen zu klären. Sie machen sich doch auch Sorgen, weil Valentinas Verhalten ungewöhnlich ist.«

Es ist nicht zu übersehen, dass Frau Ickinger mit sich kämpft. Nach wenigen Sekunden strafft sie sich. »Okay. Ich erzähle Ihnen, was ich weiß.« Sie verschränkt die Hände. Ihre Fingerknöchel treten weiß hervor. »Als Valentina vor einigen Jahren mit dem Gedanken gespielt hat, sich zu prostituieren, habe ich versucht, sie davon abzubringen. Was habe ich mir den Mund fusselig geredet. Stundenlang habe ich im Internet recherchiert und ihr Fälle vor Augen gehalten, in denen Nutten in Privatwohnungen missbraucht worden sind. Es ist auch schon vorgekommen, dass Prostituierte umgebracht worden sind. Valentina hat meine Besorgnis belächelt und all meine Bedenken als überängstliche Reaktionen abgetan. Innerhalb kürzester Zeit hatte sie die Wohnung in der Kleistraße eingerichtet. Im normalen Leben gehört sie nicht zu den Frauen, die leicht zu haben sind. Dafür lege ich beide Hände ins Feuer. Sie ist eher die Zurückhaltende.«

Kat studiert Frau Ickingers Gesichtszüge. »Hat Frau Miermann Ihnen mal von aufdringlichen Freiern berichtet?«

»Nein. Irgendwann haben wir nicht mehr über ihren Nebenjob gesprochen. Valentina hat sich nicht von mir bekehren lassen. Es gab deswegen hitzige Diskussionen.«

»Waren Sie mal in der Zweitwohnung Ihrer Freundin?«

»Nein. Nie. Die wollte ich nicht sehen.«

Kat nickt langsam. »Okay … Wissen Sie, bei welchem Gynäkologen Ihre Freundin in Behandlung war? Hat sie Ihnen gesagt, warum sie den Frauenarzt aufgesucht hat?«

Frau Ickinger denkt kurz nach. »Nein. Ich gehe aber davon aus, dass sie bei Dr. Schäfers zur Routineuntersuchung war. Dort ist sie seit Jahren in Behandlung.«

Während Kat Notizen macht, befrage ich Marlene weiter. Als ich wissen möchte, ob Valentina zurzeit einen Freund habe, schüttelt sie energisch den Kopf. »Nee. Definitiv nicht. *Das* wüsste ich.«

Da Marlene keine Ahnung hat, wo sich ihre Freundin aufhalten könnte, brechen wir unsere Zelte ab.

Wir bitten Frau Ickinger, uns sofort anzurufen, falls sich die Vermisste bei ihr melden sollte. Während sie nickt, legt sich ihre Stirn in Sorgenfalten. Für den Fall, dass wir sie erreichen möchten, notiert Kat ihre Handynummer.

Marlene bringt uns zur Tür. Im Wohnzimmer fällt mein Blick wieder auf die außergewöhnlichen Sessel. Ich habe keine Vorstellung, wie teuer Möbel dieser Art sind. Je nachdem, welchen Posten sie bei der Bank hat, könnte sie gut verdienen.

Die Frau des Hauses scheint zu ahnen, was mir durch den Kopf geht. »Meinem Onkel gehört der Möbelladen *DesignArt* in Kiel. Alles, was Sie hier sehen, ist B-Ware, die ich zu einem bezahlbaren Preis kaufen konnte.«

Kat begutachtet die Sitzmöbel genauer. »Ihre Wohnung ist spitzenmäßig. Ich suche in Oldenburg, Heiligenhafen oder auf Fehmarn auch eigene vier Wände. So ein schickes Zuhause könnte mir sehr gefallen.«

Frau Ickinger öffnet die Wohnungstür. »Dann wünsche ich Ihnen viel Glück bei der Suche.«

*

Manuel Kuhn, Markus Latzek, Addi Schnieder und Beatrix Abraham hocken an zwei Schreibtischen, die zusätzlich in unser Büro gestellt worden sind. Sie gehören mit zur Mordkommission Wittler, die Bleckmann gegründet hat. Er hat mich zum Kommissionsleiter ernannt.

Kat und ich klopfen auf einen der Schreibtische und schicken ein Hallo in die Runde.

In unserem Büro sieht es nicht nur aus wie in einer Dönerbude, es riecht auch so.

Olli sitzt am PC und tippt mit der linken Hand. In der rechten hält er eine mit Fleisch gefüllte Teigtasche. Er kaut mit dicken Backen und schaut kurz in meine Richtung. »Hallo.« Ein Klecks Tsatsiki landet auf der Tastatur seines PCs. »Fuck!«, schimpft er laut.

Ich schlage ihm leicht auf den Hinterkopf und sage das, was ich mir auch heute noch von meiner Mutter anhören muss. »Warum nimmst du keinen Teller, Kind?« Mit einem langen Arm greife ich in die Schale mit den Pommes, die neben einer Dose Cola steht.

Olli schlägt mir auf die Finger. »Hee, lass das. Auf der Mikrowelle liegen Döner und Pommes für Kat und für dich.«

Kat klatscht in die Hände. »Oh, danke. Ich sterbe vor Hunger. Wem darf ich das Geld zurückgeben?«

Beatrix, die wir Trixi nennen, hebt die Hand. »Ich war beim Türken um die Ecke. Macht acht Euro für jeden.«

Ich krame nach meinem Portemonnaie. »Was gibt es Neues?«

Kat gibt mir ein Zeichen, dass sie sich ums Aufwärmen kümmert.

Olli greift nach einer Serviette und wischt zuerst die Sauerei von der Tastatur, dann fährt er sich damit über den Mund. Diese Aktion hinterlässt deutliche Spuren. Er hat das Knoblauchzeug an der Backe kleben.

»Morgen um 8 Uhr ist die Obduktion in der Rechtsmedizin. Dr. Lundberg bittet um Pünktlichkeit, weil ihre Patienten Schlange liegen.« Er rülpst leise. »Angelika Paulsberg war fertig mit der Welt, als wir ihr die Nachricht vom Tod ihrer Mutter überbracht haben. Sie ist seit langem Witwe und hat seit zwei Jahren für Valentina Miermann gearbeitet, um ihre knappe Rente aufzubessern. Frau Paulsberg hat erzählt, dass ihre Mutter sowohl in der Kiepenkerl- als auch in der Kleistraße für Ordnung gesorgt hat. Sie hatte Schlüssel zu beiden Wohnungen und ist meistens am Vormittag putzen gegangen. Es habe sie nicht gestört, dass sie bei einer Prostituierten das Bad, die Fenster und Böden gewienert hat. Frau Wittler ist nie einem Kunden von Frau Miermann begegnet. Ihre Mutter hat oft davon geschwärmt, wie freundlich und großzügig Valentina Miermann sei. Das Geld, das sie für ihre Arbeit bekommen hatte, lag immer auf dem Küchentisch. Meistens war es ein Schein mehr, als sie verdient hat. Frau Wittler war aktives Mitglied im Seniorenverein, hat im Kirchenchor gesungen und in der *Oldenburger Tafel* ausgeholfen. Außer ihren Kindern hat sie niemandem erzählt, dass sie nebenher Geld durchs Putzen verdiene. Sie wollte nicht, dass jemand aus ihrem Freundeskreis wusste, dass sie als Reinemachefrau arbeiten ging.«

Kat reicht mir einen Teller mit dem Fastfood. Ich bedanke mich.

Ich wehre mich gegen das aufsteigende Gefühl der Trauer. »Danke, Olli. Die Familie von Frau Wittler wird durch die Hölle gehen. Wir werden morgen früh pünktlich bei Dr. Lundberg auftauchen.«

Dann berichten Kat und ich abwechselnd vom Gespräch mit den Miermanns. Unsere Kollegin und Kollegen hören interessiert zu.

Ich schaue in die Runde. »Die Umstände des Verschwindens ihrer Tochter kann man schon als mysteriös bezeichnen. Dazu kommt der Mord an Frau Wittler. Ich denke, es wird ein Zusammenhang mit dem Verschwinden der Miermann und dem Tod von Frau Wittler geben.«

Markus Latzek mischt sich ein. »Wenn sie als Nutte gearbeitet hat, wird sie Termine vergeben haben. Die Zeiten der Terminbücher sind vorbei. Wer weiß, was sie auf dem Laptop alles gespeichert hatte.«

Manuel Kuhn bläht die Wangen. »Es könnte auch sein, dass sie am Zuhälter vorbei angeschafft hat und man sie auf diesem Weg zur Zusammenarbeit zwingen wollte. Drohungen aus dem Milieu an Alleingängerinnen sind keine Seltenheit. Vielleicht ist sie für ein paar Tage abgetaucht.«

Ich schüttele den Kopf und gebe die Worte wieder, die Valentinas Mutter gesagt hat. »Das glaube ich nicht. Sie hätte sich bei ihren Eltern abgemeldet. Die Tatsache, dass sie sich nicht um die Versorgung ihrer geliebten Katzen gekümmert hat, spricht absolut dagegen.«

Anschließend berichten wir ausführlich von dem Gespräch, das wir mit der engsten Vertrauten von Valentina geführt haben. »Marlene Ickinger wusste also vom Nebenjob ihrer Freundin. Sie macht sich ebenfalls große Sorgen, weil Valentina verschwunden ist.«

Manuel Kuhn streicht sich über den rötlichen Dreitagebart. »Das bringt uns auch nicht weiter.« Er gähnt verhalten.

Manuel ist Mitte Vierzig und Vater von Drillingen, die noch in die Windeln kacken. Seit die Kuhn-Bros das Licht der Welt erblickt haben, läuft unser Kollege mit schwarzen Ringen unter den Augen durch die Gegend.

Ich reiche den Zettel mit den Namen und Adressen der Freunde, die uns das Ehepaar Miermann genannt hat, an Trixi weiter, denn die müssen alle befragt werden.

Sie studiert ihn kurz. »Ich kümmere mich darum, Hannes. Ich leite ihn nach unten weiter.«

Mit *nach unten* meint sie, dass sie die Informationen dem Ermittlungsteam weiterreicht, die ebenfalls zur Mordkommission gehören und vorab die Spreu vom Weizen trennen. In einem Mordfall darf nichts anbrennen, es muss zügig gearbeitet werden.

»Frau Ickinger hat gesagt, dass sie mit Valentina öfter über die Sundbrücke nach Meeschendorf gefahren ist. Die beiden sind in Richtung Burgtiefe gejoggt. Morgen früh sollen sich vier Beamte dort umsehen.«

Unser Kollege Markus Latzek lehnt sich zurück und verschränkt seine muskulösen Arme hinter dem Kopf. Seine Daumen spielen mit den dunklen Haaren. Er ist Zopfträger. »Ich geh gleich runter und regele das.«

Olli zeigt auf meinen Teller. »Warum isst du nichts, Junge. Hat der Türke nicht gut gekocht?«

Kat hält sich eine Hand vor den Mund. Sie lacht.

Genau in dem Moment, als ich in die gut duftende Teigtasche beiße, fliegt die Tür auf. Farid Ünlü kommt hereingeschossen. Der Boss der Spurensicherung sieht geschlaucht aus.

»Nabend zusammen. In der Kleistraße sind wir so gut wie durch. Wir haben in dem kleinen Blumenbeet, rechts neben dem Hauseingang, einen gut bestückten Schlüsselbund gefunden. Einer der Schlüssel passt ins Schloss zur Wohnung von Frau Miermann. Wenig später hat Theo zwischen Papieren in einer Küchenschublade den Plan der Tiefgarage gefunden. Der Stellplatz 211 war grün markiert. Wir sind sofort runter. Mit dem Autoschlüssel hatten wir Zugriff auf den weißen Audi, der auf dem Platz parkt. Ein weiterer Schlüssel vom Bund passt zur Brandschutztür und anschließend konnten wir auch die Haustür sowie den Briefkasten öffnen. Es handelt sich also eindeutig um den Schlüsselbund von der Miermann.«

»Dass Valentina nicht mehr im Besitz ihres Schlüssels ist, hört sich nicht gut an.«

Olli nickt. »Genau. Valentinas Schlüssel sind da, von ihr fehlt aber jede Spur.«

Noch während des Essens besprechen wir im Detail, was alles abgeklopft werden sollte. Unter anderem muss Kontakt mit dem Gynäkologen Dr. Schäfers aufgenommen werden.

Erst kurz bevor ich das Büro verlasse, erreiche ich Mark Timmerhaus. Er erklärt mit schroffer Stimme, dass er von einem Mord nichts wisse und überhaupt keine Angaben dazu machen könne. Etwas zögerlich stimmt er zu, dass wir morgen Vormittag gegen 11 Uhr antanzen können.

*

Auf dem Weg nach Hause beschließe ich kurzerhand, einen Boxenstopp bei meiner Familie zu machen. Es wird Zeit, dass ich mich mal wieder zu Hause blicken lasse. Im Hause Feddersen wird viel gelacht und in den letzten Monaten war mir nicht danach.

Meine Eltern hatten bis vor sieben Jahren ein Restaurant in Heiligenhafen. Das *Ristorante Cupido* war bis über die Grenzen Ostholsteins für seine gute Küche bekannt. Die Gäste haben viele Kilometer mit dem

Auto zurückgelegt, um den wunderbar lockeren Teig der *Pinsa Romana* zu genießen, die viel leichter und bekömmlicher als die traditionelle Pizza ist. In den Sommermonaten wurde das Essen auf der Terrasse serviert, von der man einen wunderschönen Blick auf die Ostsee hatte. Ein zusätzlicher Magnet war die Livemusik, die die Restaurantbesucher in romantische Stimmung versetzte. Zu den Stammkunden gehörten prominente Vertreter aus Politik und Wirtschaft. Meine Eltern haben es sehr bedauert, dass weder meine Schwester noch ich Interesse hatten, das Restaurant weiterzuführen.

Nach einigen größeren Reisen genießen sie heute den Ruhestand in dem Einfamilienhaus, das sie im Friesenstil bauen lassen haben. Mit viel Liebe und Hingabe pflegen sie den großen Garten hinter dem Haus. Außerdem kümmern sie sich um meine betagten Großeltern, die ebenfalls dort leben.

Als ich durch den Vorgarten laufe, registriere ich schmunzelnd, dass seit meinem letzten Besuch schon wieder Töpfe mit üppigen Blumen dazugekommen sind, die den gepflasterten Weg säumen. In den großen Steingutgefäßen blüht es prächtig.

Obwohl ich einen Haustürschlüssel habe, klingele ich und warte brav, bis jemand kommt.

Meine Mutter öffnet. Ihre graumelierten Haare sind wie immer zu einem Knoten im Nacken zusammengebunden. Ihre dunklen Augen funkeln fröhlich, als sie mich erblickt. Sie wischt die Hände an dem Geschirrtuch ab, das im Bund ihrer Schürze steckt, dann stemmt sie die Hände in die Hüften und stellt sich breitbeinig auf. »Hm. Ich weiß im Moment nicht, wo ich Sie hinstecken soll, aaaber Sie kommen mir irgendwie bekannt vor, junger Mann.«

Das Spiel spielt sie immer, wenn ich mich länger nicht blicken lassen habe. »Komm schon, Mama. Lass mich rein. Ich habe nicht viel Zeit.«

»Wer ist da, Francesca?!«, erkundigt sich mein Vater laut. Seine Stimme kommt von weit her. Er wird auf der Terrasse sitzen.

»Hier steht ein hübscher junger Kerl, der behauptet, unser Sohn zu sein!«, klärt sie ihn auf.

»Was?! Lass dir den Ausweis zeigen!«, antwortet mein Vater.

Meine Mutter lacht. Sie greift nach meinem Hemdkragen, zieht mich zu sich runter und umarmt mich. Dann huschen ihre Finger blitzschnell zu meinem rechten Ohr. »Ich habe geschworen, dass ich dir die Löffel langziehen werde, wenn ich dich in die Finger kriege. Du warst einen ganzen Monat lang nicht hier.« Meine Mutter ist eine sehr temperamentvolle Frau. Sie hat italienische Wurzeln und das merkt man in vielerlei Hinsicht.

Sie nimmt mich an die Hand. »Na, komm. Wir sitzen auf der Terrasse und binden eine Girlande aus Buchsbaum. Damit überraschen wir deine Cousine Maria. Sie heiratet doch am kommenden Samstag ihren Jens. Ich soll dich daran erinnern, dass du auch eingeladen bist. Sie weiß, dass du in der Beziehung gern vergesslich bist.«

»Wenn ich kann, komme ich gerne«, entgegne ich ausweichend. »Du weißt ja, meine Arbeit …«

»Ich weiß, dass du flunkerst.« Sie wirft mir einen Schulterblick zu. »Ich weiß auch, dass du dich drücken willst.«

Meine Großeltern und mein Vater prosten mir zu, als ich die Terrasse betrete. Sie trinken Rotwein und knabbern Pistazien. Nachdem ich mit Mineralwasser versorgt wurde, spüre ich prompt mütterliche Fürsorge. »Möchtest du etwas essen? Ich habe Lamm im Kühlschrank.«

Meine Großmutter mischt sich ein. »Ich kann dir auch was anbieten. Oben im Kühlschrank steht ein Teller mit Fehmarnschen Kröpel. Na? Was sagst du?«

»Kröpel? Da kann ich nicht widerstehen.«

Meine Mutter folgt meiner Oma ins Haus.

Im Hause Feddersen gibt der Kühlschrank immer was her. Es wird traditionell norddeutsch gebacken und gekocht, die italienische Küche kommt aber nicht zu kurz. Die Gäste des damaligen Ristorantes waren sich ganz sicher, dass in den Adern meiner Mutter Tomatensauce statt Blut fließt.

Wenige Minuten später sind die Frauen wieder bei uns und ich genieße die Kröpel, die keine so gut backt wie meine Oma.

Ich gebe mir Mühe, aufmerksam zuzuhören, was meine Eltern berichten. Sie sind dabei, das Wohnzimmer zu renovieren. Die neuen Möbel sollen in ein paar Tagen geliefert werden. Sie haben Schränke und eine Polstergarnitur bestellt. Anschließend erfahre ich, was im Freundeskreis meiner Eltern und in den letzten Wochen passiert ist. Auch der neueste Tratsch aus der Nachbarschaft wird mir ›anvertraut‹.

»Wer zieht denn im Haus bei dir gegenüber ein?«, will meine Mutter nach einer Weile wissen.

»Bei mir gegenüber? Keine Ahnung. Ich wusste noch nicht einmal, dass gegenüber ein Haus steht.«

Mein Opa kichert.

»Herr im Himmel, kann es sein, dass du mit Tomaten auf den Augen durchs Leben läufst? Du solltest dich nicht nur für deine Arbeit, sondern auch für dein Umfeld interessieren. Man muss doch wissen, wer in der Nachbarschaft wohnt.«

»Deine Mama hat recht, Hannes. Du igelst dich viel zu sehr ein.«

Der Zeitpunkt ist gekommen, hier meine Zelte abzubrechen. Die Tatsache, dass ich mich nach dem Dienst und an den Wochenenden nicht sonderlich für das pulsierende Leben interessiere, führt sonst zu endlosen Diskussionen.

*

Ich jogge langsamer. Es war eine gute Entscheidung, die Brök-Runde zu laufen. Vorbei am Weißenhäuser Strand, an dem noch richtig was los ist. Kinder toben mit hochgekrempelten Hosen umher. Kleine Hosenscheißer, die mit ihren Eltern den frühen Abend an der frischen Luft genießen. Spaziergänger tragen ihre Schuhe in den Händen. Die Sonne verabschiedet sich langsam und macht sich auf den Weg in andere Gefilde.

Der Blick auf die Ostsee beruhigt meine aufgekratzten Nerven. Die See ist heute ruhig. Nur ein paar sanfte Wellen laufen am Strand auf. So wie die Sonne auf- und untergeht, ist es auch mit den Wellen. Es ist ein ständiges Kommen und Gehen.

Manchmal bringen sie Geschenke mit. Muscheln zum Beispiel. Oder Bernstein. Allerdings kann der Schein trügen, und das fossile Harz entpuppt sich kurze Zeit später als Phosphor. Der vermeintliche Stein lacht einen so lange an, bis man auf ihn hereinfällt. Und dann wird er brandgefährlich.

So etwas kann einem auch mit Menschen passieren.

Das war bei Lauer so. Mit einem Lächeln hat er mir die Hand gereicht, dann wurde es gefährlich.

Der Mistkerl hat nicht nur einen kleinen Stein, sondern einen Findling ins Wasser geworfen, der verdammt große Kreise gezogen hat. Mein Vater hat den Gips ignoriert und mich bestraft.

Die erste Ohrfeige kassierte ich, weil ich ihn angelogen und behauptet habe, ich hätte das Messer nicht genommen. Die zweite Backpfeife kam obendrauf, weil ich Herrn Lauer beschuldigte, mir das Handgelenk gebrochen zu haben. Mein Vater ist regelrecht ausgerastet, weil ich anschließend hinzufügte, dass er mich die Treppe runtergeschubst hat.

Dafür, dass auf meinem Zeugnis ein Ungenügend im Fach Sport stand, musste ich meine Wange für den dritten Schlag hinhalten.

Die Bestrafung, die anschließend folgte, war schlimmer als die Schläge ins Gesicht, denn am nächsten Tag sind wir in den Urlaub nach Italien aufgebrochen. Sommerferien mit Gipsarm. Mein Vater hat mich während der Autofahrt jede Stunde gepiesackt, ich solle endlich mit der Wahrheit rausrücken, sonst könne ich den Urlaub im Zelt verbringen.

Kurz bevor wir auf dem Campingplatz waren, habe ich mit gespielter Reue die Wahrheit weggelogen und mich für mein Verhalten entschuldigt.

Da ich mit dem Gipsarm nicht im Meer schwimmen und toben konnte, lag ich die meiste Zeit der Ferien mit einem Buch in der Hand am Lido Adriano. *Gelesen habe ich nicht, sondern nur auf das Gedruckte gestarrt, während mein Gehirn mit Hochdruck gearbeitet hat. Rote Blitze sind mir durch den Kopf geschossen. ›Wenn du noch einmal Scheiße baust, dann bau sie so, dass dich niemand dabei erwischt, okay?‹*

Während ich das Lauftempo steigere, sind sie wieder da … die roten Blitze. Nicht an den vergangenen Mittwoch denken. Bloß nicht. Ich konzen-

triere mich auf ein Containerschiff, das wie aus dem Nichts am Horizont auftaucht. Ich frage mich, welche Ladung der Frachter an Bord hat.

Hinter meinen Schläfen pocht es. Das Ablenkungsmanöver funktioniert nicht. Es war ein Irrtum. Wer gestorben ist, ist noch lange nicht tot. Ich habe versucht, die Erinnerung auszulöschen, aber sie ist nach wie vor lebendig. Ich muss eine Lösung finden, damit das aufhört.

Kurz vor dem Parkplatz scheuche ich eine Horde Möwen auf, die sich schreiend um einen toten Vogel streiten. Angewidert gehe ich zum Endspurt über.

3. Kapitel

Samstag

Als ich um 7:00 Uhr unser Büro betrete, ist das Team komplett vor Ort.

»Moin, zusammen. Gibt es was Neues?« Ich hänge meine Jacke über die Stuhllehne.

Manuel Kuhn schaut auf. »Ja. Bleckmann war vorhin hier. Er will so schnell wie möglich an die Öffentlichkeit gehen.«

Unser Neuzugang meldet sich. »Ich darf mit in die Rechtsmedizin. Es ist das erste Mal, dass ich bei einer Obduktion dabei bin.«

Der grauhaarige Addi schaut von seinem PC auf. »Na, dann viel Spaß.« Er sieht mich an. »Bleckmann hat noch drei Kollegen nach Oldenburg geschickt. Die sitzen in der Polizeistation im Erdgeschoss und kümmern sich um den Giftmord Winfried Stresemann. Es hat sich herumgesprochen, was passiert ist. Zwei Wohnungslose haben sich gemeldet, die am Dienstag mit dem Toten ein Bier getrunken haben.«

Trixi gackert los.

Die Worte unseres grauen Wolfes entlocken Manuel ein Grinsen. »Jedes Mal dasselbe. Wann wirst du endlich begreifen, dass Tote kein Bier mehr trinken können.«

Addis Mittelfinger wandert in die Luft. Er lacht. »Klugscheißer. Nimm dich mal ein büschen zurück, ja?«

Ich fahre meinen PC hoch. »Wann erfahren wir, was die Obdachlosen ausgesagt haben?«

»Grimm meldet sich, sobald er mit den beiden gesprochen hat.«

Ich schaue auf. »Grimm? Bleckmann hat Malte nach Oldenburg verdonnert?«

Addi nickt. »Jepp. Der hat fast geheult. Er wollte seine Inka *heute* Abend groß zum Essen ausführen. Die beiden haben zwar erst am Montag den fünften Hochzeitstag, Malte wollte das Essen aber vorziehen, da Bleckmann ihm den freien Tag gestrichen hat. Daraus wird nun auch nichts.«

»Ich hab's mitbekommen. Aber so ist das in unserem Beruf. Das Privatleben steht oft hintenan.«

Malte war vor seiner Hochzeit ein engagierter Mitarbeiter. Seit er verheiratet ist, hat sich das geändert. Ich vermute mal, dass seine Frau Druck macht. Und nachdem er vor drei Jahren Vater geworden ist, macht er ein noch längeres Gesicht, wenn Überstunden anstehen.

Ich klopfe meinem Kollegen Olli auf die Schulter. »Nach der Obduktion geht es in die Kleistraße. Mal sehen, was der Hausverwalter und Herr Timmerhaus uns erzählen können. Manuel, Trixi, ihr fahrt separat dorthin und hört euch im Hochhaus um. Klappert alles ab, was ihr erwischen könnt. Erkundigt euch auch, ob Frau Miermann am Mittwochnachmittag bei dem Gynäkologen, diesem Dr. Schäfer, war. Damit seid ihr eine Weile beschäftigt. Olli und ich reden anschließend mit dem Juwelier Herrn Sassnitz, der seinen Laden neben der Boutique von Valentina Miermann hat.«

Kat räumt eine Einkaufstasche aus und dekoriert die breite Fensterbank mit Mini-Salamis und 5-Minuten-Terrinen. »Staatsanwalt Czarnitzki war vorhin kurz hier. Er wird bei der Obduktion auch dabei sein«, klärt sie mich auf.

Ich nicke langsam. »War mir klar, dass wir den wieder am Hintern kleben haben.«

Kat holt Bananen aus einer Papiertüte, die sie neben den Kaktus, der auf dem Aktenschrank steht, drapiert.

Ich zeige auf die Fressalien. »Nur, dass du es weißt. Das wird Bleckmann nicht durchgehen lassen. Warum packst du dein Zeug nicht in die Schränke? Dort sieht er es nicht.«

Sie pustet sich eine Haarsträhne aus dem Gesicht. »Weil die voll sind. Ähm, das ist nicht nur *mein* Zeug. Das ist für uns alle. Sollte uns der kleine Hunger plagen, müssen wir nicht loslaufen, um uns was zu kaufen. Ich rechne das alles über die Spesen ab.« Sie strafft sich und greift nach einer Banane.

Trixi beobachtet Kat grinsend. »Ein kleiner Tipp von Frau zu Frau …« Sie deutet auf die gelbe Frucht. »… vor der ersten Obduktion solltest du nicht so viel essen.«

Kat lacht und nimmt einen großen Bissen. »Ach was. Das macht mir nichts.«

Olli und ich tauschen einen Blick.

»Na, dann«, sagt Olli mit einem Schmunzeln. »Hau rein.«

*

Während der kurzen Fahrt ins Rechtsmedizinische Institut schweigt Kat.

Ganz so enthusiastisch wie vorhin scheint sie nicht mehr zu sein. Durch den Schminkspiegel sehe ich, dass sie etwas blass um die Nase ist. Ich ahne, wie sie sich jetzt fühlt. Da muss sie durch.

Olli und ich stören unsere Kollegin nicht, wir lassen sie mit ihren Gedanken allein. Theoretisch wird sie wissen, was auf sie zukommt. Die Vorstellung, wie eine Obduktion abläuft, deckt sich nicht mit der Realität. Die sieht nicht nur anders aus, sie riecht auch anders.

Olli steuert wieder den Hintereingang des Institutes an und parkt direkt neben der Treppe, die nach unten führt.

Er hält Kat mit aufmunterndem Lächeln galant die Tür auf.

Sie steigt etwas zögerlich aus. »Hoffentlich klappe ich nicht zusammen.«

Ich nicke ihr beruhigend zu. »Ach was. Das schaffst du.« Dabei spiele ich mit dem Ohrläppchen. Ich weiß, dass das eine leere Versprechung ist. Während einer Obduktion sind schon die stärksten Männer schwach geworden. Ich gehöre dazu.

Dr. Lundberg begrüßt uns freundlich, als wir die Schiebetür des Obduktionssaales öffnen. »Ah, prima, Sie sind pünktlich, das ist schön.« Aufmerksam nimmt sie Kat in Augenschein. »An Ihrer Gesichtsfarbe sehe ich, dass Sie noch nicht sehr oft dabei waren, nicht wahr? Sollte Ihnen übel werden, dort in der Ecke ist das Waschbecken.«

Ben gibt seinen Senf dazu. »Darin können Sie hemmungslos alles rauslassen, was raus muss. Der Ausguss hat kein Sieb und extragroße Rohre … Da passt was rein.«

Dr. Lundberg straft ihn mit einem bösen Blick ab. »Das sollten wir lassen, Ben. Solche Sprüche machen es nicht einfacher.«

Ben zieht eine Grimasse und reicht uns Handschuhe und Gummischürzen. »Mein Gott, Tschuldigung. Das war doch nur Spaß.«

Kat schielt zum Obduktionstisch, auf dem ein dunkler Leichensack liegt, in dem sich die zu obduzierende Frau Wittler befinden muss. Sie kaut auf ihrer Unterlippe und antwortet nicht.

Jetzt trudelt Staatsanwalt Klaus Czarnitzki ein. Mit singender Stimme sagt er: »Morgeeen. Na? Seid Ihr alle fit?«

»Ja. Ich bin frisch bei der Sache«, äußert Mariele Lundberg.

Wir drei halten uns bedeckt.

Die blonde Haarpracht unseres Staatsanwaltes ist wie immer zurückgegelt. Dass er vor einem Monat zweiundfünfzig Jahre geworden ist, sieht man ihm nicht an. Czarnitzki gehört zu den Forever-Young-Typen, die mit Sport und mediterraner Küche ihre Blutwerte und Muckis fest im Griff haben. Er kommt stets in feinstem Zwirn daher, so auch heute. Sein dunkelgrauer Leinenanzug sitzt perfekt.

Er bindet sich die Gummischürze um und streift die Handschuhe über. Dabei schaut er mich an. »Wie sieht's aus, Hannes? Haben Sie schon einige Puzzleteile zusammen?«

»Nein. Bis jetzt haben wir nicht die kleinste Spur.«

»Ich hoffe, dass sich das bald ändern wird …«

Ich sage ihm, dass wir das ebenfalls hoffen.

Er lacht Kat breit an. »Wunderbar. Das Nesthäkchen ist ja auch dabei. Nanu? Kann es sein, dass wir ein wenig blass um die Nase sind?« Seine Augenbrauen wandern spöttisch in die Höhe.

Kat weiß mit ihren Händen nicht wohin. Ihr Körper muss voller Adrenalin sein.

Es ratscht leise. Dr. Lundberg öffnet den Leichensack. Sie erklärt, dass der Tod bei Frau Wittler am Donnerstag zwischen 11 Uhr und 14 Uhr eingetreten ist.

Ben ist ganz bei der Sache. Er hat den Ruf, ein liebevoller Wächter der Leblosen zu sein. Sein größter Wunsch war es, Medizin zu studieren. Er steht ganz offen dazu, dass sein Intellekt für dieses Studium nicht ausreichend war.

»So«, verkündet Mariele. »Dann wollen wir mal schauen, welche Geschichte uns der Körper erzählt.«

Ben schaltet ein Diktiergerät ein. Kat wippt auf Zehenspitzen auf und ab.

An den Anblick toter Menschen gewöhnt man sich. Bei den ersten beiden Obduktionen habe ich schlappgemacht. Mein Körper hat damals innerhalb weniger Minuten mit Übelkeit und weichen Knien reagiert, und es dauerte nicht lange, bis mein Kreislauf zusammengebrochen ist.

Mariele Lundberg nimmt die äußere Leichenschau vor und untersucht akribisch die Hautoberfläche. Dabei diktiert sie.

»Blutergüsse an den Oberarmen, am Thorax und an den Rippen, keinerlei Hinweise auf Stichverletzungen. Ben, bitte ein Foto.«

Ben ist routiniert bei der Sache.

Sie diktiert weiter. »Würgemale am Kehlkopf, halbmondartige Verletzungen, die von Fingernägeln herrühren …«

Und wieder setzt Ben die Kamera an.

Als Dr. Lundberg nach gefühlten fünf Stunden mit der inneren Leichenschau beginnt, schalte ich auf Autopilot. Bevor sie den Schädel öffnet, schiebt sie mit brutal aussehenden Instrumenten die Knochenhaut von der Schädeldecke.

Kat lehnt sich an mich, ich halte mit meiner Körperkraft dagegen. Sie fängt bedenklich an zu wackeln. Ich umarme sie seitlich und stoße auf Ollis Hand, der sie ebenfalls stützt.

Unsere junge Kollegin schlägt sich tapfer, bis Dr. Lundberg im späteren Verlauf den Brustkorb öffnet und der spezielle süßliche Geruch den Raum erfüllt, an den ich mich nie gewöhnen werde. Er ist richtig unangenehm.

Auch bei Kat scheint er angekommen zu sein. Sie würgt ein paar Mal, dann kotzt sie im hohen Bogen in Richtung Waschbecken, ohne hinzulaufen.

Czarnitzki wendet sich angewidert ab.

Dr. Lundberg schaut kurz auf.

Kat kann sich nur noch mit Ollis und meiner Hilfe auf den Beinen halten kann.

Ben rollt mit den Augen und schnuppert in der Luft. Er rümpft die Nase. »Jetzt sagen Sie nicht, dass Sie vor der ersten Obduktion Bananen gegessen haben.« Er legt kopfschüttelnd die Kamera aus der Hand und nimmt einen Brauseschlauch, der zum Einsatz kommt.

Kat ist grün im Gesicht.

Eine Stunde später verlassen wir die Rechtsmedizin. Die Gesichtsfarbe unserer Kollegin hat sich verändert. Sie ist nicht mehr grün, sondern käsig. Als ich ihr meinen Arm anbiete, grinst sie schief. »Danke, es geht schon wieder.«

Dr. Lundberg wird uns den Obduktionsbericht zukommen lassen. Frau Wittler ist durch Erwürgen mit bloßen Händen gestorben. Die Blutflecke an der Tapete in Valentinas Appartement stammen daher, weil der Täter Frau Wittler mehrmals mit dem Kopf gegen die Wand geschlagen hat, während er sie würgte. Sie hat am Hinterkopf immense Verletzungen.

Als wir den Flur in Richtung Ausgang laufen, schnäuzt Czarnitzki sich lautstark die Nase. »Wir werden am Montag eine Pressekonferenz geben und können nur hoffen, dass wir Hinweise aus der Bevölkerung bekommen. Schauen Sie sich im Milieu um. Es ist nicht auszuschließen, dass Frau Miermann ohne Zuhälter gearbeitet hat und jemand richtig böse auf sie war.«

Kat meldet sich zu Wort. »Der Mord an Frau Wittler war doch wahrscheinlich eine Tat im Affekt, oder?«

Czarnitzki grinst. »Was für eine unkluge Frage.«

Olli hält uns die Tür auf, die an die frische Luft führt. »Es gibt keine unklugen Fragen. Es gibt nur unkluge Antworten.«

Klaus Czarnitzki gluckst vor Lachen. »Das liegt immer in der Sache des Betrachters. Ich bin jetzt bei Bleckmann und werde von Ihrem bahn*brechenden* Erfolg der ersten Obduktion berichten.« Dann dreht er sich um und zwinkert Kat zu. »Keine Sorge, ich habe heute den Schalk im Nacken. Es ist zwar lange her, aber ich habe in so einer Situation auch schon die Flügel hängen lassen.« Er hebt die Hand zum Gruß und läuft mit federnden Schritten los.

Ich schaue ihm mit hochgezogenen Augenbrauen hinterher.

Kat bleibt auf der Treppe stehen, die zum Hinterhof führt. Sie atmet tief ein und aus. Dann flüstert sie: »Arschgeige.«

Im Auto bittet sie Olli, am nächsten Supermarkt anzuhalten. Sie möchte Zahnputzzeug kaufen. Das kann ich sehr gut verstehen.

Drei Ecken weiter hält Olli vor einem Discounter. Nachdem Kat aus dem Auto gehüpft ist, lacht er. »Mann, hat die einen Einstand gegeben. Bananenbrei für alle …«

»Sie wird sich dran gewöhnen.«

Nachdem Kat mit frischem Atem im Auto sitzt, gibt Olli Gas. Es geht zurück nach Oldenburg.

*

Der Hausverwalter empfängt uns mit einem Blick, der uns sagt, dass wir sehr ungelegen kommen.

Ich habe mich längst daran gewöhnt, ›ungelegen‹ zu kommen, denn wenn die Kriminalpolizei klingelt, bedeutet das nie etwas Gutes.

Hinnak Münker ist ein stämmiger Mann um die sechzig.

Er führt uns in den Garten und bittet uns, an dem Terrassentisch aus Teakholz Platz zu nehmen. Er scheint nervös zu sein, denn er redet ohne Punkt und Komma.

»Das ist ja furchtbar, was hier passiert ist. Wie kann man denn jemandem einfach so die Kerze auspusten. Ich meine, das letzte Wort haben doch die höheren Mächte. Wo war der Herrgott zu der Zeit? Tz. Da will eine fleißige Frau für Ordnung sorgen und dann passiert sowas.« Er hält eine Warmhaltekanne in die Luft, dann zeigt er auf Kaffeepötte, die auf der Mitte des Tisches stehen. »Möchten Sie ein Tässchen? Meine Frau hat einen Starken vorgekocht.«

Olli und ich lehnen dankend ab, Kat schüttelt ebenfalls den Kopf.

Eine kleine zierliche Frau kommt auf die Terrasse. Sie stellt sich als Helga Münker vor. Sie streicht ihre feinen blonden Haare hinter die Ohren. »Ich habe mich von dem Schock so einigermaßen erholt. Ein Mord im Haus, das ist ein fürchterliches Gefühl. Die Mieter … Also, wir sind alle verunsichert. Es traut sich niemand in die Tiefgarage. Wissen Sie schon Genaueres?«

»Nein«, antwortet Olli. »Die Ermittlungen sind in vollem Gange.«

Der Hausverwalter befüllt seinen Kaffeepott. »Ich war oben, aber die Tür war versiegelt. Jetzt kommt Frau Miermann nicht mehr in ihre Wohnung. Was macht sie denn nun?«

Olli räuspert sich. »Frau Miermann wird vermisst. Seit Mittwochnachmittag ist sie spurlos verschwunden.«

Frau Münker schlägt eine Hand vor den Mund. »Waaas? Das … das ist ja komisch.«

Der Hausverwalter lässt sich auf den Stuhl fallen. »Was sagen Sie da? Soll das heißen, dass Frau Miermann auch umgebracht worden ist?«

»Ich habe *verschwunden* und nicht *umgebracht* gesagt. Die Untersuchungen laufen. Herr Münker, wann hat Frau Miermann die Wohnung bei Ihnen gemietet?«

Der Hausverwalter greift nach einem Schnellhefter, der auf dem Tisch liegt, und blättert darin. Seine Hände zittern leicht, als er die Unterlagen durchgeht.

»Ich habe die Akte schon mal herausgesucht. Hier ist der Mietvertrag. Er wurde vor drei Jahren unterschrieben.« Er schiebt den Hefter zu mir rüber.

Ich werfe einen Blick darauf.

Olli lehnt sich zurück. »Ist Ihnen bekannt, dass Frau Miermann in der Wohnung Kunden empfangen hat? Sie arbeitet als Prostituierte.«

Frau Münker zieht scharf Luft ein, dann stellt sie den Kaffeepott geräuschvoll auf den Tisch. »Das glaube ich jetzt nicht. Sind Sie sich sicher? Sie macht in unserem Haus die Beine breit?«

Ich nicke. »Wenn Sie es so ausdrücken wollen …«

Frau Münker ist sprachlos.

Der Hausverwalter fummelt ein Taschentuch aus seiner Hosentasche und tupft damit an seiner Stirn. »Na ja, also, was soll ich sagen. Als Frau Miermann wegen der Wohnung anrief und sie besichtigte, hat sie gesagt, dass sie einen großen Bekanntenkreis habe und viel Besuch bekäme.« Er räuspert sich. »Das Haus gehört der WHF-Baugesellschaft. Ich habe freie Hand, wenn es ums Vermieten geht. Ich habe ihr erklärt, dass es mich einen feuchten Furz angeht, wie viele Bekannte oder Freunde sie besuchen kämen.«

Frau Münker lacht spitz auf. »Ich komme nicht drüber weg. Ein Puff in unserem Haus … Jetzt kapiere ich, warum sie unten an der Haustürklingel nur ihren Vornamen stehen hatte. Und am Briefkasten stand gar kein Name.«

Herr Münker zischt seine Frau an: »Das ist doch scheißegal, ob Puff oder nicht Puff. Oben stand auch nur ihr Vorname. Den Nachbarn hat sie sich doch persönlich vorgestellt. Frau Miermann ist verschwunden. Darum geht es.« Er konzentriert sich wieder auf meine Frage. »Ich habe ihr gesagt, dass es eine Hausordnung gibt. Wenn sie die Regeln einhielte, also nicht mitten in der Nacht Wäsche wasche oder die Musik laut aufdrehe, wäre es mir egal, wer sie wann besuchen käme.« Er schaut mich an. »Was hätte ich denn sagen sollen?« Seine Hände wedeln durch die Luft. »Neeein. Sie dürfen nur einen Freund haben? Wo leben wir denn? Ich bin ein moderner Mensch.«

»Hatten Sie öfter Kontakt zu Frau Miermann?«

Herr Münker schüttelt schnell den Kopf. Sein Doppelkinn wackelt. »Nehee. Das wüsste ich.«

»Was redest du denn?«, fährt seine Frau dazwischen. Sie schaut mir in die Augen. »Er war doch alle naselang oben. Mal war der Abfluss in der Dusche und mal das Klo verstopft. Und ein anderes Mal tröpfelte eine Armatur.«

»Herrgott, ich kümmere mich um jede Mietwohnung, in der etwas nicht okay ist.«

Kat schreibt die ganze Zeit mit.

Irgendwo in der Nähe klingelt ein Telefon. Frau Münker verschränkt die Arme vor der Brust.

Der Hausverwalter pfeift sie an. »Was ist? Hast du keine Ohren? Geh nachschauen, wer was will.«

Seine Frau erhebt sich nur widerwillig.

Olli schaut der kleinen Frau hinterher. »Herr Münker, hatten Sie auch Kontakt zu Frau Miermann, wenn's mal nicht verstopft war oder getröpfelt hat?«

»Ich? Nein. Wozu?«

Olli hebt die Augenbrauen. »Es könnte ja sein, dass Sie zu ihren Kunden gezählt haben.«

»So ein Blödsinn. Schauen Sie mich an. Ich bin froh und glücklich, wenn ich abends mit einem Bier auf der Couch sitze.« Sein Taschentuch kommt wieder zum Einsatz. »Kommen Sie bloß nicht auf die Idee, dass ich was mit Valentinas Verschwinden zu tun habe. Meine Frau und ich waren bei meinem Bruder in Grömitz. Wir haben seinen Geburtstag gefeiert. Ich war seit Dienstag rund um die Uhr mit Menschen zusammen. Es gibt jede Menge Fotos, die das belegen. Und bezeugen können das mindestens dreißig Verwandte und Bekannte.« Sein Gesicht ist jetzt puterrot.

Kat schaut von ihrem Tablet auf. »Wenn Sie oben bei Ihrer Mieterin waren, ist Ihnen nicht aufgefallen, wie spartanisch die Wohnung eingerichtet war … also, bis auf das Schlafzimmer?«

»Nein. Wenn ich oben war, dann war ich lediglich in ihrem Bad. *Nur* in ihrem Bad.«

»Wissen Sie, ob es Bewohner gibt, zu denen Frau Miermann engeren Kontakt pflegte?«

»Woher soll ich das wissen? Sie wohnt in der zehnten Etage. Sprechen Sie mit den Nachbarn oben. Die werden Ihnen mehr sagen können als ich.«

»Danke für die Info. Wenn wir weitere Fragen haben, melden wir uns.«

Dieses Mal ist es Kat, die ihm eine Visitenkarte in die Hand drückt. »Unter der Rufnummer ist rund um die Uhr jemand zu erreichen. Wenn Sie uns noch etwas sagen möchten, rufen Sie an.«

Herr Münker begleitet uns zur Tür. Auf dem Weg dorthin sehe ich seine Frau in der Küche telefonieren.

»Ja. Sie hat wohl einen Puff … Die sah mir gleich so nuttig aus … Ach, du kennst Hinnak doch.«

Herr Münker kommt mit in den Flur. Er atmet schwer. Der Schweiß rinnt ihm die Schläfen hinunter. Sein Übergewicht macht ihm ganz offensichtlich zu schaffen.

Nach einer kurzen Verabschiedung laufen wir zum Aufzug.

Kat sprintet wieder die Treppe hinauf.

Im Lift müffelt es noch unangenehmer als gestern. Der kalte Tabakrauch stinkt widerlich.

Als wir vor der Tür von Herrn Timmerhaus stehen, bin ich ein wenig angefressen. Er hat uns geleimt. Er ist nicht da. An seiner Tür hängt ein Zettel.

Sorry, Sherlock Holmes. Ich hatte privat einen Notfall. Mein Baby geht vor. Ich musste weg. Bin morgen ab 10 Uhr hier.

Olli boxt mich in die Rippen. »Guck nicht so sauer. Wir müssen ja nur noch einmal schlafen. Los, Sherlock. Laufen wir Kat entgegen. Dann braucht sie nicht umsonst die ganzen Stufen hochrennen.«

*

Bevor wir zum Juwelier Viktor Sassnitz fahren, bitte ich Olli, am Tabakwarenladen *Palim-Palim* einen Boxenstopp zu machen.

Ab und an gönne ich mir nach Dienstschluss eine gute handgerollte Havanna, und davon hat Frau Palim so einige im Angebot.

Olli parkt im absoluten Halteverbot.

Das kleine Schaufenster des winzigen Ladens ist bis zum Anschlag mit gesundheitsschädlichen Dingen dekoriert. In geöffneten kleinen Holzkisten in edlem Design liegen die dick gerollten Zigarren mit schmückenden Banderolen, deren Motive mit Gold verziert sind.

Als wir den kleinen Laden betreten, ertönt ein lautes Palim-Palim. Ein schwerer Duft von getrocknetem Tabak schlägt uns entgegen.

Die Rauchgegner Olli und Kat rümpfen die Nasen, dabei tauschen sie vielsagende Blicke.

Die Verkaufstheke und die Regale sind aus dunklem Holz, das sehr massiv ausschaut. Die hintere Wand … Ein Eldorado für leidenschaftliche Raucher. Die abschreckenden Bilder, die auf den Zigarettenpackungen vor dem Rauchen warnen, sind durch eine geschickt angebrachte Holzleiste verdeckt. Das Geschäft muss laufen.

Kat verrenkt sich den Hals. Sie schaut an die Zimmerdecke, von der die Palim-Türglocke baumelt. »Wie originell.«

Olli lacht. »So ein Teil sollten wir in unserem Büro anbringen.«

Aus einem Hinterzimmer kommt die Ladeninhaberin Frau Palim. Die ältere, grauhaarige Dame trägt trotz der Wärme eine dicke Strickjacke.

Sie strahlt über das ganze Gesicht, als sie mich sieht.

»Ah, Herr Feddersen, das ist schön, dass Sie mal wieder Lust auf etwas Besonderes haben. Sie möchten doch bestimmt wieder ein paar Zigarren kaufen. Oder darf es heute was anderes sein?«

»Hallo, Frau Palim. Genau. Mein Vorrat ist auf null geschrumpft.«

Sie zieht eine Schublade heraus und legt einen Aluminiumschuber auf die Holztheke. »Die habe ich neu im Sortiment. Etwas Kräftiges. Eine Hoyo de Monterrey DE Rio Seco. Die kostet allerdings etwas über siebzehn Euro.«

Während Kat und Olli die Zeitschriftenauslage betrachten, entscheide ich mich für drei kräftige Zigarren.

Nachdem ich über fünfzig Euro für getrocknete Tabakblätter von einem anderen Kontinent auf den Tisch gelegt habe, verabschieden wir uns von der Ladenbesitzerin und verlassen das Geschäft. Und wieder ist Kat von dem blechernen Palim-Palim begeistert.

Als ich einen Blick auf die Zigarrenstreichhölzer im Schaufenster werfe, bremse ich ab. Die habe ich total vergessen einzukaufen. »Wartet ihr einen Moment? Ich bin noch mal kurz drin.«

Olli rümpft die Nase. »Mann, lass dich nicht von deiner Mutter beim Qualmen erwischen. Die schraubt dir die Ohren ab.«

Als ich mit einem Schulterzucken antworte, drängelt sich eine schlanke Frau an mir vorbei, deren Haarfarbe mich an Kupfer erinnert.

»Tschuldigung? Ich hab's eilig.« Sie wirft ihre schulterlange, gelockte Mähne in den Nacken, betritt den Laden und hält mit einem Schulterblick die Tür auf. »Wollen Sie auch rein?«

»Ja. Danke.« Ich schaue in strahlende Augen und habe das Gefühl, in eine blaue Lagune zu versinken.

Frau Palim steht noch hinter der Theke. Sie schaut mich aufmerksam an. »Haben Sie was vergessen?«

Ich nicke. »Ja. Lange Streichhölzer … Aber bedienen Sie zuerst die Dame. Die hat's eilig.«

»Danke. Das ist nett. Ich hätte gern Zigaretten.« Sie stellt sich auf Zehenspitzen und betrachtet die Päckchen im Regal. »Ich brauche sie für die Männer einer Umzugsfirma und habe keine Ahnung, was die rauchen. Ich habe vergessen, sie zu fragen. Welche Sorte nehme ich denn am besten?«

Frau Palim zeigt auf das Sortiment. »Also, die meisten freuen sich über gesponserte Rauchwaren und sind da nicht so wählerisch. Ich würde zu einer günstigen Sorte raten. Damit machen Sie nichts verkehrt.«

»Gut. Dann nehme ich für jeden drei Päckchen. Also zwölf Schachteln. Und vier verschiedenfarbige von diesen Feuerzeugen.« Sie zeigt auf eine Palette mit den bunten Plastikteilen.

Die Ladenbesitzerin lächelt. »Das ist aber nett von Ihnen. So eine kleine Zugabe macht viel aus. Da wird gerne nebenher eine Waschmaschine angeschlossen.«

»Ja.« Die Frau öffnet ihre Handtasche. Die Zigarettenpackungen fliegen hinein, die Feuerzeuge hinterher.

Sie bezahlt und während sie das Wechselgeld verstaut, ordere ich die

Streichhölzer und noch eine Schachtel der Marke, die die Frau gerade erstanden hat. Und wieder wandert ein Schein auf die Theke.

Mit einem amüsierten Lächeln schaut die aparte Schönheit mich an. »Am besten schließen Sie sich ein, wenn Sie rauchen. Es wäre schade um Ihre Ohren. Mütter können rigoros sein.«

Ich lache. Sie muss den Spruch mitbekommen haben, den Olli losgelassen hat. Ich schaue der zauberhaften Person hinterher, die leichtfüßig den Laden verlässt.

»Hallooo, Herr Kommissar?«

Ich fahre herum. »Ähm. Ja. Hier bin ich.«

Frau Palim schüttelt den Kopf. »Ihr Wechselgeld.«

Als ich den Laden verlasse, fährt die attraktive Frau mit ihrem Auto an mir vorbei. Sie winkt. Ich schaue ihr wieder hinterher.

Auf dem Weg zum Juwelier Sassnitz meldet sich Addi.

»Hallo Hannes. Habt ihr etwas Luft?«

»Olli kutschiert uns gerade zum Juwelier Sassnitz. Warum fragst du?«

»Als ihr in der Rechtsmedizin wart, hat Herr Miermann einen Notruf abgesetzt. Er hat auf dem Firmen-Laptop seiner Tochter grauenvolle Bilder entdeckt. Sie sind per E-Mail geschickt worden. Sie zeigen Valentina Miermann. Sie wurde enthauptet. Bleckmann hat Trixi und mich in euer Revier geschickt. Wir sind jetzt bei den Eheleuten im Windrosenweg 18. Der Notarzt ist noch vor Ort. Frau Miermann ist zusammengebrochen.«

*

Vor dem Haus von Carola und Günther Miermann stehen ein Streifen- und ein Notarztwagen sowie Addis Dienstfahrzeug. Es ist ein gepflegtes, rot verklinkertes Haus mit einem Vorgarten, in dem es üppig blüht.

Der Notarzt und ein Rettungssanitäter verlassen das Haus der Miermanns, als Kat den Klingelknopf drücken will.

Ich zeige ihm meinen Ausweis. An seiner Jacke lese ich den Namen Dr. Wim Bradler. »Hallo Doktor Bradler. Johannes Feddersen, Kriminalkommissar. Sie waren bei den Miermanns?«

»Ja. Ich habe Frau Miermann ein Sedativum verabreicht. Sie braucht Ruhe. Ihre Kollegen von der Krisenintervention kümmern sich schon um das Ehepaar.« Er hebt die Hand. »Alles Gute.«

Obwohl Kat in der Tür steht, klingeln wir noch einmal.

Trixi kommt durch den Flur. »Hallo. Kommt rein. Es sieht nicht gut aus.« Sie stemmt die Hände in die Hüften, bleibt im Flur stehen und redet mit leiser Stimme. »Addi hat euch schon im Groben gesagt, was los ist. Herr Miermann hat vor Stunden vollkommen aufgelöst einen Notruf abgesetzt. Er und seine Frau waren heute früh in der Boutique ihrer Tochter. Sie haben nach einem Hinweis gesucht, ob Valentina irgendwo notiert hat, wo sie hinwollte. Sie sind nicht fündig geworden.« Sie lehnt sich mit verschränkten Armen gegen das Treppengeländer. »Den Laptop hat Frau Miermann eingesteckt, weil sie das Passwort nicht im Kopf hatte. Zu Hause hat Herr Miermann dann das E-Mail-Postfach der Boutique geöffnet, um zu sehen, ob sich *darin* ein Hinweis befindet. Er hat einige E-Mail-Eingänge mit geschäftlichem Inhalt gefunden. Eine Mail hatte den Absender *valentinamiermann_dessous*. Er dachte im ersten Moment, dass es eine Nachricht seiner Tochter sei. An diese Mail waren drei JPEG-Dateien angehängt. Herr Miermann hat sie geöffnet und war mehr als schockiert. Auf den Fotos ist die grausam verstümmelte Leiche seiner Tochter zu sehen.« Sie schluckt. »Ihr Kopf wurde vom Rumpf getrennt.« Sie streicht sich die kinnlangen, brünetten Haare hinter die Ohren. »Die Eheleute wollten nicht glauben, was sie da gesehen haben. Herr Miermann hat uns sofort angerufen. Als wir hier waren, ist Frau Miermann zusammengebrochen. Wir haben den Notarzt verständigt. Der Doktor hat ihr was zur Beruhigung gespritzt. Die Miermanns sind jetzt mit zwei Mitarbeitern von der Krisenintervention in der Küche.«

Kat ist sichtlich erschüttert.

»Schauen wir uns das erst mal an«, schlage ich vor.

Trixi führt uns ins Wohnzimmer der Eheleute.

Addi sitzt vor dem Laptop. »Hallo zusammen. Ihr seid im Bilde?«

»Ja.«

Wir setzen uns. Addi dreht den Laptop so, dass alle den Monitor im Blick haben.

Nach einem Mausklick erscheint ein Foto.

Die Aufnahme zeigt die vermisste Valentina, deren nackter Körper mit einem Gurt unter der Brust und einen um die Hüften auf einer Art Metalltisch fixiert ist. Wenn der Täter ihr keine Droge verabreicht hat, muss sie bei vollem Bewusstsein mitbekommen haben, was er mit ihr veranstaltet hat. Ihr Gesichtsausdruck spiegelt eine dermaßen große Qual und Verzweiflung wider, dass ich schlucken muss. So etwas Grausames habe ich während meiner gesamten Laufbahn nicht gesehen. Ihre Arme sind nach oben gestreckt. Der Irre hat ihre Handgelenke rechts und links fixiert. Die Stricke, mit denen sie gefesselt wurde, sind an Metallösen gebunden, die sich oben und unten am Tisch befinden. Ihre Beine sind gespreizt, die Fußgelenke wurden ebenfalls mit Seilen fixiert. Valentinas lange, blonde Haare sind blutverkrustet, ihr Gesicht ist geschunden. An Jochbögen und Kinn sind bläuliche Verfärbungen zu erkennen. Der Täter wird sie geschlagen haben.

»Wie sieht das Nächste aus?«, frage ich mit belegter Stimme.

Nach einem Klick mit der Maus starre ich auf den Bildschirm. Blut. Im ersten Moment sehe ich nur Blut. Dann die klaffende Wunde, aus der etwas hervorquillt. Ich will nicht darüber nachdenken, was es ist. Ich habe keine Ahnung, welche Zeitspanne zwischen den Aufnahmen liegt. Ich hoffe jedoch mit jeder Faser meines Körpers, dass es nur Sekunden waren und die junge hübsche Frau nicht stundenlang unter den unvorstellbaren Qualen leiden musste. Mir ist klar, dass das ein frommer Wunsch ist.

»Kann ich weiterklicken?«, fragt Addi.

»Ja.«

Beim Anblick der letzten Aufnahme springt Kat auf.

»Ich … ich muss kurz raus«, kommt es mit erstickter Stimme. Dann ist sie weg.

Ollis Hand ist zur Faust geballt. Er legt sie vor den Mund und sagt nichts.

Niemand sagt etwas.

Die Bestie hat Valentinas Kopf vom Rumpf getrennt und ihn zwischen ihre Beine drapiert. Das Ganze hat etwas Surreales, etwas, das man auf der Kinoleinwand geboten bekommt … Bilder, an deren Entstehung Künstler beteiligt waren, um bei der nächsten Oscar-Verleihung den begehrten Preis für die beste Maske in den Händen zu halten.

Ich finde keine Worte für das, was ich gerade empfinde.

»Wann ist die E-Mail auf dem Firmen-Laptop eingetrudelt?«

»Am Donnerstag. Um 12:11. Wir nehmen das Teil mit. Felix Brauner wird die Mail genau unter die Lupe nehmen.«

Felix Brauner ist unser Computerspezialist, der Spuren auf der Datenautobahn verfolgt.

Ich schaue Addi gespannt an. »Wie lautet der Absender der E-Mail?«

»Der E-Mail-Anbieter ist GMX FreeMail. Der Name lautet: *valentina-miermann_dessous*. Herr Miermann hat gesagt, dass ihm diese Mail-Addi seiner Tochter nicht bekannt sei. Der Täter wird den E-Mail-Account bei GMX erstellt und die Fotos an Valentinas Firmen-Laptop geschickt haben.«

Olli spielt mit seiner Unterlippe. »Das wäre der Hammer und an Perversion nicht zu überbieten. Ich bin gespannt. Felix wird herausfinden, wer hinter dieser Aktion steckt.«

Ich starre auf den Monitor. »Das bleibt abzuwarten. Nehmen wir mal an, dass Valentina am Mittwoch getötet worden ist und ihr Mörder an diesem Tag Fotos von seiner irren Tat gemacht hat.« Ich stehe auf. »Er nimmt später die Haustürschlüssel und verschafft sich damit am Donnerstag Zugang zu Valentinas Wohnung, weil er an ihren PC will. Dort trifft er überraschend auf die Putzfrau Frau Wittler. Er beseitigt sie eiskalt und verschickt die Fotos von dem privaten Notebook der Miermann. Zu dem Zweck erstellt er eine E-Mail-Adresse. Anschließend nimmt er den PC mit – aus was für Gründen auch immer – und macht Kleinholz daraus.« Vor meinem inneren Auge sehe ich Agathe Wittler in ihrem Blut liegen. »Sollte es so gewesen sein, dann führen alle Spuren ins Nichts.«

Kat kommt zurück. »Eine der Psychologinnen hat mich gerade angesprochen. Sie und ihre Kollegin haben Kontakt zu den engsten Familienmitgliedern der Miermanns aufgenommen. Die Geschwister der beiden werden gleich hier sein. Im Moment sind die Eheleute nicht ansprechbar.«

Jedes Verbrechen hinterlässt Spuren. Nach Einbrüchen sind die Opfer verunsichert … Manche leiden ihr Leben lang unter extremen Ängsten. Ein Mord zieht einen nicht enden wollenden Trauerflor hinter sich her. Es gibt nicht nur ein Opfer.

*

Die Mitarbeiterinnen des Juweliers werden kreidebleich, als wir ihnen und ihrem Chef erklären, dass ihre Geschäftsnachbarin, Valentina Miermann, einem grausamen Verbrechen zum Opfer gefallen ist. Die drei stehen hinter einer der gläsernen Verkaufstheken, in der jede Menge edle Schmuckstücke auf Käufer warten.

Herr Sassnitz wechselt ebenfalls die Gesichtsfarbe. Der gepflegte Mann, den ich auf Mitte vierzig schätze, sieht aus, als wäre er aus einem Modemagazin gehüpft. Seine Jeans, das blaue Hemd und das farblich passende Sakko sehen edel aus. Das dunkelblaue Brillengestell rundet das Bild ab. Am kleinen Finger seiner rechten Hand funkelt ein Stein. Er streicht sich durch die vollen, dunklen Haare und räuspert sich.

»Wenn … wenn ich zu meinem Auto laufe, muss ich an dem Laden vorbei. Erst dachte ich, dass Frau Miermann krank sei, weil der Laden geschlossen war. Aber als ihre Mutter gestern hier aufkreuzte und von ihren Sorgen berichtet hat, kam ich schon ins Nachdenken. Sie soll ihre Katzen unversorgt gelassen haben.«

Martina Reif und ihre Kollegin Katy Hensler erklären stockend, dass sie Frau Miermann am Mittwoch das letzte Mal gesehen haben, als sie am Juweliergeschäft vorbeigelaufen ist.

Die Stimme von Frau Reif zittert ein wenig. »Frau Miermann hat jeden Mittwochnachmittag die Boutique geschlossen.«

Die Frage, ob sie näheren Kontakt zu der Boutiquebesitzerin gepflegt haben, verneinen die Frauen.

»Als näheren Kontakt kann man das nicht bezeichnen. Wir haben mal kurz ein paar Worte gewechselt, und das war es auch schon. Es waren meist Floskeln über das Wetter oder übers Wochenende.«

»Gehörten Sie zur Kundschaft von Frau Miermann?«

Beide schütteln heftig den Kopf.

»Fascination-Dessous können wir uns nicht leisten«, klärt uns Katy Hensler auf. »Auch im Ausverkauf waren die Preise noch wahnsinnig hoch.«

Während Olli die Eheringe in der Auslage betrachtet, setzt er die Befragung fort. »Hatten Sie mal ein Auge auf die Kundschaft der Boutique geworfen? Haben dort auch viele Männer eingekauft?«

Herr Sassnitz mischt sich ein. Seine Stimme klingt ärgerlich. »Wir haben selbst genug zu tun. Als wenn wir Zeit hätten, die Kunden der Geschäfte aus der Nachbarschaft zu scannen.«

Zwei Frauen betreten das Juweliergeschäft. Sie steuern die beiden Verkäuferinnen an.

Herr Sassnitz schlägt vor, in sein Büro zu gehen, das sich hinter den Verkaufstheken befindet. Er bittet Kat und Olli, sich auf die dunkelgrüne Chaiselongue zu setzen, mir bietet er einen Platz vor seinem antiken Schreibtisch an. Auch die Einrichtung des Büros zeigt, dass Herr Sassnitz das Edle liebt.

Ich betrachte den Mann, als wir uns am Schreibtisch gegenübersitzen. »Hatten *Sie* Kontakt zu Frau Miermann?«

Er hebt die Augenbrauen. »Was meinen Sie mit *Kontakt*?«

Die Frage kommt wieder sehr angepisst.

Ich lehne mich entspannt zurück. »Sie verstehen die Frage nicht? … Okay. Ich erklär sie Ihnen. Gab es zwischen Ihnen und Frau Miermann einen Brückenschlag … Haben Sie miteinander kommuniziert, bestand eine Verbindung zwischen Ihnen? Hatten Sie ein Verhältnis … ein freundschaftliches Verhältnis?«

Der attraktive Mann strafft sich. »Nein. Nein, nein. Also, wir haben ab und an einen Kaffee zusammen getrunken und uns über die Geschäfte unterhalten. Das war es auch schon. Als Brückenschlag oder so was Ähnliches würde ich das jetzt nicht bezeichnen. Und als Verhältnis schon mal gar nicht.«

»Erinnern Sie sich daran, wann Sie das letzte Mal mit Frau Miermann einen Kaffee getrunken haben?«

»Mein Gott. Was Sie alles wissen wollen. Sicher.« Er tippt sich gegen die Stirn. »Hier oben funktioniert es bestens. Ich war am Mittwoch kurz drüben. Das war gegen 12 Uhr. Valentina hatte es eilig. Es war ein schneller Kaffee. Wir haben nicht wirklich viel gequatscht.«

»Ist Ihnen an dem Tag etwas Besonderes aufgefallen? Hat sich Frau Miermann anders verhalten als sonst?«

Der Blick des Juweliers wandert an die Zimmerdecke. »Nein. Absolut nicht.«

Olli steht auf. Er läuft ein paar Schritte, dann lehnt er sich gegen die Fensterbank und klinkt sich ein. »Hat Ihre Nachbarin erzählt, warum sie es so eilig hatte?«

Diese Frage kann der Schmuckhändler nicht beantworten.

Mein Kollege erkundigt sich weiter. »Sind Sie verheiratet, Herr Sassnitz?«

Die Augenbrauen des Juweliers wandern in die Höhe. »Ja. Warum fragen Sie das? Darf ich als verheirateter Mann keinen Kaffee mit einer anderen Frau trinken?«

Olli zuckt mit den Schultern. »Die Frage muss ich zurückgeben. Dürfen Sie das, oder hat Ihre Frau etwas dagegen?«

Sassnitz lacht kurz auf. »Hören Sie, Herr Kommissar. Meine Frau ist hochgradig eifersüchtig. Darum behalte ich Dinge für mich, die den Frieden im Hause Sassnitz aus dem Gleichgewicht bringen. Sage ich die Wahrheit, macht meine Frau Stress … also sage ich sie nicht.«

Olli spitzt die Lippen. »Interessante Geisteshaltung.«

Herr Sassnitz verzieht spöttisch den Mund. »In der Tat. Für leidgeprüfte Ehemänner die perfekte Geisteshaltung.«

Ich frage weiter. »War Frau Miermann Kundin bei Ihnen? Hat sie in Ihrem Geschäft mal ein Schmuckstück gekauft?«

»Nein. Das hat sie nicht.« Herr Sassnitz schüttelt langsam den Kopf. »Was soll das werden? Ein Verhör?«

Ich hebe eine Hand. »Wir sind dabei, uns ein erstes Bild zu machen, Herr Sassnitz. Dazu gehört, dass wir Dinge erfragen müssen, die wir nicht wissen. Wir wissen zum Beispiel nicht, was Sie ab Mittwochmittag bis Donnerstagabend gemacht haben.«

Der Juwelier grunzt. »Nichts Spannendes. Am Mittwoch war ich bis 17 Uhr hier im Laden. Anschließend bin ich heimgefahren und habe den Abend allein vor dem Fernseher verbracht. Meine Frau war von Mittwoch ab 18 Uhr bis Donnerstagnachmittag mit ihren Freundinnen zusammen. Sie treffen sich einmal im Monat zum Mädelsabend. Sie übernachtet dann bei einer der Frauen und kommt erst, wie gesagt, am Donnerstagnachmittag heim. Das hat sich im Laufe der Jahre so eingebürgert. Zur Frage zwei ... Am Donnerstag war ich um 8:30 Uhr wieder im Laden. Am späten Vormittag habe ich meine Damen alleingelassen und war an der Steilküste auf Fehmarn unterwegs. In Katharinenhof. Ich jogge leidenschaftlich gern. Nach dem Sport war ich daheim duschen und bin gegen 16 Uhr zurück ins Geschäft.«

»Waren Sie allein joggen?«

»Ja.«

»Haben Sie Bekannte auf der Insel getroffen?«

»*Nein*«, antwortet er angefressen. »Wenn ich gewusst hätte, dass ich für diese Tage ein Alibi brauche, dann hätte ich dafür gesorgt.«

»Danke, Herr Sassnitz«, antwortet Olli im ruhigen Ton.

Kat erhebt sich von dem dunkelgrünen Polster. Sie hat fleißig mitgeschrieben.

Ich stehe langsam auf. »Wussten Sie, dass Frau Miermann in einer Wohnung in der Kleistraße als Prostituierte gearbeitet hat?«

Der Juwelier verzieht keine Miene. Er hält meinem Blick stand. »Nein. Woher soll ich das wissen? Ich hatte schon gesagt, dass wir keinen näheren Kontakt pflegten.«

*

Unsere komplette Truppe befindet sich im Lübecker Büro. Die nachmittägliche Dienstbesprechung steht an. Bleckmann und der Staatsanwalt müssten gleich dazukommen.

Die Ermittlungen überschlagen sich, die letzten vierundzwanzig Stunden der Opfer müssen rekonstruiert werden.

Gemeinsam mit der Staatsanwaltschaft haben wir eine Presseerklärung herausgegeben, in der wir die Bevölkerung um Mithilfe bitten. Die TV-Sender berichten in jeder Nachrichtensendung von den schrecklichen Morden an Agathe Wittler und Valentina Miermann.

Im Erdgeschoss laufen die Telefone heiß, sieben Kollegen trennen die Spreu vom Weizen.

Einige unserer Leute sind dabei, im Hochhaus Befragungen durchzuführen. Wer hat wann und wo etwas gesehen? Die Anonymität des gigantischen Betonklotzes macht es nicht einfach. Menschen laufen aneinander vorbei. Die Bewohner aus der dritten Etage wissen nicht, wer in der neunten wohnt.

Die Fotos, die der Täter uns vom Opfer geschickt hat, hängen an der Pinnwand aus Kork. Die von der ermordeten Agathe Wittler sind daneben geheftet.

Bleckmann und Czarnitzki kommen zur Tür herein.

Olli kann sich ein »Palim-Palim« nicht verkneifen.

Bleckmann ergreift das Wort. »Felix Brauner hat mich vorhin angerufen. Die Fotos von Valentinas Leiche wurden tatsächlich aus ihrer Wohnung an den Firmen-PC der Boutique geschickt. Das hat der Täter clever angestellt. Er hat keine verräterische Datenspur hinterlassen. Warum er den PC mitgehen lassen hat? Hm.« Er reibt sich das Kinn.

Der Staatsanwalt pfeift leise durch die Zähne. »Das ist harter Tobak. Das habe ich auch noch nicht gehört.«

Kat zieht scharf Luft ein. »Aus welchem Grund verschickt jemand Fotos seiner Tat?«

Czarnitzki betrachtet seine Fingernägel. »Woher soll man das wissen? Darüber können wir nur spekulieren. Vielleicht will er zeigen, dass er die Macht hat? Es gibt Täter, die mit Stolz auf ihre Verbrechen blicken.«

Kat macht ein betroffenes Gesicht. »Die Miermanns gehen gerade barfuß durch die Hölle. Wie kann man so etwas nur aushalten.«

Czarnitzki betrachtet die Fotos an der Pinnwand. »Ist das ein Tisch, auf dem die Leiche liegt?«

»Soweit man es erkennen kann, ist das Teil aus Metall.« Ich deute mit dem Finger auf ein Bild, das ein Kriminaltechniker vergrößert hat. Es zeigt eins der gefesselten Fußgelenke. »Hier unten sieht man es ganz deutlich … Solche Tische werden in vielen Branchen eingesetzt. Ich kenne sie aus der Gastronomie.«

Kat meldet sich zu Wort. »Ich habe mal ein Praktikum in einer Gärtnerei gemacht. Die hatten auch Pflanztische aus Metall.«

Czarnitzki rollt mit den Augen. »Mit den Spekulationen könnten wir jetzt unendlich lange weitermachen. Diese Teile stehen auch im Institut für Rechtsmedizin.«

Als Bleckmann mich auffordert, die Neuigkeiten zusammenzufassen, lege ich los.

Ich erzähle, dass wir mit der besten Freundin von Valentina Miermann gesprochen haben, und Frau Marlene Ickinger wusste, dass Valentina sich prostituiert hat.

»Zum Zeitpunkt der Befragung galt Frau Miermann noch als vermisst.« Ich räuspere mich und schaue in die Runde. »Wenn von euch jemand Frau Ickinger informiert, dass ihre Freundin einem Verbrechen zum Opfer gefallen ist?«

Addi nickt. »Das übernehme ich.«

Weiter schildere ich den Besuch beim Hausverwalter Hinnak Münker, der vorgibt nicht zu wissen, dass Frau Miermann in der Wohnung angeschafft hat. »Herr Münker war seit Montag mit seiner Frau zu einem Familienfest in Grömitz. Er war öfter in der Wohnung bei Frau Miermann und hat sich um tropfende Duschen etc. pp. gekümmert.«

»Kaufen Sie ihm ab, dass er *nur* Duschen repariert hat?«, will Czarnitzki wissen.

»Ja.«

Als ich von der Befragung des Juweliers Viktor Sassnitz und seinen Angestellten berichte, horchen alle auf, die nicht dabei waren.

»Herr Sassnitz hat ziemlich angefressen auf unsere Fragen reagiert. Nach seiner Aussage war der Kontakt zu Frau Miermann nicht sehr intensiv. Er hat uns erklärt, dass er lediglich ab und an einen Kaffee mit ihr getrunken habe. Er hat es vor seiner Frau verheimlicht. Herr Sassnitz schildert seine Frau als hochgradig eifersüchtig. Noch haben wir nicht mit ihr gesprochen. Auch er gibt vor, nicht gewusst zu haben, dass Valentina neben der Boutique auch als Prostituierte gearbeitet hat. Sassnitz sagt, dass er den Mittwochabend allein zu Hause verbracht hat. Seine Frau war bei Freundinnen und ist erst am Donnerstagnachmittag heimgekommen.«

»Hm.« Czarnitzki reibt sich das Kinn.

»Frau Miermann hat am Mittwoch gegen 12 Uhr einen Kaffee mit Herrn Sassnitz getrunken. Anschließend hat sie wie gewohnt ihre Boutique geschlossen, dann ist sie zu ihren Eltern zum Mittagessen gefahren. Laut den Miermanns war es ein Treffen wie immer. Valentina hat von ihrem bevorstehenden Urlaub auf Mallorca gesprochen. Sie hat erwähnt, dass sie am Nachmittag einen Termin bei einem Gynäkologen hätte. Ihre Mutter hat vermutet, dass sie bei ihrem langjährigen Frauenarzt Dr. Schäfers war.«

Trixi hebt eine Hand. »Ich habe mich in der Praxis erkundigt. Sie war nicht dort. Welchen Gynäkologen sie letztendlich aufgesucht hat, beziehungsweise ob sie überhaupt einen Arzt konsultiert hat, ist unklar.«

Der Staatsanwalt runzelt die Stirn. »Sassnitz war also den ganzen Mittwochabend bis Donnerstagmorgen allein. Und wo hat er sich in der Zeit aufgehalten, in der Agathe Wittler getötet wurde?«

»Am Donnerstagmorgen war er kurz im Geschäft, anschließend auf Fehmarn joggen.«

Czarnitzki wippt auf Zehenspitzen auf und ab. »Dass Valentinas Auto in der Tiefgarage stand, bedeutet, dass sie zu Fuß unterwegs war, oder mit einem Taxi gefahren sein muss.«

Manu spielt mit einem Bleistift. »Das haben wir durch. Keines der Taxiunternehmen aus dem Umkreis hatte eine Fahrt in die Kleistraße 2.«

Ich kaue auf der Unterlippe. »Tja. Der nächste Punkt … Ist sie ihrem Mörder freiwillig gefolgt oder hat er sie gezwungen, mit ihm zu gehen.« Meine Finger trommeln auf dem Tisch. »Die *Villa Heimatland* liegt in unmittelbarer Nähe der Kleistraße. Zu Fuß sind es schätzungsweise sieben bis acht Minuten dorthin.«

Bleckmann nickt. »Darüber stolpere ich auch. Ich habe das Gefühl, dass der Giftmord an Winfried Stresemann irgendwie im Fall Miermann eine Rolle spielt.«

»Gefühl?« Klaus Czarnitzki verzieht spöttisch den Mund. »*Gefühle* bringen uns nicht weiter, Rudi.«

Bleckmanns Kiefermuskeln mahlen. »Wir müssen so schnell wie möglich eine Pressekonferenz geben. Es hat sich im Milieu herumgesprochen, was passiert ist. Die Mädels vom Straßenstrich sind beunruhigt. Sie trauen sich nicht, zu jemandem ins Auto zu steigen.« Er schaut mich an. »Wir sehen uns morgen, Hannes. Ich melde mich bei Ihnen, sobald ich weiß, wann die Pressekonferenz stattfindet.« Er hebt einen Finger. »Noch was … Malte Grimm ist in Oldenburg in ein größeres Büro umgezogen. Richtet euch ebenfalls dort ein. Während der Ermittlungen könnt ihr euch die Wege nach Lübeck schenken. Kümmern Sie sich darum, Hannes. Ich lass Ihnen ganz freie Hand.«

Ich nicke. »Danke, Chef.«

Czarnitzki und Bleckmann verabschieden sich.

*

Ich verlasse das Präsidium durch den Hintereingang und laufe auf den Hof. Olli sitzt in seinem Privatwagen.

Als er mich sieht, startet er den Motor und kommt mir im Schritttempo entgegen.

Ich setze mich behutsam auf den Beifahrersitz seines alten Kombis. Dabei verziehe ich das Gesicht, denn mein Bein schmerzt erbärmlich.

»Alles okay?«, fragt Olli mit einem besorgten Blick.

Obwohl nichts okay ist, sage ich: »Ja. Danke.«

Während er sein Auto Richtung A1 lenkt, überholt uns Kat mit ihrem Beetle-Cabrio und winkt. Der pastellgelbe Flitzer gefällt mir.

Olli drückt einmal kurz auf die Hupe. »Kat ist ebenfalls auf dem Weg nach Oldenburg. Sie hat einen Besichtigungstermin für eine möblierte Wohnung. Sie sucht eine Übergangslösung, bis sie die passenden vier Wände gefunden hat.«

»Kann sie nicht so lange bei den Bleckmanns unterkommen?«

»Doch. Kann sie. Will sie aber nicht. Sie wohnt im ehemaligen Kinderzimmer ihrer Cousine Merle. Ihre Tante Cilly ist voller Fürsorge und der will sie entkommen. Kat ist nicht nur als Ersatztochter aufgenommen worden, sie wird auch so behandelt.«

»Das kann ich mir vorstellen.«

Ich schmunzele.

Die Bleckmanns haben ihre Tochter Merle nur ungern auf die Insel Langeoog ziehen lassen. Sie hat sich dort eine Existenz als Tierärztin aufgebaut. Als Rudi befördert wurde, sind die Bleckmanns nach Lübeck gezogen. Cilly Bleckmann ist eine Seele von Mensch. Jedes Mal, wenn ich den Chef von zu Hause abgeholt habe, hat sie mir entweder ein Kirschkernkissen, einen Fußwärmer oder einen selbstgemachten Spitzwegerichhustensaft aufs Auge gedrückt. Meine Mutter umtüddelt gerne, aber gegen diese Frau ist sie ein Waisenkind.

Olli und ich sind uns einig, dass wir mit Kat einen guten Fang gemacht haben. Wir schätzen ihre unkomplizierte und lockere Art und finden, dass sie gut in unsere Truppe passt.

Eine Dreiviertelstunde später lenkt Olli seinen Wagen in die Fischergasse. Ich klappe die Gegenlichtblende herunter. Als ich mein unrasiertes Gesicht im Schminkspiegel sehe, klappe ich sie wieder hoch.

Olli pfeift durch die Zähne, als er auf einen Lkw zufährt, der vor meiner Garagenauffahrt parkt. »He, Kumpel, was ist bei dir los? Ein Zehntonner aus der Landeshauptstadt? Hast du eine Tonne Buletten und Schrippen bestellt?«

Ich starre auf den riesigen Umzugswagen. Er hat ein Berliner Kennzeichen. Mir fällt ein, dass meine Mutter wissen wollte, ob jemand vis-à-vis von mir einzieht. »Witzbold. Das Haus gegenüber bekommt neue Mieter.«

Olli parkt den Wagen.

Ich steige aus. »Danke fürs Fahren. Wir sehen uns dann morgen früh. Ich bin um 9:30 Uhr startklar.« Nachdem ich ausgestiegen bin, klopfe ich noch einmal auf das Autodach, bevor Olli in Richtung Wendehammer fährt und wenige Sekunden später an mir vorbeirauscht. Ich krame in meiner Hosentasche nach den Zigaretten, zünde mir eine an und laufe neben dem Umzugswagen den gepflasterten Weg die Auffahrt hinauf.

Ein stämmiger Mann in einer knallroten Latzhose kommt aus dem Haus gegenüber geschossen. Seine Haare kleben verschwitzt am Kopf. In seinem Mundwinkel hängt eine Zigarette. »Ick bin sofort weg, Chef. Wir ham heute Mittach jeschellt und wollten frajen, ob we da stehn bleiben können. Hat aber niemand uff jemacht.«

»Wenn es Ihnen hilft, bleiben Sie dort stehen.«

»Det is nett. Aber jetzt ham we Feierabend. Et jeht zurück inne Heimat. Nach Berlin.« Sein Daumen wandert nach oben.

In dem Moment, als ich ihn fragen will, ob es eine junge Familie ist, die dort einzieht, kommt die aparte Frau aus dem Haus, die mir vor Stunden im *Kiosk Palim-Palim* begegnet ist. Sie überquert mit schnellen Schritten die kleine Straße.

Sie hebt die Augenbrauen und scheint ebenso überrascht zu sein wie ich, dass wir uns hier wiedersehen. Sie reicht mir die Hand. »Hallo. Ich bin Inga Bergström. Jetzt sagen Sie nicht, dass Sie dort wohnen.« Ihr Kopf zuckt in Richtung meines Hauses.

»Johannes. Johannes Feddersen. Wenn *Sie* nicht sagen, dass *Sie* dabei sind, dort einzuziehen, sage ich auch nichts.«

Sie lacht müde. Auf ihrer Nase tanzen Hunderte winziger Sommersprossen. Ihre Haare sind zu einem Zopf geflochten.

»Na, dann auf gute Nachbarschaft. Wenn ich jetzt nicht begeistert klinge … Es liegt nicht an Ihnen, sondern an dem langen Tag. Ich bin hundemüde. Gut, dass ich die Wohnung im Parterre gemietet habe. Ich käme jetzt nicht mehr die Stufen hinauf.«

»Sie toben sich also nicht auf zwei Etagen aus?«

»Oh nein. Das wäre viel zu viel für mich. Außerdem könnte ich mir das nicht leisten. Nachdem das Haus verkauft worden ist, hat der neue Besitzer zwei große Mietwohnungen daraus machen lassen. Ich hatte Glück und habe die Erdgeschosswohnung bekommen. Dazu gehört der herrliche Garten.«

»Sie kommen aus Berlin?«

»Ja. Ich bin aber froh, wieder an der Küste zu leben. Meine Wurzeln liegen in Schweden. Ich liebe die See.« Sie streicht sich eine Haarsträhne aus dem Gesicht. »Ihr Name duftet nach Küste.«

Ich lache. »Ja. Ich bin gebürtiger Oldenburger. Meine Mutter ist Italienerin.«

Aus dem Haus kommen jetzt drei Männer. Sie verstauen ihre Rucksäcke in einen kleinen Kastenwagen, der vor dem Haus parkt.

Einer von ihnen macht sich lautstark bemerkbar. »Frau Bergström? Die Papiere liejen uff dem Tisch. Wir sind weg.«

»Moment, ich komme.« Sie läuft ein Stück rückwärts. »Ich muss … Ihnen einen schönen Abend.«

»Danke. Ihnen auch.« Ich schaue ihr nach und verspüre ein Kribbeln im Magen. Ein Kribbeln, das mich verunsichert.

*

Was das Essen anbelangt, bin ich schon lange nicht mehr wählerisch. Ich hole aus dem kleinen Vorratsraum eine Dose mit Königsberger Klopsen.

Während ich sie erhitze, gehen mir die Ereignisse des Tages durch den Kopf. Dabei sehe ich immer wieder Viktor Sassnitz vor meinem geistigen Auge. Er hat genau für die Stunden kein Alibi, in denen Valentina um ihr Leben bangen musste und es letztendlich verloren hat.

Als ich den Herd ausschalte, klingelt jemand.

Meine neue Nachbarin steht vor der Tür. »Ich will nicht lange stören. Ich wollte nur fragen, ob Sie mit einer Rohrzange aushelfen könnten?

Die Männer vom Umzugsunternehmen haben wohl versehentlich einige Werkzeuge von mir eingepackt.«

»Sicher. Wo brennt es denn?«

»Der Wasseranschluss im Garten ist undicht.«

»Kein Problem.« Ich mache einen langen Arm und nehme meinen Schlüsselbund vom Sideboard. »Mein Werkzeug liegt in der Garage.«

Frau Bergström läuft mir hinterher und wartet ein Stück vor dem geöffneten Tor.

Ich krame nach meinem Werkzeugkoffer. »Brauchen Sie nur die Zange oder wollen Sie den ganzen Koffer mitnehmen?«

»Die Zange reicht. Danke.«

Wenige Sekunden später überlasse ich ihr das Teil. »Ich hoffe, Ihr Helfer kommt damit klar. Sie ist manchmal bockig und lässt sich schlecht verstellen.«

»Ich habe keinen Helfer. Ich helfe mir selbst.«

»Ah. Selbst ist die Frau. Super. Aber sollten Sie nicht klarkommen, melden Sie sich, ehe Sie wegschwimmen. Bis jetzt habe ich noch jeden tropfenden Wasserhahn besiegt.«

Sie lacht. »Gut zu wissen. Ich bringe das störrische Teil morgen wieder.«

Zurück im Haus balanciere ich ein Tablett mit dem Abendessen in die obere Etage. Es ist mir zur Gewohnheit geworden, in Gesellschaft diverser Nachrichtensprecher zu essen.

Bevor ich mich auf die Couch setze, laufe ich ins Schlafzimmer, um mich umzuziehen. Ich schiebe die cremefarbenen Vorhänge beiseite und krame Shorts und ein T-Shirt aus dem Schrank. Meine getragenen Klamotten werfe ich auf das weiße, große Bett im Landhaus-Stil, das mit Bettwäsche im Frühlingsdruck bezogen ist. Hunderte kleine Schmetterlinge tanzen darauf herum.

Während ich in meine Feierabendkluft schlüpfe, wandert mein Blick immer wieder in den Garten von gegenüber, der hinter einer circa zwei Meter hohen Koniferenhecke angelegt ist. Bis jetzt hat es mich nie interessiert, was darin abgeht.

Jetzt beobachte ich meine neue Nachbarin, die mit der Rohrzange neben dem Wasserhahn kniet und sich handwerklich betätigt.

Durch die weit geöffneten Terrassentüren sehe ich gestapelte Umzugskartons. Ich runzele die Stirn. Ein Umzug ist der reinste Horror.

*

Mein Auto steht in Großenbrode in der Nähe der Mutter-Kind-Klinik. Dort bin ich auf mein Fahrrad umgestiegen.

Auf der Fehmarnsundbrücke trete ich fester in die Pedale und kämpfe mich gegen die starken Windböen Meter um Meter voran. Ab und an hebe ich den Hintern vom Sattel, um mehr Kraft in die Beine legen zu können.

Touristen stehen mit gezückten Fotoapparaten oder Handys am Geländer der Brücke und fotografieren die riesigen Rapsfelder, die in der Abendsonne in einem warmen Gelb strahlen.

Auch die rötlich schimmernde Ostsee, auf der etliche Boote im frischen Wind segeln, ist ein begehrtes Motiv.

Nachdem ich die Brücke überquert habe, nehme ich Kurs auf Landkirchen, um von dort auf den Radweg in Richtung Petersdorf zu fahren.

Ich bin so außer Atem, dass meine Lungen brennen. Mir geht es nicht darum, sportlich aktiv zu sein. Viel lieber wäre ich mit meinem Wagen nach Petersdorf gerauscht. Aber die Gefahr, dass sich jemand an das Kennzeichen meines Autos erinnern könnte, ist zu groß. Manche Menschen würden sich fragen: Warum steht ein Pkw am Abend so lange am Galgenberg?

Sehr oft sind es die kleinen Fehler, die einem das Genick brechen können. Erst vor zwei Tagen habe ich in der Zeitung gelesen, dass eine Bergsteigerin im Allgäu hundert Meter in die Tiefe gestürzt ist und nur noch tot geborgen werden konnte. Und warum? Zeugen haben beobachtet, dass sie auf einer Gratwanderung stehen geblieben ist, um einen Adler zu beobachten, der am Himmel seine Kreise zog. Sie hat den Kopf in den Nacken gelegt. Und dann … zack. Aus die Maus. Sie hat das Gleichgewicht verloren und ist in die Schlucht gestürzt. Das muss man sich mal überlegen. Da schaut jemand nur in den Himmel. Da ist ein Aufenthalt am Galgenberg viel gefährlicher.

Mir kommen Radfahrer entgegen, die freundlich grüßen. Ich grüße freundlich zurück. Wie gut, dass niemand meine Gedanken lesen kann. Faszination Mensch. Das Wunderwerk der Natur schlechthin. Du kannst lachen und gleichzeitig Böses denken. Niemand ahnt es, und genau das macht es so interessant und spannend.

Sie konnte auch täuschen. Anders … aber sie hat mich getäuscht. Auf der einen Seite gab sie sich bieder, hilfsbereit und engelsgleich und auf der anderen Seite war sie ein verkommenes Stück. Es dauerte eine Weile, bis ich ihr auf die Schliche kam. Ich hätte ihr alles zugetraut. Nur das nicht. Sie hat das Blaue vom Himmel gelogen und die Strafe mehr als verdient. Solche Frauen dürften keine Kinder kriegen.

Die Blitze. Da sind sie wieder. Hinter meinen Schläfen pocht es. Irgendetwas ist nicht ganz richtig, in meinem Kopf. Da ist noch etwas verschoben, nicht im Gleichgewicht. Da muss was passieren.

Kurz vor Petersdorf biege ich rechts in den Petershof und bin fast da, wo ich hinwill. Bis zum Ratssoll und der alten Hinrichtungsstätte Galgenberg ist es nicht mehr weit. Diesen Ort habe ich schon als Jugendlicher geliebt. Dort ist Herr Lauer begraben. In einer Form, die letztendlich mein inneres Gleichgewicht wiederhergestellt hat. Ich kann das nächste Blatt abheften.

Die letzten Meter des Ratssollwegs radele ich im gemütlichen Tempo und schaue mich um. Es ist weit und breit kein Mensch zu sehen. Innerhalb weniger Minuten habe ich mir den Weg durch die Bäume gebahnt. Bis zu dem kleinen Hügel, der von Steinen eingekreist ist, dem sogenannten Galgenberg. Hier fanden im 19. Jahrhundert grausame Exekutionen statt. Schwerverbrecher wurden kurzerhand von einem Henker geköpft.

Mein Fahrrad parke ich wie immer an der Stelle hinter den Büschen, an der ein großer, mit Moos bewachsener Stein seinen Platz hat. Ich setze mich darauf, schließe die Augen und genieße die Ruhe. Wie gern hätte ich sie hergebracht. Wie gern hätte ich hier das vollendet, was vollendet werden musste.

Ihr Kopf auf einem Holzklotz, an dem noch Blut der Vergangenheit klebt. Ihr schlanker Hals, den ich mit einem Schlag durchtrennt hätte.

Wenn ich hier sitze, merke ich nicht, wie die Zeit vergeht. Manchmal schlafe ich ein und träume wirres Zeug … fast immer den gleichen Traum. Zuerst taucht der Henker auf. Mit seiner schwarzen Kapuze und der Axt in der Hand steht er still da und wartet. Er wartet auf das Opfer. Anschließend verdunkelt sich der Himmel und es zieht ein fürchterliches Unwetter auf. Helle Blitze zischen durch die Nacht. Ich irre mit einer Laterne in der Hand am Strand umher und finde den Weg nicht, den ich gehen möchte.

Jetzt muss der Henker nicht mehr warten. Veränderungen im Leben verändern auch die Träume. Ich bin gespannt.

4. Kapitel

Sonntag

Im Hochhaus an der Kleistraße ist die Eingangstür zum Haus mit einem Keil festgestellt. Daher beschließen wir, uns durch Klingeln an der Wohnungstür von Mark Timmerhaus bemerkbar zu machen. Wenn wir mit ihm gesprochen haben, werden wir eine Tür weiter anbimmeln und mit Frau Hörbiger sprechen. Sie wurde von unseren Kollegen über den Tod ihrer Nachbarin informiert und wie alle Mieter auch noch mal befragt.

Heute nimmt Kat nicht die Treppe. Sie steigt mit uns in den Aufzug.

Als wir vor Mark Timmerhaus' Tür stehen, drücke ich den Klingelknopf.

Ein Mann Mitte dreißig taucht im Türrahmen auf. Er ist mit einem Unterhemd und einer Bermuda-Shorts bekleidet. Ein zynisches Grinsen macht sich auf seinem Gesicht breit. »Ah, das sind sie ja, die drei Fragezeichen.«

Ich halte ihm meinen Dienstausweis hin. »Guten Morgen. Sind Sie Herr Timmerhaus?«

Er nickt. »Japp. Der bin ich.«

»Wir sind von der Kriminalpolizei. Danke, dass Sie sich Zeit für uns nehmen. Mein Name ist Feddersen. Das sind meine Kollegen Frau Holt und Herr Hesse.«

Timmerhaus' Hand fährt unter sein Unterhemd. Er kratzt sich am Bauch. »Sorry. Gestern musste ich an meinem Motorrad schrauben. Ein Kollege, der keine Zeit hatte, hatte plötzlich doch Zeit. Er hat mir geholfen, mein Baby wieder fit zu machen.« Er grinst. »Ich mach jetzt mal auf höflich und frage, ob ich vorgehen darf. So ein hoher Besuch ist sehr selten in meinem Palast. Ehrlich gesagt, hatte ich den noch nie. Kommen Sie rein.«

Er lacht, wartet unsere Antwort nicht ab und läuft vor.

Mark Timmerhaus gehört zu den Menschen, die mit Sicherheit eine Dusche haben, sie aber offensichtlich nicht benutzen. Er müffelt nach Schweiß.

Der Mann führt uns durch den Flur. Ich erhasche einen Blick in die Küche, in der das blanke Chaos herrscht. Auf der Arbeitsplatte, sowie der Spüle stapelt sich schmutziges Geschirr. Eine schwarze Katze sitzt auf dem Küchentisch. Sie spielt mit einer Papiertüte. Als sie uns sieht, springt sie herunter, kommt angelaufen und begrüßt uns mit einem Maunzen.

Timmerhaus schiebt sie unsanft mit dem Fuß beiseite. »Hau ab, Katze.« Er dreht sich zu uns um. »In meinem Leben gibt es keine Frau. Darum sieht es hier so aus, wie es aussieht.«

»Ah. Putzen ist Frauensache? Sie sind ein Mann der alten Schule?« Kats Stimme klingt ironisch.

»Sicher. Es ist eine Katastrophe, dass Frauen die Männer nicht mehr fragen müssen, wenn sie arbeiten gehen oder den Führerschein machen wollen. Es gäbe weniger Arbeitslose und wir hätten nicht so viele Umweltprobleme. Schauen Sie sich doch mal um. Fast jede Mutti verpestet die Luft, weil sie ein Auto unterm Hintern hat. Und warum? Nur, weil sie zu faul ist, die Möhren und Kartoffeln vom Markt nach Hause zu schleppen.«

»Vorsicht«, antwortet Kat. »Misogynie, also Frauenfeindlichkeit, hat ihre Grenzen.«

Im Wohnzimmer surrt ein Ventilator, die Balkontür ist weit geöffnet. Auch hier herrscht ein wahlloses Durcheinander.

Timmerhaus zieht den Kopf ein. »Oops. Verhaften Sie mich jetzt?« Er zeigt auf eine kleine Essecke. »Wenn Sie wollen, setzen Sie sich.«

Wir nehmen sein Angebot dankend an. Olli rückt Stühle zurecht. Wir fragen Herrn Timmerhaus, wie alt er ist und wie lange er hier im Haus wohnt.

»Ich steh noch in der Blüte meiner Jugend. Ich bin siebenunddreißig und lebe seit fünf Jahren in der Butze hier.«

Herr Timmerhaus hockt sich in einiger Entfernung von uns auf ein Sofa, das schon bessere Zeiten gesehen hat. »Wollen Sie was trinken? Kalten Kaffee? Warmes Mineralwasser?«

Er bekommt ein kollektives: »Nein, danke.«

Er greift nach einem Päckchen Kaugummi und holt einen Streifen heraus. Seine Fingernägel sehen so aus, als habe er gerade einen Ölwechsel vorgenommen.

»Herr Timmerhaus, wir ermitteln in zwei Mordfällen. Am vergangenen Freitag ist in der Wohnung nebenan Frau Wittler, die Reinemachefrau Ihrer Nachbarin Frau Miermann, tot aufgefunden worden. Seit gestern steht fest, dass Frau Miermann ebenfalls Opfer eines Verbrechens geworden ist.«

»Ich hab's gehört. Ihre Beamten waren im Haus unterwegs. Ich wusste gar nicht, dass die Miermann eine Putze hatte. Hat sie sich selbst umgebracht … ich meine, totgeputzt?« Er lacht über seinen Witz und schaut Kat an.

Die hält seinem Blick stand. »Frau Wittler wurde erwürgt.«

Olli beäugt Herrn Timmerhaus, der eine Kaugummiblase macht und sie platzen lässt. »Frau Wittler wurde am Donnerstag in der Zeit von 11 Uhr bis 14 Uhr ermordet. Waren Sie zu dem Zeitpunkt im Haus?«

»Nee. Fehlanzeige. Da war ich auf dem Schrottplatz in Heiligenhafen. Ich arbeite in der Fleischfabrik Surmann. Wenn ich frei habe, helfe ich auf dem Autofriedhof aus.« Er schmatzt. »Ich war schon um 9 Uhr am Start. Meine Chefin legt Wert auf Pünktlichkeit.«

»Hat Ihre Chefin auch einen Namen?«

»Respekt, Herr Oberdingsbums. Sie verstehen Ihr Handwerk. Sie heißt Annemie. Annemie Fahnenbruck.«

»Ist Ihnen am Donnerstag irgendetwas aufgefallen, als Sie die Wohnung beziehungsweise das Haus verlassen haben? Ist Ihnen jemand begegnet?«

Timmerhaus fasst sich in den Schritt. »Nein. Absolut nicht. Da kann ich Ihnen nicht weiterhelfen.« Er lehnt sich zurück in die Polster und starrt an die Zimmerdecke, von der ein Fliegenfänger baumelt. Seine Augen verfolgen die dicken Brummer, die stoisch ihre Runden um das Teil drehen, dem schon viele Insekten auf den Leim gegangen sind. »Wie ist Valentina Miermann umgekommen? Hat sie vergessen, beim Blasen Luft zu holen, und ist erstickt?«

Kat schaut kurz auf, dann schreibt sie weiter. »Sie machen sich strafbar, Herr Timmerhaus. Was Sie hier veranstalten, nennt man Hasskriminalität.«

Der ungehobelte Klotz wirft den Kopf in den Nacken. »Meeein Gott, das sollte ein Scherz sein. Ich mag Frauen … Ich liebe Frauen. Wirklich. Ich trage sie auf Händen. Sie können mir glauben … Wenn ich auf dem Friedhof einen frischen Strauß Blumen sehe, nehme ich ihn mit und schenke ihn meiner Herzensdame.« Nach dem Spruch hält er sich den Bauch vor Lachen.

Meine Finger trommeln lautlos auf dem Tisch. »Woher wissen Sie, dass Frau Miermann nebenan Freier empfangen hat?«

Er hält meinem Blick stand. »Das war Zufall. Nachdem sie sich bei mir vorgestellt hat, habe ich sie so gut wie nie mehr zu Gesicht bekommen. Ich bin viel unterwegs. Vor zwei Jahren bin ich fünfunddreißig geworden. Meine Kumpel aus dem Motorradclub haben Geld gesammelt … Ich wollte mir was gönnen und mich von einer Professionellen verwöhnen lassen. Was soll ich sagen … Mein Kumpel steckte mir eine Telefonnummer zu, die er von irgendeinem Sparkassenfuzzi hatte. Das war so eine Art Geheimtipp. Ich habe das Dorfmoped angerufen. Was glauben Sie, wie ich lachen musste, als sie mir die Adresse genannt hat.« Er äfft eine Frauenstimme nach. »Kleistraße 2. Nimm den Fahrstuhl in die zehnte Etage. Es ist das letzte Appartement auf der rechten Seite. Klingel bei Valentina.« Er klopft sich auf den Schenkel. »Mann, das hat mich fast umgehauen. Da hat sich neben mir eine Bordsteinschwalbe ein kuscheliges Nest gebaut, und ich wusste nichts davon.«

»Und weiter?«

Er verzieht sein Gesicht zu einer Grimasse. »Arsch lecken. Als ich mich als ihren Nachbarn, Mark Timmerhaus, geoutet und ihr verklickert habe, dass ich der nette Mann von nebenan sei, hat sie mich abgewimmelt.« Er zieht Nasenrotz hoch. »Ich war der Schlampe wohl nicht fein genug.«

»Waren Sie wütend darüber?«, will Olli wissen.

Er grunzt leise. »Sie meinen, so wütend, dass ich sie gekillt habe? Sie fragen sich, ob ich ein Psycho bin, der eine Zurückweisung nicht ertragen konnte, oder?« Er lehnt sich wieder zurück. »Sicher war ich sauer. Und ich bin es auch heute noch. Es ist ein beschissenes Gefühl, als Mensch zweiter Klasse behandelt zu werden. Aber, ich sag Ihnen was … Wenn ich all *die* umgebracht hätte, die mich in meinem Leben schon gedemütigt haben, stünden auf dem Friedhof in Norddeutschland mehr Grabsteine.«

»Wann haben Sie Frau Miermann das letzte Mal gesehen?«

Schulterzucken. »Was weiß ich? Ich müsste lügen. Und ich lüge nie. Keine Ahnung.«

»Waren Sie am Mittwoch zu Hause? Tagsüber, am Abend und in der Nacht?«

Er schließt die Augen, legt einen Zeigefinger an die Nasenspitze. »Mittwoch? Hm. Mittwoooch.« Dann reißt er die Augen weit auf. »Ich hab's. Am Wochenteiler habe ich vertragsgerecht meine Schicht im Schlachthof erledigt. Bis 14 Uhr. Gegen Abend war ich in der Garage am Schrottplatz und habe meine Honda GL 1800 Goldwing gestreichelt. Die Chefin erlaubt, dass ich sie dort parke und an ihr herumschraube. Irgendwann bin ich heim und nach drei Pullen Bier war Zapfenstreich.« Er beugt sich vor. »Am besten, Sie erkundigen sich bei meinem Chef, dem Otto Surmann. Der kann Ihnen bestätigen, dass ich am Mittwoch fleißig war. Wo ich am Donnerstag war, hatte ich Ihnen gerade erzählt. Allerdings … Annemie Fahnenbruck war an beiden Tagen leider nicht dort. Aber wenn sie auf dem Platz gewesen wäre, hätte sie bezeugen können, dass ich an Bord war.«

Kat greift noch einmal das Thema Motorrad auf. »Eine schöne Maschine haben Sie. Die kostet was.«

»Stimmt. Mein Motto … Ich lebe nicht, um zu arbeiten, ich arbeite, um zu leben.« Er schlägt auf seine Wade. »Drecksfliege.«

Sein Blick wandert langsam zum Fliegenfänger, der mit einer Reißzwecke an der holzvertäfelten Zimmerdecke angebracht ist. Ein Grinsen macht sich auf seinem Gesicht breit. »Krass. Die Nächste klebt.« Er schaut uns abwechselnd an. »Es dauert eine Weile, bis sie verreckt ist. Schauen Sie, wie sie versucht, dem Tod zu entkommen. Ich denke, sie hat Angst. Glauben Sie, dass Fliegen Angst empfinden können? Das behaupten US-Forscher in einer Studie.«

Kat holt tief Luft. »Warum benutzen Sie keine Fliegenklatsche? Für die kleinen Quälgeister wäre das Ende kurz und schmerzlos.«

»Ganz einfach. Weil es mir großen Spaß macht, sie in einer Situation zu beobachten, aus der es kein Entrinnen mehr gibt.« Ganz plötzlich macht er große Augen. Eine Hand wandert vor seinen Mund. »Oops. Das ist doch nicht strafbar? Oder habe ich mich jetzt strafbar gemacht?« Er erwartet wohl keine Antwort, denn er wechselt das Thema. »Sind Sie fertig mit mir? Ich muss gleich los.« Er schaut auf die Uhr. »Mein nächster Job wartet.«

»Im Moment wär's das. Sollten wir noch Fragen haben, dann melden wir uns.« Ich stehe auf. »Haben Sie eine feste Anstellung oder jobben Sie nur?«

»Fest arbeite ich auf dem *Schlachthof Surmann*. Ich bin gelernter Metzger. Nebenher helfe ich auf dem Schrottplatz, miste im *Kaisergarten-Heiligenhafen* die Ziegen- und Kaninchenställe aus, repariere Motorräder und erledige bei alten Muttchens einige Gartenarbeiten.«

Olli hebt die Augenbrauen. »Im *Kaisergarten*? Fleißig. Sehr fleißig.«

Mark Timmerhaus macht ein unschuldiges Gesicht. »Tja. Jetzt kommen Sie bloß nicht auf die Idee, dass ich Schwarzarbeit mache. Das sind alles Gefälligkeitsarbeiten. Auch wenn ich nicht so aussehe, ich bin ein netter Zeitgenosse.«

Er bringt uns bis zur Tür. Auf dem Boden tritt er auf etwas. »Drecksspinne.«

Kat schaut ihn an. »Kann es sein, dass Sie eine ausgeprägte Abneigung gegen Insekten und Krabbeltiere haben?«

»Richtig. Ich mag sie nicht. Aber sie interessieren mich.« Er zieht Nasenrotz hoch. »Wussten Sie, dass eine Kakerlake bis zu neun Tagen ohne Kopf überleben kann?«

»Haben Sie es ausprobiert?«, fragt Kat.

Er grinst schräg. »Ich könnte jetzt mit ja oder nein antworten. Sie wüssten eh nicht, ob es stimmt.«

Wir lassen das unkommentiert so stehen.

Timmerhaus bringt uns zur Tür.

Auf dem Flur sehen wir Frau Hörbiger. Sie wässert die Blühpflanzen, die auf der Fensterbank stehen.

»Hallo, Frau Hörbiger«, sage ich freundlich. »Wir wollten gerade bei Ihnen klingeln.«

»Oh, guten Morgen zusammen.« Sie drückt die Gießkanne an ihre Brust. »Mein Gott, das ist ja schrecklich, welche Nachricht mir von Ihren Leuten gestern überbracht worden ist. Dass Frau Miermann ebenfalls nicht mehr leben soll, will mir nicht in den Kopf. Ich wusste gar nicht, dass sie eine Boutique hatte. Und womit sie gegenüber ihr Geld verdient hat, habe ich auch nicht geahnt.« Sie senkt ihre Stimme. »Also, ich verurteile so etwas nicht. In der Beziehung bin ich sehr tolerant.« Sie stellt die Gießkanne ab. »Ich habe gerade frischen Kaffee gekocht. Mein Sohn ist da. Trinken Sie ein Tässchen mit?«

»Das passt wie angegossen«, antworte ich. »Eine Tasse Kaffee wird niemand von uns ausschlagen. Dabei können wir uns noch mal unterhalten.«

Frau Hörbiger nickt.

Die zierliche Frau ist eine andere als die, die ich kennengelernt habe. Sie ist hübsch zurechtgemacht und dezent geschminkt. Mit den kinnlangen Haaren, die sie offen trägt, sieht die Krankenschwester wesentlich jünger aus. Sie dreht den Schlüssel, der von außen in der Wohnungstür steckt.

»Kommen Sie doch rein. Als hätte ich es geahnt, dass noch jemand kommt. Ich habe eine große Kanne Kaffee gekocht.«

Die Atmosphäre dieses Appartements ist wesentlich angenehmer als die in Mark Timmerhaus' Butze. Die hellen Möbel sind gepflegt und geschmackvoll. Der Parkettboden glänzt und es duftet verführerisch nach Gebäck.

Ein Mann Mitte dreißig, der Frau Hörbiger wie aus dem Gesicht geschnitten ist, sitzt am Esstisch. Vor ihm steht ein Bügeleisen, an dessen Schnurende der Stecker fehlt.

»Finn … Ich habe Besuch mitgebracht. Die netten Leute von der Kriminalpolizei waren gerade bei Herrn Timmerhaus. Sie haben wohl noch einige Fragen.«

Sie entschuldigt sich. »Ich geh flott den Kaffee holen.«

Finn Hörbiger steht kurz auf und reicht uns die Hand.

»Hallo. Meine Mutter hat mir von Ihnen erzählt. Setzen Sie sich doch.« Er deutet auf die leeren Stühle. Seine hellen, grünen Augen bleiben an Kat hängen. Er wuselt sich durch die blonden Haare. »Puh. Eine schreckliche Geschichte, die gegenüber passiert ist. Zwei Morde hintereinander. Furchtbar.« Er läuft zum Schrank und holt Tassen heraus, die meine Mutter als *gutes* Geschirr bezeichnen würde.

»Ja. Das ist es.«

Frau Hörbiger kommt mit einem Tablett zurück, auf dem auch ein Teller mit Gebäck steht.

Ich rücke mit dem Stuhl ein wenig beiseite, um Platz zu machen. »Denken Sie bitte noch einmal nach, Frau Hörbiger. Ist Ihnen in der letzten Zeit im Hausflur jemand aufgefallen, der nicht hier wohnt? Ganz wichtig sind die vergangenen Tage. Sie sagten ja, dass Sie Frau Miermann noch am frühen Mittwochabend gesehen haben.«

»Genau. Das war gegen 19 Uhr. Aber danach … nein. Wirklich nicht. Ich würde es doch sagen. Ich habe die halbe Nacht nicht schlafen können. Das wühlt mich schon sehr auf.«

»Das kann ich verstehen. Von unseren Kollegen wissen Sie, dass Frau Miermann Freier empfangen hat. War es nicht manchmal laut gegenüber?«

»Nein. Ich habe nie etwas gehört.«

»Haben Sie mitbekommen, dass Frau Miermann häufig Herrenbesuche bekam?«

Frau Miermann schüttelt schnell den Kopf. »Ich habe Ihnen ja erzählt, Herr Feddersen, dass ich nur ab und an durch den Spion gelinst habe. Und das nur, wenn es draußen mal gerumst hat. Obwohl hier so viele Leute wohnen, ist es ziemlich ruhig. Weiter vorn wohnen türkische Mitbürger. Mit Frau Harbalioglu und Frau Gazel habe ich ab und an Rezepte getauscht. Die türkische Küche ist hervorragend. Und der Herr Willersdorf war mal für längere Zeit bei uns im Krankenhaus. Der ist schon an die achtzig. Ein sehr netter Mann.« Sie zeigt auf die Schalen mit dem Gebäck. »Greifen Sie doch zu. Die Kekse schmecken köstlich.«

Wir bedienen uns, und es hagelt sofort Lob. Das Feingebäck schmeckt wirklich hervorragend.

Ich beobachte Finn, der geschickt die feinen Kabel abisoliert.

»Leben Sie auch hier, Herr Hörbiger?«

Er setzt zum Reden an, doch seine Mutter nimmt ihm das Wort aus dem Mund. »Mein Sohn ist ein großer Junge. Er lebt schon seit ewigen Zeiten nicht mehr bei mir. Finn hat Zoologie studiert. Er ist Dozent an der Universität in Hamburg.«

In ihrer Stimme schwingt Stolz mit.

Finn Hörbiger rollt mit den Augen. »Genau. Ich bin ein großer Junge und darum möchte ich auch selbst antworten, wenn ich etwas gefragt werde.«

Dass zwischen Mutter und Sohn ein wenig Spannung herrscht, ist nicht zu überhören.

»Ich bin nicht sehr oft hier. Und wenn ich mal herkomme, beschäftigt mich meine Mutter den ganzen Tag.« Er zeigt auf das Bügeleisen. »Hier ein neuer Stecker, da ein Nagel in der Wand und am Ende stopft sie mich wie eine Weihnachtsgans mit Leckereien voll und packt mir noch Kartoffelsalat und Pudding für drei Tage ein.«

Kat lacht.

Finn lacht mit, aber es wirkt nicht echt.

Olli grinst. »Das große Los der Söhne. Ich habe auch so einen Volltreffer gezogen.«

»Mir kommt das ebenfalls sehr bekannt vor«, schließe ich mich an.

Frau Hörbiger greift über den Tisch und macht Anstalten, ihrem Sohn die Ohren langzuziehen. »Verscherz es dir nicht mit mir.«

Ihr Sohn fängt die Hand seiner Mutter ab. »Hör auf damit, Irene. Du weißt, dass ich das nicht mag.«

»Waren Sie in der Nacht von Mittwoch auf Donnerstag auch hier und haben eventuell etwas mitbekommen?«, frage ich.

»Nein. Am Mittwoch war ich in meiner Wohnung in Hamburg. Fragen Sie die Leute im Haus. Die können es bezeugen. Meine nette Nachbarin hat kurz vor Mitternacht ihre Kollegen gerufen, weil ich wieder mal zu laut in die Tasten gehauen habe. Ich spiele leidenschaftlich gern Klavier. Am Donnerstag war ich in der Uni. Mich haben mit Sicherheit jede Menge Studenten gesehen.« Er schaut uns abwechselnd an. »In einem Monat wohne ich nicht mehr so weit vom Schuss. An der dänischen Küste entsteht ein Naturschutzgebiet. Man hat mir die Planung und die Leitung anvertraut. Es geht um Arten- und Biotopschutz. Außerdem liegen Pläne vor, ein künstliches Biotop anzulegen. Deswegen bin ich jetzt oft in Oldenburg, weil ich mehrmals wöchentlich aus organisatorischen Gründen nach Dänemark muss.« Mit einem Blick auf seine Mutter sagt er: »Ich suche ganz dringend eine Wohnung auf Fehmarn. In Dänemark möchte ich nicht leben.«

Kat stützt den Kopf auf die Hände. »Oh, das ist aber eine interessante Aufgabe, die auf Sie zukommt.«

»Ich freue mich sehr, wenn Finn in Dänemark arbeitet«, wirft Frau Hörbiger ein. »Mein Sohn kommt dann jeden Abend mit der Fähre nach Puttgarden.« Sie zwinkert uns zu. »Wenn er auf der Insel eine Wohnung hat, sehen wir uns öfter.«

Finn hantiert mit dem Werkzeug. »Du weißt, dass ich viel zu tun habe und mich nicht jede Woche bei dir blicken lassen kann.«

Olli beobachtet Kat, die Finn interessiert mustert.

»Ich suche auch etwas an der Küste. Auf Fehmarn eine Wohnung zu finden, das wäre ein Traum. Es ist aber nicht einfach.«

»Wem sagen Sie das.« Finn lächelt Kat an. »Ähm … stört es sie, wenn ich weiter schraube?«

Sie schüttelt den Kopf. »Nein, machen Sie ruhig.«

Olli ergreift das Wort. »Kennen Sie die Leute auf der Etage … oder im Haus?«

Finn wischt sich mit dem Handrücken über die Nase. »Klar. Die Mieter der Zehnten kenne ich. Von der neuen Nachbarin hat meine Mutter mir damals erzählt. Wir sind uns in der ganzen Zeit vielleicht dreimal über den Weg gelaufen. Ansonsten wohnen noch einige hier, die ich von früher kenne. Die meisten sind aber ausgezogen.«

Frau Hörbiger mischt sich ein. »Hier sind so viele Nachbarn verstorben. Die waren vor dreißig Jahren schon betagt, als wir hier eingezogen sind.«

Ich hake nach. »Wenn Sie Frau Miermann begegnet sind, haben Sie sich mit ihr unterhalten?«

Finn macht jetzt einen verlegenen Eindruck. Er schaut zu Boden. »Es ist im Vorbeigehen lediglich ein Hallo gefallen.«

»Haben *Sie* mal etwas von gegenüber mitbekommen, wenn Sie Ihre Mutter besucht haben?«

»Nein. Habe ich nicht.«

Olli spielt mit dem Henkel seiner Kaffeetasse. »Und wie sieht es mit Mark Timmerhaus aus? Haben Sie sich schon mal mit ihm unterhalten?«

Finns Mine verdunkelt sich. Er schaut kurz auf. »Ja. Mit dem hatte ich schon zu tun. Ich wollte ihn wegen Tierquälerei anzeigen. Einmal habe ich im Treppenhaus mitbekommen, dass er einer Katze einen Tritt verpasst hat. Hier im Haus haben etliche Leute Fellnasen. Das arme Tier ist die halbe Treppe runtergestürzt. Ich habe ihn zur Rede gestellt … mit der Polizei gedroht. Am Abend, als ich zurück nach Hamburg wollte, war mein Auto zerkratzt. Es stand vorne auf dem großen Parkplatz, der zum Haus gehört. Ich vermute, dass es Mark Timmerhaus war. Beweise hatte ich aber nicht. Ich habe damals Anzeige gegen Unbekannt erstattet.«

»Wie lange ist das her?«, will ich wissen.

»Hm. Vielleicht drei Monate.«

Kat runzelt die Stirn. »Warum haben Sie uns das nicht erzählt, Frau Hörbiger?«

Sie dreht ihre Kaffeetasse. »Weil ich keinen Ärger mit Timmerhaus will. *Sie* verlassen das Haus nach den Befragungen.« Sie grunzt. »Ich steh allein hier. Mein Sohn ist auch weit vom Schuss. Herr Timmerhaus ist wirklich ein eigenartiger Zeitgenosse. Vor dem Haus wurden vor einigen Wochen Giftköder gefunden. Ein aufmerksamer Hundebesitzer hat sie entdeckt. Und ein Stück weiter, in Richtung Spielwiese, hat man kurz danach eine strangulierte Katze an einem Baum gefunden. Ich will keine Behauptungen aufstellen, aber diese Taten würde ich Timmerhaus zutrauen. Er ist schon sehr sonderbar. Manchmal rennt er herum, als habe er Stunden auf der Müllhalde gewühlt, dann wieder ist er so schick angezogen, dass man ihn nicht wiedererkennt. Mir ist er mal in schicken Sachen begegnet. Er hat wie ein Moschusochse geduftet. Einmal musste ich lüften, weil es im ganzen Flur nach Parfüm stank.«

Kat hakt nach. »Sind Sie immer aneinander vorbeigelaufen? Oder haben Sie sich mit ihm unterhalten.«

»Also … Früher haben wir mal ein paar Worte gewechselt. Da wusste ich noch nicht, dass er so sonderbar ist.« Sie schüttelt sich kurz.

Ich lehne mich zurück.

Finn grunzt leise. »Dem Typen geht man am besten aus dem Weg. Ich habe ihn einmal darum gebeten, nicht so einen Radau zu machen. An dem Tag hatte Irene, also meine Mutter, Nachtdienst. Ich habe mich um das Mittagessen gekümmert, während sie schlief. Es hat jemand im Flur laut gesungen. Ich bin dann raus und habe gesehen, dass es Timmerhaus war. Irgendwas hatte er mit seiner Tür. Er war am Schloss zugange. Wir sind ein wenig aneinandergeraten. Als meine Mutter später wach war und zum Briefkasten wollte, ist sie vor ihrer Wohnungstür in eine Pfütze getreten. Wir sind davon ausgegangen, dass der nette Nachbar davor gepinkelt hat.«

Frau Hörbiger nickt. »Es ist kein Wunder, dass einem da unwohl ist. Ich habe manchmal schon ein wenig Angst. Wie gesagt … wenn man allein lebt.«

Finn lässt seine Mutter nicht aus den Augen. »Ich kann jetzt nicht ständig bei dir sein. Das geht nicht.«

Ich hoffe, dass Frau Hörbiger uns alle Beobachtungen schildert, die von Bedeutung sein könnten. »Haben Sie nie mitbekommen, dass Fremde gegenüber geklingelt haben?«

Sie presst die Lippen aufeinander und weicht meinem Blick aus. »Nein.«

Finn knallt die Zange auf den Tisch. »Herr im Himmel. Sag doch einfach die Wahrheit. Du musst dich nicht schämen.«

Ich beobachte Mutter und Sohn, die sich mit Blicken ein Duell liefern.

Mein Körper spannt sich an. Ich sehe, dass diese Äußerungen auch Olli und Kat aufhorchen lassen.

Frau Hörbiger springt auf. Ihre Wangen färben sich rosa. »Ach, Finn. Du bist gemein.« Sie schaut mich an. »Mein Gott, jaaa. Ich habe öfter als zugegeben durch den Spion geschaut. Im Haus wurde mehrmals eingebrochen. Da kann man nicht vorsichtig genug sein.«

Finn grunzt leise. »Meine Mutter streitet ständig ab, neugierig zu sein. Sie hat Buch geführt und ihre Beobachtungen in eine Kladde eingetragen.«

Die sympathische Krankenschwester springt auf. Jetzt ist sie bis unter die Haarwurzeln knallrot. »Na, *du* hast doch gesagt, dass ich vorsichtig sein soll.«

»Sicher. Ich habe gesagt, dass du aufpassen musst. Besonders in der Tiefgarage. Ich habe aber nicht gesagt, dass du dein Gegenüber bespitzeln sollst.«

»Beruhigen Sie sich, Frau Hörbiger. Sie müssen sich wirklich nicht schämen. Ihre Beobachtungen könnten uns helfen. Dürfen wir die Kladde sehen?«

Sie nickt und verlässt den Raum.

Finn beugt sich vor und flüstert: »Hätte ich es nicht sagen sollen? So etwas kann Irene doch nicht verheimlichen.« Er grinst. »Sie interessiert sich sehr für ihre Mitmenschen.«

Kat antwortet leise. »Nein. Es ist gut, dass Sie es erwähnt haben.«

In meinen Ohren klingt es ein wenig ungewöhnlich, dass Finn seine Mutter ständig beim Vornamen nennt.

Frau Hörbiger kommt zurück und legt eine schwarze Kladde auf den Tisch.

Ich blättere die letzten Seiten durch. »Frau Hörbiger, ich muss Sie bitten, uns die Kladde zu überlassen. Sobald wir Kopien von den Seiten gefertigt haben, bekommen Sie sie wieder.«

Sie winkt energisch ab. »Ich will sie nicht zurück. Mir ist das mehr als unangenehm.«

Kat erklärt ihr noch einmal, dass sie sich nicht schämen muss. Dann lenkt sie geschickt ab und zeigt auf ein Hochzeitsfoto, das in einem antiken Holzrahmen auf einem Highboard steht. »Das sind Sie und Ihr Mann, nicht wahr?«

Der Blick von Frau Hörbiger wird weich. »Ja. Das ist mein Erwin. Ein Bild aus glücklichen Tagen. Es ist schade, dass er so früh verstorben ist. Wir hätten noch so viele schöne Jahre haben können.«

Finn betrachtet ebenfalls das Bild. »Mein Vater verstarb bei einem Unfall. Er war sofort tot.«

Ich spreche für alle und sage, dass es uns leidtut.

Für einen Moment herrscht betretenes Schweigen. Dann greife ich den Faden wieder auf. »Wir werden bestimmt Fragen zu den Eintragungen haben, Frau Hörbiger. Wo können wir Sie telefonisch am besten erreichen? Haben Sie auch eine Handynummer?«

Sie läuft zu einem Schrank, öffnet eine Schublade und holt einen kleinen Block heraus. »Ja. Ich schreibe Ihnen die Nummer auf. Meine Dienste wechseln alle paar Tage. Sie können mich immer anrufen oder eine Nachricht schreiben. Ich melde mich, sobald ich kann.«

Nachdem wir unseren Kaffee getrunken haben, bringt uns Finn Hörbiger zur Tür.

»Ich beneide Sie«, sagt Kat. »Ich habe mich auch immer für das Grundlagenstudium Biologie interessiert, mich aber letztendlich fürs Verbrecherfangen entschieden.«

Finn nickt verständnisvoll. »Ursprünglich wollte ich Musik studieren. Meine Liebe gehört der Klassik. Ich erwähnte es vorhin schon. Es passiert öfter, dass die Nachbarn die Polizei rufen, weil ich spät abends die

Finger nicht vom Klavier lassen kann.« Er zieht den Kopf ein und lacht. »Meistens beende ich das Konzert jedoch, bevor die Gesetzeshüter anrücken. Dann kam mir die Naturwissenschaft in die Quere. Ich mag alles, was mehr als zwei Beine hat, und liebe ganz besonders die Kriechtiere.«

Ich muss an Mark Timmerhaus denken, der eine Abneigung gegen Insekten hat.

Finn öffnet die Tür. Wir laufen in den Flur. Er lehnt sich mit verschränkten Armen gegen den Türrahmen und lächelt Kat an. Seine Finger verschwinden in der Brusttasche seines Hemdes. Er reicht Kat eine Visitenkarte. »Ich hoffe, Sie haben noch Fragen und rufen mich an.« Dabei grinst er schelmisch. »Und falls Sie keine Fragen haben, würde ich mich dennoch über Ihren Anruf freuen.«

Kat will zugreifen, Olli ist schneller. Er schnappt ihr die Karte vor der Nase weg. »Danke, Herr Hörbiger.« Er grinst breit. »Es kommt aber so gut wie nie vor, dass wir uns melden, wenn wir keine Fragen haben.«

Finn greift erneut in die Tasche seines Hemdes und versorgt Kat mit Nachschub. Dabei grinst er selbstbewusst. »Ich lasse mir nicht gern die Karten aus der Hand nehmen.«

*

Olli hat Kat das Steuer überlassen. Sie lenkt den Wagen ins Mühlenviertel, in dem der Juwelier Sassnitz wohnt. Ich telefoniere mit Czarnitzki. Er hängt uns im Genick.

Mit gespielt stoischer Ruhe lasse ich seinen Redeschwall über mich ergehen, innerlich koche ich. »Wir wissen, dass die ersten achtundvierzig Stunden wichtig sind, Klaus. Und *Sie* wissen, dass wir dran sind.«

Er wettert weiter. »Die Presse tritt uns auf die Füße. Verdammt, was ist das für eine Scheiße. Ich bin heute am späten Nachmittag bei der Dienstbesprechung dabei. Wir möchten Fakten, Feddersen … brauchbares Zeug. Halten Sie sich ran.«

Sobald das Gespräch beendet ist, gibt Kat ihren Senf dazu. »Der Mann ist unglaublich. Macht er immer so viel Druck?«

»Meistens«, erklärt Olli. »Er schnippt gern mit den Fingern, um den Takt vorzugeben. Nach der ersten Pressekonferenz wird er meist ruhiger.«

Wir lassen die Dinge noch einmal nachwirken, die Mark Timmerhaus von sich gegeben hat.

»Zurückweisung, Hass und Frauenfeindlichkeit könnten ein Motiv sein«, sinniert Kat laut. »Dazu kommt der Hang zur Tierquälerei. Die Statistik zeigt, dass es in der Kriminalgeschichte viele Fälle gegeben hat, in denen Tierquäler zum Mörder geworden sind.«

»Richtig. Timmerhaus ist ein Sonderling.«

»Stimmt«, sagt Olli. »Ein Sonderling ohne Alibi.«

Kat lenkt den Wagen in den Windmühlenweg.

Ich pfeife leise durch die Zähne, als ich die ausgefallene Architektur des Hauses sehe. An dem Prachtbau dominieren nicht die antik aussehenden Steine, sondern Glas. Sassnitz und seine Angetraute müssen Liebhaber lichtdurchfluteter Räume sein.

Kat parkt den Wagen auf der grau gepflasterten Auffahrt, die einerseits zu einer Garage und andererseits zu einer doppelflügeligen roten Aluminiumtür des Hauses führt. Viktor Sassnitz und seine Frau mögen es nicht nur lichtdurchflutet, sondern auch farbenfroh.

Im Vorgarten stehen rot- und grüngestrichene Holzbänke und bunte Stahlfiguren wie Hähne und Vögel. Gartenaccessoires aus Rost und knalligen Farben wechseln sich ab. Bunte Kugelstecker aus Glas glänzen in der Morgensonne.

Es ist gewollt, dass wir unangemeldet erscheinen. An einem Sonntagmorgen erwischt man viele Menschen ungeschminkt, ohne eine Fassade, die das Wesentliche verschleiert.

Der Gong der Haustür ist so extravagant wie die Architektur des Gebäudes. Nachdem Olli den Knopf der Türklingel gedrückt hat, ertönt das Klingen von dünnen Gläsern, die miteinander anstoßen.

Kat hebt die Augenbrauen. »So etwas habe ich noch nie gehört. Das hört sich toll an.«

Es dauert nur wenige Sekunden, bis die Tür geöffnet wird. Eine Frau in kurzen Hosen und einem leichten Shirt steht barfuß vor uns. Ihre dunklen Haare, die mit feinen grauen Strähnen durchzogen sind, liegen so, als wäre sie gerade erst aufgestanden. Sie gehört zu den Frauen, die ungeschminkt sehr attraktiv aussehen. In einer Hand hält sie ein Glas, in dem sich ein Getränk und Eiswürfel befinden.

»Sind Sie Frau Sassnitz?«

Sie nickt. Ihre Augenbrauen wandern in die Höhe, als wir uns vorstellen und ihr erklären, dass wir in einem Mordfall ermitteln und einige Fragen haben. Sie beugt sich zu mir und studiert den Dienstausweis, den ich ihr zeige.

Sie ist sichtlich geschockt. »Ein Mordfall? Um Gottes willen. Wer wurde umgebracht?«

Ein Duft von Ananas weht mir entgegen.

»Die Geschäftsnachbarin Ihres Mannes. Valentina Miermann. Sie hatte die Boutique für Dessous nebenan. Mit Ihrem Mann haben wir gestern gesprochen und möchten Ihnen auch einige Fragen stellen.«

Sie nippt an dem Getränk. Die Eiswürfel im Glas klirren. Sie kehrt uns den Rücken zu. »Das ist wieder typisch für ihn. Er hat mir nichts davon erzählt. Kommen Sie rein und folgen Sie mir unauffällig. Viktor ist draußen.«

Frau Sassnitz überlässt uns das Schließen der Haustür. Leichtfüßig läuft sie vor und setzt dabei gekonnt einen Fuß vor den anderen. Mit einem Schulterblick erklärt sie, dass ihr Mann seine morgendlichen Runden im Pool drehe.

Sie führt uns durch ein riesiges Wohnzimmer. Die Einrichtung ist edel.

Viktor Sassnitz steigt aus dem großen Pool, der direkt neben der Terrasse seinen Platz hat. Er hält kurz inne, als er uns sieht. Er lässt mich nicht aus den Augen. Langsam greift er nach einem Handtuch, das über einer Stuhllehne hängt, und rubbelt seinen durchtrainierten Oberkörper trocken.

»Ich möchte nicht unhöflich erscheinen, Herr Kriminalkommissar … Ich bin es gewohnt, dass Besucher sich anmelden, bevor sie kommen.« Er wirft seiner Frau einen vorwurfsvollen Blick zu, dann schaut er uns abwechselnd an. »Sophie ist mit dem Türöffnen sehr leichtsinnig. Eigentlich weiß sie, dass ich als Juwelier ein begehrtes Objekt krimineller Subjekte bin.«

Frau Sassnitz stellt ihr Glas auf den Tisch. »Solltest du erschossen oder entführt werden, würde ich es gar nicht bemerken. Du bist eh nie zu Hause.«

Der Hausherr ist dabei, seine Frau mit Blicken zu töten. Hier scheint der Haussegen ordentlich schiefzuhängen.

Die hübsche Frau deutet auf eine Clubgarnitur. »Machen Sie es sich bequem.«

Während wir in dicke Polster versinken, setzt sie sich auf einen Loungesessel und schlägt die langen Beine übereinander. Sie lässt ihren Mann nicht aus den Augen, als sie wieder an ihrem Getränk nippt. »Du hast gar nicht erzählt, dass eine Geschäftsnachbarin ermordet worden ist und die Kriminalpolizei bei dir war. Warum hast du es verschwiegen?«

Der Juwelier macht einen fahrigen Eindruck. »*Verschwiegen*. Wie sich das anhört … Ich habe nichts verschwiegen. Ich habe lediglich vergessen, es zu erzählen.«

Die attraktive Frau lacht leise.

Viktor setzt sich auf einen Stuhl, der gegenüber von mir steht. »Warum tauchen Sie an einem heiligen Sonntag um diese Uhrzeit hier auf? Brennt es irgendwo?«

»Sicher. Bis wir den Täter gefasst haben, brennt es lichterloh.« Ich wende mich an Frau Sassnitz. »Kümmern Sie und Ihr Mann sich gemeinsam um das Geschäft?«

»Nein. Der Laden gehört mir seit sechs Jahren, ich habe mit Schmuck aber nicht viel am Hut. Mein Vater hat mir das Juweliergeschäft kurz vor seinem Tod mit allem Zick und Zack überschrieben. Er wollte mich immer gut versorgt wissen. Darum hat er mir auch dieses Haus hier gekauft.« Ein leichtes Lächeln umspielt ihre Lippen. »Mein Mann ist der Geschäftsführer des Juwelierladens. Er hat Goldschmied gelernt und war anschließend bei meinem Vater angestellt. Ich habe eine Ballettschule. Meine Liebe gehört dem Tanzen.« Sie zieht die Beine an. Ihr weitausgeschnittenes T-Shirt rutscht. Neben einer makellosen Schulter sieht man den Ansatz ihrer linken Brust. »Ich gebe fast jeden Tag ab 15 Uhr Unterricht. Früher habe ich meinen Mann öfter im Geschäft besucht.«

»Und heute?«, fragt Kat.

»Heute passiert das eher selten.«

»Wann war denn *früher*?«, will Olli wissen.

»Vor einem Jahr. Ich will nicht lange um den heißen Brei reden. Jeder von uns macht sein eigenes Ding.«

Sassnitz wirft den Kopf in den Nacken. »Sophie, bitte. Unsere privaten Angelegenheiten interessieren die Herrschaften von der Kripo nicht. Hier geht es um die Aufklärung eines Mordfalles und nicht um unsere Ehe.«

Ich hebe eine Hand. »Nein, nein. Lassen Sie Ihre Frau in Ruhe erzählen.«

Da Frau Sassnitz jetzt schweigt, spricht Kat sie an. »Kannten Sie Frau Miermann?«

»Nein. Wo genau war ihr Geschäft?«

»Ihr gehörte die Boutique direkt neben Ihrem Juweliergeschäft.«

Sophie denkt nach. »Mein Mann hat diese Frau nie erwähnt.« Sie schaut ihn an. »Kanntest du sie denn?«

Viktor räuspert sich. »Kennen? Das ist zu viel gesagt. Ich habe ab und an einen Kaffee mit ihr getrunken.« Seine Hand wedelt in der Luft. »Wir haben über Geschäfte gesprochen. Über Werbung und so weiter.«

Frau Sassnitz nimmt kein Blatt vor den Mund. »Hattest du was mit ihr?«

Viktor Sassnitz springt auf. Er grunzt und schaut mich an. »Da haben Sie es! Ich hatte es Ihnen gestern schon erklärt. Meine Frau ist hochgradig eifersüchtig.« Er macht eine rasante Drehung in Richtung Sophie. »Du hast mir schon so oft vorgeworfen, dass ich dich belüge und betrüge. Meinst du, dass mich das animiert hat, dir von harmlosen Kaffeetrinken zu erzählen?«

Frau Sassnitz schüttelt langsam den Kopf. »Sei still. Du lügst, sobald du nur den Mund aufmachst.«

Sassnitz steht auf und massiert seine Schläfen. »Es macht keinen Sinn. Du bist krank. Du willst die Wahrheit nicht akzeptieren, Sophie. Ich habe dich nie betrogen. Das existiert alles nur in deinem Kopf.«

Frau Sassnitz berichtet dann im ruhigen Ton, dass sie von Mittwoch bis Donnerstagnachmittag mit ihren Freundinnen zusammen war. Das, was sie aussagt, deckt sich hundert Prozent mit den Aussagen, die ihr Mann gemacht hat.

So wie es aussieht, ist die Liebe aus diesem Haus ausgezogen. In dieser Beziehung herrscht blanker Hass.

Viktor Sassnitz und seine Frau führen anschließend Dialoge, bei denen sie ständig den Kürzeren zieht. Mit einer regelrechten Nonchalance sorgt er dafür, dass die Pfeilspitzen sich drehen und am Ende immer in ihre Richtung zeigen. Seine Arroganz und Selbstidealisierung sind auffallend ausgeprägt. Was mir besonders ins Auge sticht … Sassnitz kann nicht die kleinste Kritik ertragen und das erinnert mich an ein narzisstisches Verhalten.

Die Befragung ist anstrengend und wir müssen immer wieder in die richtige Richtung lenken, bis wir durch sind.

Bevor wir uns verabschieden, wendet sich Sophie noch einmal an Kat.

»Wie ist Frau Miermann umgebracht worden? Dürfen Sie mir das sagen?«

Kat sucht meinen Blick. Ich nicke kurz und weiß, dass sie die richtigen Worte finden wird.

»Frau Miermann wurde auf grausame Weise getötet. Der Täter hat ihren Bauchraum übel zugerichtet. Und … sie wurde enthauptet. Der Täter hat den Eltern per E-Mail Fotos der Ermordeten zukommen lassen. Ihre Leiche haben wir bis jetzt nicht gefunden.«

Sophies Augen füllen sich mit Tränen. »Mein Gott, das ist ja grauenhaft.« Sie greift in die Serviettenbox, die auf dem Beistelltisch steht. Sie stellt ihrem Mann die Frage, die mir die ganze Zeit durch den Kopf geht.

»Viktor … du hast die Frau gekannt. Sie wurde umgebracht. Was macht das mit dir?«

Sassnitz fährt sich durch die Haare. »Noch einmal. Es bestand keine Bindung zwischen uns. Ich finde es schlimm, was passiert ist. Aber ich vergehe nicht vor Trauer. Eben weil ich *keine* Beziehung zu ihr hatte.«

Frau Sassnitz begleitet uns zur Tür.

Vor unserem Auto kabbeln sich zwei kleine schwarzhaarige Jungs. Sie schubsen sich und lachen sich dabei schlapp.

»Gehören die zu Ihnen?«, erkundige ich mich neugierig.

»Nein. Mein Mann wollte in der Vergangenheit keine Kinder und will auch in Zukunft keine Familie gründen. Er mag keine Kinder.«

*

Olli lenkt Kat zum Imbissstand unseres Vertrauens. Wenn wir in Oldenburg unterwegs sind, führt kein Weg an *Ellis Bude* vorbei. Olli und ich sind uns einig, dass Ellis Currywurst die beste ist, die wir je gegessen haben.

Kat parkt den Wagen am Straßenrand. »Hat Ellis auch was mit ordentlich Feuer im Angebot?«

Olli grinst. »Worauf du dich verlassen kannst.«

Kurz darauf empfängt uns die alte Elli mit lieben Worten. Wir bestellen wie immer die Currywurst mit der Hausschärfe. Elli freut sich, als unsere neue Kollegin nach einer Wurst mit ordentlichen Umdrehungen fragt.

Sie wischt über die Theke, auf der ein Schild steht:

Hier wird jeder geduzt. Auch du, Frau Bundeskanzlerin.

»Zum Antesten würde ich dir die *Gnadenlos Scharf plus sechs Tropfen* empfehlen. Und wenn du danach noch immer einen niedrigen Blutdruck hast, nehmen wir das nächste Mal den Oralkrieger, okay?«

Kats Daumen wandert nach oben. »Prima. So machen wir das.«

Wenige Minuten später stehen wir am runden Tisch, genießen das Essen und unterhalten uns über die Sassnitz'.

Während Olli und mir schon die Hausschärfe zu schaffen macht, scheint Kat die hunderttausendundzehn Scoville nicht aus den Schuhen zu hauen. Sie wedelt mit der Pommesgabel aus Holz in der Luft. »Viktor Sassnitz kommt mir sehr gefühlsbrutal vor.«

Olli nickt. »Ja. Man sieht, dass seine Frau leidet. Im Grunde hat sie aber die besseren Karten. Das scheint ihr nicht bewusst zu sein.«

»Er spielt wahrscheinlich den Gleichgültigen. Wenn Sophie den Schlussstrich ziehen würde, sähe es nicht gut aus für Viktor«, mutmaße ich. »Ich glaube, dass zwischen der Miermann und Viktor mehr gelaufen ist, als er zugibt.«

Kat tunkt eine Fritte in die Sauce. »Nehmen wir mal an, Viktor Sassnitz wollte Valentina aus dem Weg räumen. Welches Motiv könnte er gehabt haben, sie auf so brutale Art und Weise zu töten?«

Als ich antworten will, hebt sie die Hand.

»Warte. Rein spekulativ … Vielleicht wollte Valentina mehr von ihm und er war nicht bereit, es ihr zu geben. Sie hat ihn bedrängt, sie wollte seine Frau einweihen, und er hat keinen Ausweg mehr gewusst und sie umgebracht.«

Ich schüttele den Kopf. »Falsch. Die grausame Tat und die Verstümmelung der Leiche spricht eine andere Sprache.«

Mein Handy klingelt. Es ist Malte Grimm.

»Hannes? Ich habe eine Mary Büker im Flur sitzen. Sie wollte heute Nacht zur *Villa Heimatland*, um ihren Kumpel Winfried Stresemann zu besuchen. Von anderen nicht Sesshaften hat sie dann erfahren, dass Stresemann das Opfer eines Verbrechens geworden ist. Angeblich hatte sie wenige Tage vor seinem Tod noch Kontakt zu ihm. Sie hat eine Aussage gemacht, die euch interessieren wird. Wann könnt ihr anrücken?«

»Wir stehen bei Ellis. Wir sind gerade mit dem zweiten Frühstück fertig.« Ich schaue auf die Uhr. »Die Frau soll warten. Wir sind in spätestens zwanzig Minuten da.«

*

»Haben Sie ein Bier?« Frau Büker schaut in die Runde. Sie zupft das viel zu weite T-Shirt zurecht, in dem die zierliche Frau fast versinkt.

Maltes Antwort fällt genervt aus. »Zum fünften Mal … Bier gibt's nicht bei der Polizei. Draußen steht ein Wasserspender. Soll ich Ihnen ein Glas holen?«

Sie rollt mit den Augen und winkt ab. »Nee. Wasser trink ich nur mit Schuss.«

Ich klopfe mit dem Kugelschreiber auf den Tisch. »Machen wir weiter, Frau Büker? Sie haben also am vergangenen Dienstagabend mit Winfried Stresemann gesprochen, richtig?«

»Nein. Das ist nicht richtig.« Sie beugt sich vor und streckt den Zeigefinger in die Luft. »Ich habe nicht mit Winfried, sondern mit *Winnie* gesprochen. Wir haben alle nur Winnie zu ihm gesagt.«

»Okay. *Winnie* hat Ihnen also erzählt, dass er von einem Mann angesprochen worden ist. Und für diesen Mann sollte er etwas erledigen. Ist das richtig?«

Sie nickt und schiebt das orange-gelbe Stirnband etwas höher, das dafür sorgt, dass ihr die grauen Haare nicht ins Gesicht fallen. »Ja, das stimmt wohl.« Sie stülpt die Unterlippe über die Oberlippe.

»Gut. Hat er Ihnen auch gesagt, was er für den Mann erledigen sollte?«

Sie schnieft und legt den Kopf schief. »Haben Sie wirklich kein Bier?«

Malte zieht scharf Luft ein.

Diesmal erklärt Olli ihr, dass wir nicht in der Kneipe, sondern bei der Polizei sind.

Und wieder muss ich Mary Büker bitten, weiterzureden.

»Der feine Herr wollte sich am Mittwochabend mit einer Frau treffen.« Sie beugt sich vor und flüstert: »Mit einer Hure.« Dann redet sie in normaler Lautstärke weiter. »Er sollte sie mit dem Auto von zu Hause abholen. Der hatte aber Angst, dass ihn irgendjemand sehen könnte … dass irgendwer mitbekäme, dass ein Flittchen zu ihm ins Auto steigt. Also hat er Winnie gefragt, ob er die Blonde vor einem Hochhaus abholen würde. Er sollte sie durch den dunklen Stadtpark zur *Villa Heimatland* bringen, wo er mit seiner schicken Karre gewartet hat.« Sie wischt sich mit dem

Handrücken über die Nase. »Dafür sollte Winnie zwei Flaschen Wein bekommen.«

Für einen Moment kann man eine Stecknadel fallen hören.

»Hat Winnie die Frau oder den Mann namentlich genannt?« Olli steht auf und stützt sich mit beiden Händen auf den Schreibtisch.

»Nö. Sonst hat er nichts gesagt. Mehr weiß ich nicht.« Sie zieht Nasenrotz hoch. »Ich habe gehört, dass Winnie vergiftet worden ist. Anschließend bin ich sofort los.«

Ich nicke ihr freundlich zu. »Das haben Sie super gemacht. Danke, Frau Büker. Hat Winnie sonst noch etwas erwähnt? Hat er den Mann näher beschrieben?«

»Nein. Aber es soll ein feiner Herr gewesen sein.«

»Und das Auto? Hat Winnie die Farbe erwähnt … oder die Automarke?«

Sie schmatzt. »Hm. Daran erinnere ich mich nicht. Ich glaube aber nicht.«

Aus ihr ist nicht mehr herauszuholen.

Sie erklärt uns, dass sie in den nächsten Tagen auf dem Gelände der alten Ziegelei zu finden sei. »Dort bin ich nicht allein. Dort chille ich mit drei Kumpel.«

Grimm zeigt auf seinen PC. »Ich habe alles notiert.« Er schnippt ihr mit zwei Fingern einen Ausweis rüber, der auf dem Schreibtisch liegt. »Vergessen Sie den nicht.«

Wir verabschieden sie. Kurz vor der Tür fährt ihre Hand in die Tasche ihrer Shorts. »Scheiße. Da waren doch zwanzig Euro drin, bevor ich ins Gebäude kam. Hm.« Sie schaut auf den Boden. »Den Schein muss ich wohl hier im Haus verloren haben.«

Ich schürze die Lippen und hole mein Portemonnaie aus der Gesäßtasche. »Ah. Das Geld gehört Ihnen. Ich habe es unten am Eingang gefunden.« Ich krame einen Zwanzigeuroschein heraus und wedele damit in der Luft.

Sie zieht ihn mir blitzschnell aus der Hand, lacht und hustet zugleich. »Ich habe gelogen.«

Ich grinse sie an. »Ich auch. Kaufen Sie sich was Leckeres davon.«

Nachdem Mary sich überschwänglich bedankt hat und schneller als schnell den Rückzug antritt, erklärt uns Malte, dass Farid und einige seiner Jungs Valentina Miermanns Wohnung auf den Kopf stellen. »Der Rest der Spurensicherung kümmert sich um die Boutique.«

»Dank dir, Malte.«

Kat packt ihre Sachen zusammen. »Wo geht es jetzt lang?«

»Wir fahren nach Heiligenhafen und schauen, ob wir Annemie Fahnenbruck auf dem Schrottplatz antreffen. Auf dem Weg dorthin kommen wir in der Kiepenkerlstraße vorbei und schauen kurz bei Farid und seinen Leuten rein.«

Bevor wir uns auf den Weg machen, wähle ich Bleckmanns Rufnummer und überfalle ihn mit dem, was Mary Büker ausgesagt hat.

*

Herr Miermann scheint um Jahre gealtert zu sein, als er uns die Tür öffnet. »Kommen Sie rein, Herr Kommissar«, fordert er uns mit brüchiger Stimme auf. Er dreht uns den Rücken zu und schlurft durch den Flur ins Wohnzimmer. »Meine Frau ist mit ihren Schwestern in Valentinas Schlafzimmer. Sie sitzt seit heute früh auf dem Bett unserer Tochter … hält Valentinas getragenes Nachthemd in den Händen und spricht nicht mehr.«

Ich weiß, dass es wahnsinnig schwer ist, jemanden, der betroffen ist, hinter der Mauer der Trauer zu erreichen. Man muss nicht nach den richtigen Worten suchen, denn die gibt es nicht. Manchmal ist es für die Angehörigen hilfreicher, in den Arm genommen zu werden und einen Menschen an seiner Seite zu haben, der einfach mit schweigt.

Als er uns im Wohnzimmer bittet, uns einen Platz zu suchen, hebe ich eine Hand. »Danke, wir sind auf dem Weg nach Heiligenhafen und wollten nur kurz reinschauen.

Herr Miermann dreht sich wortlos um und verlässt den gemütlich eingerichteten Raum.

Farid kommt herein. »Bis jetzt haben wir nichts gefunden. In den

Schränken herrscht eine penible Ordnung und in Valentinas Schreibtisch geht es ebenfalls sehr aufgeräumt zu. Nirgendwo in den Unterlagen gibt es den kleinsten Hinweis, dass sie in einer Zweitwohnung angeschafft hat. Selbst in den Akten mit ihrem Mietvertrag ist von der Kleistraße nichts zu finden. Brauner kümmert sich wieder um den PC.«

Ich klopfe Farid auf die Schulter. »Sobald ihr etwas finden solltet, meldest du dich, okay?«

»Sicher.«

Im Flur treffen wir noch einmal auf Herrn Miermann, der auf einem Hocker neben der Garderobe sitzt. »Ich warte auf eine Psychologin, die uns zusätzlich zur Seite stehen soll. Sie ist auf dem Weg hierher.« Seine Hand zittert leicht, als er am Kragen seines Hemdes nestelt. »Dieses Doppelleben, das Valentina führte … Wir verstehen es nicht. Wenn es am Geld gelegen hätte … Aber sie hatte ein gutes Auskommen.«

»Herr Miermann, ich kann mir vorstellen, dass das Ganze eine übermenschliche Kraft von Ihnen und Ihrer Frau abverlangt …«

Er schnäuzt in ein Taschentuch. »Haben Sie denn noch gar keinen Anhaltspunkt, wo … wo Valentinas … Wo sie ist?«

»Nein«, presse ich hervor. »Sobald wir etwas wissen, melde ich mich bei Ihnen.«

Der Mann erhebt sich schwerfällig. »Entschuldigen Sie. Im Moment weiß ich nicht, wo ich mich hinstecken soll. Ich muss ständig laufen.«

»Sie müssen sich nicht entschuldigen.«

Ich verspreche ihm noch einmal, dass wir uns bei der kleinsten Neuigkeit melden werden.

Vor der Haustür stutze ich einen Moment. Die Frau, die uns entgegenkommt, ist meine neue Nachbarin Inga Bergström.

Während sie läuft, studiert sie einen kleinen Zettel.

Als sie mich sieht, ist sie ebenso überrascht wie ich.

Sie begrüßt mich freundlich. »Hallo, Herr Feddersen. Das wir uns hier über den Weg laufen …« Sie nickt Kat und Olli zu.

»Hallo. Ja. Das ist eine Überraschung. Suchen Sie etwas? Können wir helfen?«

»Danke. Mein Navi hat mir schon geholfen. Ich muss nur noch den richtigen Klingelknopf finden.« Sie streicht die Haare hinter die Ohren. Ihre blauen Augen strahlen nicht so wie gestern. »Ich bin beruflich hier.«

Über Kopf kann ich auf dem Zettel den Namen Miermann lesen. »Sie sind Psychologin?«

Ihre Stimme klingt überrascht. »Ja. Woher ...«

Ich unterbreche sie und erkläre ihr, dass wir von der Kriminalpolizei sind und dass Herr Miermann gerade angedeutet habe, wen er erwartet.

Ich stelle Kat und Olli vor und erkläre den beiden, dass das Inga Bergström, meine neue Nachbarin, ist.

Sie seufzt. »Das ist eine schreckliche Geschichte. Viel Glück bei den Ermittlungen.« Sie schaut auf die Uhr. »Ich muss weiter. Ähm, die Rohrzange bringe ich Ihnen später zurück.«

»Lassen Sie sich Zeit damit. Im Moment brauche ich sie nicht.«

»Nein, nein. Ich klingele später kurz an.« Sie hebt eine Hand und läuft in Richtung Hauseingang.

*

Kat schaut sich um. »Hier sieht es ja interessant aus.«

Ich teile ihre Begeisterung nicht. Schrottplätze sind mir zuwider. Schon als Kind habe ich die Augen geschlossen, wenn ich im alten Kastenwagen meines Vaters saß und wir am Gelände des Autofriedhofs in Heiligenhafen vorbeigefahren sind. Der Anblick hatte damals und auch heute etwas Trauriges. Seit Hannah an so einem Ort ihr Leben verlor, finde ich derartige Plätze noch deprimierender.

Vorbei an Türmen aus gepresstem Blech, Bergen aus Schrott und Metall und einer Abfallsortieranlage laufen wir zu einem Flachdachgebäude, dessen Tür weit geöffnet ist.

Eine Frau steht vor einem Kopierer, der leise surrt. Sie ist optisch das, was man eine Rockerbraut nennt. In dem schwarzen engen Top, auf das ein Totenkopfmotiv gedruckt ist, macht sie eine gute Figur. Ihre schwarze Jeans hat einen Gürtel, dessen wuchtige, silberne Schnalle ebenfalls das Motiv eines Totenschädels hat. In der Pubertät hätte ich für so ein Teil mein neues Mountainbike hergegeben. Um ihren Hals trägt sie eine großgliedrige Kette, mit einem Kreuzanhänger. Die derben, schwarzen Lederschuhe sind reichlich mit Nieten verziert. Ihre wasserstoffblonden, kurzen Haare stehen in alle Himmelsrichtungen. Obwohl sie auf jung geschminkt ist, kann sie ihr Alter nicht leugnen, das schätzungsweise um die fünfzig liegt.

Sie nimmt eine brennende Zigarette aus dem Aschenbecher, zieht kräftig daran und lacht kehlig. »Ah, jetzt kommt Stimmung in den Kuhstall. Timmerhaus hat mir erzählt, dass die Bullen bei mir auftauchen werden.« Sie nimmt den nächsten tiefen Zug. »Und Sie sehen so aus, als wären Sie direkt von der Weide zu mir galoppiert.«

Wir werden oft mit witzigen Sprüchen empfangen. Ich hebe die Augenbrauen. »Der Spruch ist neu. Den kenne ich noch nicht.« Ich halte ihr meinen Dienstausweis vor die Nase. »Ich bin Kriminalkommissar Feddersen und das sind meine Kollegin Frau Holt und mein Kollege Herr Hesse.«

»Treten Sie näher, ich bin Annemie Fahnenbruck.«

Olli lässt die Hände in den Hosentaschen verschwinden. »Herr Timmerhaus hat uns angekündigt?«

Kat schaut sich um.

Frau Fahnenbruck zieht noch einmal an der Zigarette und drückt sie anschließend aus. »Ja. Mark hat mir erzählt, dass Sie in zwei Mordfällen ermitteln.«

»Richtig«, bestätige ich, während ich mich umsehe. »Er hat uns erzählt, dass sie am Mittwoch und Donnerstag nicht im Betrieb waren.«

Sie lässt sich nicht bei der Arbeit stören. »Das ist korrekt. Ich bin Frontfrau einer Band und war bei Freunden in Timmendorf. Wir spielen im Juli auf dem Open Air in Wacken. Dafür haben wir geprobt. Mark ist sehr zuverlässig. Und weil ich mich auf ihn verlassen kann, hat er Schlüssel, mit denen er den Zugang zum Betrieb hat.« Sie öffnet den Deckel des Kopierers, nimmt ein Blatt heraus und legt ein neues auf die Glasplatte.

»Okay.« Ich laufe im Kreis. »Waren in der Zeit Kunden hier?«

Sie schüttelt den Kopf. »Wenn ich nicht da bin, schließt er hinter sich das Tor wieder ab. Er weiß, was hier zu tun ist, und wurstelt selbständig herum.«

»Was genau arbeitet er hier?«, hakt Olli nach, während er verdreckte Ölfilter beäugt, die in einer Ecke auf dem Boden liegen.

»Er baut Ersatzteile aus Fahrzeugen, sortiert alles, was reinkommt, er bedient die Schrottpresse … Er macht halt alle Arbeiten, die anfallen.«

»Wie lange jobbt Mark schon bei Ihnen?«, frage ich.

»Ach Gott.« Sie fummelt die nächste Zigarette aus der Packung und zündet sie an. »Seit vier oder fünf Jahren. Wenn er nicht arbeitet, schraubt er an seinem Schätzchen herum.« Sie stemmt eine Hand in die Hüften. »Wenn er Ihnen nicht erzählt hat, dass er eine Honda GL 1800 Goldwing fährt, sauf ich einen Liter Öl.«

Kats Antwort kommt wie aus der Pistole geschossen. »*Den* brauchen Sie nicht trinken.«

Annemie lacht. »Ah. Ich wusste es.«

»Zeigen Sie uns, wo seine Maschine steht?«, fragt Olli. Er macht einige Schritte in Richtung geöffneter Tür und atmet tief durch. Zigarettenqualm findet er unerträglich.

»Klar. Aber fassen Sie nichts an. Mark merkt sich genau, wo und wie alles liegt, bevor er die Garage verlässt. Er kann sich tierisch aufregen, und dann wird es ungemütlich.«

Frau Fahnenbruck geht vor.

»Was passiert, wenn er ungemütlich wird?«

Sie wirft mir einen Schulterblick zu. »Sie sind aber ein ganz Gründlicher, was? Er schreit halt herum. Timmerhaus ist ein Typ, der gerne die Muckis spielen lässt.«

Sie führt uns um das Gebäude, hinter dem eine große Garage steht, die durch ein Rolltor verschlossen ist. Sie tippt eine Zahlenkombination in den Codetaster und das Tor bewegt sich fast lautlos nach oben.

Kat pfeift leise durch die Zähne, als wir die Werkstatt betreten. Die silberfarbene Maschine lässt das Herz eines jeden Motorradfans höherschlagen.

Sie scheint sich auf dem Gebiet auszukennen und läuft einmal um das Prachtstück. »Die hat einen Sechszylinder-Boxermotor, oder?«

Annemie verschränkt die Arme vor der Brust. »Genau. Das Teil hat 126 PS und einen Hubraum von 1.833 ccm.«

»Klasse.«

Auf der Fensterbank steht ein Schraubglas, in dem sich tote Fliegen befinden. Ich nehme es in die Hand, beäuge und drehe es.

Die Chefin des Schrottplatzes beobachtet mich. »Timmerhaus dreht am Rad, wenn er eine Stuben- oder Schmeißfliege sieht. Er lässt alles stehen und liegen und killt sie. Aber bevor er sie killt, reißt er ihnen die Flügel raus.« Sie seufzt. »Jeder hat seine Macke.« Sie spielt mit dem großen Kreuz ihrer Halskette.

Kat mischt sich ein. »Ich mag auch keine Fliegen und töte sie. Ich quäle sie aber vorher nicht.«

Frau Fahnenbruck zuckt gleichgültig die Schultern. »Ich bin froh, einen so fleißigen Helfer zu haben. Ganz ehrlich … Solange es nur Fliegen sind, will ich keinen Aufstand machen.«

Sie führt uns noch ein Stück über den Platz. Wir schauen uns die gestapelten Autos an, die darauf warten, in die Schrottpresse zu kommen.

»Führen Sie Buch über die Eingänge der zu verschrottenden Fahrzeuge?«, will ich wissen.

»Natürlich. Dort stehen die gepressten Pkw. Wenn Sie Blut suchen, tun Sie sich keinen Zwang an.« Sie lässt den Zigarettenstummel auf den Boden fallen und tritt darauf. »Ich schaue leidenschaftlich gern Krimis im TV. Hat sich Timmerhaus in irgendeiner Form verdächtig gemacht?«

»Die Ermittlungen laufen auf Hochtouren«, antworte ich ausweichend. »In den nächsten Tagen werden sich hier einige unserer Leute noch einmal umsehen.«

»Sicher. Ich bin jeden Tag hier.«

*

Trixi nimmt die Kladde in Empfang. Sie macht sich sofort daran, die Seiten einzuscannen.

Bleckmann schimpft über das warme Wetter. Er öffnet einen weiteren Knopf seines Hemdes, dann fächert er sich mit einem Schnellhefter Luft zu. »Morgen um 13 Uhr findet die Pressekonferenz statt. Sie wird im TV und via Facebook live übertragen. Hannes, Sie haben zuerst das Wort. Bereiten Sie sich drauf vor.«

Czarnitzki hat einen dicken Terminplaner vor sich liegen, in den er etwas notiert. Er schaut in die Runde. »Der Fall nimmt immer größere Ausmaße an. Der Giftmord an Stresemann ist also auch in die Geschichte involviert. Was diese Pennerin ausgesagt hat, lässt keinen Spielraum. Kein Wunder, dass diese Sorte Mensch leichte Opfer sind.«

Ich ziehe scharf Luft ein. »*Niemand* lebt freiwillig auf der Straße, Czarnitzki. Die Wohnungslosen haben alle, mehr oder weniger, einen Auslöser, der sie in die Obdachlosigkeit getrieben hat.«

Der Staatsanwalt macht ein gelangweiltes Gesicht. »Ach, kommen Sie mir nicht so. Das sind alles erwachsene Menschen. Das hat etwas mit Sich-gehen-Lassen zu tun. Die Hersteller der Flaschenöffner haben keine Schuld an dem Dilemma der Trunksucht. Jeder Mensch hat sein Leben selbst in der Hand.«

Ich könnte jetzt eine Diskussion anfangen und über Kränkung, verletzte Gefühle und Irrwege reden, die unweigerlich in Richtung Abgrund führen. Es hat keinen Sinn. Czarnitzki ist und bleibt ein Arsch.

Kat reckt ihr Kinn nach vorn. »Ich habe mal einen Streetworker begleitet. Hannes hat Recht. Es ist mitunter erschütternd, welche Geschichten hinter den Menschen stehen, die ohne Dach über dem Kopf leben.«

»Jaaa, ja. Ich weiß«, bringt Czarnitzki hervor. »Hören Sie auf, die …«

Bleckmann funkt dazwischen. Seine Fingerknöchel schlagen im schnellen Takt auf den Tisch. »Ich bitte jetzt mal, bei der Sache zu bleiben, ja?«

Manu Kuhnke nickt gedankenverloren. »Der Täter scheint einen richtigen Plan geschmiedet zu haben, bevor er den ersten Schritt gegangen ist.«

»Ja. Aber Nobody ist perfekt«, gibt Bleckmann zu bedenken. »Auch der wird an irgendeiner Stelle in Scheiße getreten sein und eine Spur hinterlassen haben.«

Der Staatsanwalt bläht die Nasenflügel und haut seinen Lieblingsspruch raus. »Schlaue Sprüche bringen uns nicht weiter, Rudi.«

Bleckmann hört auf, sich mit dem Plastikteil Luft zuzufächeln, und wirft es auf den Schreibtisch. Er gibt mir ein Zeichen. »Legen Sie los, Hannes.«

»Okay. Kommen wir zur Sache. Allmählich formt sich ein Bild. Wenn es so gelaufen ist, wie wir es vermuten, hatte der Täter am vergangenen Mittwochabend eine Verabredung mit Frau Miermann. Wahrscheinlich wollte er Valentina ursprünglich an der Kleistraße ins Auto steigen lassen. Er scheint jedoch, mindestens einen Tag vorher, umdisponiert zu haben, denn am Dienstag hat er den Obdachlosen Winfried Stresemann angeheuert, Valentina Miermann an der Kleistraße abzuholen. Ob der alte Herr dort geklingelt oder Valentina vor dem Haus abgefangen hat, ist unklar. Unklar ist ebenfalls, ob der Täter Frau Miermann von der Planänderung vorab informiert hat. Denkbar wäre, dass es eine Überraschungsaktion war.«

Czarnitzki verzieht das Gesicht. »Dann müsste der Penner gewusst haben, wie Valentina ausgeschaut hat.«

»Richtig. Der Täter könnte ihm ein Foto der jungen Frau gezeigt haben.«

»Hm«, kommt es vom Staatsanwalt. »Und als Dankeschön soll der Alte vergifteten Wein bekommen haben?«

»Dass, was die obdachlose Mary Büker ausgesagt hat, lässt darauf schließen.«

Wieder kommt ein »Hm« über seine Lippen.

Ich mache weiter. »An diesem Mittwochabend brachte er Valentina also um, kassierte ihren Schlüsselbund und spazierte einen Tag später in die zehnte Etage der Kleistraße 2, um von Valentinas PC aus die grausamen Fotos zu versenden. In der Wohnung ist er auf die Putze von der Miermann gestoßen und auch die wurde aus dem Weg geräumt. Nach dem dritten Mord hat er eine E-Mail-Adresse kreiert und die Bilder an das Firmenlaptop der Boutique geschickt.«

Czarnitzki schürzt die Lippen. »Warum hat er sich die Mühe gemacht? Warum liegt ihm daran, mit den Fotos seiner Tat Aufmerksamkeit zu erregen?«

Olli mischt sich ein. »Vielleicht geht es um Eitelkeit? Oder er möchte seine Genialität beweisen?«

»Wie sieht es im privaten Umfeld der Miermann aus?«

Kat antwortet: »Valentinas private Kontakte hielten sich in Grenzen. Einige ihrer Freunde sind seit geraumer Zeit verreist. Sie waren also zum Zeitpunkt der Tat nicht in Oldenburg. Die Befragungen unserer Leute im Hochhaus haben ergeben, dass Frau Miermann zu *keinem* der Bewohner – weder auf der zehnten noch auf einer anderen Etage – intensiveren Kontakt pflegte. Sie war in dem Betonklotz gänzlich unbekannt. Bis jetzt haben sich einige Frauen gemeldet, die in der Boutique Stammkundinnen waren. Unter der Kundschaft befanden sich auch einige Männer. Die Kollegen, die uns zuarbeiten, haben sich auch darum gekümmert. Die Ermittlungen in diese Richtung haben nichts ergeben. Aus der Bevölkerung sind einige Hinweise eingegangen, etwas Brauchbares war nicht dabei. Von Valentinas Freiern hat sich bis jetzt niemand gemeldet.«

»Wen wundert es«, sagt Bleckmann. »Wer möchte schon gerne Besuch von der Kripo bekommen und mit einem Prostituiertenmord in Verbindung gebracht werden. Viele Männer vergnügen sich ohne das Wissen ihrer Frauen im Puff.«

Olli steht auf. Seine Hände verschwinden in den Hosentaschen. »Im Moment konzentrieren wir uns auf Mark Timmerhaus und Viktor Sassnitz. Beide sind etwas auffällig und es gibt noch einiges abzuklopfen.«

Bleckmann nickt. »Ich weiß.«

Abwechselnd berichten wir ausführlich von dem Besuch bei den Sassnitz' und den Neuigkeiten von Timmerhaus.

Czarnitzki beobachtet Trixi beim Scannen und lässt sich erklären, was es mit der schwarzen Kladde auf sich hat. Trixi schiebt sie zu ihm rüber.

Er blättert von hinten einige Seiten durch. »Den letzten Eintrag hat die gute Frau am Sonntag vor einer Woche gemacht.« Er hebt die Stimme. *»22:45 Uhr. Großer, blonder Mann … breite Schultern, schwarzes Jackett, Jeans, Rose in der rechten Hand.«* Er schüttelt langsam den Kopf. »Das erinnert mich an meine Kindheit. Da bin ich auf dem Fahrrad mit Block und Stift durch die Gegend gesaust und habe Automarken und Nummern notiert, die die Polizei eventuell mal brauchen könnte.«

Addi, der bis jetzt nur Zuhörer war, lacht. »Wer hat das nicht gemacht. Ich habe sogar Bilder von Männern gezeichnet, die mir verdächtig oder unheimlich vorkamen.«

Bleckmann spielt mit seiner Unterlippe. »Ich hoffe, dass wir nach der Pressekonferenz brauchbare Hinweise aus der Bevölkerung bekommen.«

*

Als Olli vor meiner Garagenauffahrt parkt, schaut er sich um. »Wo wohnt sie denn, die Frau Psychologin?«

Mein Kopf deutet auf das Haus gegenüber. »Da drüben. Frau Bergström hat die untere Wohnung gemietet.«

»Sie ist eine Schönheit.«

»Das finde ich auch«, mischt Kat sich ein, die im Fond des Dienstwagens sitzt. »Ihre kupferfarbenen Haare sind ein Traum.«

Ich verlasse das Auto und öffne die Hintertür, damit Kat aussteigen kann.

Ollis Stimme verfolgt mich. »Und du willst wirklich nicht mit uns essen gehen?«

Ich verpasse der Autotür einen Schubs. »Nein. Macht euch einen schönen Abend.«

Kat lässt sich auf den Beifahrersitz fallen. »Ich sterbe vor Hunger.«

»Na, dann«, antwortet Olli. »Lass uns zum Griechen fahren.«

Ich winke beiden hinterher. Kat wird heute Nacht in einer der Ferienwohnungen übernachten, die Ollis Mutter auf Fehmarn vermietet. Im Moment ist sie nicht ausgebucht.

Während ich nach meinem Schlüssel krame, schaue ich nach oben und erhasche einen Blick auf mein Schlafzimmerfenster. Die Vorhänge sind beiseitegeschoben.

Entweder ist meine Mutter oder meine Schwester für diese Aktion verantwortlich. Bis jetzt hat es mich nicht gestört, dass sie mein Haus betreten haben, wann immer sie es wollten.

Nachdem das Schicksal so hart zugeschlagen hat, war mir alles egal. An manchen Tagen habe ich noch nicht einmal mitbekommen, dass jemand in meinem Haus war, um nach dem Rechten zu sehen, während ich auf der Couch lag und die Decke angestarrt habe.

Langsam ist es an der Zeit, meine Lieben in großer Dankbarkeit aus der Fürsorge zu entlassen.

Auf dem Küchentisch liegt ein Zettel.

Hallo Hannes,
du musst essen, damit du Verbrecher
verhaften kannst. Lass dir den Gulaschtopf
mit den Röstkartoffeln schmecken.
Kuss, Mama

Ich öffne die Tür des Kühlschranks. Es duftet herrlich nach der Kochkunst meiner Mutter. Wie immer meint sie es sehr gut, was die Portionsgröße angeht. Davon könnte ich locker drei Tage essen. Mein Magen signalisiert mir mit einem Knurren, dass er sich auf das Essen freut.

Während ich überlege, zwei Drittel des Gerichtes einzufrieren, klingelt es.

Ich gehe davon aus, dass Inga Bergström vor der Tür steht. Sie wollte die Rohrzange zurückbringen.

Meine neue Nachbarin sieht aus, als sei sie auf staubigem Boden gekrochen. Unter einer verschmutzten ockergelben Latzhose trägt sie ein braunes Tank Top. Ihre Füße stecken in Flip-Flops. Ihre schulterlangen Haare glänzen wie flüssiges Kupfer in der Abendsonne. In ihren Locken hängen Spinnweben.

Die Sommersprossen tanzen auf ihrer Nase, als sie mich anlächelt und mir das Werkzeug reicht. »Danke schön und bitte schön. Das war sehr nett von Ihnen, mir das Teil zu leihen. Sie hat sich ordentlich benommen und war gar nicht so störrisch. Damit habe ich den undichten Wasserhahn überlistet.«

»Gern geschehen. Sollten Sie noch irgendwas an Werkzeug brauchen … in meiner Garage liegt so ziemlich alles, was Mann oder Frau zum Werkeln benötigt.«

»Gut zu wissen. Danke.« Ihre Hände verschwinden in den Hosentaschen. »So. Dann will ich mal wieder. Ich bin dabei, den Gartenschuppen zu säubern. Da wurde jahrelang nicht gewischt.« Sie streicht die Haare hinter die Ohren.

»Das sieht man. Ihre Haare sind voller Spinnweben.«

»Iieh!« Sie beugt sich nach vorne und trippelt auf der Stelle. Ihre Hände wuseln panisch durch die Locken. »Ich hasse Spinnen.« Sie schaut mich an und wischt sich über die Arme. »Sind sie weg?«

»Nein. Warten Sie … darf ich?« Mit zwei Fingern entferne ich die Reste des Spinnennetzes von ihrem Oberkopf.

»Mein Gott. Danke. Ich werde leicht hysterisch, wenn es um Weberknechte & Co geht.« Dann schlägt sie sich vor den Kopf. »Ach, ich wollte doch was fragen. Gibt es in der Nähe einen gepflegten Imbiss mit Lieferservice? Nach dem Besuch bei den Miermanns war ich so in Gedanken, dass ich vergessen habe, mir etwas Essbares zu besorgen.«

»Arbeiten Sie bei der Opferhilfe?«

»Ja. Ich bin ehrenamtlich unterwegs. Ansonsten arbeite ich als selbständige Psychologin und Therapeutin. Außerdem bin ich in der Forensik zu Hause und beschäftige mich mit der Entstehung von Verbrechen. Die geistigen, sozialen und psychischen Ursachen interessieren mich sehr. Meine Arbeit in einer sozialtherapeutischen Einrichtung mit schweren Straftätern – und nach Anfrage – auch mit der Kriminalpolizei sind immer wieder eine neue Herausforderung.«

Ich zeige mit dem Daumen über die Schulter. »Jetzt haben Sie mich am Haken. Ich bin von Berufswegen sehr neugierig. Wenn Sie Lust auf

Sizilianischen Gulaschtopf haben, dann folgen Sie mir in die Küche. Meine Mutter hatte heute die Spendierhosen an.«

»Jetzt haben Sie *mich* am Haken. Ich liebe Gulasch. Wird es Ihrer Frau recht sein, wenn Sie einen Schmutzfink ins Haus schleppen?«

»In diesem Haus gibt es keine Frau mehr.«

Für einen kleinen Moment erhasche ich einen Blick in ihre hellblauen Augen und lese Überraschung darin.

Inga klopft ihre Hosen ab. »Es wäre toll, wenn Sie einen Stuhl ohne Polster oder Auflage für mich hätten. Meine Klamotten sind wirklich sehr staubig.«

Ich laufe vor und lege die Rohrzange auf den Garderobenschrank. Dann steuere ich die Küche an. Am Herd stoppe ich und stelle die Auflaufform in den Backofen. Je nachdem, wie hungrig mein Gast ist, hat sich das Einfrieren erledigt. »Wenn Sie gern an der frischen Luft sind, können wir uns auf die Terrasse in die Abendsonne setzen.«

»Das klingt gut.«

»Mögen Sie Wein? Einen leichten Roten?«

Sie strahlt mich an. »Oh ja. Sehr gerne.« Sie verschränkt die Hände auf dem Rücken und schaut sich um. »Sie haben es sehr schön. Die Küche sieht toll aus. Ich mag den Landhausstil.«

»Wir … ähm, ich auch.« Ich öffne die Terrassentür, halte sie weit auf und zeige auf die weißen Holzmöbel mit den dicken Auflagen. »Suchen Sie sich ein Plätzchen aus. Sie haben die freie Wahl. Sie müssen sich aber auf die Auflage setzen. Sonst teile ich das Gulasch nicht mit Ihnen.«

Inga lacht. »Oh nein. Dann setze ich mich auf ein Polster.«

Als sie an mir vorbeiläuft, mache ich einen großen Schritt nach hinten.

Wenige Minuten später sitzen wir uns gegenüber. Der Wein gluckert, als ich unsere Gläser befülle.

Ich hebe mein Glas. »Auf gute Nachbarschaft.«

Unsere Gläser klingen, als wir anstoßen.

»Ja. Auf gute Nachbarschaft. Ich werde mich in den nächsten Tagen revanchieren.«

Ich reiße das Ruder herum. »Wie geht es Frau Miermann?«

Frau Bergströms Stimmung ändert sich sofort. Sie wird ernst. »Sie kennen ja die Vorgehensweise. Die geschulten Leute der Polizei überbringen unverblümt und unmissverständlich die Todesnachricht, anschließend kümmert sich das Kriseninterventionsteam um die Angehörigen, das den ersten Trost spendet. Die Reaktionen auf die schreckliche Nachricht sind vollkommen unterschiedlich. Während die einen apathisch werden, schreien sich andere den Schmerz von der Seele. Aber bei allen dauert es, bis die Nachricht tatsächlich angekommen ist.«

Ich drehe das Glas. »Ja. Das weiß ich.«

»Ich kümmere mich jetzt mit um die Miermanns. Auch wenn Fotos existieren, die belegen, dass ihre Tochter das Opfer eines grausamen Verbrechens geworden ist, glaubt Frau Miermann an einen Irrtum. Sie klammert sich an den Gedanken, dass einige Verkettungen von Umständen nur den Anschein geben, dass ihre Tochter umgebracht worden ist, und sie noch lebt.« Sie nippt am Wein. »Herr und Frau Miermann müssen eine Menge verdauen. Dass ihre Tochter ein Doppelleben geführt hat, beschäftigt sie ebenfalls sehr.«

Ich nicke langsam. »Ich weiß. Wir setzen alles dran, um Licht ins Dunkel zu bringen.« Ich lehne mich zurück und sehe, dass Inga ihre Flip-Flops ausgezogen hat. Ihre Zehen spielen mit den leichten Schuhen. »Was sagen Sie zu einem Typen, der Fliegen fängt und ihnen die Flügel rausreißt? Und wenn so ein Mensch auch noch unter Verdacht steht, eine Katze stranguliert zu haben und er Vierbeiner mit vergifteten Ködern töten will … Steigert sich der Drang, seine Abartigkeit irgendwann auch an Menschen auszuleben? Wären das dann die sogenannten Psychopathen?«

Inga seufzt. »So einfach ist das nicht. Psychopathen leiden meist an einer antisozialen Persönlichkeitsstörung. Sie beachten die Regeln der Gesellschaft nicht und wollen vorrangig ihren eigenen Kopf und eigene Ziele durchsetzen. Ihnen fehlt einfach die Empathie. Sie haben weder soziale Gefühle noch Mitleid mit anderen Menschen und somit auch kein Gewissen. Die Diagnose Psychopathie gibt es nicht wirklich. Das Ganze ist sehr komplex und eine Mischung aus mehreren

Persönlichkeitsstörungen, die fatalerweise aufeinandertreffen. Aber ganz klar gesagt … Solche Menschen *könnten* auch als Serienmörder unterwegs sein.«

»Könnten?«

»Genau. *Könnten*. Es gibt viele, die einen hohen Psychopathiewert haben und trotzdem nicht quälen oder töten. Es trifft also keinesfalls zu, dass Psychopathen automatisch Tier-, Menschenquäler oder Killer sind. Eines haben sie aber gemeinsam. Ihnen fehlt das, was ich soeben geschildert habe. Die Empathie, das Gewissen und die soziale Verantwortung.«

»Wenn all das fehlt … wie können Sie Psychopathen dann therapieren? Zu einer erfolgreichen Therapie gehört doch Einsicht, oder?«

»Ja. Auch das ist nicht so einfach. Das Tückische ist, dass sich Menschen mit schweren psychischen Störungen mitunter sehr gut verstellen können und somit ihr Gegenüber täuschen. Sie besitzen eine Art teuflische Intelligenz. Selbst für erfahrene Gutachter ist es nicht leicht, ihre perfiden Spielchen zu durchschauen.«

Ich lehne mich zurück. »Teuflische Intelligenz, das bringt es auf den Punkt.« Ich schenke Wein nach. »Dem Duft nach zu urteilen, muss das Gulasch heiß sein.« Der Gartenstuhl schrappt über die Terrassenfliesen, als ich aufstehe.

Inga folgt mir. »Wenn Sie mir Teller angeben, dann decke ich …«

Ich unterbreche sie. »Teller finden Sie links oben im Schrank. Besteck liegt in der rechten Schublade und die Serviettenbox steht auf dem Regal.« Ich zeige in Richtung Kühlschrank, neben dem das Regal seinen Platz hat, das ich meine.

Ich registriere, dass Inga innehält und das Bild von Hannah und mir betrachtet, das neben dem Serviettenständer an der Wand hängt. Ich sitze auf einer Liege am sardinischen Strand *Cala Mariolu*. Hannah kniet hinter mir und umarmt mich. Ihre blonden Haare fallen über meine Schulter. Wir strahlen beide mit der Sonne um die Wette.

Ich spanne meine Beinmuskeln an, denn für die Frage, die gleich kommen wird, brauche ich ein gutes Standvermögen.

»Ist das … ist das Ihre Ex?«

»Nein. Sie ist nicht meine Ex.« Meine Hand wandert zu meiner linken Brust. »Hannah und unser kleiner Schmetterling wohnen seit zwei Jahren hier drin. Sie sind immer bei mir.«

Inga schaut mich betroffen an. »Das … das tut mir leid.«

Der große Löffel wandert ins Gulasch. »Mir auch.«

»Entschuldigen Sie. Manchmal bin ich zu forsch und rede einfach drauf los.«

Etwas schroffer als gewollt antworte ich: »Sie müssen sich nicht entschuldigen. Der Grabstein steht auf dem Friedhof und nicht auf dem Regal. Sie konnten es nicht wissen.«

Inga hängt sich nicht weiter daran auf. Sie greift nach dem Serviettenständer, kramt in der Besteckschublade und verschwindet wieder nach draußen.

Als ich die großen Teller auf den Terrassentisch stelle, reibt sie sich die Hände. »Oh, das duftet wunderbar. Guten Appetit.« Besteck klappert und nach dem ersten Bissen wandert ihr Daumen nach oben. »Das schmeckt köstlich. Ihre Mama ist eine begnadete Köchin.«

»Ja. In ihren Adern fließt kein Blut, sondern Tomatensauce.«

Inga lacht.

»Warum haben Sie Berlin verlassen?« Ich werfe ihr einen kurzen Blick zu.

»Meine Tante ist hergezogen. Der Liebe wegen. Und da sie per Zufall erfahren hat, dass der Strafvollzug in Kiel eine Therapeutin sucht und ich schon länger eine neue Herausforderung angestrebt habe, ging alles ganz flott.« Sie streicht sich die Haare hinter die Ohren. »Wenn Sie noch nicht mit ihr zu tun hatten, werden Sie ihr bestimmt bald begegnen. Sie ist in der Rechtsmedizin Lübeck tätig und heißt Mariele Lundberg.«

Mir fällt das Besteck fast aus den Händen. »Dr. Lundberg ist Ihre Tante?«

»Genau. Sie ist schon seit zwei Jahren mit dem Leiter der Rechtsmedizin zusammen. Mit Professor Robert Gundlach. Die beiden haben eine Wochenendbeziehung geführt. Damit ist jetzt Schluss.«

»Ich habe Ihre Tante bereits kennengelernt. Dass sie und Gundlach verlobt sind, hat sie uns verraten. Meine Kollegen und ich waren bei einer Obduktion dabei. Ein Obdachloser wurde vergiftet.«

»Sie sprechen vom Mord mit dem gepantschten Tollkirschenwein?«

Ich bin überrascht. »Genau. Ihre Tante hat aus dem Nähkästchen geplaudert?«

Sie schmunzelt. »Professor Robert Gundlach und ihr Chef Rudi Bleckmann sind sehr gute Freunde. Rudi besucht Mariele und Robert öfter. So erfahren die beiden einiges. Meine Tante hat mir am Telefon von dem Giftmord und die Morde an Valentina Miermann und Frau Wittler erzählt. Bleckmann ist ihr Vorgesetzter, richtig?«

»Richtig.«

»Herr Bleckmann hat sich von oben grünes Licht geholt, mich bei Fragen hinzuziehen zu dürfen.«

Ich hebe mein Weinglas. »Na, dann auf gute Zusammenarbeit.«

Ihre Wangen röten sich. »Da haben wir es wieder«, sagt sie. »Ich rede fast immer, ohne zu überlegen. Das, was ich Ihnen gerade erzählt habe, hätte eigentlich in der Familie und im Freundeskreis bleiben sollen.«

»Keine Sorge. Ich petze nicht.«

Inga lenkt schnell und geschickt ab. Sie berichtet von ihrer Arbeit in Berlin. Nachdem wir gegessen haben, folgt sie mir wie selbstverständlich in die Küche und übernimmt das Einräumen der Spülmaschine.

Meine neue Nachbarin ist eine sehr fröhliche und unkomplizierte Gesprächspartnerin. Als wir uns nach über einer Stunde verabschieden, kramt Frau Bergström in ihrer Latzhose. Sie reicht mir eine Visitenkarte. »Bitte schön. Da steht meine Telefonnummer drauf. Ähm, für den Fall, dass Sie etwas Essbares teilen möchten.«

Es ist heute Abend das x-te Mal, dass ich in gelöster Stimmung antworte. »Okay. Ich werde sie an die Kühlschranktür heften.« Im Gegenzug reiche ich ihr meine Karte. »Für den Fall, dass Sie Hilfe brauchen, melden Sie sich. Tropfende Wasserhähne und Spinnweben können tückisch sein. Unter der zweiten Handynummer erreichen Sie mich rund um die Uhr.«

Nachdem ich ihr hinterhergewunken habe, schließe ich leise die Tür.

Obwohl ich müde bin, gebe ich mir einen Ruck, laufe in die obere Etage und setze mich an den Schreibtisch. Ich möchte erst in mein E-Mail-Postfach schauen und danach die Aufzeichnungen ansehen, die Frau Hörbiger gemacht hat.

Als ich mein Postfach öffne, wird mir bewusst, wie ruhig es im Haus ist. Es ist das erste Mal seit vielen Monaten, dass ich die Stille als unangenehm empfinde. Mein Blick fällt auf die Schachtel Zigaretten, die im Aschenbecher neben meinem Laptop liegt. »Das ist verrückt«, flüstere ich. »Da habe ich doch glatt vergessen zu rauchen.«

*

Niemand weiß von meinem kleinen Büro. Ich nenne den kahlen Raum Büro, obwohl es kein Büro ist. Es gleicht eher einem Verlies, mit einem Oberlicht. Von der Decke baumelt eine Glühbirne. An der Wand über dem Tisch hingen Fotos und Zeitungsartikel, die ich jetzt, vorsichtshalber, in Sicherheit gebracht habe. Man kann nie wissen. Nur die hellen Flecken an der Wand und Reste von einem Klebeband verraten, dass dort mal etwas für längere Zeit gehangen hat. Aber … das kann alles Mögliche gewesen sein. Niemand kann beweisen, welche Bilder oder Zeitungsausschnitte es waren.

Ich lehne mich auf dem Schreibtischstuhl zurück, verschränke die Arme hinter dem Kopf und starre auf die schattierte Wand.

Mein gestreckter Arm wandert in die Luft. Blind ertaste ich die Glühbirne und stupse sie an. Sie pendelt hin und her. Das Licht verändert sich auf gespenstische Art und Weise. Die Schatten sind es, die mich faszinieren. Ein Wechsel zwischen hell und dunkel. Gut und böse.

Hier sitze ich oft stundenlang. An manchen Tagen bis weit nach Mitternacht. Und dann denke ich nach. Überlege hin, überlege her. Meine Gedanken haben einen Namen. Ich habe das Wort, Pendelgedanken, erfunden. Sie pendeln hin und her, wie die Glühbirne. Hell, dunkel, gut, böse. Ein Relikt aus der guten alten Zeit. Die Birne, sowie meine Gedanken.

Ich gähne.

Mir gehen viele Dinge im Kopf herum. Immer. Manchmal rotieren die Gedanken und drehen sich im Kreis. Wie die Fahrgeschäfte auf einem Jahrmarkt. Ssst … im Hochgeschwindigkeitstempo.

Dabei denke ich an eine Kirmes, die ich in meiner Jugendzeit besucht habe. Wenige Wochen nachdem Lauer, der Drecksack, mein Handgelenk gebrochen hat, war ich auf dem Rummelplatz.

Ich habe die verzerrte Animationsstimme des Autoscooter-Besitzers noch im Ohr, der meinen Freunden die letzten Markstücke aus der Hosentasche gezogen hat. Mit dem Mikro direkt vor dem Mund hat er Ansagen gemacht, von denen die jungen Wilden nicht genug bekommen konnten.

»Sooo, alle Mann aussteigen, lasst den Zündschlüssel stecken, die Nääächsten stehen schon Schlange. Come on, come on, come on … Auf geht's in eine neue Runde.«

Wer keine Ellenbogen hatte, der musste lange anstehen.

An dem Tag war ich zwar da, aber nicht dabei. Zwischen da und dabei liegen Welten.

Selbst wenn ich schneller als ein Wiesel gewesen wäre, hätte ich den Scooter nicht lenken können. Die Nachwehen meines gebrochenen Handgelenks haben mir Grenzen aufgezeigt. Die Möglichkeit, als Beifahrer zuzusteigen, habe ich mit einem coolen Kopfschütteln abgelehnt. So tief würde ich niemals sinken. Das war unter meiner Würde.

Stattdessen lehnte ich kaugummikauend an einer der blinkenden Lichtsäulen, und habe eine Packung Zigaretten aus der Hosentasche geholt, die mir im Kiosk Vennemann *in den Rucksack gefallen war.*

Bevor ich mein Sturmfeuerzeug schnippen lassen habe, bin ich aufs Kirmesklo gegangen, weil ich auf dicke Hose machen wollte. Eine leere Rolle Toilettenpapier ist in meine Unterhose gewandert. Nach dieser Aktion habe ich breitbeinig den Lokus verlassen und der Klosettmamsell zehn Pfennig auf ihr Tellerchen geworfen. Leise pfeifend bin ich abgedampft und habe wieder Posten am Autoscooter bezogen.

Magdalena hat mit einem verpickelten Jungen aus der Klasse über mir ihre Runden gedreht. Der war zu blöd auszuweichen und ist von allen Seiten attackiert worden.

Als ich auf Vollblutmacker gemacht und den Qualm tief inhaliert habe, hat sich Magdalena immer wieder nach mir umgedreht.

Eine Viertelstunde später stand sie neben mir. Sie hat sich an mich geschmiegt und ich habe mich getraut, meine Hand bis an den Rand ihrer kleinen Brüste zu schieben. Wie zusammengeschweißt haben wir abwechselnd an der Kippe gezogen.

Sie stellte sich auf Zehenspitzen. »Sollen wir zusammen gehen?«, flüsterte sie in mein Ohr.

»Klaro.« Ich drückte ihr einen Kuss auf den Mund.

Ich war der King. Der Held. Bis Holger auftauchte. Lauers Sohn.

Holger hat mich sofort entdeckt. Für einen Moment verkeilten sich unsere Blicke ineinander. Dann konzentrierte er sich auf Magdalena und seine Augen blieben an der Stelle haften, an der meine Fingerspitzen ihren Busen berührten.

Lauer der Zweite war in der Oberstufe und der coolste Typ an der ganzen Schule. Holger kam jeden Morgen mit dem eigenen Auto zum Unterricht, und die Mädels fielen reihenweise in Ohnmacht, wenn er in halsbrecherischem Tempo mit seinem Golf angebrettert kam. Jede wollte mit ihm gehen. Jede.

Das Schicksal nahm seinen Lauf. Holger lenkte nach der nächsten Runde den Scooter so geschickt, dass er mit der dicken Gummipolsterung direkt vor uns mit Karacho gegen die Bande heizte.

Er hat kein Wort gesprochen, sondern nur den kleinen Finger seiner rechten Hand gehoben, die lässig auf dem Lenkrad lag, und … Magdalena war weg.

Mit zwei Fingern hat er in die Brusttasche seines Hemdes gegriffen und den nächsten Chip in den Schlitz des Scooters gesteckt, der in einem blinkenden Lichtermeer, wie es in Las Vegas zu sehen war, wieder seine Runden drehte.

Während meine Lippen noch von der Berührung mit ihren glühten und ich den Kaugummi kaute, den sie mir bei einem Zungenkuss zuschob, hing sie Holger am Hals.

Er hat mich großkotzig angelacht und wann immer er den Kirmesporsche an mir vorbeigelenkt hatte, durfte ich auf seinen gestreckten Mittelfinger blicken. Der Sommer war gelaufen. Ich sah die Sonne nicht mehr.

Unbekannte Gefühle ergriffen Besitz von mir. Es waren andere Gefühle als Hass und Wut.

Ich schließe die Augen, massiere meine Schläfen und frage mich, warum ich das mache. Mittlerweile sollte ich wissen, dass ich die Erinnerung nicht wegmassieren kann.

Der Herbst kam und noch immer habe ich das Rauschen der Blätter dieses goldenen Oktobers in den Ohren.

Damit ich damals nicht am Sportunterricht teilnehmen musste, habe ich ständig über Kopf- und Gliederschmerzen geklagt. Meine Mutter schrieb mir eine Entschuldigung nach der anderen.

Als ich eines Tages von der Schule heimkam, saß Lauer mit ihr in der Küche. Es war ein Montag.

Sie waren in gelöster Stimmung und sie empfing mich mit den Worten: »Dein Notendurchschnitt leidet, Schatz. Herr Lauer hat sich angeboten, mit dir an den Wochenenden zu trainieren, damit du aufholst. Ist das nicht nett von ihm?«

Ich drehte mich wortlos um, ging in mein Zimmer und warf mich rücklings aufs Bett. Da war es wieder, dieses Gefühl, das schwer wie Blei auf meiner Seele lag. Das erste Mal konnte ich es greifen. Ich verspürte eine Lust. Die Lust zu töten.

Mein Sportlehrer war ein Ass, was den Sport anbelangte. Ich hatte es weniger in den Muskeln, dafür mehr im Kopf.

5. Kapitel

Montag

Bevor ich unter die Dusche steige, laufe ich wieder mit der Zahnbürste im Mund ins Schlafzimmer. Heute öffne *ich* die Vorhänge und lasse frische Luft ins Zimmer. Inga ist schon auf den Beinen. Das Fenster neben den Terrassentüren ist weit geöffnet. Eine Hand taucht auf, die einen Feudel hält, der ordentlich ausgeschüttelt wird. Wenige Sekunden später betritt sie die Terrasse. Sie hat nur ein Handtuch um den Körper geschlungen und schüttelt eine Decke aus. Ich wende meinen Blick erst ab, als Zahnpastaschaum von meinem Kinn tropft.

Vor dem Spiegel betrachte ich mich mit einem Kopfschütteln. So weit ist es gekommen, dass es mich ans Fenster zieht, um meine attraktive Nachbarin zu beobachten.

Nach einem schnellen Frühstück höre ich das vertraute Geräusch unseres Dienstwagens.

Heute verlasse ich mit einem Kleiderbügel das Haus, auf dem ein blauer Sommeranzug und ein frisches Hemd hängen. Für die Pressekonferenz werde ich mich umziehen.

Da wir erst gegen 12 Uhr in Lübeck sein müssen, haben wir uns schon gestern vorgenommen, dem *Schlachthof Surmann* einen Besuch abzustatten.

Kat und Olli sehen frisch und ausgeschlafen aus. Der gestrige Abend kann also nicht sehr lang gewesen sein. Beide erklären mir, dass sie nach dem Essen in der Ferienwohnung von Ollis Tante zusammengesessen haben, um die Notizen von Frau Hörbiger zu studieren.

Während der Fahrt tauschen wir uns aus und sind uns einig, dass die

Aufzeichnungen, die Frau Hörbiger gemacht hat, hilfreich sein könnten. Sie hat Männer kommen und teilweise gehen sehen, Uhrzeiten notiert, Kleidungsstücke beschrieben und Besonderheiten wie Brillen- oder eventuelle Toupetträger erwähnt. Kat und Olli sind beim Durcharbeiten der Kopien – genau wie ich – auf die Beschreibung einer Frau gestoßen, die auf Marlene Ickinger passt. Die große, schwarzhaarige Dame mit dem Herrenschnitt beschreibt Frau Hörbiger als eher maskulin mit herben Gesichtszügen.

Am Samstag, den 3. April um 0:12 Uhr hat diese Frau Valentina in Begleitung eines Mannes besucht. Und die Beschreibung des Herrn passt auf Viktor Sassnitz.

Frau Hörbiger hat notiert, dass dieser dunkelhaarige Typ sehr elegant war und zu einer ockerfarbenen Jacke eine gleichfarbige Brille trug.

Weder Kat und Olli noch ich müssen lange überlegen, wer zu der Beschreibung passt. Viktor Sassnitz ist bis jetzt immer in einem Ton-in-Ton-Outfit aufgetaucht. Sassnitz hatte bei der ersten Begegnung zu blauen Klamotten ein blaues Brillengestell auf der Nase. Als wir in seinem Garten waren, lag auf dem Tisch eine rote Brille und auf der Liege waren rote Shorts und ein rotes Polohemd zu sehen.

Kat denkt laut. »Frau Ickinger hat gesagt, dass sie nie in Valentinas Zweitwohnung war.«

»Ja. Das hat sie gesagt. Die Aussage muss aber nicht stimmen«, halte ich dagegen. »Ich habe Frau Hörbiger gestern Abend angerufen. Sie ist sich nicht sicher, die beiden wiederzuerkennen. Ich habe das Gefühl, dass sie Angst hat, jemanden fälschlicherweise zu belasten. Frau Ickinger und Sassnitz werden wir uns heute auf jeden Fall noch einmal vorknöpfen.«

*

Herr Surmann ist ein stämmiger Mann um die sechzig. Er nickt dem Pförtner zu, der uns durch verschachtelte Gänge in sein Büro geführt hat.

»Danke, Werner.«

Nachdem sein Angestellter das Chefzimmer verlassen hat, reagiert er so wie die meisten Menschen, wenn wir auftauchen. Er macht ein besorgtes Gesicht und reicht uns fahrig die Hand. »Um Gottes willen. Was ist passiert? Hoffentlich bringen Sie keine schlechten Nachrichten.« Er öffnet die Knöpfe seines weißen Kittels, nimmt die Plastikhaube vom Kopf und wirft sie auf den Schreibtisch.

»Wir haben nur ein paar Routinefragen, Herr Surmann. Wir ermitteln in drei Mordfällen. Es geht um Ihren Mitarbeiter Mark Timmerhaus.«

»Timmerhaus?«

»Ja«, antwortet Olli. »Er hat Angaben gemacht. Es ist unsere Pflicht, sie zu überprüfen.«

»Verstehe. Und wie kann ich Ihnen jetzt helfen?«

»Was macht Herr Timmerhaus genau in Ihrem Betrieb?«

Herr Surmann verschränkt die Hände. »Er ist Kopfschlächter. Wenn ich das so sagen darf, einer der Besten in meiner Firma.«

Kat spielt mit dem Kugelschreiber. »Was macht so ein Kopfschlächter?«

»Ein Kopfschlächter kümmert sich darum, dass Sie im Supermarkt kein ganzes Schwein beziehungsweise Rind, sondern ein Kotelett, Schnitzel oder Rouladen kaufen können. Er tötet Nutztiere und zerlegt sie anschließend.«

»Betäubt Timmerhaus sie auch oder kümmert sich jemand anderes darum?«

»Nein. Er betäubt sie. Hier wird sorgsam mit dem Schlachtvieh umgegangen. Die schlafen als Ganzes ein und wachen erst im Supermarkt als Teilstücke wieder auf. Die haben gar nicht mitbekommen, was mit Ihnen passiert ist.« Er räuspert sich. »Timmerhaus arbeitet seit sieben Jahren für mich. Er zerlegt flink und sauber. Wenn man ihn beim Zerteilen beobachtet, kann man förmlich sehen, dass er den Job gerne macht.« Er lässt die Daumen kreisen. »Ermitteln Sie in den Mordfällen der beiden Frauen? Und da war doch noch was mit diesem armen Teufel, mit diesem Obdachlosen. Ich habe darüber Artikel in der Zeitung gelesen.«

»Ja. Es geht um diese Mordfälle«, kläre ich ihn auf.

Er kneift die Augen zusammen. »Hm. Hat Timmerhaus Dreck am Stecken? Hat er was angestellt?«

»Mein Kollege hat es schon erklärt, Herr Surmann«, antworte ich geduldig. »Wir ermitteln. Wie hat Herr Timmerhaus am Mittwoch und Donnerstag gearbeitet?«

Herr Surmann greift nach der Lesebrille, die auf dem Schreibtisch liegt, und setzt sie auf die Nase. Er bläht die Wangen. »Sekunde. Da muss ich nachschauen. Ich habe nicht die Arbeitszeiten aller Mitarbeiter im Kopf.« Er tippt auf der Tastatur seines Laptops. »Na, wer sagt's denn. Hier habe ich ihn schon. Timmerhaus hatte am Mittwoch Frühschicht. Er war von 5 Uhr bis 14 Uhr hier. Und am Donnerstag war er gar nicht anwesend, weil er unbedingt frei haben wollte.«

»Was heißt das, dass er *unbedingt* frei haben wollte«, hake ich nach.

»Im Moment fehlen einige Leute wegen der Sommergrippe und wir können jede Hand gebrauchen. Er hat sich tierisch aufgeregt, als ich ihm den freien Tag nicht genehmigen wollte. Er müsse seine Mutter zum Doktor fahren. In die Klinik, zur Onkologie. Sie hat Krebs.« Er nimmt die Brille wieder ab. »Ich bin kein Unmensch. Also habe ich ihm freigegeben.« Er verzieht das Gesicht. »Dass Timmerhaus sehr fleißig ist, ist die eine Seite. Dass er schnell hitzig werden kann, ist die Kehrseite der Medaille.«

Kat schaut kurz von ihrem Notizbuch auf. »Wie reagiert er, wenn er hitzig wird?«

Ich sehe dem Mann an, dass er nach Worten sucht.

»Ich weiß nicht genau, wie ich es ausdrücken soll. Er hat den Ruf, im Dachstübchen falsch verdrahtet zu sein. Im Aufenthaltsraum kommt es oft zu Spannungen, wenn Timmerhaus anwesend ist.« Er seufzt. »Manchmal geht es hier zu wie in einem Kindergarten. Die Männer benehmen sich wie kleine Jungs und zeigen gegenseitig mit dem Finger auf sich. Und der Papa – also ich – muss schlichten.«

»Worum geht es, wenn die Männer streiten?«

Er schürzt die Lippen. »Timmerhaus hat viele Neider. Er weiß, dass er gut arbeitet, und provoziert halt gerne. Jeder Mitarbeiter hat die Möglichkeit, durch schnelles Arbeiten am Monatsende eine Prämie dazuzuverdienen. Mark holt sich jedes Mal den Jackpot, und damit foppt er seine Kollegen. Das können viele nicht ab. Die würden ihn gern aus dem Ring boxen. Es gibt einige Mitarbeiter, die regelrecht Angst vor ihm haben.«

»Angst? Bedroht er sie?«, erkundigt sich Olli.

Surmann strafft sich. »Neeein. Das hat niemand geäußert. Was soll ich sagen. Ich weiß nicht, wie ich es erklären soll. Er schafft es, allein durch den Klang seiner Stimme oder die Betonung einzelner Worte ein ungutes Gefühl beim Gegenüber zu erzeugen. Wenn mir mal wieder Beschwerden zugetragen werden und ich mir Mark vorknöpfe, lacht er und erklärt, dass er nur Spaß gemacht habe.« Er verschränkt wieder die Hände. »Ich weiß, dass er noch andere kleinere Jobs hat. Er ist so gewissenhaft, dass ich ihm sogar Arbeit bei Freunden vermittele, die jemanden brauchen, der für eine Weile mit anpackt. Solange er hier ordentlich arbeitet, unterstütze ich das.«

»Haben Sie sich schon mal über private Dinge mit Ihrem Angestellten unterhalten?«

»Nein. Wenn, dann hat er kurz mit einem Satz seine Maschine erwähnt oder, wie letzte Woche, die Erklärung geliefert, dass er seine Mutter Ingrid in die Onkologie begleiten müsse. Mehr kann ich Ihnen über Timmerhaus nicht erzählen.«

Wir bedanken uns und erklären Herrn Surmann noch einmal, dass unser Auftauchen und unsere Fragen reine Routinearbeit war.

Er begleitet uns zurück, bis zum Pförtner.

»Hier kann man sich ja regelrecht verlaufen«, sagt Kat, während wir Herrn Surmann folgen.

»Stimmt.« Er lacht. »Wir haben das Gebäude gepachtet. Ich habe mich schon damals gefragt, ob der Architekt bekifft war, als er die Pläne gezeichnet hat.«

Er hält uns die Tür auf, die in die kleine Empfangshalle führt, und wünscht uns einen schönen Tag.

Wir machen uns auf den Weg nach Lübeck. Vor der Pressekonferenz findet unsere Dienstbesprechung statt.

*

Das Interesse an unserer Pressekonferenz war groß. Wir haben die Journalisten und Medienvertreter über die aktuelle Lage informiert. Während die Kameras liefen, haben die Teilnehmer jede Menge Fragen gestellt. Wir hoffen auf die Mithilfe der Bevölkerung. Ein noch so kleiner Hinweis könnte von großer Bedeutung sein.

Es kommt nicht oft vor, dass drei Mordfälle miteinander verknüpft sind. Erfahrungsgemäß ist es so, dass schon während der Liveschaltung die Telefone glühen. Etliche Kolleginnen und Kollegen sitzen für die nächsten Tage in Parterre im großen Besprechungsraum, um die Hinweise aus der Bevölkerung aufzunehmen.

Bleckmann, Czarnitzki und ich haben abwechselnd über den Fall berichtet.

Am Ende hat die Staatsanwaltschaft für die Ergreifung des Täters eine Belohnung in Höhe von zehntausend Euro ausgesetzt.

Nachdem wir den Besprechungsraum verlassen haben, bremst Bleckmann abrupt. »Ich gehe davon aus, dass die Telefone heißlaufen werden. Später kommt Dr. Lundberg. Mariele schaut sich die Fotos von Valentina Miermann an. Es ist …«

Czarnitzki schneidet ihm das Wort ab. »Sie will sich die Aufnahmen anschauen und ihre Meinung dazu sagen. Sie bringt ihre Nichte Inga mit. Frau Bergström ist Psychologin und hat von Berufswegen mit Kriminellen zu tun. Auch sie …«

Jetzt würge ich ihn ab. »Ich kenne sie. Frau Bergström ist meine neue Nachbarin.«

»Aaah. Da haben Sie künftig schöne Aussichten, was?« Er lacht.

In meinem Gesicht regt sich nicht der kleinste Muskel.

»Ähm … hübsche Frau. Sie hat was. Ich habe Dr. Lundberg vor einigen Tagen im Supermarkt getroffen. Sie hatte ihre Nichte dabei.« Seine Zunge benetzt seine Lippen.

Bleckmann macht einen Cut. »Bevor wir uns in Spekulationen über hübsch oder nicht hübsch verlieren … Hannes, nehmen Sie Sassnitz und Frau Ickinger auseinander. Da riecht was faul. Die Aufzeichnungen, die Frau Hörbiger gemacht hat, lassen stark vermuten, dass die beiden in Valentinas Wohnung waren.«

»Richtig. Das sehen wir auch so.«

Czarnitzki hat das letzte Wort. »Faul? Das riecht nicht faul, das stinkt zum Himmel. Wenn die beiden tatsächlich in dem Puff der Miermann waren, muss es einen Grund geben, warum sie lügen.«

Ich hebe eine Hand und laufe drei Schritte rückwärts. Dabei ignoriere ich Czarnitzki und schaue Bleckmann in die Augen. »Wird gemacht, Chef.« Dann ändere ich die Richtung und versuche, so leichtfüßig wie möglich die Treppe nach oben zu nehmen.

In unserem Büro herrscht gähnende Leere. Auf meinem Schreibtisch liegt ein Zettel.

Sind im Imbiss um die Ecke.
Bringen dir was mit.

Ich ziehe die Leinenjacke aus und hänge sie über die Stuhllehne. Anschließend befreie ich mich von dem Hemd. Die Metallschnalle meines Gürtels klappert, als ich aus der Hose steige, um in meine Jeans zu schlüpfen.

Als es an der Tür klopft und ich beschwingt »Einfach reinkommen« rufe, taucht Inga Bergström auf. Czarnitzki hatte erwähnt, dass sie zu Bleckmann will. Ich habe nicht damit gerechnet, dass sie hier auftaucht.

Während ich sie im Blick habe und blind, so schnell wie möglich, nach meiner Jeans greife, scannt sie meinen Körper. Ihre Augen wandern von meiner nackten Brust hinunter zu meinen Boxershorts. Ihre Nasenflügel blähen sich. Sie grinst. »Hallo Hannes.«

»Hallo Inga.«

Ich kann ihre Reaktion nachvollziehen, denn ich trage die Unterhose, die Hannah mir geschenkt hat, nachdem sie das erste Mal bei mir übernachtet hat. Ein bunter Lolli ist darauf gedruckt und darunter steht in Großbuchstaben *Dauerlutscher*.

Inga überspielt die Situation. Während ich in meine Klamotten schlüpfe, schaut sie auf die Uhr. »Ich habe einen Termin mit Rudi Bleckmann und dem Staatsanwalt Herrn Czarnitzki. An der Anmeldung hat mir jemand gesagt, dass ich Ihren Chef im ersten Stock in Raum 522 finde.«

»Nein. Bleckmann arbeitet drei Zimmer weiter auf der linken Seite. Der hockt in Raum 525. Er hat vorhin erzählt, dass Sie mit Ihrer Tante kommen.«

»Ja. Wir sollen uns die Fotos anschauen, die der Täter von der Leiche gemailt hat.«

»Ich hoffe, dass wir nach der Pressekonferenz mit den Ermittlungen weiterkommen.«

»Ja. Das hoffe ich auch. Ich habe sie auf der Fahrt hierher auf dem Handy verfolgt.«

Ich versuche, ein witziges Gesicht zu machen. »Mich? Sie haben mich verfolgt?«

Sie lacht. »Die Pressekonferenz. Okay, ich geb's zu, Sie auch. Sie haben eine gute Figur gemacht.« Inga schaut auf die Uhr. »Ich muss. Sonst schimpft Mariele mit mir.«

Als sie weg ist, verspüre ich große Lust, sie so schnell wie möglich wiederzusehen.

Die Tür fliegt auf. Meine Kollegen tanzen an. Alle reden durcheinander. Kat drückt mir eine Styroporschachtel in die Hand.

»Einmal Leberkäse mit Bratkartoffeln … Ist das okay?«

Mein Magen knurrt. »Danke. Das ist perfekt.«

Dann ernte ich von allen Seiten Schulterklopfen. Meine Kollegen haben ebenfalls die Pressekonferenz verfolgt.

*

Mit einem Stirnrunzeln stelle ich fest, dass Malte Grimm nicht im Oldenburger Büro ist. Auf seinem Schreibtisch herrscht zwar das blanke Chaos, aber sein Laptop ist geschlossen.

Die Tür geht auf. Rosi Wegner steckt den Kopf herein. Sie ist die Dienstälteste des Hauses. Wann immer ich sie sehe, erinnert sie mich an Frau Holle, was letztendlich an ihren grauen Haaren und der kleinen, runden Brille liegt, die immer halb auf ihrer Nase sitzt. Seit vielen Jahren arbeitet sie nur noch im Innendienst.

»Ich habe euch kommen sehen, während ich telefoniert habe. Malte Grimm war es seit heute Mittag nicht wohl. Ich habe ihn überredet, heimzugehen. Er meinte, dass er morgen bestimmt wieder fit sei.«

»Okay. Danke, Rosi. Wenn wir uns hier ausgebreitet haben, befragen wir noch einmal Frau Ickinger … die Freundin der ermordeten Valentina Miermann, und den Juwelier Sassnitz.«

Sie nickt. »Okay. Wenn was sein sollte, melde ich mich bei euch.«

Olli schnalzt mit der Zunge, nachdem sie die Tür geschlossen hat. »Nanünana. Malte hat mit Sicherheit den einfachsten Weg gewählt, um seine Holde zum Hochzeitstagessen ausführen zu können.«

Ich verpasse ihm einen leichten Schubs. »He. Du hast während der Ausbildung nicht aufgepasst. Solange keine Beweise vorliegen, gilt immer die Unschuldsvermutung.«

Kat lacht. »Ever clever. Sollte es so sein, hat er das geschickt eingefädelt.«

Unsere Laptops wandern auf die Schreibtische. Wir überlassen Kat den Fensterplatz.

Mein Handy klingelt. Karsten Speckmann, der Leiter der Sonderkommission, bei der sämtliche Hinweise aus der Bevölkerung ankommen, erstattet Bericht.

»Hannes? Hier laufen die Drähte heiß. Ein Ehepaar aus Solingen hat die Pressekonferenz und die Fotos von Valentina Miermann gesehen. Die beiden verbringen ihren Urlaub auf Fehmarn … auf dem Campingplatz am Niobe. Ihr Wohnwagen steht direkt am Deich. Ihnen ist am Mittwochabend gegen 20 Uhr eine Frau aufgefallen, die in roten Shorts und einem weißen Shirt allein in Richtung Puttgarden gejoggt ist. Sie meinen, dass es Frau Miermann war. «

»Okay. Dann ist die Joggerin also aus der Richtung des nordöstlichen Binnensees gekommen, richtig?«

»Richtig. Es gibt noch einen Hinweis. Eine junge Frau war mit ihrem Hund am Priestersee in Oldenburg unterwegs. Ebenfalls am Mittwochabend. Allerdings gegen 21 Uhr. Auch sie meint, Valentina erkannt zu haben. Sie soll einen silberfarbenen Opel Corsa auf dem Parkplatz am Wallmuseum verlassen haben. Die Frau war mit einer schwarzen Leggins und einem schwarzen Oberteil bekleidet. Soll ich damit an die Presse gehen?«

»Ja. Wir können die Personenbeschreibungen gezielt herausgeben. Zusätzlich sollen sich ein paar Leute von uns auf dem Gelände umsehen.«

»Sind Hinweise zum Fall Winfried Stresemann eingegangen?«

»Das wollte ich gerade ansprechen. Nein. In der Richtung ist es ganz ruhig. Da gibt es nichts, was uns weiterbringen würde.«

Karsten will sich melden, sobald es etwas Neues gibt.

Als ich die Infos weitergebe, bläht Kat die Wangen. »Es werden viele Spuren ins Nichts führen. Zwischen dem Deich am Campingplatz Niobe und dem Priestersee liegen Welten.«

»Ja«, sagt Olli. »Es ist immer so, dass die meisten der Hinweise im Sand verlaufen.«

Das Klingeln meines Handys unterbricht unsere Unterhaltung. Finn Hörbiger ist der Anrufer. Er möchte mit Frau Holt sprechen.

»Hallo Herr Hörbiger. Sekunde, ich reiche Sie weiter.«

Nachdem ich mein Smartphone Kat überlassen habe, schaue ich die E-Mail-Eingänge durch.

Kat lacht. »Oh, das ist nett, dass Sie an mich gedacht haben.« Für eine Weile hört sie zu, dann antwortet sie: »Hm ... ach so ... ja klar. Wieso käme die Wohnung denn nicht für Sie infrage? ... Ja, danke. Ich schicke Ihnen später meine private Handynummer. Ihre habe ich ja.«

Kats Hand taucht neben mir auf. Sie reicht mir das Handy zurück. »Drückt mir die Daumen. In Burg wird eine Wohnung vermietet. Mit einem großen Balkon. Finn Hörbiger ist sie zu klein. Sie hat nur fünfundsechzig Quadratmeter. Er hat sofort an mich gedacht.«

*

Statt einer Begrüßung empfängt uns Frau Ickinger mit den Worten: »Wenn Sie sich kurzfassen könnten ... Ich habe wirklich wenig Zeit.«

Sie ist bereits ausgehfein und spielt demonstrativ mit dem Autoschlüssel.

Wir folgen ihr ins Wohnzimmer. Die Ledercouch ist so weich, dass ich förmlich darin versinke. »Wie geht es Ihnen, Frau Ickinger? Unsere Kollegen hatten Ihnen die traurige Nachricht überbracht, dass Valentina ebenfalls Opfer eines Verbrechens geworden ist.«

»Was für eine Frage. Ich bin fertig. Das war ein regelrechter Schock. Es hat mir den Boden unter den Füßen weggerissen.«

»Unsere Kollegen hatten Sie gefragt, ob Sie uns noch etwas erzählen und durch irgendwelche Hinweise helfen können.«

Sie rutscht nach vorn und sitzt nur mit einer Pobacke auf dem Sessel. Ihre Finger umkrampfen den Schlüssel. »Stimmt, sie haben noch einmal gefragt. Aber mehr, als ich *Ihnen* gesagt habe, konnte ich denen auch nicht erzählen. Ich habe keine Ahnung, mit welchen Männern sich Valentina in der Hochhauswohnung getroffen hat.«

Olli lehnt sich zurück. »Frau Ickinger, Sie hatten uns gesagt, dass Sie den Juwelier Viktor Sassnitz nicht kennen.«

Sie setzt sich kerzengerade hin. »Genau. Den kannte ich nicht und kenne ihn auch jetzt nicht.«

»Sie haben uns auch gesagt, dass Sie nie in Valentinas Zweitwohnung waren.«

»Sicher. Wieso fragen Sie mich ständig Dinge, die ich Ihnen längst beantwortet habe. Es ist alles gesagt. Warum sollte ich lügen?«

Ich erhebe mich langsam. »Tja. Das ist eine gute Frage, die nur Sie beantworten können. Helfen Sie mir weiter. Aus welchem Grund sollten Sie lügen?« Ich lasse sie nicht aus den Augen.

Frau Ickinger hält meinem Blick stand. »Es gibt keinen Grund.«

Mir ist klar, dass wir hier nicht weiterkommen. Bevor wir nicht noch einmal mit Sassnitz gesprochen haben, werden wir die Katze nicht aus dem Sack lassen. Wir sind gespannt, wie der Juwelier reagieren wird.

*

Viktor Sassnitz öffnet uns die Tür. Nach der Begrüßung erklärt er knapper als knapp, dass er wenig Zeit habe und gleich einen wichtigen Termin wahrnehmen müsse.

Immerhin lässt er uns ins Haus.

Ich lächele ihn an. »Zeit scheint heute knapp zu sein. Das haben wir vorhin schon mal gehört.«

Er erwidert mein Lächeln. »Wundert Sie das? Ich halte mich an Benjamin Franklins Zitat: *Zeit ist Geld*. Ohne Geld könnte ich *so* nicht leben.« Er deutet auf die Einrichtungsgegenstände, die den langen Korridor verschönern.

»Wer der Meinung ist, dass er für Geld alles haben kann, gerät leicht in den Verdacht, dass er für Geld alles zu tun bereit ist«, kontere ich noch immer lächelnd. »Dieses Zitat stammt ebenfalls von Franklin.«

Sophie Sassnitz taucht auf. Sie verschränkt die Arme vor der Brust und lehnt sich gegen den Rahmen der Wohnzimmertür. Sie trägt knappe Shorts und ein bauchfreies Oberteil. »Stör ich beim Philosophieren? Hallo zusammen. Mein Mann hat mir gar nicht gesagt, dass Sie kommen. Möchten Sie einen Kaffee oder was Kaltes trinken?«

Mich interessiert, wie der Herr des Hauses reagiert, darum nehme ich das Angebot an. »Ein Kaffee wäre prima.«

Sassnitz zischt seine Frau an. »Herrrrgott nochmal. Du weißt doch, dass ich wegmuss.« Verärgert schaut er mich an. »Fragen Sie, was Sie fragen wollen. Und sobald ich weg bin, können Sie literweise Kaffee mit meiner Frau trinken.«

Olli, der ein abstrakt gemaltes Bild begutachtet, dreht sich mit einem Ruck um. »Okay. Machen wir's kurz. Frage eins: Kennen Sie eine Marlene Ickinger? Sie war die Freundin der ermordeten Valentina Miermann. Frage zwei: Besitzen Sie ein ockergelbes Jackett und eine gleichfarbige Brille? Und wenn Sie die Frage eins mit Ja beantworten, stellt sich noch eine dritte Frage: Haben Sie gemeinsam mit Marlene Ickinger am 3. April um 0:12 Uhr die Wohnung von Valentina Miermann in der Kleistraße 2 betreten?«

Ich übernehme. »Sollten Sie Frage eins und Frage zwei mit Ja und

Frage drei mit Nein beantworten, würde ich Ihnen raten, noch einmal gründlich über die letzte Antwort nachzudenken.«

Kat dreht sich kurz zur Seite. Sie hüstelt.

Den Beschuss mit Fragen muss Viktor erst einmal verdauen. Sein Adamsapfel tanzt auf und ab. Man sieht Sassnitz förmlich an, wie es hinter seiner Stirn arbeitet.

Sophie Sassnitz lehnt noch immer am Türrahmen. Sie scheint regelrecht zu genießen, dass es ihrem Mann die Sprache verschlagen hat. »Warum sagst du nicht, dass du ein ockergelbes Jackett und eine gleichfarbige Brille hast, Viktor?« Sie grinst mich an. »Hat der Täter solche Klamotten getragen?«

Und wieder zischt Sassnitz seine Frau an. »Halt einfach die Klappe, okay?« Mit uns redet er in normalem Tonfall weiter. »Machen Sie sich nicht lächerlich. Meine ockergelbe Jacke habe ich bei *Herrenmoden Wissmann* gekauft. Es ist keine Maßanfertigung und Sie werden in der Umgebung mit Sicherheit mehrere Geschlechtsgenossen ausfindig machen können, die diese Jacke gekauft haben. Dass nicht nur ich ein Faible für bunte Brillen habe, wird Ihnen jeder Optiker der Stadt verraten können.«

Sassnitz erweckt von jetzt auf gleich den Anschein, dass er dichtmacht. Sein Gesicht ist wie in Stein gemeißelt. Seine Haltung unnatürlich steif. Obwohl ich weiß, dass ich die Frage nicht noch einmal stellen muss, stelle ich sie. »Wie sieht es mit Frau Ickinger aus? Kennen Sie sie?«

»Nein.«

Nach dieser Antwort verabschieden wir uns.

Als wir auf dem Weg ins Büro sind, tauschen wir uns aus. Weder Olli, Kat noch ich glauben, dass Marlene und Viktor die Wahrheit sagen.

Kats Handy summt. Das macht es immer, wenn sie eine Nachricht bekommt. Durch den Schminkspiegel sehe ich, dass sie vor sich hin lächelt. »Hui, jetzt wird es ernst. Ich schaue mir heute Abend die Wohnung in Burg an. Finn begleitet mich.

Wir wollen uns auf dem Parkplatz vor der Dienststelle treffen. Kann ich um 18 Uhr gehen?«

»Ja. Kannst du.«

*

Im Büro stellen wir mit Bleckmann eine Videokonferenz her. Obwohl es heute nicht ganz so heiß ist, wandert sein Taschentuch wieder permanent an seine Stirn. Vielleicht kommt er ins Schwitzen, weil ihm Czarnitzki ordentlich Feuer unterm Hintern macht. Der Ventilator ist festgestellt und bläst ihm permanent ins Gesicht. Seine wenigen Haare wehen nach hinten. Er sieht aus, als säße er in einem Sturm.

Er schnalzt mit der Zunge, als ich ihm schildere, dass Frau Ickinger und Herr Sassnitz bei ihren Aussagen geblieben sind.

Bleckmann regt sich auf. »Na gut, dann werden wir Frau Hörbiger halt dazuholen.«

»Ich hoffe, dass das was bringt. Sie ist sich nicht sicher, die beiden wiederzuerkennen.«

Bleckmann schürzt die Lippen. »Wir treten auf der Stelle. Dr. Lundberg vermutet zwar, dass der Täter eine Axt zum Enthaupten benutzt hat. Aber das viele Blut und der Winkel, von dem die Fotos aus aufgenommen worden sind, lassen wenig Raum zu, genauere Schlüsse zu ziehen. Das Umfeld hat der Täter nicht abgelichtet. Nach so einer Tat muss es grauenvoll ausgesehen haben. Verdammt, wir haben nicht den kleinsten Anhaltspunkt.«

»Was sagt die Psychologie, also Frau Bergström dazu?«

»Da gibt es mehrere Aspekte und etliche davon sind uns bekannt. Der Klassiker: Täter zerstückeln Leichen, um sie einfacher beseitigen zu können. Vielleicht war der Kopf der Anfang und er hat weiter gemacht. Er könnte aber auch in blinder Wut gehandelt, also wie von Sinnen agiert haben. Des Weiteren könnte er den Kopf vom Rumpf getrennt haben, weil er eine Art Trophäe darstellen soll. Inga hatte mal Kontakt zu einem Strafgefangenen, der seine Ehefrau enthauptet hat, weil sie ständig am

Zetern war. Wie gesagt. Das sind alles nur Spekulationen. Eins ist sicher. Der Täter muss sich gründlich mit der Tat befasst haben. Das war keine spontane Aktion.«

Kaum, dass die Verbindung zu Bleckmann beendet ist, meldet sich Karsten. Er hat Neuigkeiten.

»Hannes, ein anonymer Anrufer hat die Pressekonferenz gesehen und einen Tipp gegeben. Frau Miermann soll am vergangenen Mittwochnachmittag in der gynäkologischen Praxis Dr. Kroska in Behandlung gewesen sein. Seine Praxis liegt etwas außerhalb von Heringsdorf. Ich habe im Internet nachgeschaut und dort angerufen. Heute ist er nicht mehr im Haus. Er ist erst morgen früh in seiner Sprechstunde zu erreichen.«

»Ah, das hört sich gut an. Danke, wir werden ihn morgen aufsuchen. Meldest du uns für morgen Vormittag dort an?«

»Das mache ich.«

»Dank dir. Gibt es sonst noch was?«

»Ja. Ein Herr Messerschmidt war am späten Mittwochabend mit seinem Hund unterwegs. An die genaue Uhrzeit kann er sich nicht erinnern. Er hat Frau Miermann aus dem Hochhaus der Kleistraße 2 kommen sehen. Die hübsche Frau ist ihm schon öfter aufgefallen. Sie wurde von einem verwahrlosten Typen angesprochen. Im ersten Moment dachte er, dass der Mann Valentina bedrängt hat, aber die beiden haben sich dann freundlich und angeregt unterhalten und sind gemeinsam losgelaufen. Er hat Frau Miermann und Winfried Stresemann eindeutig auf den Fotos in den Medien wiedererkannt. Zwei Kollegen sind in der Gegend. Die klingeln bei ihm zu Hause und nehmen alles auf.«

»Das klingt ebenfalls sehr gut.«

Als ich Karsten einen schönen Abend wünsche, lacht er. »Vergiss es. Daraus wird nichts. Ich bin noch eine Weile hier.«

Ich gebe die Informationen an Kat und Olli weiter.

Mein Kollege fährt sich mit beiden Händen durch die Haare. »Die Beobachtungen, die Herr Messerschmidt gemacht hat, lassen keinen Zweifel daran, dass wir auf der Jagd nach einem Dreifachmörder sind.«

Rosi streckt den Kopf zur Tür herein.

»Hannes, gerade hatte ich die Chefin vom *Lollypop* am Ohr. Frau Galina wollte wissen, ob wir den Typen schon verhaftet haben, der Valentina Miermann auf dem Gewissen hat. Sie macht sich Sorgen um ihre Mädchen, die sehr verunsichert sind. Sie wollte dich nicht stören. Wenn du Zeit hast, sollst du sie zurückrufen.«

»Danke, Rosi. Ich rufe Uta später an.«

Olli streckt sich. »Es ist klar, dass im Rotlichtmilieu die Alarmglocken schrillen. Hast du sie gefragt, ob sie Valentina gekannt hat?«

»Ja, habe ich. Sie hat die Miermann nicht gekannt. Habt ihr noch was für mich?«

»Nein, mach dir einen gemütlichen Feierabend.«

Kat setzt sich auf eine Ecke meines Schreibtischs. »Wer ist Uta Galina?«

»Uta Galina ist die Puffmutter vom *Lollypop.* Das ist ein Bordell in der Nähe des Bahnhofs. Sie hat uns schon so manch guten Tipp gegeben. Vor fünf Jahren war es ein entscheidender, der den Täter in unser Netz getrieben hat. Sie und ihr Mann haben ein wachsames Auge und ein unglaubliches Gespür für Menschen.«

Als es an der Tür klopft, hüpft Kat von meinem Schreibtisch. Ihr Gesicht hellt sich auf, als Finn Hörbiger das Büro betritt.

Er strahlt über das ganze Gesicht. »Hallo zusammen.«

Nach der allgemeinen Begrüßung gilt seine Aufmerksamkeit nur Kat. »Ich bin etwas zu früh und da dachte ich, ich schaue mal, wie ein Büro aussieht, in dem Kriminalbeamte arbeiten.« Er wirft einen Blick auf die große Deutschlandkarte, die an die Wand gepinnt ist. »Ich war noch nie auf einem Polizeirevier.« Er schaut sich um.

»Hallo Finn. Normalerweise sitzen wir in Lübeck. Da sieht es ein wenig chaotischer aus. In Oldenburg sind wir nur wegen der aktuellen Mordfälle, da wir hier hauptsächlich in der Gegend ermitteln. Dann müssen wir nicht ständig pendeln.«

Ich räume einige Sache zusammen. »Wie geht es Ihrer Mutter, Herr Hörbiger?«

Sein Gesicht verdunkelt sich. »Nicht besonders. Seit der Tat ist sie sehr ängstlich und kann nicht gut schlafen. Ich war heute im Baumarkt und habe einen Panzerriegel für ihre Wohnungstür besorgt. Das ist ein richtiger Trümmer. Ein Kollege von mir meinte, dass der Hausverwalter grünes Licht zum Einbau geben muss. Ich habe schon mit Frau Münker gesprochen, da ihr Mann nicht im Haus war. Er will sich melden.«

Olli nickt. »Stimmt. Es muss ins Türblatt gebohrt werden. Deswegen braucht man die Genehmigung des Vermieters.«

Finn schaut auf die Uhr. »Ich hoffe, dass sich Hinnak noch heute meldet. Meine Mutter traut sich auch nicht mehr, ihr Auto in die Tiefgarage zu lenken. Sie parkt es jetzt auf dem Parkplatz, der zum Haus gehört. Sie schämt sich, weil sie so ängstlich ist.«

Kat seufzt. »Es wird eine Weile dauern, bis das Ganze etwas verblasst ist. Das Gefühl, dass man in der gewohnten Umgebung nicht mehr sicher sein kann, wird vorerst bleiben. Wenn deine Mutter das allein nicht verarbeiten kann, könnte sie psychologische Hilfe in Anspruch nehmen.«

Der blonde Mann nickt. »Das habe ich Irene auch schon vorgeschlagen. Ich werde ein Auge auf sie haben. Sie muss diese Furcht verlieren. Besonders die Angst vor Timmerhaus. Er hat sie heute früh abgepasst, als sie das Haus verlassen wollte. Er hat seine Wohnungstür aufgerissen, sich ihr in den Weg gestellt und gesagt, dass sie keinen Scheiß über ihn erzählen solle. Das ließe er sich nicht gefallen.«

Ich hebe die Augenbrauen. »Hat er näher definiert, was er damit meint?«

Finn seufzt. »Keine Ahnung. Meine Mutter hatte den Kopf mit Frau Harbalioglu zusammengesteckt, als er gestern das Haus verlassen hat. Vielleicht denkt er, dass die beiden über ihn geredet haben.«

»Hat er Ihre Mutter bedroht?«, will Olli wissen.

»Neein. Das hat er nicht. Wie gesagt … Ich denke, dass er sich einbildet, dass auf der Etage über ihn geratscht wird.«

Ich sage Kat, dass sie Feierabend machen kann.

Während sie ihre Sachen zusammenräumt, klingelt Finn Hörbigers Handy.

Er schaut aufs Display. »Ah, wunderbar. Das ist der Hausverwalter.« Mit einem Fingerwisch nimmt er das Gespräch an. »Hallo, Herr Münker …«

Nach wenigen Minuten steht fest, dass er die Wohnungstür seiner Mutter mit dem Panzerriegel sichern darf.

*

Während Olli mich heimfährt, rufe ich Uta Galina an.

Auch mir erklärt sie, dass sie sich große Sorgen um ihre Mädels mache. »Die meisten fahren mit dem eigenen Auto heim. Nicht auszudenken, wenn ihnen jemand hinterherfährt oder sonst wo auflauert.« Sie schlägt vor, dass ich mich mal wieder bei ihr blicken lasse. »Wenn du nichts vorhast, komm doch heute Abend. Es wird Zeit, dass wir mal wieder ausgiebig quatschen.«

Mit einem unterdrückten Gähnen antworte ich, dass ich später vorbeischaue, falls ich auf dem Sofa nicht einschlafen werde.

Ich ertappe mich dabei, dass ich auf das Haus gegenüber schiele, als ich mich von Olli verabschiede. Nachdem ich den Dienstwagen verlassen habe, ist klar, dass Inga zu Hause ist. Die Terrassentüren oder Fenster, die zum Garten liegen, müssen weit geöffnet sein, denn *Dance Monkey* von Tones and I dröhnt aus Lautsprechern.

Im Haus fliegt mein Schlüsselbund auf den Schrank. Ich fische mein Handy aus der Hosentasche und zucke zusammen, weil es plötzlich vibriert. Eine Textnachricht von Inga ist eingetrudelt.

Hallo Hannes,
wenn Sie Zeit und Lust auf Koteletts nach
schwedischer Art haben, können Sie gern rüberkommen.
Das Essen muss nur noch aufgewärmt werden.
Ich würde mich freuen.
Mit liebem Gruß
Inga

Meine Antwort folgt auf dem Fuße.

Hallo Inga,
das hört sich gut an. In einer halben Stunde bin ich da.
Gruß
Hannes

*

Inga hat die Wohnung gemütlich im skandinavischen Stil eingerichtet. Im Flur sind die Wände weiß gestrichen. Lediglich an der Wand, an der ein weißer Schrank steht, wurde eine Tapete mit buntem Schmetterlingsdruck geklebt. Hannah würde es sehr gefallen. Sie hat Schmetterlingen, die das Sinnbild für die Seele und Auferstehung sind, in jedem Zimmer einen kleinen Platz gegeben. Ihren schlichten Grabstein schmückt ein gemeißelter Falter, der in zarten blauen Farben bemalt ist.

Inga stöhnt, als sie mir das Wohnzimmer zeigt. »Schauen Sie sich die vielen Kisten an. Darin warten jede Menge Bücher auf Regale, die ich noch anbringen muss.«

»Wenn Sie Hilfe brauchen, sagen Sie einfach Bescheid. Ich werkele ganz gern.«

»Oh. Danke. Gut zu wissen.«

In der Küche duftet es herrlich nach Gebratenem. Inga erklärt mir, dass sie die Einbauküche vom Vormieter übernommen habe. »Das Ambiente ist nicht ganz mein Geschmack. Die Möbel sind erst zwei Jahre alt. Der Vermieter hat sie mir zu einem sehr guten Preis überlassen.«

Von dem Raum aus hat man ebenfalls einen Zugang zur Terrasse und ich blicke auf einen hübsch gedeckten Tisch, auf dem eine Vase mit Blumen steht.

Den angebotenen Wein schlage ich aus. »Ich muss noch fahren. Ich möchte heute Abend ins *Lollypop*. Das ist ein Bordell, in …«

Sie fällt mir ins Wort, während sie in den Garten läuft. »Oh. Die meisten Männer gehen nicht so offen damit um.«

Ich folge ihr lachend. »Ich bin nicht als Kunde dort. Es ist so eine Art Freundschaftsbesuch. Ich kenne die Chefin des Ladens sehr gut. Frau Galina macht sich Sorgen um ihre Mädels. Wir wollen uns unterhalten. Uta hat feine Antennen.«

»Es ist verständlich, dass die Frauen Angst haben.«

Mein Blick schweift durch den Garten. Hier muss noch ordentlich Hand angelegt werden. Die hohe Hecke, die das komplette Grundstück einfriedet, braucht dringend einen Schnitt und die Beete sind voller Unkraut. In der Wiese ist so viel Moos, dass man wie auf Wolken läuft. Inga erklärt mir, dass sie sich sofort darauf eingelassen hat, die komplette Gartenpflege zu übernehmen. »Ich hatte Angst, dass ich ansonsten den Zuschlag nicht kriege.«

»Das kann ich verstehen, denn so eine Wohnung bekommt man nicht alle Tage. Allein der Garten ist ein Traum.«

Nach dem kleinen Rundgang sorgen wir gemeinsam dafür, dass Auflaufformen auf dem Tisch stehen.

Die Koteletts nach schwedischer Art entpuppen sich als scharf angebratene Nackensteaks mit Zwiebeln, die mit Gorgonzola überbacken sind. Dazu hat Inga gratinierte Kartoffeln nach einem Rezept ihrer Oma gemacht. Ein Salat, in dem auch Blumen zu finden sind, rundet das Ganze ab.

Ich sage Inga, dass das Essen köstlich ist und ich froh bin, ihre Einladung angenommen zu haben. Sie freut sich über das Kompliment.

»Wenn meine Oma das hören könnte. Sie wäre glücklich und stolz auf mich, denn ich habe früher um Herd und Töpfe einen riesigen Bogen gemacht.«

Während des Essens unterhalten wir uns über die Fotos, die Inga heute ansehen sollte. Sie erzählt mir noch einmal das, was ich von Bleckmann erfahren habe.

»Nur anhand von Aufnahmen ist es unmöglich, konkrete Aussagen zu machen. Wir können lediglich Vermutungen anstellen. Dass man damit vollkommen daneben liegen kann, ist allen klar.«

»Ist Ihre Praxis fertig? Sind Sie schon am Arbeiten?«

»Ja. Während ich die Wohnung renoviert habe, durfte ich drei Monate bei meiner Tante und Robert Gundlach wohnen. Meine Praxisräume habe ich bereits *vor* dieser Zeit eingerichtet. Robert hat sich mit um die Praxiseinrichtung gekümmert, und ich musste nur ab und an aus Berlin kommen, um nach dem Rechten zu sehen. Ich bin dem Verlobten meiner Tante unglaublich dankbar. Ich habe schon sehr gut zu tun. Zweimal in der Woche besuche ich Gefangene im Strafvollzug und rede mit ihnen. Die Arbeit mit der Kriminalpolizei findet noch nicht sehr häufig statt.«

Ich beobachte Inga, während sie redet. Wenn sie lacht, tanzen die Sommersprossen auf ihren Wangen und ihrer Nase. Sie trägt eine ärmellose Bluse. Erst heute fällt mir auf, wie durchtrainiert ihre Arme sind. Immer wieder streicht sie die kupferfarbenen Locken hinter die Ohren.

Inga ist nicht nur eine wunderschöne Frau, sie ist auch eine fantastische Gesprächspartnerin, und Humor hat sie ebenfalls. In ihrer Gegenwart fühle ich mich nicht nur entspannt. Da ist noch etwas … das ich aber nicht näher beschreiben kann.

Ingas Stimme holt mich aus den Gedanken. »Hannes? Hallo? Sind Sie noch bei mir?« Sie schaut mich mit einem amüsierten Lächeln an.

»Oh. Entschuldigung. Ich war gerade abgelenkt, ich hatte …«

Sie lässt mich nicht lange nach einer Erklärung suchen.

»Ich hatte gesagt, dass ich meine Arbeit sehr liebe. Im Moment begutachte ich einen Straftäter. Es geht um seine vorzeitige Haftentlassung. Ich soll ein schriftliches Gutachten erstellen und mich dazu äußern, dass keine Gefahr mehr von ihm ausgeht. Ich arbeite mit ihm und führe diverse Tests durch. Zusätzlich kämpfe ich mich seit Tagen durch die Akten und studiere die internen Berichte der JVA.«

»Warum sitzt er?«

»Er hat zwei Frauen vergewaltigt.« Sie räumt die Teller zusammen. »Eine hundertprozentige Ungefährlichkeit kann niemand bestätigen. Ich jongliere mit den Fragen der Wahrscheinlichkeit.«

Als ich ihr beim Abräumen des Tisches helfen möchte, winkt sie ab. »Nein, nein. Lassen Sie alles stehen und liegen. Sie müssen doch los.«

Ich finde es schade, dass der Abend mit Inga hier und jetzt beendet sein soll. »Wenn Sie Lust haben, könnten wir gemeinsam ins *Lollypop* fahren. Ich spreche kurz mit Uta, danach könnten wir noch was trinken gehen. In Heiligenhafen gibt es ein Schiff, das zu einer Cocktailbar umgebaut worden ist.«

Inga zögert nicht einen Augenblick. »Das hört sich klasse an. Es kann nicht schaden, ein wenig rauszukommen.

*

Uta Galina und ihr Mann betreiben das *Lollypop* seit über dreißig Jahren. Während Uta sich um ihre Mädels kümmert, spielt Eckhard, der im Milieu unter dem Namen Ecke bekannt ist, den Meister Proper. Er sorgt für ›Ordnung‹. Ecke hat den 6. Dan in Karate und wer sich nicht an die Hausordnung hält oder den Mädels dumm kommt, den setzt er vor die Tür. Unterstützung bekommt Ecke von seinem American Pit Bull Terrier, der auf den aussagekräftigen Namen Boss hört. Boss ist lammfromm, solange Ecke ihm nicht das Kommando *Obacht* gibt. Wenn er den Befehl bekommt, hebt er den Kopf, spitzt die Ohren und wartet auf weitere Anweisungen seines Herrchens.

Das *Lollypop* liegt in einer kleinen Seitenstraße neben Lagerhallen diverser Firmen.

Die Gegend ist düster, der große Parkplatz hinter dem Etablissement ist meist spärlich besetzt. Uta hat mir mal erzählt, dass Besucher des Bordells meist mit dem Taxi vorfahren.

Inga schaut sich beim Aussteigen um. »Ich bin nicht ängstlich, aber hier wäre ich auch nicht gern allein unterwegs.«

Ich drücke den Klingelknopf und der Türsummer ertönt. Ich weiß, dass Uta oder Ecke auf einem Monitor gesehen haben, wer im Anmarsch ist.

Nachdem wir durch einen Hausflur gelaufen sind, in dem die Wände mit erotischen Bildern schöner Frauen tapeziert sind, stehen wir wieder vor einer verschlossenen Tür und dürfen nach erneutem Summen die heiligen Hallen betreten.

Obwohl ich schon so oft hier war, fühle ich mich immer wieder von der Einrichtung erschlagen. Hier dominiert die Farbe rot. Die Urfarbe, die für Liebe, Leidenschaft, Glut und Feuer steht. Dicke Ledergarnituren mit Plüschkissen, Vorhänge aus Samt und schwere Stoffbögen, die über jeder Tür hängen, geben dem Ganzen etwas Verruchtes.

Die u-förmige Bar aus dunklem Holz, an der rote Lichtleisten angebracht sind, befindet sich an der rechten Wand. Auf langen Regalen stehen unzählige Flaschen.

Uta mixt mit großer Leidenschaft Cocktails. Mit denen verwöhnt sie unter anderem die Gäste, die sich die Show auf der Bühne anschauen. Im Moment bewegt sich Franziska, alias Kitty, geschmeidig zu dem Song *Sweet Dreams* von Eurythmics an der Stange. An kleinen Tischen, auf denen kitschige rote Lampen stehen, sitzen Männer und zwei Pärchen, die sich die Darbietung ansehen.

An der Bar hocken drei stark geschminkte Mädels, die enge Röcke, tief ausgeschnittene Oberteile und Mörder-High-Heels tragen. Sie unterhalten sich angeregt. Hinter dem Tresen steht Anni Becks, die darauf achtet, dass alle ein Getränk vor sich stehen haben. Anni ist schon ein älteres Semester. Sie vertraute mir einmal an, dass sie jahrelang in einer Beziehung lebte, in der nicht die Liebe, sondern Gewalt an der Tagesordnung war. Das hat nicht nur Narben auf ihrem Gesicht hinterlassen. Auch ihre Seele litt unter der Gewalt. Nachdem sie nach schweren körperlichen Misshandlungen mit einem Nasenbeinbruch sowie einem schweren Schädel-Hirntrauma eine längere Zeit im Krankenhaus verbringen musste, hat sie sich psychologische Hilfe gesucht und es geschafft, sich von ihrem gewalttätigen Mann zu trennen. Uta und Ecke haben zur damaligen Zeit eine Thekenbedienung gesucht und sie aufgenommen. Anni bewohnt im Haus eine eigene Wohnung.

Sie winkt, dann zapft sie weiter Bier.

Als Uta aus der Tür kommt, auf der ›PRIVAT‹ steht, strahlt sie über das ganze Gesicht. Sie ist klein und pummelig. Uta hat nicht nur eine liebenswerte Ausstrahlung, sie ist es. Ihre kurzen, roten Haare liegen wie immer perfekt.

»Hannes … Schön, dass du gekommen bist.« Sie umarmt mich.

Ich deute auf Inga. »Ich habe meine neue Nachbarin mitgebracht. Inga Bergström. Sie ist Psychologin. Wir wollen später noch nach Heiligenhafen.«

Uta reicht Inga die Hand. »Ah. Okay. Hallo, Frau Bergström. Ich bin Uta Galina. Sie haben sich den nettesten Nachbarn von ganz Schleswig-Holstein ausgesucht. Hannes ist ein sehr angenehmer Zeitgenosse.« Sie zeigt auf die letzten Plätze an der Bar. »Wenn wir uns dort hinsetzen, können wir ungestört quatschen … Was möchtet ihr trinken?«

»Ich nehme ein Wasser.«

Uta dreht sich um. »Und was darf ich Ihnen anbieten? Möchten Sie einen Cocktail?«

Inga und ich setzen uns.

»Ein Cocktail wäre klasse. Dann kann ich gleich nahtlos weitermachen.«

Ich erkläre Uta, was wir später noch vorhaben.

Die Chefin des Hauses lacht und reicht Inga eine Karte. »Meine Cocktails sind die besten. Sie haben die Wahl …«

Während Uta sich persönlich darum kümmert, dass ich mein Mineralwasser mit Zitrone und Eis bekomme, studiert Inga die Getränkekarte.

»Hmmm. Ich glaube, ich nehme einen *Blue Ocean* mit Wodka.«

Als Anni fragt, ob sie helfen könne, winkt Uta ab. »Danke, Anni. Ich kümmere mich darum.«

Sie greift nach einem Cocktail-Shaker, dann zielsicher nach einer Flasche Wodka und einer Flasche Blue Curaçao.

Ihr Blick streift mich. »Als ich am Samstagmittag erfahren habe, dass eine Private umgebracht worden ist und dass der Irre euch die Fotos von der Leiche geschickt hat, ist mir ganz anders geworden. Das arme Ding.«

»Am Samstagmittag sind wir noch nicht an die Öffentlichkeit gegangen. Woher wusstest du es?«

Sie schüttelt den Shaker und grinst. »Ach, Hannes. Bei euch wird auch nur mit Wasser gekocht. Und das verdunstet …«, ihre Hand fährt langsam durch die Luft, »… schwebt dann als Wolke übers *Lollypop* und anschließend regnet es Informationen.«

Hier scheint wieder ein Kollege nach dem Motto *Eine Hand wäscht die andere* aktiv geworden zu sein. Auch Polizeibeamte haben juckende Stellen am Körper. Und es ist bekannt, dass es wesentlich angenehmer ist, wenn man sich nicht selbst kratzen muss, sondern von erotischen Frauen gekratzt wird.

Ich nicke langsam. »Ist schon klar. Hast du Valentina Miermann gekannt?«

»Nein.«

Sie stellt das Glas mit dem hellblauen Getränk und dem bunten Strohhalm vor Inga, die sich bedankt.

»Habt ihr schon jemanden im Visier?« Sie beugt sich nach vorn und schaut mich neugierig an.

»Du weißt, dass ich nicht darüber reden darf, Uta. Wir ermitteln mit Hochdruck.«

Sie schaut an mir vorbei Richtung Eingang. Sie lächelt, als ein älterer Mann in Golfklamotten an die Bar kommt und zielstrebig auf die dralle Chantal zuläuft, die ihre Arme weit öffnet und mit naivem Stimmchen sagt: »Oh, Diddilein, endlich. Ich dachte schon, du kommst heute nicht mehr zum Einlochen.« Sie rutscht vom Barhocker und hängt sich an Diddis Arm.

Neben mir gluckst es. Inga beugt sich zu mir und redet mit leiser Stimme. »Wie originell ist das denn?«

Ich krame nach meinen Zigaretten und lasse das Feuerzeug schnippen.

Uta begrüßt den Gast. »Nabend, Diddi. Schön, dass du da bist.«

Anni fragt ihn, ob er was trinken möchte. Dabei beugt sie sich so weit vor, dass ihre weichen, großen Brüste fast aus der Rüschenbluse fallen.

»Ja, zuerst brauche ich einen Durstlöscher. Zapfst du mir ein Bier?«

Inga hat den Kopf auf die Hände gestützt, nuckelt am Strohhalm und beobachtet das Geschehen.

Kaum dass Anni den Gast mit Bier versorgt hat, kommt der nächste

Freier, der nur wenige Worte mit ihr wechselt und anschließend die Bar durch eine rote Schwingtür mit der schwarzhaarigen Gigi verlässt.

Uta deutet auf Ingas Glas. »Möchten Sie noch einen Cocktail?«

»Gern.« Sie schaut noch einmal in die geöffnete Karte. »Der *Planter's Punch* gefällt mir. Der klingt schön fruchtig.«

Ich schiele auf die Karte. Fruchtig ist gut. Neben etwas Orangen- und Ananassaft sowie Grenadine Sirup ist nicht wenig kräftiger jamaikanischer und weißer Rum drin.

Nachdem das Glas mit dem roten Inhalt und einer hübschen Ananasdekoration vor Inga steht, kommt Uta wieder zur Sache.

»Wenn es was Konkretes gibt und du reden darfst, wäre es schön, wenn du dich melden würdest, Hannes. Ecke begleitet die Mädchen im Moment zum Parkplatz, wenn sie Feierabend haben. Er wartet so lange, bis sie das Grundstück verlassen haben. Man kann nie wissen, ob so ein Verrückter nicht hinter irgendwelchen Büschen lauert.«

»Vorsichtig solltet ihr auf jeden Fall sein.«

Uta schürzt die Lippen. »Wir sagen es ja immer und immer wieder. Das Arbeiten ohne Schutz kann einem Mädchen zum Verhängnis werden.« Sie schüttelt den Kopf. »Wie naiv die Dinger handeln. Wer soll ihnen helfen, wenn sie allein in einer Wohnung sind und Männer empfangen, von denen sie nicht wissen, ob sie pervers oder gewalttätig sind. Es ist das Geld, das verdammte Geld, das die Frauen so leichtsinnig werden lässt.«

Ingas Stimme klingt ein wenig schwer. »Erfahren Sie, wenn sich irgendwo neue Frauen – wie soll ich sagen – selbständig gemacht haben?«

»Nicht immer, aber häufig genug. Es ist schon öfter vorgekommen, dass der eine oder andere unserer Stammkunden bei einer privaten Hure war und ein paar Tage später wieder bei uns aufgelaufen ist. Dann wurde mir zugeflüstert, wer wo ohne Schutz dem Gewerbe nachgeht.« Sie nippt an ihrem Wasser. »Ich sagte es ja schon. Das ist nicht immer ungefährlich. Es gibt Hobbyhuren, die lassen sich für ein Scheinchen mehr auf gefährliche Spiele ein, die hier im Haus tabu sind. Es sind teilweise kriminelle Handlungen, die an den Frauen vollzogen werden. Sie tragen mitunter Verletzungen davon, die ärztlich behandelt werden müssen.«

Inga nickt. »Ich arbeite mit Sexualstraftätern. Es ist kein Neuland für mich, was in den Köpfen einiger Menschen vor sich geht. Es sind hauptsächlich Männer, die ich betreue.«

»Okay. Dann wissen Sie Bescheid. Für die Abartigen sind die Mädels warme Gummipuppen und werden wie seelenlose Körper behandelt. Die Typen wachsen, indem sie die Frauen abwerten. Und am Ende warten die Kerle noch auf die Bestätigung, ein toller Hecht zu sein, der den dicksten und geilsten Schwanz der Welt hat.« Sie schüttelt den Kopf. »Prostitution ist ein *verdammt* hartes Geschäft. Es ist kein Wunder, dass viele Frauen innerhalb kürzester Zeit so viel Geld wie möglich verdienen wollen. Wir hatten schon mehrere Mädels hier, die mit dem ältesten Gewerbe der Welt aufhören wollten. Letztendlich war das nur eine Ausrede. Mir waren etliche bekannt, die das Geld von zu Hause aus verdient haben. Da war so manches Unglück vorprogrammiert. Die wenigsten der Mädchen sind durch den Alleingang glücklich geworden. Mitunter haben sie Schläge kassiert oder sind bestohlen worden. Es gab Freier, die hemmungslos ihre Perversionen ausgelebt haben.« Uta seufzt. »Ich will aber nicht alles schlechtreden. Es gibt auch Kunden, die sich vollkommen korrekt benehmen und höflich mit den Mädchen umgehen.«

»Das ist der Silberstreif am Horizont.« Inga schlürft den Rest ihres *Planter's Punch* und lehnt sich an mich. Ich spüre die Wärme ihrer Haut. »Der war richtig, richtig lecker. Aber … puh, der ist mir ganz schön in den Kopf gegangen. Den haben Sie toll gemixt, Uta.«

Für einen kurzen Moment legt sie ihren Kopf an meinen Arm.

Ich räuspere mich. »Dann sollten Sie vielleicht ein Wasser trinken.«

Sie lässt sich vom Barhocker gleiten und hebt einen Zeigefinger. »Erst muss ich Wasser wegbringen, damit neues reinpasst.«

Uta lacht. »Neben dem Privatzimmer … die Tür links. Und wenn du wiederkommst, stoßen wir auf Du und Du an, okay?«

Ich schaue Inga hinterher.

»Hübsch ist sie«, sagt Uta. Sie geht zum Kühlregal und holt eine Flasche Sekt heraus.

»Ja.«

»Ich habe keinen Ring an ihren Händen gesehen. Ist sie mit jemandem zusammen?«

»Nein.«

»Na, dann wird es Zeit, dass sich das ändert.«

Als Inga zurückkommt, befüllt Uta zwei Gläser mit Sekt. Ich bekomme noch einmal ein Glas Wasser mit Zitrone und Eis. Sie schiebt Inga das Prickelwasser rüber. Gläser klingen.

Eine halbe Stunde später verlassen Inga und ich das *Lollypop*. Wir sind ebenfalls zum Du übergegangen.

Uta hat uns bis zur Tür begleitet. Sie winkt uns hinterher.

Da Inga leicht wankt, nehme ich ihren Arm.

Der Himmel hat sich zugezogen. Es sieht nach Regen aus.

»Hannes, ist es okay, wenn ich keine Lust mehr auf das Cocktailschiff habe?«

»Aber ja. Mach dir keine Gedanken. Wir sind länger als beabsichtigt bei Uta geblieben. Ich bin auch sehr müde. Das holen wir nach.«

Wir laufen auf den großen Parkplatz. Ich fische meinen Autoschlüssel aus der Hosentasche. Scheinwerfer ankommender Autos überholen uns. Um diese Zeit fängt der Betrieb im *Lollypop* erst richtig an.

Auf dem Weg nach Hause fährt Inga das Fenster herunter.

»Geht's dir gut?«, erkundige ich mich mit einem Seitenblick.

Sie lacht leise. »Ja, danke. In meiner Heimat wird Alkohol eher in Maßen getrunken. Meine Eltern hatten immer ein Auge drauf, dass ich nicht zu viel bechere.«

»Na, dafür schlägst du dich aber sehr tapfer.«

»Auch das hat seinen Grund«, kontert sie mit amüsierter Stimme. »Das muss an den Genen meines Großvaters liegen. Er stammt aus Russland.«

Als wir in die Fischergasse einbiegen, parke ich mein Auto auf der Garagenauffahrt. »Ich bring dich noch rüber.«

Inga antwortet, während sie mein Auto verlässt: »Danke, aber das ist nicht nötig. Ich muss doch nur über die kleine Straße.«

Ich bleibe neben ihr.

Irgendwie stehen wir uns nach der Verabschiedung ein wenig hilflos gegenüber. Inga macht einen Schritt auf mich zu, dann wieder zwei zurück. Ich habe das Gefühl, dass sie noch etwas sagen möchte. Da sie aber nichts sagt, hebe ich eine Hand. »Also, gute Nacht. Man sieht sich.«

»Ja.« Sie tritt aus dem Schatten des Hauses. »Man sieht sich.«

Als ich schon fast an meiner Haustür bin, meldet sie sich noch einmal: »Schlaf gut, Hannes.«

Ich drehe mich um. Aus der Entfernung sieht Inga zart und zerbrechlich aus. Ich atme tief ein. Gerade so, als wolle ich ihr Bild aufsaugen.

Im Haus wartet die gewohnte Stille auf mich. Sie stört mich plötzlich … Sie ist zu dominant, zu bedrückend.

In der oberen Etage angekommen, zögere ich einen Moment. Ich überlege, ob ich schlafen gehen oder noch etwas arbeiten soll. Die Vernunft siegt.

Beim Zähneputzen starre ich durch die Milchglasscheibe. In Ingas Wohnzimmer brennt Licht.

Nach einer Dusche laufe ich rüber ins dunkle Schlafzimmer und öffne die Fenster weit. Die Straße ist nass. Es hat geregnet. Frische, kühle Luft strömt ins Zimmer.

In Ingas Wohnzimmer ist das Licht jetzt gedimmt. Sie lehnt mit verschränkten Armen an der Terrassentür. Dann läuft sie ins Wohnzimmer, einen Augenblick später dringt Musik in meine Ohren. Musik, die die Seele berührt. Amy Winehouse singt mit ihrer beeindruckenden Stimme *Back to Black.*

Wie paralysiert starre ich auf die Frau, die meinen Weg erst vor ein paar Tagen gekreuzt hat und jetzt langsam in den Garten läuft.

Ich habe das Gefühl, dass ich sie schon ewig kenne. Sie trägt den Hauch eines weißen Stoffes. Wahrscheinlich ein luftiges Nachtkleid, das ihr bis zu den Knöcheln reicht. Im Gegenlicht der Funzel, die an der Hauswand hängt, kann ich die anmutige Silhouette ihres schlanken Körpers sehen. Sie bewegt sich jetzt langsam zur Musik.

Ich zwinge mich, nicht weiter hinzuschauen, und setze mich auf die rechte Seite des Bettes, in dem ich seit ewigen Zeiten nicht mehr geschlafen habe. Vorsichtig lege ich mich auf die Matratze. Das Laken ist angenehm kühl. Dann drehe ich mich nach rechts und starre in die Dunkelheit. Als sich meine Augen an die Nacht im Zimmer gewöhnt haben, lausche ich weiter der Musik und warte darauf, dass mein Gehirn mir einen Streich spielt und ich Hannah neben mir liegen sehe. Ich warte vergebens. Sie kommt nicht. Stattdessen taucht Inga auf, die sich zum Takt der Musik bewegt.

*

Es sollte so sein. Höhere Mächte haben meinen Lebensweg bestimmt. Die Frage, wie es mir ohne Karambit-Messer, Lauer und den Galgenberg ergangen wäre, verdränge ich sofort, sobald sie mir in den Kopf kommt. Seinem Schicksal kann niemand davonlaufen. So schnell kannst du gar nicht rennen, wie es dich einholt und dich am Kragen packt.

In der Schule haben wir ausführlich über die historische Hinrichtungsstätte am Galgenberg gesprochen, und was dort passiert ist, hat meiner Fantasie Flügel geschenkt. Dunkle, große Schwingen, die mich beim Einschlafen ins Mittelalter trugen, wo ich in die Rolle des Henkers schlüpfte und Verbrecher hinrichtete, die es verdient hatten zu sterben. Vor meinem geistigen Auge sah ich einen jämmerlichen Reinhard Lauer vor mir knien, der seinen Kopf auf den Holzklotz legte. Dann hob ich langsam die lange, schwere Axt.

Meine Freunde und ich haben manchmal an den Wochenenden bei meinem Großvater übernachten dürfen.

Opa Hauke hatte einen Bauernhof in Großenbrode und viele Werkzeuge im Schuppen. Unter anderem eine Axt, die ich heimlich in meinem Rucksack verstaute, weil wir sie für unser Vorhaben brauchten. Im Seitenfach des blauen Teils befand sich längst eine schwarze Kapuze, die ich aus einem alten T-Shirt gefertigt hatte.

Wie oft standen wir im Spätherbst am Galgenberg und spielten unser Spiel. Abwechselnd haben wir vor Tausenden imaginären Menschen den Akt der Hinrichtung vollzogen. Reihum sind wir in die Rolle des Vollstreckers geschlüpft und ließen das scharfe Werkzeug auf ein Holzscheit sausen, das es mit einem Schlag spaltete.

Im Spätherbst wurde es richtig gruselig, wenn wir uns in der Dunkelheit dort aufhielten und kleine Grablichter aufstellten, die ein unheimliches Licht verbreiteten. Was ich mir dabei dachte, wenn die Axt zuschlug, behielt ich für mich. Ich habe niemandem erzählt, dass ich wie von Sinnen auf Lauer einschlug. So lange, bis man nicht mehr erkennen konnte, ob er ein Mensch oder ein Tier war.

Mit meinen Freunden habe ich alles geteilt, was man nur teilen konnte. Nur meine Fantasie nicht. Die gehörte mir.

Auch von meinen Träumen erzählte ich niemandem. Ich nahm es hin, dass sie mich nachts so lange quälten, bis ich schweißgebadet aufwachte und am Ende nicht mehr zwischen Traum und Wirklichkeit unterscheiden konnte.

Ich sah nicht nur Lauers blutigen Kopf auf meinem Kissen, ich hörte auch seine Stimme und sein Stöhnen.

Als Lauer an dem Wochenende nicht kam, um mit mir zu trainieren, hatte ich das Gefühl, dass doch noch alles gut wird.

Mein Gefühl hat mich getäuscht. Es kam schlimmer.

Und jetzt sitze ich hier mit der Erkenntnis: Alles wiederholt sich im Leben.

Ich schaue auf die Uhr. Ich muss los, denn ich habe noch was vor.

6. Kapitel

Dienstag

Die letzte Nacht war eine gute Nacht. Die Vergangenheit hat mich nicht eingeholt und mir keine Träume beschert, die mich schweißgebadet aufwachen ließen.

Mein Frühstück fällt wie immer mager aus. Ich beiße in einen gebutterten Toast und schlürfe heißen Kaffee.

Während ich kaue, telefoniere ich mit Manu. In der Nacht hat sich nicht viel getan.

Ich sage ihm, dass Olli, Kat und ich gleich zu Dr. Kroska nach Heringsdorf fahren. Nachdem ich das Gespräch beendet habe, schlinge ich den Rest meines spartanischen Frühstücks herunter.

Danach beschließe ich, vor der Tür auf meine Kollegen zu warten. Spätestens nach einer Zigarettenlänge werden sie auftauchen.

Olli ist schneller. Er ist schon nach einer halben Kippenlänge da. Während ich meine langen Beine ins Auto schwinge, fällt er sofort mit der Tür ins Haus.

»Kat verspätet sich. Vor der Sundbrücke ist ein Stau. Ich habe ihr gesagt, dass wir im Büro auf sie warten.« Er schlägt aufs Lenkrad. »Oh Mann. Wenn die auf der Insel wohnt, werden wir ständig auf sie warten müssen. Die Vögel im dänischen Naturschutzgebiet scheißen drauf, ob Hörbiger pünktlich in den Dünen erscheint oder nicht. Bei uns sieht das aber anders aus.«

»Sei nicht so zynisch und mach kein Drama draus. Es gibt genug Fehmaraner, die auf dem Festland arbeiten.«

Olli verzieht das Gesicht. »He, Kumpel. Du stehst auf der falschen Seite. Ich dachte, wir sind ein gutes Team.«

Ich grinse. »Ich habe dir schon mal gesagt, dass wir nicht verheiratet sind.«

Olli verpasst mir einen Boxhieb in die Rippen.

Während der Fahrt zur Polizeistation erzähle ich ihm, dass Inga mich gestern Abend zu sich nach Hause zum Essen eingeladen hat.

Er schaut mich kurz an. Sollte es ihn wundern, dass ich der Einladung gefolgt bin, lässt er es sich nicht anmerken.

»Anschließend waren wir gemeinsam bei Uta Galina und haben mit ihr ein wenig geplaudert. Sie wollte Näheres wissen. Du kennst sie ja.«

Olli nickt. »Sie wird sich Gedanken machen.«

Als wir ins Büro kommen, ist Malte Grimm schon bei der Arbeit. Er steht am Kopierer und sieht nicht gut aus. Unter seinen Augen liegen dunkle Schatten.

»Geht es dir wieder besser?«, will Olli grinsend wissen. »Rosi hat uns gestern erzählt, dass du eher Feierabend gemacht hast, wegen Mir-geht's-Scheiße.«

Malte verzieht das Gesicht. »Herr im Himmel. Eine Million Schwerverbrecher laufen frei herum und ausgerechnet *mich* muss Bleckmann erwischen.« Er räuspert sich. »Rudi hat wohl gestern am späten Nachmittag hier angerufen. Ich sollte nach Lübeck kommen, weil die dort am Rotieren sind. Rosi hat ihm erklärt, dass ich krank sei. Gegen 20 Uhr ist es mir wieder bessergegangen. Ich sage nur: Hochzeitstagessen beim noblen Italiener *Da Franco* in Lübeck. Meine Frau und ich sitzen da bei einer Flasche Roten und studieren gut gelaunt und schon leicht Hacke die Speisekarte, da kommen Bleckmann und Konsorten an. Mann, ich kann nicht beschreiben, wie angepisst der für einen Moment geguckt hat, als er mich sah.« Er kratzt sich am Kopf. »Rudi hat sofort unseren Tisch angesteuert, meine Frau mit einem charmanten Lächeln begrüßt und überfreundlich zu mir gesagt, dass er mich morgen Nachmittag in Lübeck erwarte. Heute darf ich also dort antanzen. Ich glaube, der will mir den Arsch aufreißen.« Er spielt an seinem Ohrläppchen. »Meine Frau hat keine Ahnung von dem, was wirklich abgegangen ist. Sie hat wieder einmal geschwärmt, wie liebenswert mein Chef sei. Ich habe dem

Himmel gedankt, dass die Truppe in einen Nebenraum verschwunden ist. Das war ein unentspannter Abend.«

Olli steht das Mitleid ins Gesicht geschrieben. »Das ist dumm gelaufen, Malte. Mach dir nicht zu viele Gedanken. Bleckmann hat für jede Wahrheit Verständnis. Aufgetischte Lügen schluckt er nicht.«

Dem kann ich zustimmen. »Olli hat Recht. Bleib bei der Wahrheit. Nur so kriegst du den Kopf aus der Schlinge.«

Grimm kaut auf seiner Unterlippe. Dabei starrt er aus dem Fenster. Ich sehe ihm an, dass er über unsere gutgemeinten Ratschläge nachdenkt.

Olli versorgt uns mit Kaffee und als wir ihn gerade angetrunken haben, ist unsere junge Kollegin da.

Mit Coffee-to-go-Bechern bewaffnet, machen wir uns auf den Weg.

*

Auf der Fahrt nach Heringsdorf schwärmt Kat in einer Tour von der Wohnung.

»Sie liegt im Erdgeschoss, liegt zentral, aber dennoch ruhig. Die gefällt mir total gut. Die Böden sind hell gefliest. Das Bad hat der Vermieter erst vor einem Jahr renovieren lassen. Zur Wohnung gehören auch eine kleine Terrasse und ein Stück Wiese.«

»Das klingt gut. Und wie stehen die Chancen?«

»Es haben sich einige Leute die Wohnungen angesehen. Der Vermieter hat noch mehrere Besichtigungstermine, die er alle wahrnehmen möchte. Erst danach wird er sich entscheiden, wer sie bekommt.«

Ich drehe mich nach Kat um. »Es ist nicht einfach, eine Hütte zu finden, die einem in allen Punkten zusagt. Hoffentlich bekommst du den Zuschlag.«

»Danke. Das hoffe ich auch.«

Die Praxis von Dr. Kroska liegt sehr abgelegen – fast versteckt – in einem kleinen Wäldchen in der Nähe von Heringsdorf.

Das alte reetgedeckte Friesenhaus ist von hohen Kastanien- und Walnussbäumen umgeben und liegt komplett im Schatten. Olli fährt langsam auf das Haus zu.

Da wenig Licht auf das Grundstück fällt, macht es einen düsteren Eindruck. Pflanzen und Unkraut wuchern rechts und links des Gehweges. Es könnte die gewollte Wildnis eines Insektenfreundes sein. Hier scheint niemand Wert auf einen akkuraten Pflanzenschnitt zu legen. Die Schönheit liegt oft im Urtümlichen. Man muss sie nur erkennen. An der rechten Seite des alten Hauses wuchern Wurzeln und Kletterpflanzen, was schaurig ausschaut.

Kat findet die perfekte Umschreibung. »Gruselig. Es sieht so aus, als würden die Ranken das Haus auffressen. Das ist die perfekte Kulisse für einen Horrorfilm.«

Olli lacht und parkt den Wagen seitlich des Hauses.

Kat steigt als erste aus. Sie flucht leise, als sie losläuft.

Nach zwei Schritten weiß ich warum. Auf dem alten Kopfsteinpflaster wird das Laufen zum Eiertanz.

Ollis Kopf deutet auf einen überfüllten Abfallcontainer, der hinter dem Parkplatz steht. Daneben stapeln sich durchsichtige Mülltüten, durch die man viel Rot sieht.

Kat macht einige Schritte darauf zu. Sie geht in die Hocke und beäugt die Plastiktüten. Als sie wieder neben uns steht, flüstert sie: »Das sieht nach blutigem Verbandszeug und Tupfern aus.«

Olli spricht ebenfalls leise. »Ich dachte immer, dass es in einer gynäkologischen Praxis nicht ganz so blutig zugeht.«

Kats Augenbrauen wandern in die Höhe. »Das sieht eher nach einer arbeitsreichen Woche bei einem Unfallchirurgen aus.«

Wir laufen auf den Hauseingang zu und suchen nach einer Klingel. Noch bevor wir fündig geworden sind, öffnet sich die schwere Holztür, von der ein großer Teil der grünen Farbe abgeblättert ist.

Ein kleiner, grauhaariger Mann um die siebzig steht vor uns. »Ah, da sind Sie ja. Kommen Sie rein. Ich bin Dr. Kroska.«

Neben Dr. Kroska begrüßt uns ein unangenehmer Hausgeruch.

Kat rümpft die Nase.

Der Arzt führt uns in ein Behandlungszimmer, dessen Einrichtung nicht im Entferntesten so aussieht, wie man sie heutzutage kennt. Hier scheint die Zeit stehengeblieben zu sein. Die Praxismöbel machen den Eindruck, als seien sie aus den 80er Jahren. Vermutlich ist man damit recht unliebsam umgegangen, denn an den Schränken und Schubladen fehlen teilweise die Griffe, außerdem ist das Praxisinventar verkratzt. Auch der metallene, vergilbte Schreibtisch und dessen schwarze Oberfläche hat unzählige Macken.

Auf der Liege, die an der rechten Wand steht, wurde ein gummiartiger, weißer Bezug gelegt, der an den Rändern dunkel verfärbt und verschlissen ist. Da auf einem Beistelltisch und auf der Fensterbank gynäkologische Instrumente unordentlich herumfliegen, frage ich mich, ob auf dem schmuddeligen, couchähnlichen Dingsbums tatsächlich Patientinnen liegen sollen.

Ich schiebe den Gedanken beiseite. »Danke, dass Sie sich die Zeit nehmen, Doktor.«

Ich stelle uns vor und erkläre ihm, von welcher Dienststelle wir kommen. Der Mann, der in leicht gekrümmter Haltung vor uns steht, nickt. Er setzt sich und bittet Olli und mich, auf den antiken Stühlen vor dem Schreibtisch Platz zu nehmen. Kat schlägt er vor, sich auf die Liege zu setzen. Sie lehnt dankend ab und bleibt stehen. Als Olli ihr den Stuhl überlassen will, winkt sie ebenfalls ab.

Dr. Kroska verschränkt die Hände. »Jetzt verraten Sie mir doch bitte, was ich für Sie tun kann. Was hat Sie hergetrieben?«

Mit wenigen Sätzen klären wir den Doktor auf, dass wir in drei Mordfällen ermitteln, die ganz offensichtlich zusammenhängen.

»Eines der Mordopfer ist Valentina Miermann. Sie hatte eine Boutique für Dessous und ist in einer Zweitwohnung der Prostitution nachgegangen. Wir sind auf der Suche nach dem Gynäkologen, den Frau Miermann am vergangenen Mittwoch, wenige Stunden vor ihrem Tod, aufgesucht hat. Es ist nicht auszuschließen, dass sie vielleicht von … Berufs wegen Beschwerden hatte, die behandelt werden mussten.«

Die Augenbrauen des Arztes wandern in die Höhe. »Moment, Moment. Nicht so schnell. *Was* sagen Sie da? Valentina Miermann ist tot? Sie ist umgebracht worden?« Er macht einen langen Arm, zupft ein Papiertuch aus einer Spenderbox und tupft damit an seiner Stirn.

Er ist sichtlich erschüttert, nachdem wir seine Frage beantwortet haben, wie Valentina ums Leben gekommen ist.

Olli wird konkreter. »Nach der Pressekonferenz, die gestern im TV ausgestrahlt worden ist, haben wir den anonymen Hinweis bekommen, dass Frau Miermann am vergangenen Mittwochnachmittag bei Ihnen in Behandlung war.«

Der kleine Mann zuckt mit den Schultern. »Wieso rufen die Leute anonym an?«

Kat erklärt ihm, dass das häufiger vorkäme, weil die Zeugen oft Angst hätten, vor Gericht aussagen zu müssen.

»Also, von der Pressekonferenz habe ich gar nichts mitbekommen. Bei mir läuft der Fernseher so gut wie nie. Das spielt aber alles keine Rolle. Sie werden wissen, dass die Schweigepflicht eines Arztes über den Tod hinausgeht, oder? Was meine Patientinnen mir anvertrauen, bleibt auch bei mir.« Dann kommt Leben in den Mann. Er beugt sich blitzschnell vor. »Schauen Sie mich nicht so an. Ich habe die rechtlichen Bestimmungen nicht gemacht. Das sind *die* Gesetze, die *Sie* vertreten. Wenn ich Ihnen Auskunft gebe und ein Staatsanwalt bekommt auch nur den leisesten Wind davon, werde ich auf meine alten Tage noch verknackt. Denken Sie mal drüber nach.«

Bevor ich antworten kann, redet er weiter.

»Aber ich sag Ihnen was. Frau Miermann war eine lebenslustige junge Frau, und ich bin mehr als schockiert, dass sie nicht mehr all das erleben darf, worauf sie sich gefreut hat. Allerdings musste sie ein paar Wochen nachdenken, um zu entscheiden, was sie wirklich will.«

»Was wollen Sie damit sagen? Was musste Frau Miermann entscheiden?«

»Wissen Sie, ich bin Arzt aus Leidenschaft. Obwohl meine Augen schlechter und meine Hände zittriger geworden sind, arbeite ich immer noch. Mir geht es nicht mehr so sehr ums Honorar. Zu mir kommen meist Frauen, die privat versichert sind. Ich behandele nicht nach der

Gebührenordnung, sondern nach dem Gesetz der Menschlichkeit. Ich nehme mir viel Zeit, meinen Patientinnen zuzuhören. Man soll nicht glauben, wie viel Leid manche Frauen ertragen müssen, das sie verzweifeln lässt. Ich habe viele Geschichten gehört. Manche waren so traurig, dass sie mir tagelang nachhingen.«

Ich betrachte den Mann, der jetzt gedankenverloren aus dem Fenster starrt.

Als ich mich vorbeuge, knarzt der Stuhl unter meinem Hintern. Ich versuche, meiner Stimme Nachdruck zu verleihen. »Können Sie uns helfen, Doktor? Warum war Frau Miermann bei Ihnen?«

Dr. Kroska antwortet nicht. Er lehnt sich zurück, nimmt die Brille von der Nase und reibt sich die Augen. Nachdem er die Lesehilfe wieder aufgesetzt hat, arbeitet es in seinem Gesicht. Nach einer Weile steht er auf und geht langsam zu einem Aktenschrank.

»Hier wird alles noch von Hand eingetragen. Mit Computern habe ich nichts am Hut.« Er holt eine Karteikarte heraus und legt sie auf den Schreibtisch. »Das ist die Kartei von Frau Miermann. Wenn ich es dürfte, würde ich sie Ihnen zeigen. Ich darf es aber nicht.« Er legt sie geöffnet auf den Tisch. »Wenn Sie mich für ein paar Minuten entschuldigen würden? Ich möchte kurz nach meiner Frau sehen. Sie ist dement.«

Dr. Kroska verlässt das Behandlungszimmer und schließt leise die Tür.

Etwas verdutzt schaue ich ihm hinterher.

Olli dreht mit einem Finger die Karte. »Das glaub ich jetzt nicht. Er lässt uns in die Aufzeichnungen schauen?«

Kat ist mit drei Schritten neben uns. Sie hockt sich auf die Armlehne meines Stuhls. Mit gedämpfter Stimme sagt sie: »Ich finde ihn ein wenig sonderbar.«

Dann studieren wir das Geschriebene.

Kat liest im Flüsterton: »Gravidität, erstes Trimenon, zehnte Schwangerschaftswoche.« Sie beugt sich tiefer über die Karte. »Mein Gott … Valentina war schwanger?«

Den Gesichtern nach zu urteilen, die Kat, Olli und wahrscheinlich auch ich machen, schlägt diese Nachricht wie eine Bombe ein.

Unter der Schwangerschaftsdiagnose sind noch die Blutdruckwerte eingetragen, sowie ein Vermerk, dass Frau Miermann zur weiteren Schwangerschaftsbetreuung den Kollegen Dr. Schäfers aufsuchen wird. In Klammern dahinter steht, dass der Vater des Kindes auf einen Abruptio graviditatis gedrängt hat, die Patientin sich jedoch dagegen entschieden habe. Darunter ist ein grüner Strich gezogen.

Vor meinem geistigen Auge tauchen die Bilder der bestialisch zugerichteten Leiche von Valentina Miermann auf.

Kat sagt das, was mir durch den Kopf geht: »Der Vater des Kindes wollte, dass Valentina einen Schwangerschaftsabbruch vornehmen lässt? Der aufgeschlitzte Unterleib … Musste Valentina am Ende sterben, weil sie schwanger war?«

Olli und ich springen auf, als wir ein Geräusch vor der Tür hören. Wir kehren dem Schreibtisch den Rücken zu.

Dr. Kroska kommt zurück. »Entschuldigen Sie. Es muss öfter nach meiner Frau gesehen werden. Unsere Ursel kommt erst in einer halben Stunde. Sie betreut meine Gesine.« Er lächelt, als er auf den Schreibtisch blickt. »Tja. Schade, dass ich Ihnen nicht weiterhelfen konnte.«

Ich reiche ihm die Hand. »Es wird Ihnen nicht bewusst sein … Sie haben uns sehr weitergeholfen. Danke, Herr Doktor.«

Er öffnet die Tür des Sprechzimmers und läuft vor. »Wissen Sie, das ist so eine Sache. Ich vergesse schon mal was und erinnere mich oft nicht, wo ich was liegenlassen habe. Tja. Das ist das Alter.« Er zwinkert uns zu. »Gleich kommt meine Arzthelferin. Die Sprechstunde fängt um 9:30 Uhr an. Angelika arbeitet schon seit fünfundzwanzig Jahren für mich und ist mein zweites Gedächtnis. Wenn sie nicht wäre, würde ich glatt einige Termine verschlafen.« Der Händedruck, mit dem er uns verabschiedet, ist fest.

Nachdem wir das Haus verlassen haben, atmen wir alle tief durch. Die frische Luft ist eine Wohltat. Dass Valentina Miermann schwanger war, lässt den Fall wieder in einem anderen Licht erscheinen.

Kat ist blass. Sie kaut auf ihrer Unterlippe.

Ollis Hände verschwinden in seinen Hosentaschen. Er läuft auf und ab. »Mir schießt Sassnitz in den Sinn. Könnte er der Vater des Kindes sein und auf einen Schwangerschaftsabbruch gedrängt haben?«

Ich taste nach den Zigaretten in meiner Jackentasche, fummele eine aus der Packung und lasse das Feuerzeug schnippen. Ich schiebe die aufkommenden Gedanken an Hannah und unseren kleinen Schmetterling beiseite. Statt im Stacheldraht der Gefühle hängen zu bleiben, muss ich mich auf die Ermittlungen konzentrieren.

Kat schiebt mit der Schuhspitze kleine Kieselsteine hin und her. »Tja. Von einem Freund hätten ihre Eltern und ihre Freundin Marlene doch gewusst. Es könnte sein, dass sie mit Viktor Sassnitz was hatte. Aber, warum sollten sie so übervorsichtig gewesen sein, dass noch nicht einmal Valentinas Freundin davon wusste?«

»Warum?« Olli lacht. »Sophie Sassnitz hätte wahrscheinlich die Scheidung eingereicht, wenn ihr das zu Ohren gekommen wäre. *Sie* hat die Golddukaten im Brustbeutel. *Ihr* gehört das Juweliergeschäft. Allerdings wissen wir nicht, ob Marlene es *nicht* weiß. Sie könnte bunkern.«

»Für diese ganzen Thesen müssten wir einen Beweis liefern«, werfe ich ein. »Fakt ist, dass sich kein Mann gemeldet hat, der mit Valentina eine Beziehung hatte. Die große Frage ist auch, warum sich dieser Mann nicht gemeldet hat.«

Als ich einen Schritt in Richtung BMW mache, stellt Olli sich breitbeinig vor die Beifahrertür. Sein Blick signalisiert mir, dass ich mit der Kippe bloß nicht ins Auto steigen soll. Obwohl er es nicht gesagt hat, reagiere ich angepisst.

»Herr im Himmel. Du kannst dich aber auch anstellen.«

Kats Hand wedelt in der Luft. »Warum gibst du das Rauchen nicht auf? Das ist so ungesund und es stinkt ekelig.«

Ich weiß, dass sie recht hat. Nach einem weiteren tiefen Zug bücke ich mich, drücke den Glimmstängel auf dem Boden aus und laufe damit zum Müllcontainer.

Anschließend hält Olli mir grinsend die Beifahrertür auf.

Auf dem Weg ins Oldenburger Polizeirevier telefoniere ich mit Bleckmann und gebe alle Neuigkeiten weiter. Wie immer ist der Lautsprecher meines Handys eingeschaltet.

Er reagiert ebenfalls betroffen, als er von der Schwangerschaft hört.

»Die Miermann hatte beruflich jede Menge Männerkontakte. Die wird doch nicht gearbeitet haben, ohne zu verhüten. Privat soll sie nicht liiert gewesen sein, und mit diesem Viktor Sassnitz hat sie – nach seiner Aussage – nur Kaffee getrunken. Und davon wird frau nicht schwanger. Dass zwischen den beiden mehr war, dafür brauchen wir Beweise.« Er grunzt. »Die Freundin von der Miermann nimmt es mit der Wahrheit auch nicht so genau. Mal weiß sie nichts von der Zweitwohnung der Miermann, dann wieder weiß sie es doch. Wir sind auf die Hinweise der Bevölkerung angewiesen, doch nach wenigen brauchbaren Anhaltspunkten ist nicht mehr viel gekommen. Unser lieber Herr Staatsanwalt und der Untersuchungsrichter scharren ordentlich mit den Hufen.« Er schweigt für einen Moment, dann redet er weiter. »Ich spreche mit Czarnitzki und melde mich gleich noch einmal, okay?«

Es dauert keine zehn Minuten und ich habe unseren Chef wieder am Ohr.

»Czarnitzki lässt grüßen. Das Duo Sassnitz und Ickinger soll morgen früh auf dem Revier in Oldenburg antanzen. Die Vorladung ist durch die Staatsanwaltschaft angeordnet. Sie wird euch in der nächsten halben Stunde nach Oldenburg gefaxt. Die beiden müssen also erscheinen. Sollten die zwei noch immer wie die Katzen um den heißen Brei schleichen, *müssen* wir Frau Hörbiger mit ins Boot holen.«

»Was ist mit Mark Timmerhaus?«, fragt Kat dazwischen. »Sollte der nicht auch antanzen?«

Bleckmann räuspert sich. »Eins nach dem anderen. Ein russisches Sprichwort lautet: Wenn du zwei Hasen auf einmal jagst, wirst du keinen fangen.«

Wir halten uns nur eine halbe Stunde in der Polizeistation auf. Nach einer kurzen Besprechung beschließen wir, dass wir uns aus taktischen Gründen trennen. Olli wird mit Malte Grimm Viktor Sassnitz aufsuchen, um die Vorladung zu überreichen, Kat und ich werden die BSA-Bank auf der Moltkestraße ansteuern, um Frau Ickinger aufs Revier zu zitieren.

Wir wollen um Punkt 11 Uhr in der Bank beziehungsweise im Geschäft des Juweliers auftauchen.

*

Die BSA-Bank hat mit raffinierter Architektur ein Gebäude geschaffen, das Seriosität, Stabilität und Vertrauen ausstrahlt. Die leicht blau gefärbte Glasfront schimmert in der Sonne.

Kat richtet die Haarspange, die ihre lange Mähne im Nacken zusammenhält. »Hier legt man gerne sein Geld an, oder?«

»Genau das soll signalisiert werden, und das scheint auch zu funktionieren.« Ich lache.

Meine junge Kollegin rollt mit den Augen. »Jetzt sag bitte nicht, dass ich noch viel lernen muss.«

Ich laufe los und drehe mich nach ihr um. »Du musst noch viel lernen.«

Die vollverglasten Schiebetüren öffnen sich lautlos.

Kats Nasenflügel blähen sich. »Hier riecht es angenehmer als bei Dr. Kroska. Hier duftet es nach Erfolg.«

»Es sind künstliche Aromen, die deine Sinne benebeln sollen«, antworte ich nüchtern, während ich einen Schalter ansteuere. »Ich habe mal gelesen, dass die Banken ein großes Geheimnis draus machen, mit welchen Düften sie bei den Kunden Vertrauen schaffen.«

»Ich dachte immer, dass das nur in der Lebensmittelbranche ein Thema ist.«

Eine junge Frau in einem dunkelgrauen Business-Kostüm schaut uns aufmerksam an, als wir vor dem Schalter stehen. Sie grüßt freundlich. »Kann ich Ihnen helfen?«

»Wir möchten zu Frau Ickinger. Marlene Ickinger«, antworte ich ebenso freundlich.

»Sicher. Normalerweise sitzt sie in ihrem Büro im dritten Stock. In den nächsten Tagen unterstützt sie aber eine Kollegin am Schalter. Dort ist sie …« Ihre Hand deutet dezent in die linke Richtung und schon haben wir Frau Ickinger im Blick.

»Prima. Danke, Frau …«, ich lese das Namensschild, das an ihrem Revers hängt, »… Tanner.«

Marlene Ickinger begrüßt uns weniger freundlich, als wir vor ihr stehen. Statt der üblichen Hallo-Herr-Sowieso-Floskel sagt sie in leisem Tonfall: »Was wollen Sie denn hier?« Dabei schielt sie nach rechts und links, als hätte sie Angst, beim Geldunterschlagen erwischt zu werden.

»Hallo, Frau Ickinger. Für unsere Ermittlungen in den Mordfällen Winfried Stresemann, Frau Wittler und Frau Miermann ist es notwendig, dass Sie morgen um 10 Uhr zur Vernehmung in der Polizeistation Oldenburg erscheinen. Sie sind als Zeugin vorgeladen. Normalerweise kommen Vorladungen auf dem Postweg, außer wenn es eilig ist. Und in dem Fall eilt es sehr, darum sind wir hier.« Ich reiche ihr die gefaxte Vorladung, aus der hervorgeht, dass wir die Vernehmung im Auftrag der Staatsanwaltschaft vornehmen werden.

Frau Ickingers Kollegin, die in geringer Entfernung am Schreibtisch sitzt, schaut immer wieder neugierig in unsere Richtung.

»Sprechen Sie doch leiser«, zischt Frau Ickinger mich an. »Setzen Sie sich doch gleich das Blaulicht auf den Kopf, damit jeder hört, dass Sie von der Kripo sind.« Ihre Hand umkrampft den Kugelschreiber. »Muss das unbedingt sein? Ich meine, muss ich da antanzen?«

Kat nickt. Sie spricht in normaler Lautstärke weiter. »Ja. Das muss. Wenn die Staatsanwaltschaft ruft, sind Sie verpflichtet …«

Marlene lässt Kat nicht ausreden. »Ich weiß echt nicht, was ich da soll. Ich kann nicht mehr sagen, als ich gesagt habe.«

Ein Handy summt. Frau Ickinger greift in die Jackentasche ihres Kostüms und holt ihr Mobiltelefon hervor. Sie schaut auf das Display, wischt mit dem Finger darüber und lässt es zurück in ihre Tasche gleiten.

Ich reibe mein Ohrläppchen und als ich zum Reden ansetze, werde auch ich unterbrochen.

»Wenn Ihnen nicht langweilig wird, immer dasselbe zu hören, nehme ich mir halt ein Stündchen frei.«

Meine Augenbrauen wandern nach oben. Ich erhöhe den Druck, den sie ganz offensichtlich hat. »Ob es mit einem Stündchen getan ist, wird sich zeigen. Am besten informieren Sie Ihren Vorgesetzten und erklären ihm die Situation. Machen Sie sich keine Sorgen. Er *muss* Verständnis für Ihren Arbeitsausfall haben. Ihm bleibt nichts anderes übrig.«

Der Brustkorb der Bankerin hebt und senkt sich schneller.

Jetzt klingelt der Festnetzapparat, der auf dem Schreibtisch steht. Frau Ickingers Kollegin nimmt das Gespräch an. Obwohl ich mit einem Ohr bei ihr bin, kann ich nicht genau verstehen, was sie sagt. Ich höre lediglich, dass die junge Frau verspricht, die Nachricht an Marlene weiterzugeben, sobald sich die Kunden verabschiedet hätten.

Sollten wir mit unserer Vermutung richtig liegen, dass Viktor und Marlene sich kennen, *könnte* Viktor Sassnitz der Anrufer gewesen sein.

Man sieht Frau Ickinger an, dass sie erleichtert ist, als wir uns verabschieden.

*

Kat sitzt auf der Fensterbank und telefoniert.

Olli packt einen Kringel Fleischwurst aus einer Papiertüte des Supermarktes und schneidet ihn in dicke Scheiben. »So. Bedient euch.«

Malte, der an seinem Platz auf einem Schreibtischstuhl sitzt, stößt sich mit Schwung vom Schreibtisch ab und kommt angerollt. »Lecker. Danke.«

Ich greife ebenfalls zu, dann bin ich wieder bei der Sache. »Okay. Ihr habt also den Eindruck, dass Viktor Sassnitz verunsichert war?«

»Ja.« Olli betrachtet die Scheibe Fleischwurst, während er kaut. »Er ist eine Nuance blasser geworden und hat ganz spontan gesagt, dass er diesen Blödsinn auf keinen Fall mitmachen wird. Er meinte ...«

Malte hebt eine Hand. »Warte mal ... Hast du Senf gekauft, Olli?«

Olli hält mit dem Kauen inne. »Hä? Was soll ich gekauft haben?«

Unser Kollege beugt sich vor. »Senf … Ich meine … hast du Senf gekauft?«

Ollis rechte Hand saust durch die Luft. Er verpasst Malte einen Schlag auf den Hinterkopf. »Sag mal … Bist du bescheuert, oder was. Sehe ich aus wie Tim Mälzer? Wenn du Haute Cuisine willst, bist du hier verkehrt.«

Malte zeigt ihm lachend den Stinkefinger und zieht ihn blitzschnell weg, weil Olli danach schnappt.

Ich klopfe auf den Tisch. »Hee, stopp, ihr beiden. Benehmt euch nicht wie Tom und Jerry. Konzentriert euch.«

Kat hüpft von der Fensterbank. Sie strahlt über das ganze Gesicht. »Ich habe den Zuschlag für die Wohnung bekommen. Ist das nicht toll? Darauf wollen wir heute Abend anstoßen. Seid ihr dabei? Ich spendiere was zu essen und zu trinken.«

Malte zieht ein langes Gesicht. »Ich kann leider nicht. Zuerst muss ich bei Bleckmann antanzen. Und nachdem der mich zusammengefaltet hat, geht es heim. Dann darf ich unsere Tochter in den Schlaf singen. Meine Frau trifft sich mit ihren Freundinnen.«

»Ich bin dabei«, antwortet Olli mit vollem Mund.

Kat schaut mich an. »Und was ist mit dir? Kommst du auch mit?«

Der Gedanke, einen netten Abend mit meiner Kollegin und meinen Kollegen zu verbringen, fühlt sich gut an. Ich bin dabei, die Fühler aus meinem Schneckenhaus zu strecken, was letztendlich an Inga liegt. Ich habe mir vorgenommen, sie heute zu fragen, ob sie zu mir kommen möchte. »Danke für die Einladung. Ich erwarte Besuch. Aber Glückwunsch. Das freut mich, dass es geklappt hat. Macht es euch gemütlich.«

Olli schaut mich kurz an, er sagt aber nichts.

Ich klopfe wieder auf den Tisch. »So. Und wenn die Diskussionen über Senf, Wohnungen und Besuch nun abgeschlossen sind, können wir jetzt weitermachen, oder?«

Mein Partner pariert sofort. »Natürlich.« Er setzt da an, wo er aufgehört hat. »Viktor Sassnitz meinte, dass er nur noch einmal den ganzen

– ich zitiere wörtlich – Rotz wiederholen würde, und dann wäre für ihn der Fall erledigt. Anschließend hat er dichtgemacht.«

Kat spielt mit ihrer Unterlippe. »Sassnitz sagt mit Sicherheit in einigen Punkten nicht die Wahrheit. Aber wir sollten Mark Timmerhaus trotzdem nicht aus den Augen verlieren.«

Olli zielt mit der Wurstpelle auf den Papierkorb und trifft. »Du hast doch gehört, was Bleckmann gesagt hat. Erst wird einer der Hasen gejagt.«

Malte rollt mit seinem Stuhl zu seinem Arbeitsplatz zurück. »Das ist schon ein komischer Typ.«

Kat schaut auf die Uhr. »Für Frau Wittler wird gleich eine Messe in der Luther-Kirche abgehalten. Ihre Tochter hat das organisiert. Frau Paulsberg hat Frau Hörbiger gebeten, daran teilzunehmen. Finn begleitet seine Mutter dorthin. Die Einäscherung ist in vierzehn Tagen. Die Leiche ist zur Bestattung freigegeben worden.« Sie setzt sich. »Was die Angehörigen der Opfer durchleben müssen, ist schrecklich.«

»Ja«, presse ich hervor. »Das ist es.«

Olli konzentriert sich auf den Monitor. »Öffnet mal die Ermittlungsakte IV. Dort sind jede Menge Bilddateien von den Fahrzeugen, die von Mittwoch 18 Uhr bis Donnerstagabend in einem größeren Radius geblitzt worden sind.«

Ich kratze an meinem Dreitagebart. »Ja. Und Trixi hat etliche Meldungen diverser Förstereien aus der Umgebung geschickt. Waldarbeiter und Spaziergänger haben Beobachtungen gemacht, die eventuell interessant sein könnten.«

»Dann wollen wir mal.« Olli lässt die Fingerknöchel knacken.

Bevor ich mich ebenfalls in die Materie vertiefe, schicke ich Inga eine Nachricht. Ich frage, ob sie Lust hat, heute um 20 Uhr rüberzukommen, und … ob sie Grillfleisch mit einer gebackenen Kartoffel und Salat mag.

Als mein Handy eine halbe Stunde später vibriert, freue ich mich, dass ich für zwei einkaufen darf. Allerdings räumt Inga ein, dass sie nicht so lange Zeit habe, weil sie noch an einem Gutachten arbeiten müsse.

Anschließend konzentriere ich mich auf die Bilddateien. Kat, Olli,

Malte und ich machen Notizen für die helfenden Kollegen aus dem Ermittlerteam, die weitere Befragungen durchführen sollen.

Die Fundstücke aus Stoff, die in den Wäldern gefunden worden sind, müssen zuerst von Valentinas Eltern begutachtet werden, bevor sie zur Untersuchung ins Labor gehen.

Zwischendurch melden sich immer wieder die Kollegen aus Lübeck. Unser Computerexperte Felix Brauner hat die Festplatte des privaten Laptops von Valentina ausgebaut. Mit einem speziellen Forensikprogramm hat er sie durchsucht und gehackt, dann eine Datenbank erstellt, die nun gezielt gescannt werden kann. Die Kollegen arbeiten mit Hochdruck daran, Dateien zu finden, die uns in dem Fall weiterbringen.

Nachdem wir im Büro Schluss gemacht haben, legen wir auf dem Weg zum Parkplatz eine Gedenkminute für Malte ein. Der ist früher gegangen, damit er sich zeitig den Rüffel vom Chef abholen kann.

Kat erklärt Olli, dass sie jetzt losrauschen wird. »Passt es dir, wenn wir uns gegen 19:30 Uhr in der *Alsterstube* treffen? Finn hat gesagt, dass die Küche gut bürgerlich sei. Das Gezapfte soll hervorragend sein.«

»Ich kenne die *Alsterstube.* Das Essen schmeckt wirklich wie bei Muttern. Ich komme mit dem Taxi. Dann kann ich das gut Bürgerliche mit einem Bier runterspülen.«

Kat nickt lachend. »Das mache ich auch. Finn holt mich gleich von Fehmarn ab. Ich fahre später mit dem Taxi zurück auf die Insel, dann habe ich morgen früh mein Auto vor der Tür.«

Ollis Daumen wandert in die Höhe. »Du bist ein Organisationstalent.« Er schielt in meine Richtung. »Schade, dass du nicht mitkommst.«

»Das finde ich auch«, wirft Kat ein. »Bis morgen, Hannes.«

»Ja. Bis morgen.«

Wie immer fährt Olli mich nach Hause. Die drei Mordfälle lassen uns auch jetzt nicht los und wir schieben das wenige, was wir haben, hin und her.

Wir verabschieden uns in der Hoffnung, morgen einen Schritt weiterzukommen. Sassnitz und Marlene Ickinger werden wir richtig auf die Füße treten.

Zu Hause halte ich mich nicht lange auf. Ich muss mich mit dem Einkaufen sputen.

*

Inga packt wie selbstverständlich mit an. Sie balanciert ein Tablett aus der Küche und stellt es auf den Tisch. »Es ist ein gutes Jahr her, dass ich Gegrilltes gegessen habe.« Sie legt ihre rechte Hand auf den Magen, mit der linken schiebt sie die Steakmesser neben die Gabeln. »Dabei mag ich alles sehr gerne, was vom Rost kommt.« Sie mischt den Salat noch einmal durch, dann schiebt sie die Schüssel auf die rechte Seite des Tisches.

»Grillen ist eines der beliebtesten Hobbys in unserem Land. Bis jetzt ist mir niemand begegnet, der ein Essen vom Grill verschmäht hat.« Mit langem Arm wende ich die Nackensteaks. Fett tropft auf die Kohle, die sich mit dicken Rauchschwaden beschwert.

Das Bauchfleisch sorgt dafür, dass es noch mehr qualmt. Ich huste und lache gleichzeitig.

Inga reicht mir mein Weinglas. Sie stimmt in mein Lachen ein und schlägt vor: »Trink einen Schluck. Dann hört das Kratzen im Hals auf.«

Ich gehorche.

Inga nippt an ihrem Wein. »Oh, in Schweden wird auch mit Begeisterung gegrillt. In meiner Heimat landet oft Fisch auf dem Rost. Bei uns fängt die Grillsaison schon am 30. April an. An dem Tag feiern wir in Schweden Valborg, also die Walpurgisnacht. Das Fest findet immer unter freiem Himmel statt. Und wenn das Wetter mal nicht so schön ist, grillt man halt in der Grillkota, also in einer Grillhütte, die fast in jedem Garten steht.«

Das Fleisch sieht köstlich aus. Ich lege es auf einen Servierteller und laufe im Eiltempo zum Tisch.

Inga lässt sich auf den Stuhl fallen. Während ich den dicken Handschuh ausziehe, befüllt sie unsere Teller.

»Hattest du in Berlin auch einen Garten?«

»Nein. Aber in der ersten Wohnung, in der ich mit meinem Freund zusammengelebt habe, hatten wir einen winzigen Balkon. Da passten gerade mal zwei Stühle und eine Flasche Rotwein drauf. Für die damalige Zeit war es okay. Mehr brauchten wir nicht.« Sie kostet vom Fleisch. Ihr Daumen wandert nach oben. »Ohh, schuuuperlecker. Isch komm wiega.«

»Das hoffe ich sehr«, sage ich und lasse sie nicht aus den Augen.

Während wir essen, plaudern wir locker weiter. Ich erfahre, dass Ingas Mutter aus Deutschland stammt, während ihr Vater Schwede ist. Er ist Rechtsanwalt und lernte ihre Mutter während eines Urlaubs auf Sylt kennen. Sie hatte damals in einem Hotel an der Rezeption gearbeitet.

Ein paar Jahre später wurde Inga geboren.

»Ich war glücklich in Schweden. Trotzdem hat es mich in die Heimat meiner Mutter gezogen. Deutschland war wie ein Magnet für mich. Ich habe dann eine Weile bei meinen Großeltern in Berlin gelebt und mir später mit Kommilitoninnen eine Wohnung geteilt. Nach zwei Jahren bin ich dann mit meinem damaligen Freund zusammengezogen.«

Ein leichter Wind zieht auf. Er spielt mit Ingas Haaren. Das Licht der Abendsonne lässt ihre Sommersprossen wie kleine goldbraune Punkte leuchten.

Sie lächelt. »Meine Eltern haben mich sehr vermisst. Mein Vater hatte aber genug Ablenkung. Er übt mit Leib und Seele seinen Beruf aus. Als Rechtsanwalt kann er sehr überzeugend reden. Er ist ein Meister der Rhetorik. Früher ist er an manchen Tagen in seinem Arbeitszimmer auf und ab gelaufen und hat einen imaginären Richter von der Unschuld seines Mandanten überzeugen wollen.«

»Wieso bist du nicht in seine Fußstapfen getreten?«

Sie tunkt weiter. »Weil ich niemals einen Menschen verteidigen könnte, der wissentlich anderen unsagbares Leid zugefügt hat. Mein Vater versteht es, plausible Geschichten zu weben und Zusammenhänge herzustellen, die ein Richter nachvollziehen kann und ihn letztendlich milde stimmen sollen. Für mich ist das nichts. Gerade als Forensikerin gebe ich alles, um solche Menschen von der Bevölkerung fernzuhalten.« Sie wischt ihren Mund an einer Serviette ab. »Ich habe gehört, dass ihr in dem Fall noch nicht weitergekommen seid.«

Ich presse die Lippen aufeinander. »Richtig. Unsere Streifenhörnchen sind dabei, die brauchbaren Informationen von den unbrauchbaren zu trennen. Morgen finden Befragungen hier in Oldenburg statt. Wir hoffen sehr, dass wir bald eine heiße Spur verfolgen können.«

Inga trinkt den Wein auf ex. »Dein Chef, Robert Gundlach und meine Tante stecken oft die Köpfe zusammen. Deshalb bin ich auf dem neuesten Stand.«

Als ich Wein nachschenken möchte, legt Inga ihre Hand auf das Glas. »Für mich bitte nicht mehr.« Sie schaut auf die Uhr und seufzt. »Ich muss rüber. Das Gutachten ruft nach mir.«

Sie stellt die Teller zusammen. »Danke für das hervorragende Essen. Es war richtig, richtig lecker.« Sie beugt sich vor und flüstert: »Saulecker.«

»Was gut ist und uns gefällt, das sollten wir wiederholen«, antworte ich ebenfalls im Flüsterton.

Sie lacht. »Okay. Du kannst auf mich zählen. Ich bin dabei.«

Ich bringe Inga zur Tür. Sie huscht leichtfüßig über die Straße. Heute dreht sie sich nicht mehr um.

Ich setze mich an den PC und versuche, mich auf die Arbeit zu konzentrieren. Es gelingt mir nicht.

Die Sonne ist untergegangen. Die Abenddämmerung hat die Regie übernommen. Ich freue mich auf eine Dusche. Der Grill hat so gequalmt, dass ich mit Haut und Haaren wie ein geräucherter Schinken dufte.

*

Ich liege auf dem Bett und starre in den Himmel. Wolkentürme kündigen Schietwetter an.

Gewisse Dinge überlappen sich in meinem Kopf.

Es ist verrückt. Wer soll da noch durchblicken? Alles im Leben hat zwei

Seiten. Es gibt Gesetze. So auch die der Polarität. Alles hat zwei Pole. Heiß und kalt, groß und klein, oben, unten, Mann und Frau. Schwarz und weiß. Gut und böse.

Wenn ich eine Wurst esse und die Wahl habe, wo ich das Messer ansetze … Wo setze ich es an? Am Anfang oder am Ende? Ist der Anfang das Ende oder das Ende der Anfang?

Hinter meinen Schläfen pocht es.

Mir soll niemand vorwerfen, dass ich mit falschen Karten gespielt habe. Ein Blatt, das gefakter nicht sein konnte, hatten die anderen vor mir in der Hand.

In dem Jahr, als ich fünfzehn wurde, fiel mein Geburtstag auf einen Montag. Ich bekam zwei PC-Spiele, einen Rasierapparat, einen neuen Rucksack, ein Buch und eine Pflegeserie gegen Pickel. Das schönste Geschenk hat mir jedoch der Sensenmann gemacht. Er hat sich Lauer geschnappt.

Dass er einen tödlichen Unfall hatte, ging wie ein Lauffeuer durch die Stadt.

Er ist am Freitagabend mit seinem getunten Golf GTI auf einer Landstraße – in der Nähe von Wismar – gegen einen Baum geprallt. Das war's.

Das muss man sich mal vorstellen. Ein Kerl wie ein Baum, eine Sportskanone, ein Karatekämpfer, der es mit sechs Gegnern gleichzeitig aufnehmen konnte. Und was ist passiert? Ein Stück Gummi wurde ihm letztendlich zum Verhängnis. Und es war auch ein Stück Gummi, das sein Schicksal besiegelt hat. Ein geplatzter Autoreifen.

Erst wollte ich die Radkappen an seiner Karre entfernen und die Muttern lockern. Dann habe ich umentschieden und etwas Luft aus den breiten Reifen gelassen. Wer mit zu wenig Druck in den Schlappen ordentlich Gas gibt, lebt gefährlich, denn die Reifen können platzen.

Ein Tropfen hat das Fass zum Überlaufen gebracht. Es war längst überfällig. Es musste sein.

Lauer hat mir das Handgelenk gebrochen. Ich habe mich mit einem Genickbruch revanchiert.

Am kommenden Samstag sollte die Beerdigung stattfinden.

Ich plante derweil eine Beisetzung am Galgenberg. Da man auf einer Be-

erdigung einen Toten beerdigt, also unter die Erde bringt, musste ich mir etwas einfallen lassen.

Lauers Sohn war damals in der Oberstufe. Die große Pause am Dienstag war die erste Pause, in der er kein Mädchen im Arm hielt, dem er seine Zunge in den Hals steckte. Stattdessen stand er im Mittelpunkt und jeder wollte von ihm wissen, wie es ihm gehe.

Ich habe mitbekommen, dass sein Vater in der Leichenhalle des Friedhofes aufgebahrt war, damit sich Verwandte, Freunde und Kollegen von ihm verabschieden konnten.

An diesem Dienstag bin ich – nach Erledigung der Hausaufgaben – zum Friedhof gegangen und habe auf einer Bank Posten bezogen. In der Tasche meiner Jeans befanden sich eine kleine, spitze Schere und eine leere Streichholzschachtel.

Nachdem mehrere schwarz gekleidete Menschen in die Leichenhalle gingen und nach einer Weile wieder herauskamen, nahm ich allen Mut zusammen und lief los.

Ein hagerer Mann wollte gerade die Tür schließen.

»Was willst du hier?«, hat er mich gefragt.

»Zu Herrn Lauer. Er war mein Lieblingslehrer.«

»Wie alt bist du?«

Ich log. »Sechzehn. Bitte. Ich möchte mich von ihm verabschieden.«

»Hm. Na, komm.«

Er schlurfte vor, ich hinterher.

Meine Knie wackelten, als ich den kleinen Raum betrat, in dem der geöffnete Sarg stand. Es roch eigenartig.

Lauer sah so aus, als würde er schlafen. Ich hätte nicht gedacht, dass man nach einem schweren Unfall so entspannt aussehen kann. Er hatte die Hände gefaltet, als würde er beten. Sie lagen auf seinem Bauch. Seine Fingernägel waren blau. Ich hatte nicht den Eindruck, dass ich ihn umgebracht habe. Es sah so aus, als sei er freiwillig in die Kiste gestiegen. Ich stellte mir vor, er hätte sich ordentlich zugedeckt, anschließend ein Gebet gesprochen und mit zufriedener Stimme gesagt: »So, Luzifer. Mach das Tor auf, ich komme.«

Der Hagere zeigte auf einen Tisch, an dem zwei Stühle stehen. »Setz dich.«

Ich setzte mich. Meine Hände krampften sich in das Nylon meines neuen Rucksacks.

»Soll ich dich ein paar Minuten allein lassen?«

Ich nickte.

Als der Mann ging und die Tür anlehnte, schielte ich ihm hinterher. Ich hatte nicht viel Zeit. Der Rucksack glitt langsam von meinen Knien.

Während ich die Schere und die Streichholzschachtel aus meiner Hosentasche zog, schlich ich zur Tür und spähte durch den Spalt. Wenn du Scheiße baust, dann bau sie so, dass dich niemand erwischt. *Der Wächter der Toten stand ein Stück weiter im Flur und räumte Kerzen aus einem Karton, die er auf ein Regal stellte.*

Mein Herz raste. Mit drei Schritten stand ich neben Lauer. Ich hatte Angst, dass er plötzlich die Augen aufreißen und mich am Schlafittchen packen würde. Mit zittrigen Fingern schnitt ich ihm ein paar Haare ab, die ich in die Streichholzschachtel steckte. Dann noch welche auf der anderen Seite. Schritte. Ich hörte Schritte. Der Wächter kam zurück.

Ich hatte das Gefühl, ohnmächtig zu werden. Meine Atmung ging schnell. Zu schnell. Plötzlich musste ich husten, dann würgen. Als ich saß, schaffte ich es gerade noch, mit der Rechten die Schere in meine Hosentasche zu stopfen. Die Streichholzschachtel mit ein paar Haaren der Leiche wurde von meiner Linken umkrampft.

»Ist alles okay mit dir?«

Unter Würgen nickte ich.

»Geh an die frische Luft, Junge. Ich glaube, du hast dich lange genug verabschiedet.«

Ich ging nicht an die frische Luft, ich rannte und blieb erst stehen, als ich die alte Kastanie neben dem Ausgang des Friedhofes erreicht hatte.

7. Kapitel

Mittwoch

Olli und ich stehen am Fenster. Kat reicht uns große Kaffeepötte, die wir dankbar annehmen.

»Wenn der Sassnitz und die Ickinger pünktlich sind, müssten sie jeden Moment kommen«, sagt Kat mit einem unterdrückten Gähnen.

»Mhm«, brummt Olli.

Wer ihn gut kennt, weiß, dass seine Stimme umso tiefer klingt, je mehr Hochprozentiges er am Vorabend getrunken hat. Jetzt hört sie sich wie die eines Brummbären an.

Meine Kollegen quält heute das gleiche Schicksal. Sie sind hundemüde. Amüsiert habe ich ihnen zugehört, was sie vom gestrigen Abend berichtet haben. Olli und Finn sind im Alkoholsumpf versackt und erst gegen 4 Uhr ins Bett gekommen. Kat hat sich um 2:30 Uhr ein Taxi gerufen, um auf die Insel zu fahren.

Malte kommt vollkommen zerknirscht ins Büro. Er war bei den Kollegen im Erdgeschoss, um eine Akte zu holen. Er hat Rosi im Schlepptau.

»Und wie hast du argumentiert?«

Unser Kollege dreht sich um und fährt sich durch die blonden Haare. »Hast du schon mal versucht, Bleckmann mit Argumenten zu überzeugen?« Er grunzt. »Der lässt einen doch gar nicht ausreden.«

Wo er recht hat, hat er recht.

Rosi tätschelt Maltes Arm. »Nimm's gelassen. Der Chef beruhigt sich wieder.«

Ein weißer Tesla fährt auf den Parkplatz. Kennzeichen ›OH – VS‹ … das wird der Wagen von Sassnitz sein. Sekunden später steigt er aus.

Als der Juwelier aus meinem Blickfeld verschwindet, kommt ein weiteres Fahrzeug auf den Parkplatz. Der schwarze Mercedes SLK mit dem Nummernschild ›OH – MI‹ parkt in der ersten Reihe.

Olli pfeift leise durch die Zähne. »Scheiß die Wand an. Warum bin ich kein Banker geworden. Designer-Pilotensessel und eine edle Karre, die wie ein junges Kätzchen über die Autobahn schnurrt.«

Ich knuffe ihn in die Rippen. »Im nächsten Leben … Komm, jetzt geht's los.«

Kurz darauf klopft es forsch an der Bürotür. Viktor Sassnitz erscheint – gegen seine Gewohnheit – nicht in einem Ton-in-Ton-Outfit. Zu einer grauen Jeans und einem weißen Hemd trägt er ein Brillengestell mit einem feinen Goldrahmen.

Er tritt selbstsicher auf, sein Händedruck ist fest.

»Guten Morgen. Hier bin ich. Ziehen wir das Ganze flott durch. Fragen Sie einfach drauf los. Ich bemühe mich, die Wiederholungen etwas abwechslungsreicher zu gestalten.«

Und wieder klopft es. Marlene Ickinger streckt den Kopf zur Tür herein. »Guten Morgen. Tschuldigung. Ich sollte heute um 10 Uhr hier sein.«

Ich habe Sassnitz im Blick. Er wendet den Kopf nicht einmal, um zu schauen, wem die Frauenstimme gehört. Er starrt an die Zimmerdecke. Erst jetzt begrüße ich Frau Ickinger. »Hallo, Frau Ickinger. Mein Kollege kümmert sich um Sie. Es dauert noch ein paar Minuten.«

Malte macht das, was wir besprochen haben. Er steht auf. »Hallo, Frau Ickinger. Gehen wir ins Nebenzimmer.«

Nachdem wir mit Sassnitz allein sind, schiebe ich meine Unterlippe nach vorne und blättere in einer Akte.

Olli zieht einen Stuhl an den Schreibtisch und gibt sich keine Mühe, es leise zu tun. Kat lehnt sich gegen die Fensterbank.

Viktor versucht, witzig zu sein. »Drei gegen einen. Das ist unfair.« Er lacht.

Wir lachen nicht mit, sondern gehen die Fragen noch einmal durch, die Sassnitz uns schon alle beantwortet hat. Dabei lassen wir uns Zeit.

Er verwickelt sich nicht in Widersprüche und bleibt dabei, nie im besagten Hochhaus der Kleistraße gewesen zu sein. Er hält auch daran fest, Marlene Ickinger nicht zu kennen.

»Gut«, antworte ich. »Damit wären wir durch.«

Viktor reagiert sofort. Von jetzt auf gleich steht er. »Wunderbar. Dann kann ich ja gehen.«

Ich bremse ihn. »Moment, Herr Sassnitz, helfen Sie uns noch einmal. Wie war das? Wie lange sind Sie Geschäftsführer des Juweliergeschäftes Ihrer Frau?«

Er bläht die Nasenflügel. »Das glaube ich jetzt nicht. Das hatten wir auch schon mal. Seit sieben Jahren. Aber im Grunde ist es *mein* Geschäft. Meine Frau hat nichts damit am Hut.«

Olli hat sich verkehrt herum auf den Stuhl gesetzt. Seine Arme liegen auf der Stuhllehne. »Emotional gesehen kann ich Ihre Sichtweise nachvollziehen. Aber wie sieht es vertraglich aus?«

Sassnitz grunzt. »Wollen Sie einen Mord aufklären oder finden Sie es einfach nur geil, im Privatleben unbescholtener Bürger herumzuschnüffeln.«

»Wie sähe es im Falle einer Scheidung aus?«, bohre ich unbeirrt weiter. »Haben Sie und Ihre Frau eine Gütertrennung vereinbart?«

Auf diese Frage reagiert er hitzig. »Mein Gott, ja. Wenn Sie mir so kommen, dann gehe ich, gemessen am Vermögen meiner Angetrauten, relativ leer aus.« Er beugt sich vor. »Schreiben Sie mit. Meiner Frau gehört das Juweliergeschäft, meiner Frau gehört das Haus und ihr gehört die Segeljacht am Starnberger See. Ferner hatte ihr Vater zwei Eigentumswohnungen, die er ihr schon vor fünfzehn Jahren überschrieben hat. Eine auf Sylt und eine auf Mallorca.«

Er schielt auf das Blatt, auf dem ich Notizen kritzele.

»Ich mache kein Geheimnis daraus, dass ich der arme Schlucker in der Beziehung bin. Dafür arbeite ich hart und kümmere mich darum, dass der Rubel rollt.« Er schaut auf die Uhr.

Ich lehne mich zurück. »Hatte ich Sie eigentlich gefragt, ob Sie und Ihre Frau Kinder haben?«

Seine Miene versteinert sich. »Haben Sie Sprösslinge im Haus gesehen oder gehört? Haben kleine Nervensägen im Pool getobt, als Sie da waren? Sind Sie über irgendein Kinderspielzeug gestolpert?«

Olli wiederholt die Frage: »Haben Sie und Ihre Frau gemeinsame Kinder?«

Sassnitz spitzt die Lippen. »Nein.«

Ich schaue Viktor in die Augen. »Mögen Sie Kinder?«

Er hält meinem Blick stand. »Ich mag schnelle Autos. Ich mag Sport und Clubs, in denen alter Whiskey ausgeschenkt wird und ein DJ gute Musik auflegt. Ich mag Urlaube in südlichen Ländern. Kinder … mag ich nicht. Definitiv nicht.«

Ich lasse Sassnitz nicht aus den Augen. »Frau Miermann war schwanger. Sie war in der zehnten Schwangerschaftswoche.«

Sassnitz' Augenlider flattern kurz. »Woher …« Er schluckt und korrigiert sich. »Warum erzählen Sie mir das? Was habe *ich* damit zu tun?«

Ich zucke leicht mit den Schultern. »Es könnte sein, dass sie die Freude mit Ihnen teilen wollte, während Sie … gemeinsam einen Kaffee getrunken haben.«

Kat mischt sich ein. »Wusste Frau Miermann eigentlich, dass Sie keine Kinder mögen?«

Olli stützt den Kopf auf die Hände. Gelangweilt fragt er: »Über das eine oder andere Private werden Sie sich doch ausgetauscht haben, oder?«

»Nein! Sie war eine Nutte! Sie hat jeden rangelassen. Haben Sie im Biologieunterricht nicht aufgepasst? Wenn eine Frau nicht korrekt verhütet und Sex hat, ist es nur eine Frage der Zeit, bis sie schwanger wird. Hören Sie auf, mir irgendwas andichten zu wollen.«

Ich stehe auf und laufe im Kreis. »Ach. Sie wussten also doch, dass Frau Miermann sich prostituiert hat?«

Jetzt verliert er die Fassung. »Nein! Was soll die Fragerei? *Sie* haben mir erzählt, dass Valentina eine Prostituierte war.«

Ich schließe die Augen und massiere mit Zeigefinger und Daumen meine Nasenwurzel. »Prostituierte haben auch ein Privatleben, Herr Sassnitz, in dem Schutz und Verhütung vielleicht keine Rolle spielen.

Vielleicht *wollte* sie gar nicht verhüten und hat sich auf das Kind gefreut.«

Er springt auf. »Warum erzählen Sie mir das alles? Es interessiert mich nicht. Ich gehe davon aus, dass ich ein freier Mann bin und jetzt gehen kann.«

Ich nicke. »Sicher.«

Mit wenigen Schritten ist er an der Tür. Er dreht sich noch einmal um. »Ich werde meinen Anwalt kontaktieren und mich erkundigen, ob es rechtens ist, dass Sie Menschen mit Ihren Fragen dermaßen in die Ecke drängen.«

Ich reagiere gelassen. »Wir melden uns, Herr Sassnitz.«

Nachdem er das Büro verlassen hat, setze ich mich wieder. »Wieso fühlt er sich in die Ecke gedrängt?«

»Ich glaube, dass er bunkert«, vermutet Olli mit nachdenklichem Gesicht. Seine Stimmlage hat sich wieder normalisiert.

»Dann wollen wir mal sehen, ob uns Frau Ickinger weiterhelfen kann.«

Ich rufe Malte an und bitte ihn, Marlene zu uns zu bringen.

»Ich dachte schon, Sie haben mich vergessen«, sagt sie, während sie zu uns ins Zimmer kommt.

Malte hat ihr den Vortritt gelassen und schließt die Tür.

Frau Ickinger ist wesentlich nervöser, als Viktor Sassnitz es war. Sie ist blass. Ihre rechte Hand spielt abwechselnd mit dem luftigen Schal, der um ihren Hals geschlungen ist, und mit ihrem Ohrläppchen.

Mit Marlene machen wir es ebenso wie mit Sassnitz. Wir gehen die komplette Litanei an Fragen durch, die wir ihr längst gestellt haben. Anders als Sassnitz rutscht sie unruhig auf dem Stuhl hin und her, räuspert sich oder knetet ihre Hände.

Nach einer halben Stunde ändere ich die Richtung. »Frau Ickinger, Sie haben Valentina sehr gut gekannt. Mochte sie Kinder?«

Bums. Die Frage hat gesessen. Marlene schluckt. Einmal, zweimal. Dann kommt das obligatorische »Wie bitte?«. Ich gehe davon aus, dass sie das Ich-habe-nicht-verstanden-Spiel spielt, weil sie nach einer Antwort suchen muss.

»Mochte Frau Miermann Kinder?«, wiederhole ich geduldig.

»Warum fragen Sie das? Ich meine, was haben Kinder mit dem Mord zu tun?«

Wir schweigen.

»Ich dachte, es geht um den Mord. Ähm, keine Ahnung. Woher soll ich wissen, ob Valentina Kinder mochte.«

Kat spielt mit dem Kugelschreiber. »Ach, Frau Ickinger. Das kaufe ich Ihnen nicht ab. Beste Freundinnen reden doch über solche Dinge.«

Marlene schluckt. »Na ja. Sie hat mal erwähnt, dass sie später Kinder haben möchte. Aber das ist schon ewig lange her.«

»Hat Valentina Ihnen nicht anvertraut, dass sie schwanger ist?«, will Olli wissen.

Sie schüttelt schnell den Kopf. »Nein. Absolut nicht. Mit keinem Wort.« Sie starrt auf einen Kugelschreiber, der auf dem Schreibtisch liegt.

»Es erstaunt mich ein wenig, dass Sie die Nachricht nicht vom Stuhl haut«, sage ich nachdenklich. »Ich will nicht auf dem Thema beste Freundin herumreiten, aber ... wären Sie als engste Vertraute nicht eine der Ersten gewesen, die von dem freudigen Ereignis erfahren hätte?«

Marlene räuspert sich und hustet.

Kat stochert weiter. »Fragen Sie sich nicht, wer der Vater des Kindes sein könnte, da Valentina angeblich keinen Freund hatte?«

Sie schweigt.

»Wir fragen uns, warum sich der Vater des Kindes nicht meldet ...« Kat beugt sich vor. »Es muss grauenhaft für Ihre Freundin gewesen sein, als sie gefesselt auf dem Metalltisch lag und nicht nur um ihr Leben gebangt hat. Da war noch das winzige Wesen in ihrem Bauch. Sie wissen, dass der Mörder Valentina auf brutalste Weise getötet hat, nicht wahr? Der Stich in den Unterleib ... Er hat sie förmlich aufgeschlitzt und, wie Sie wissen, später enthauptet.«

Marlene atmet schneller. »Bitte, ich will das nicht hören.«

Unsere Kollegin macht weiter. »Vielleicht wollte Valentina am vergangenen Donnerstag oder Freitag ihrem Vater und ihrer Mutter berichten, dass sie Großeltern werden.«

Frau Ickinger spielt nicht mit. »Mir geht es nicht gut. Kann ich jetzt gehen?«

*

Wir alle haben uns mehr von der Befragung erhofft.

Ich sehe Bleckmann auf dem Monitor. Er ist ebenfalls frustriert, dass wir in drei Mordfällen auf der Stelle treten. »Klopft noch mal alles ab, okay? In der Obdachlosenszene öffnet sich ebenfalls kein Tor. Zwei unserer Leute wollten noch einmal mit der Zeugin Mary Büker sprechen. Auf dem Gelände der alten Ziegelei ist sie nicht mehr zu finden. Einer ihrer Kumpel meinte, dass sie nach Teneriffa auswandern wollte. In ein Höhlencamp.«

Neben mir gluckst es. Malte unterdrückt einen Lachanfall. »Nee, ist klar«, sagt er. »Mit dem Zwanni, den Hannes ihr geschenkt hat, kann sie sich das leisten.«

Bleckmann schnauzt ihn sofort an. »Wenn Sie so weitermachen, Grimm … können Sie mit Ihrer Frau den nächsten Hochzeitstag ebenfalls in den Höhlen dieser Insel feiern.« Er räuspert sich. »Czarnitzki und der Richter haben später noch ein Date. Klaus möchte, dass Sassnitz mehr Druck spürt. Solange die Ickinger und Viktor bei ihren Aussagen bleiben, können wir nicht viel ausrichten.«

Nachdem das Gespräch mit unserem Chef Vergangenheit ist, schlage ich vor, eine Kleinigkeit essen zu gehen.

Ich zwinkere Kat zu. »Der Imbiss um die Ecke hat hervorragenden Schaschlik und hausgemachte daumendicke Pommes. Die musst du unbedingt probieren.«

»*Das* lasse ich mir nicht zweimal sagen.«

Olli gähnt und streckt sich. »Ich brauche einen Rollmops. Ich habe noch immer Kopfschmerzen.«

Auf dem Weg zum Imbiss berichten Kat und Olli abwechselnd, wie lustig und feuchtfröhlich der gestrige Abend war.

Kat lacht. »Finn hatte nach dem Essen die Idee, mir den norddeutschen Fusel näherzubringen. Nach einem *Küstennebel* ging es mit dem Kräuterlikör *Schit Lot Em* weiter und anschließend haben wir mit *Holsteiner Bier* gelöscht.«

Olli klopft mir auf die Schulter. »Schade, dass du nicht dabei warst, Hannes. Ich erinnere mich nicht daran, wann ich das letzte Mal so durcheinander gesoffen habe.«

Meine Hand landet in Ollis Genick. Ich schüttele ihn leicht. »Wenn ich dich so anschaue, kann ich nur sagen, gut, dass ich nicht dabei war.«

Malte hält uns die Tür auf. Er atmet tief ein. »Das hat man heute früh auch gerochen. Deine Ausdünstungen waren recht hochprozentig.« Er grinst Kat an. »Und du hast auch nicht sehr ladylike geduftet, eher wie ein Bierkutscher.«

Kat schlägt lachend nach ihm, Malte weicht aus und läuft in Richtung Verkaufstheke.

Olli gähnt wieder. »Kat und Finn verstehen sich ausgezeichnet. Die beiden sind gestern Abend ordentlich auf Kuschelkurs gegangen. Da geht was.«

Und schon stehen auch wir vor der Theke von *Annis Schaschlikbude* und geben die Bestellung auf. Unser Gesprächsthema dreht sich nach der Herumalberei wieder um die Mordfälle.

Meine Kollegen berichten, was Finn von der Messe erzählt hat, die Frau Paulsberg – in Abstimmung mit dem Pfarrer – mitgestalten durfte.

Kat wird ernst. »Es muss sehr ergreifend gewesen sein. Ein übergroßes Foto von Agathe Wittler stand neben dem Altar auf einer Staffelei. Ihre Enkelkinder haben selbstgemalte Bilder und Rosen davorgelegt und Kerzen angezündet.«

Malte greift nach dem Teller, den ihm eine Angestellte des Imbisses reicht. »Das hört sich herzzerreißend an.«

»Ihre Enkelkinder haben nach der Messe weiße und rote Herzluftballons in den Himmel steigen lassen«, fährt Kat fort. »Es waren übergroße, mit Gas befüllte Ballons.«

Wir balancieren unsere Teller an den Tisch, an dem Malte längst sitzt.

Ich entfalte mit Schwung meine Serviette. »Hat sich Frau Hörbiger von dem Ganzen ein wenig erholt?«

Kat wiegt den Kopf hin und her. »Nicht wirklich. Sie wird wohl psychologische Hilfe in Anspruch nehmen müssen. Die arme Frau bekommt Herzrasen und Schweißausbrüche, wenn sie in den Keller geht. Timmerhaus sortiert mit Vorliebe den Müll in den Containern und Finns Mutter hat Angst, ihm unten zu begegnen. Sie ist heilfroh, dass Finn den Panzerriegel an der Wohnungstür montiert hat.«

Malte ist mit dem Vernichten der Currywurst beschäftigt. »Solche Ängste wird man so schnell nicht mehr los.«

Olli rülpst leise. Er hievt sich mühselig hoch. »Ich brauche noch einen Rollmops.«

»Bringst du mir eine Gurke mit?«

»Jepp.«

Kat grinst und kramt ihr Handy hervor. Ihr Zeigefinger wischt über das Display, dann reicht sie mir ihr Smartphone. »Hier sind ein paar Fotos von gestern Abend.«

Malte rückt seinen Stuhl näher heran.

Ich lache, als ich Olli und Finn sehe. Finn hat einen Arm um Ollis Schultern gelegt. Beide prosten mit Schnapsgläsern in den Händen in die Kamera.

Das nächste Bild zeigt die drei auf einem Selfie. Sie haben die Köpfe zusammengesteckt und strahlen. Und wieder sind gut gefüllte Gläser im Spiel.

Olli kommt zurück. Er reicht Kat den Teller mit der Gurke und verzieht das Gesicht, als er auf das Foto schielt. »Das war noch früh am Abend. Später haben wir nicht mehr so gut ausgesehen.«

Und damit hat er recht.

Jetzt zückt Malte sein Handy. »Ganz so wild war es bei uns nicht. Das war unser Abend.« Er legt sein Mobiltelefon so auf den Tisch, dass wir alle einen Blick darauf haben.

Maltes Angetraute ist eine attraktive Rubensfrau. Ich bin ihr schon mehrmals begegnet und ich habe mich jedes Mal gerne mit ihr unterhalten. Ihr ausgeschnittenes Kleid lässt tief blicken. Sie hält den Anhänger einer Halskette zwischen Zeigefinger und Daumen. Malte klärt uns auf, dass dieser Klunker ein Geschenk von ihm zum 5. Hochzeitstag war.

Dann folgt ein Video. Melanie Grimm filmt Malte, der mit einer Serviette an seinem Hemd reibt und flucht.

»Mann, dass ich mich immer bekleckern muss.«

»So ist das. Kinder lernen nicht nur von den Eltern, Eltern lernen auch von den Kindern.«

Unser Kollege rollt mit den Augen, dabei lacht er.

Als er das nächste Foto zeigen will, funkt Olli dazwischen. »Ey, stopp mal. Zeig den Clip noch mal. Achtet auf das Pärchen im Hintergrund, das händchenhaltend an dem Rundbogen vorbeiläuft … Er beugt sich zu ihr und küsst sie auf den Mund.«

Kat beißt in die Gurke. »Was war denn? Mir ist nichts aufgefallen.«

Nachdem Malte das Video erneut abspielt, konzentriere ich mich auf den Bereich hinter Malte. Und dabei habe ich allen Grund, um durch die Zähne zu pfeifen. Viktor Sassnitz und Marlene Ickinger waren ebenfalls Gäste in dem noblen Schuppen. Und der Kuss zeugt davon, dass beide gelogen haben.

Maltes Augen werden groß. »Tz. Die sind mir gar nicht aufgefallen. Und im Restaurant habe ich sie ebenfalls nicht gesehen.«

»Na … du hast ja auch mit dem Rücken zum Raum gesessen«, antworte ich.

Wir beeilen uns mit dem Essen.

Bleckmann ist mehr als begeistert, als ich ihn anrufe und von den Neuigkeiten berichte. »Meine Freunde und ich haben im Nebenraum gesessen. Die beiden hätte ich nicht zu Gesicht bekommen.«

Während wir telefonieren, schickt Malte ihm das Video.

»Dann waren unsere Vermutungen richtig. Die haben uns an der Nase herumgeführt. Aber dass sie ein Paar sind, damit habe ich – ehrlich gesagt – nicht gerechnet. Herausreden können die sich nicht mehr.«

»Wir machen uns gleich auf den Weg.«

»Okay. Wir hören voneinander. Geben Sie mir Grimm kurz.«

»Sicher.« Ich reiche Malte das Telefon.

Sekunden später hellt sich die Miene unseres Kollegen auf. »Na ja. Ich wusste nicht, dass Sassnitz und Frau Ickinger sich da aufhalten. Das war Zufall … Danke. Meine Frau hat es auch gefreut … Genau. Wir haben den 5. Hochzeitstag gefeiert. Nein, nein. Mir geht's wieder prima. Mir ging es an dem Abend schon wieder gut. Oh, das ist nett … Das freut mich. Ja … Danke, Chef. Ihnen auch.«

Malte hat rote Ohren, als er mir das Telefon zurückreicht. Er wischt sich lachend über die Stirn. »Puh. Aus dem Arschtritt ist ein Schulterklopfer geworden.«

*

Eine Kirchturmuhr schlägt zweimal. Es ist Punkt 14 Uhr. Kat und ich sind die Ersten, die die Bank nach der Mittagspause betreten.

Zielstrebig steuern wir den Platz an, an dem wir gestern mit Marlene Ickinger gesprochen haben. Am Schreibtisch sitzt wieder die Angestellte, die uns so neugierig von der Seite beäugt hat.

Heute fällt mir ein Namensschild auf, das auf dem Schalter steht. *Hier hilft Ihnen Frau Mackeprang gerne weiter.* Daneben liegen in einer kleinen Box Visitenkarten mit einem Foto der Angestellten.

»Hallo, Frau Mackeprang … Kriminalpolizei. Mein Name ist Feddersen. Wir möchten zu Frau Ickinger.«

»Oh. Sie sind von der Kripo? Sekunde. Ich sage ihr Bescheid.«

Die junge Bankfachfrau greift nach dem Telefon und nachdem sie wenige Worte gesprochen hat, wird eine Tür, einige Meter weiter links, aufgerissen. Frau Ickinger kommt auf uns zugeschossen. Durch die versteinerte Miene wirkt ihr Gesicht noch herber. Sie blinzelt in Richtung ihrer Kollegin.

»Marina, warum hilfst du nicht an Schalter vier? Du siehst doch, dass die Kunden dort Schlange stehen.«

Frau Mackeprang wird rot und verabschiedet sich mit einem Kopfnicken.

Frau Ickinger reckt ihr Kinn nach vorne. Dann fragt sie mit gedämpfter Stimme: »Ich war doch erst vor ein paar Stunden bei Ihnen. Was ist jetzt so wichtig, dass Sie wieder an meinem Arbeitsplatz auftauchen? Es gibt Telefone. Warum rufen Sie nicht einfach an?«

Mein Kopf deutet auf die Tür, aus der sie gerade gekommen ist. »Können wir uns da drin vielleicht ungestört unterhalten?«

Sie rollt mit den Augen und flüstert: »Ich habe heute schon genug Zeit vertrödelt. Handeln wir das zügig ab.«

Ich greife in die Innenjacke meines Sakkos, hole mein Handy heraus und gebe mir keine Mühe, mit gedämpfter Stimme zu antworten. »Okay, Frau Ickinger. Machen wir's kurz. Warum sagen Sie uns nicht die Wahrheit?«

Sie reagiert zickig und zischt mich an: »Verflixt, schreien Sie nicht so.«

Ich halte ihr das bearbeitete Video vor die Nase, in dem nur noch sie und Sassnitz zu sehen sind.

Marlene starrt ungläubig darauf. Dann wandern ihre Augen zwischen dem Handy und mir hin und her. »Woher haben Sie die Aufnahme?«

»Frau Ickinger … Sie haben uns lange genug an der Nase herumgeführt. Heute stellen *wir* die Fragen, okay? Und wenn unsere Zusammenarbeit hier nicht funktioniert, versuchen wir es auf dem Präsidium noch einmal.«

Sie macht ein gelangweiltes Gesicht. »Wenn Sie schon mal in das Büro gehen … die letzte Tür. Ich bin gleich bei Ihnen.«

»Ah, Sie wollen Herrn Sassnitz anrufen?« Ich schüttele den Kopf. »Den sollten wir besser nicht stören. Er unterhält sich gerade mit unseren Kollegen.«

Sie dreht sich auf dem Absatz um. Kat und ich folgen ihr.

Kaum, dass sie die Bürotür hinter sich geschlossen hat, lässt sie die Maske der Gleichgültigkeit fallen. Ihre Augen funkeln mich böse an. »Macht es Ihnen Spaß, hinter mir herzuschnüffeln?«

Kat und ich setzen uns, ohne dass Frau Ickinger uns Stühle angeboten hat.

Die Bankerin lässt sich auf den Schreibtischstuhl fallen und wartet nicht ab, bis wir weitere Fragen stellen. Sie zeigt sich plötzlich sehr kooperativ.

»Okay. Ich spreche jetzt nur für mich. Ja. Ich habe gelogen. Seit über einem Jahr arbeite ich ebenfalls in einer Zweitwohnung.«

Kat und ich tauschen einen Blick. Meine Kollegin zückt ihr Notizbuch und hebt die Augenbrauen. »Aus demselben Grund wie Ihre Freundin es gemacht hat?«

Sie nickt. »Valentina ist als Erste auf die Idee gekommen, in einer Zweitwohnung nebenher Geld zu verdienen. Das war vor über drei Jahren. Nie hätte ich es für möglich gehalten, dass der Job so lukrativ ist. Sie hat mir die Geldscheine gezeigt, die sie in einer Woche abkassiert hat. Von meinem Gehalt konnte ich gut leben. Aber große Sprünge machen … luxuriöse Urlaube buchen oder ähnliches, das war nicht drin. Meine Freundin hatte ihr Konto in unserer Bank. Als ich gesehen habe, wie ihre Ersparnisse Monat um Monat wuchsen, fing ich irgendwann an, mich mit dem Thema zu beschäftigen.« Sie senkt den Blick. »Dass ich auf diese Art seit über einem Jahr mein Geld verdiene, weiß niemand aus meinem Umfeld. Valentina war die Einzige. Wir haben uns gegenseitig ausgetauscht.«

Marlene hat gut geschauspielert. Dass auch sie im Rotlichtmilieu arbeitet, damit habe ich nicht gerechnet. »Glauben Sie mir, Frau Ickinger. Uns ist es vollkommen egal, welchen Nebenjob Sie ausüben. Hatten Sie und Valentina einen gemeinsamen Kundenstamm?«

Ich schaue auf mein Handy, weil eine Nachricht angekommen ist. Olli will, dass ich ihn zurückrufe, sobald wir mit Frau Ickinger fertig sind.

»Nein«, höre ich Frau Ickinger sagen. »Ich bin ausschließlich als Domina aktiv, wobei Valentina eher die Bizarrlady war. Sie hat weniger Machtspielchen praktiziert und war sehr eigenwillig. Kundenwünsche hat sie nicht unbedingt berücksichtigt. Ich habe die härtere Gangart bevorzugt.« Ihr Gesichtsausdruck verändert sich. Sie bläht die Nasenflügel und hebt die Augenbrauen. »Zu meinen Kunden gehören unter anderem hochrangige Persönlichkeiten, die sich nicht scheuen, zwei Stunden mit dem Auto zu fahren, um in mein Reich zu kommen. Ich habe stets äußerste Diskretion bewahrt. Valentina hatte ebenfalls Gäste, die eine weite Fahrstrecke in Kauf genommen haben. Einige waren süchtig nach ihren bizarren Spielchen. Auch die Namen dieser Männer dürfen nicht an die Öffentlichkeit gelangen. Was glauben Sie, welche Steinlawine losgetreten wird, wenn die Kripo an Türen von Villen klingelt und in Chefetagen nach dem Mörder einer Prostituierten sucht, bei denen sie sich ausgetobt haben.«

»Hat Ihre Freundin mal geäußert, von einem Freier bedrängt worden zu sein?«

»Nein. Nie. Ganz im Gegenteil. Sie hatte die Jungs im Griff und soweit ich weiß, hat sich keiner von denen danebenbenommen.«

»In Valentinas Wohnung haben wir keinerlei Aufzeichnungen, einen Terminkalender oder ähnliches gefunden. Wir haben nicht einen Namen ihrer Kunden.«

Marlene lacht leise. »Es existieren keine Kalender aus Papier. Sie hatte eine App auf dem Handy, in der sie alle Termine notiert hat. Ich mache es auch so.«

»Haben Sie eine intime Beziehung zu Viktor Sassnitz?«

Sie druckst ein wenig herum. »Ja. Seit Kurzem.«

»Wie lange ist seit Kurzem?«

Sie massiert ihre Schläfen. »Herr im Himmel. Seit drei Wochen.«

»Kannten Sie sich schon länger?«

»Wir haben uns vor fünf Jahren kennengelernt. Viktor war der erste der Geschäftsnachbarn, der Valentina zur Eröffnung ihrer Boutique mit Blumen gratuliert hat. Wir sind abends öfter zu dritt ausgegangen.«

»Was war zwischen Valentina und Viktor, bevor Sie …?«

Frau Ickinger schneidet mir in genervtem Tonfall das Wort ab. »Sie waren zusammen. Seit zwei Jahren.« Sie strafft sich. »Valentina und Viktor waren liiert. Zwischen den beiden lief es in der letzten Zeit aber nicht mehr gut. Valentina hat Druck ausgeübt. Sie wollte, dass Viktor sich endlich von seiner Frau scheiden lässt. Er war am Ende … Er wollte noch warten, bis es seiner Frau besser geht. Sie ist schwer krank. Eine Trennung würde Sophie zu sehr belasten.«

Kat schaut ungläubig. »Krank? Frau Sassnitz ist schwer krank?«

»Viktor redet nicht gern drüber. Sie hat was am Herzen und muss einmal im Monat in einer Münchener Spezialklinik behandelt werden. Dann wurde Valentina plötzlich schwanger. Sie hatte einen Brechdurchfall und deswegen hat die Pille wohl versagt. Viktor hat ihr nicht geglaubt und ihr vorgeworfen, die Trennung so erzwingen zu wollen, was Valentina jedoch abgestritten hat. Es wurde ihm alles zu viel, er fühlte sich in die Enge getrieben. Ihm wurde bewusst, dass er schon länger keine Gefühle mehr für Valentina hatte. Er hat mich ein paar Mal eingeladen, um mir sein Herz auszuschütten, und dabei hat es zwischen uns gefunkt.«

Meine Augenbrauen wandern in die Höhe. »Ach. Das ist ja interessant. Wie hat Valentina darauf reagiert?«

»Sie wusste es nicht. Die beiden hatten ja Schluss gemacht. Viktor wollte sie noch überreden, das Kind nicht zu bekommen … Valentina hat sich aber für das Kind entschieden. Viktor geht es im Moment nicht gut. Er wartet darauf, dass seine Frau belastbarer ist, dann zieht er endlich die Trennung durch. Er wird sich großzügig zeigen und auf das Haus verzichten, damit Sophie in ihrer gewohnten Umgebung bleiben kann.«

Ich fasse es nicht. So wie es aussieht, hat Viktor einige Tatsachen verdreht.

»Frau Ickinger, waren Sie am 3. April nach Mitternacht mit Viktor Sassnitz bei Valentina in der Kleistraße?«

»Das kann sein. Wir waren öfter dort und haben Valentina abgeholt, weil wir zusammen etwas unternehmen wollten.« Sie kaut auf ihrer Unterlippe. »Das Ganze ist aus dem Ruder gelaufen. Als Valentina plötzlich verschwunden war, dachte Viktor, dass sie sich eine kleine Auszeit nehmen würde. In dem Gefühlschaos könnte sie nicht an die Versorgung der Katzen gedacht haben. Nachdem klar war, dass sie getötet worden ist, hatte er Bedenken, dass man ihn verdächtigen könne, wenn herauskäme, was zwischen ihm und Valentina war. Das wäre ein Schock für Sophie gewesen.«

Frau Ickinger atmet hörbar aus. »Ich weiß nicht, wie sich Viktor Ihren Kollegen gegenüber verhalten hat. Ich bin froh, dass die Wahrheit endlich ausgesprochen ist. Ich habe ihm so oft gesagt, dass sich aufklären wird, was genau passiert ist, und dass er keine Angst haben müsse.«

Kat schließt ihr Notizbuch. »Weiß Herr Sassnitz, dass Sie … anschaffen?«

»Es stört ihn nicht. Wie ich bereits sagte, ich arbeite als Domina. Bei mir gibt es keinen Sex im klassischen Sinne.«

»Wo befindet sich Ihr Reich, Frau Ickinger?«

Sie hat ihre kühle Selbstsicherheit wiedergefunden. »In der Augustusstraße 14. Dritter Stock. Wieso fragen Sie? Wollen Sie mich besuchen kommen?«

»Nein. Ich lass mich nicht gern verhauen. Ich lege großen Wert darauf, selbst Handschellen anzulegen.«

Nachdem wir das Gebäude der Bank verlassen haben, rufe ich Olli an. Malte und er haben Sassnitz in seinem Büro angetroffen. »Er hat zugegeben, dass er mit Frau Ickinger auf der Matratze herumgeturnt ist. Was Valentina anbelangt, da ist er bei seinen Aussagen geblieben. Nur Kaffee getrunken und wie gehabt … keine Kleistraße.«

Ein lautes »Wow« dringt in mein Ohr, als ich ihm in Stichworten berichte, was Frau Ickinger dazu gesagt hat. »Sie hat wie ein Vögelchen gesungen. Sassnitz hat schlechte Karten.«

Bleckmann und der Staatsanwalt sind hocherfreut, als Olli und ich abwechselnd Bericht erstatten.

Unser Chef lacht kurz und heftig auf. »Endlich kommt Bewegung in den Fall. Das klingt wie traurige Musik in meinen Ohren. Es stinkt ganz erbärmlich danach, dass Sassnitz Valentina aus dem Weg geräumt hat.«

Klaus Czarnitzki funkt dazwischen. »Sassnitz soll morgen früh auf dem Revier erscheinen. Ich will seine Aussage.«

*

Im Büro sind noch die Drähte heißgelaufen. Sassnitz hat vollkommen genervt reagiert, als ich ihm die Einladung der Staatsanwaltschaft telefonisch übermittelt habe.

Kat und Olli waren heute sichtlich froh, als die Feierabendglocken geläutet haben.

Kat hat es sehr leidgetan, eine Einladung ihrer Tante Cilly ausschlagen zu müssen. Ihre Cousine Merle ist auf dem Weg nach Osnabrück und möchte heute Abend einen Abstecher bei ihren Eltern machen. Nachdem Kat das Gespräch beendet hatte, zog sie ein Schippchen. »Mensch, das wäre toll gewesen, meine Cousine zu knuddeln. Aber ich bin zu kaputt. Ich bin gleich im Bett.«

Auf dem Heimweg werde auch ich daran erinnert, dass ich ein Privatleben habe. Meine Mutter ruft an. »Weißt du schon, ob du am Samstag zur Hochzeit von Maria und Jens kommen wirst? Wir haben heute zusammen gesprochen, die beiden würde es wirklich freuen.«

»Nein. Noch weiß ich nicht, ob ich Dienst habe. Ihr werdet mitbekommen haben, was im Moment los ist. Ich sage spätestens am Freitag Bescheid.«

»Oh, ja. Wir haben deine Pressekonferenz gesehen.«

Ich schmunzele und unterbreche meine Mutter nicht. Wann immer wir eine Pressekonferenz abhalten, ist es stets *meine*.

»Hoffentlich habt ihr bald Erfolg. Es wäre wunderbar, wenn du kämst. Maria lässt fragen, wen du dir als Tischdame wünschst. Hilde und Mila sind wieder Single und beide würden gern …«

Ich setze zum Überholen an und unterbreche sie. »Sollte ich keine Verbrecher jagen, könnte es sein, dass ich in Begleitung komme.«

»Aaach. Du hast eine Freundin? Na warte, wenn ich dich in die Finger kriege. Warum erzählst du so etwas nicht.«

Ich sehe meine Mutter förmlich vor mir, wie sie die Hände in die Hüften stemmt. »Inga Bergström ist nicht meine Freundin. Sie ist die neue Nachbarin, die gegenüber eingezogen ist. Wir haben uns ein wenig angefreundet und schon auf gute Nachbarschaft angestoßen.« Ich ertappe mich dabei, dass ich sehr gern sagen würde, dass Inga und ich mehr als nur ein nachbarschaftliches Verhältnis haben.

Bevor meine Mutter mich weiter löchern kann, lenke ich ab und wähle ein unverfängliches Thema. »Hoffentlich ist es am Samstag nicht so heiß. Bei dem Wetter mit Krawatte und Anzug …« Ich lasse das Ende offen.

»Ach, nach der Trauung könnt ihr doch die Knoten am Hals lösen und die Ärmel hochkrempeln. Dein Vater jammert auch schon.«

Dann höre ich geduldig zu, was sie an Neuigkeiten zu berichten hat.

Vor der Kurve, die in die Fischergasse führt, beende ich das Gespräch.

Inga ist nicht daheim. Ihr Auto steht weder vor dem Haus noch in der halbgeöffneten Garage.

Nach einem kleinen Imbiss hocke ich wieder vor dem PC. Die Indizien mehren sich, dass Viktor Sassnitz die Finger im Spiel hat.

Wir sortieren noch immer die Hinweise, die Spaziergänger und Forstmitarbeiter gegeben haben. Die gefundene Kleidung stammte durchweg nicht von Valentina. Etwaige Hoffnungen haben sich durch Untersuchungen im Labor schnell zerschlagen. Die Meldungen, die über das Vorkommen der Tollkirsche eingegangen sind, helfen uns nicht weiter. Es haben sich aufmerksame Bürger gemeldet, die auf Lichtungen oder am Wegesrand das Nachtschattengewächs entdeckten. Der Täter könnte die Pflanze in der gesamten Umgebung gefunden haben. In einigen Bundesländern ist sie mehr, in anderen weniger verbreitet. In unserer Region kommt sie zwar seltener vor, der Mörder von Winfried Stresemann könnte sie dennoch im näheren Umkreis gefunden haben.

Dass die Tollkirsche momentan keine Blütezeit hat, spielt auch keine Rolle, denn alle Teile dieser Pflanze sind hochgiftig und können in hoher Konzentration Menschen töten.

Als es um kurz nach 21 Uhr klingelt, springe ich regelrecht auf.

Ich gehe davon aus, dass es Inga ist, und es ist Inga.

»Hallo Hannes«, begrüßt sie mich mit einem wunderschönen Lächeln.

Sie trägt ein bauchfreies Top und eine knallenge Jeans. An ihren Ohren baumeln lange Ohrringe, die mit hellblauen Steinen besetzt sind. Ihre Lippen sind rot geschminkt.

»Hallo Inga. Schön, dass du mich besuchen kommst.«

»Ich wollte dich nicht stören. Ich komme mit der Montage eines abschließbaren Fenstergriffes nicht weiter. Irgendwie passt er nicht.«

»Sicher. Ich schaue gerne nach. Sekunde.« Ich greife nach meinem Schlüsselbund und ziehe die Haustür hinter mir zu.

Inga hakt sich bei mir ein. »Ich habe ordentlich gefummelt und es nicht hinbekommen. Sonst hätte ich nicht mehr bei dir geklingelt. Du bist bestimmt müde.«

»Du störst nicht. Wann immer du ein Problem hast, kannst du dich melden.«

Als wir in ihrer Wohnung sind, laufen wir ins Wohnzimmer. Inga geht vor und zeigt mir den Griff, den sie an die Terrassentür montieren wollte.

»Schau mal. Hier.«

Ich begutachte das Teil. »Der kann nicht passen. Der Stift ist nicht gerade. Den kannst du umtauschen.« Ich schaue mich um. »Wo hast du den alten Griff? Ich bringe ihn wieder an.«

Sie streckt sich zur Fensterbank. »Hier ist er … So was Blödes. Muss ich jetzt Angst haben?«

Inga meint es nicht ernst, denn sie grinst.

Ich grinse zurück. »Nein. Ruf mich einfach, wenn jemand einbrechen will. Den verhaue ich dann.« Ich greife nach dem Schraubenzieher. »Hast du eigentlich in deiner Praxis irgendwelche Sicherheitsvorkehrungen getroffen? Du hast mit Menschen zu tun, von denen manche unter psychischen Störungen leiden.«

»In meinem Job ist das so. Sehr viele Kolleginnen und Kollegen arbeiten allein.« Sie zwinkert mir zu. »Ich lasse nicht jeden einfach so ins Gebäude. Auf dem Hof ist ein Parkplatz für meine Klienten reserviert. Am Hintereingang ist ein elektronisches Schloss angebracht. Jeder muss klingeln und seinen Namen nennen, bevor ich den Türöffner drücke.«

»Das ist gut … So. Der Griff sitzt wieder. Dann werde ich mal rüber gehen.«

»Warte«, antwortet Inga schnell. »Ich habe einen leichten Rosé in der Kühlung. Trinkst du ein Glas mit?«

»Das klingt gut.«

Während sie in die Küche läuft, setze ich mich auf die gemütliche Couch.

Wenige Minuten später prosten wir uns zu.

Nach dem ersten Schluck falle ich mit der Tür ins Haus. »Am kommenden Samstag heiratet meine Cousine Maria. Ich bin eingeladen und wenn ich mich freimachen kann, werde ich dort hingehen. Hättest du Lust, mich zu begleiten?«

Ingas Gesicht hellt sich auf. »Echt? Ist das dein Ernst? Das wäre wunderbar. Ich mag Hochzeiten. Vielen Dank, dass du an mich gedacht hast. Darf dort auch getanzt werden?«

»Natürlich. Aber …«, ich kratze an meinem Dreitagebart, »… ich warne dich schon mal vor. Ich bin kein guter Tänzer.«

Sie greift nach der Fernbedienung, die neben ihr auf dem Sofa liegt, und stellt das Glas langsam auf den Couchtisch, ohne mich aus den Augen zu lassen. »Wir … könnten ein wenig üben und mit einem langsamen Song anfangen. Ich hoffe, du magst die Musik. Ich liebe sie und könnte stundenlang zuhören.«

Amy Winehouse' Stimme ertönt. Abgründig, herausfordernd und voller Lust. *Will you still love me tomorrow.*

Als ich Inga in den Arm nehme, schmiegt sie sich an mich.

»Du fühlst dich gut an«, sagt sie mit leiser Stimme.

Das bauchfreie Top lässt zu, dass ich ihre Haut berühre. Sie fühlt sich wie weiche Seide an. »Du auch.«

Wir bewegen uns langsam zum Takt der Musik und ich überlasse Inga die Führung. Mein Körper reagiert sofort, als sie ihre Arme um meinen Hals schlingt und ihre weichen Lippen meinen Hals berühren. Ihre Hände schieben sich unter mein T-Shirt. Sie zeigen mir, dass ich meine Gefühle nicht mehr zurückhalten muss. Unsere Lippen finden sich … *Will you still love me tomorrow.*

*

Ich lenke mein Auto langsam durch die Stadt.

Es heißt, die Zeit heilt alle Wunden. Es heißt auch, dass man Gras über etwas wachsen lassen solle, damit man es vergisst. Wie sehr habe ich darauf gehofft. Vergeblich. In meinem Fall haben weder die Zeit noch das Gras geholfen.

Vor ein paar Tagen war ich in aller Herrgottsfrühe am Galgenberg. Ein Kopf, der durch Axthiebe gefallen ist, gehört auf den Galgenberg. Daran geht kein Weg vorbei.

Während ich mit dem Klappspaten in der Hand nach einer Stelle suchte, an der ich den Vakuumierten beerdigen konnte, knackte trockenes Holz. Ein schwarzer, kräftiger Hund kam aus dem Dickicht geschossen, scharwenzelte hechelnd um meine Beine herum, blieb vor meinem Rucksack stehen und schnüffelte aufgeregt. Als ich danach greifen wollte, legte er die Ohren an. Sein Knurren ging in wütendes Gebell über.

Ich zog meine Hand zurück und blieb still stehen. »Verpiss dich«, zischte ich leise, ohne dem Hund in die Augen zu sehen.

Und wieder knackten trockene Äste. »Arko! Hierher … Aaarko!«

Die energische Frauenstimme ließ den Hund aufhorchen. Er drehte den Kopf, machte Anstalten kehrtzumachen, entschied sich jedoch dagegen. Nach einem lauten Wuff galt seine Aufmerksamkeit wieder mir.

»Können Sie Ihren Hund nicht anleinen?«, fragte ich die stämmige Frau, die mit großen Schritten angelaufen kam.

Sie strich ihre wasserstoffblonden Haare aus dem Gesicht und presste die schmalen Lippen aufeinander. »Kann ich«, antwortete sie pampig. »Mach ich aber nicht. Der tut keinem was … außer, wenn man ihm oder mir was tut.« Mit festem Griff zog sie ihren Vierbeiner am Halsband zurück und entschloss sich, ihn doch anzuleinen, weil der Köter vollkommen am Rad drehte. Er zerrte an der Leine, kläffte und knurrte wie verrückt, dabei ließ er mein Gepäckstück nicht aus den Augen. Nach dem scharfen Befehl »Aus« gab er endlich Ruhe.

»Was machen Sie eigentlich so früh hier?« Sie warf mir einen misstrauischen Blick zu.

Mit gespielter Gelassenheit nahm ich den Rucksack, schulterte ihn und zwang mich zu lächeln. »Ich fotografiere gern den Sonnenaufgang. Das verbinde ich meist mit einer kleinen Radtour. Meine Familie und ich urlauben hier. In Wallnau … Wir haben seit Jahren einen Wohnwagen dort stehen.

Wenn Ihr Köter sich nicht losreißt und mich zerfleischt, würde ich gern etwas Moos sammeln.«

»Keine Sorge«, antwortete sie lachend. »Der Bursche ist ein ganz Lieber. Sie scheinen was Leckeres dabeizuhaben. Arko ist ein ganz verfressener Bursche.«

»Ja. Das habe ich. Er ist ein kluger Hund.«

»Wie lange bleiben Sie noch?«

»Eine Woche.«

Sie schaute auf die Uhr. »Ich arbeite beim Bäcker und muss um 6 Uhr anfangen. Darum gehe ich so zeitig mit dem Hund. Schönen Urlaub.« Sie drehte sich um. »Komm, Arko. Und jetzt benimmst du dich ordentlich, okay?«

Wie lange ich bewegungslos dastand, konnte ich nicht abschätzen. Auf meiner Stirn hatten sich kleine Schweißperlen gebildet. Das Wasser rann mir förmlich den Rücken hinunter. Ich spürte meinen Herzschlag und ich hörte sie schreien. Immer wieder schrie sie und sorgte dafür, dass die Blitze in meinem Kopf hin und her schossen. Mir wurde vor Schmerzen übel. So übel, dass ich die Augen schließen musste.

Mit zwei Fingern massierte ich meine Schläfen. Es half nicht. Ich wollte sie nicht wieder mit nach Hause schleppen. Das Risiko, von der Polizei angehalten zu werden, konnte ich nicht eingehen. Zusammenreißen war angesagt.

Ich griff nach dem Spaten, klappte ihn auseinander, löste sorgfältig ein Stück Moos vom Boden und legte es beiseite. Dann trieb ich den Spaten mit aller Kraft ins Erdreich.

Es dauerte nicht lange, ein geeignetes Loch an diesem historischen Ort zu graben. Nach circa einer Stunde genoss ich den feierlichen Moment, den Kopf der Schlampe mit Erde zu bedecken.

Als ich mit dem Fahrrad zurück zum Parkplatz nach Großenbrode fuhr, auf dem mein Auto stand, ging es mir so schlecht, dass ich zwei Mal auf dem Radweg von Petersdorf nach Landkirchen anhalten musste, um mich zu übergeben.

So konnte es nicht weitergehen. Im Laufe der Jahre habe ich ungefähr ein

Dutzend Mediziner aufgesucht, die mich von oben bis unten auf den Kopf stellten, um der Ursache meiner Schmerzen auf den Grund zu gehen. Wann immer ich die Geschichte erzählt habe, die damals mit meinem Sportlehrer passiert ist, wurde mir geraten, psychologische Hilfe in Anspruch zu nehmen. Auch die Träume mit dem Unwetter, das Umherirren mit der Laterne, machten mir zu schaffen. Mir wurde erklärt, dass diese Dinge tief in meinem Hirn verwurzelt seien. Ich sträubte mich gegen eine Therapie. Wer lässt sich schon gerne als psychisch krank abstempeln?

Jetzt war ich bereit, an mir zu arbeiten. Diese Quälerei musste ein Ende haben. Allerdings nicht unter meinem richtigen Namen. Den halte ich raus. Das bin nicht ich. Ich bin anders. Ganz anders.

Am Freitag habe ich eine Psychotante angerufen. Sie hat mir erklärt, dass sie mir keinen Termin geben könne. Auch der Hinweis, dass ich Privatzahler sei, hat mir die Tür nicht geöffnet. »Vielleicht versuchen Sie es mal bei meiner Kollegin Frau Bergström. Inga Bergström. Sie hat vor Kurzem ihre Praxis neu eröffnet. Es könnte sein, dass sie Ihnen sehr flott eine Sitzung anbieten kann.«

Jepp. Das konnte sie. Nach nur drei Minuten herunterrasseln, dass ich im Laufe der Jahre bei über zwölf Ärzten war und keiner von denen eine medizinische Ursache für das Chaos unter meiner Schädeldecke finden konnte, gab sie mir für heute einen Termin. Dass ich Reinhard Lauer heiße, hat sie sofort geschluckt. Die Welt ist verrückt. In Situationen, in denen kein Ausweis verlangt wird, kannst du irgendein Pseudonym wählen. Wenn du dich nicht gerade als Richard Gere beziehungsweise Vladimir Klitschko ausgibst oder den Namen einer anderen prominenten Persönlichkeit nennst, zweifelt niemand daran.

Ich lenke mein Auto auf den Hof des Gebäudes. Frau Bergström hat mir erklärt, dass dort ein Parkplatz für ihre Klienten reserviert sei.

Nach einem Blick in den Rückspiegel fahre ich mir noch einmal durch die Haare und richte den Kragen meines Hemdes.

Obwohl mir klar ist, dass ich nicht alles erzählen darf, was mein Gedächtnis gespeichert hat, gehe ich zuversichtlich auf den hinteren Eingang zu.

»Ja?«, kommt es aus der Sprechanlage.

»Hallo. Ich habe einen Termin bei Frau Bergström. Lauer ist mein Name. Reinhard Lauer.«

»Schön, dass Sie da sind, Herr Lauer. Wenn Sie den Flur entlang laufen, finden Sie mich hinter der zweiten Tür links.«

8. Kapitel

Donnerstag

Das Vibrieren meines Handys holt mich aus dem Tiefschlaf. Nach einem Blinzeln ist mir sofort klar, dass ich nicht in meiner gewohnten Umgebung bin. Die Rollläden sind hoch, die Morgensonne scheint mir freundlich ins Gesicht.

Inga liegt in meinem Arm. Ihr rechtes Bein hat sie über meine Oberschenkel geschwungen.

Ich verrenke mir den linken Arm, um nach meinem Handy zu greifen, und versuche, mich dabei so wenig wie möglich zu bewegen. Es ist 6:10 Uhr. Inga muss erst gegen 8 Uhr aufstehen. Sie hat mich gebeten, sie zu wecken, damit wir gemeinsam frühstücken können. Sie schläft so tief, ich bringe es nicht übers Herz.

Mein Handy wandert zurück auf den Nachttisch. Anschließend ziehe ich im Zeitlupentempo meinen Arm unter Ingas Kopf weg. Ihre Haare fallen über ihr Gesicht. Ich streiche sie zärtlich zurück. Anschließend schaffe ich es, meine Beine aus ihrer Umklammerung zu befreien. Inga krallt sich sofort das Oberbett und kuschelt damit.

In Eile raffe ich meine Sachen zusammen und bin mir unsicher, ob ich sie wecken oder schlafen lassen soll. Ich entscheide mich für Letzteres. In der Küche finde ich einen Block, auf den ich oben rechts die Uhrzeit schreibe. Dann folgt:

Guten Morgen,
die Nacht war kurz. Ich habe es nicht übers Herz gebracht,
dich zu wecken.

Ich hätte gern mit dir gefrühstückt, denn ich habe dir so viel zu sagen. Obwohl es mir schwerfällt, werde ich es bis heute Abend für mich behalten.
Ich liebe dich, Inga.
Kuss, Hannes

Das Geschriebene liest sich ein wenig unbeholfen. Ich möchte so viel ausdrücken, ohne kitschig zu wirken. Das gelingt mir auf die Schnelle nicht.

Ich ziehe die Wohnungstür leise hinter mir zu. Auf der Straße bleibe ich kurz stehen und atme tief die frische Morgenluft. Nach einem Blick auf die Uhr jogge ich los und habe das Gefühl, in ein neues Leben zu laufen.

*

Nach einer Stunde Büroarbeit bekomme ich eine Nachricht von Inga. Sie schickt viele Kuss-Smileys und schreibt, dass es heute Nacht sehr schön war. Sie findet, dass wir das gemeinsame Aufwachen noch üben müssten, und das sollten wir so schnell wie möglich nachholen. Ich schreibe ihr zurück, dass wir damit morgen früh anfangen könnten. Unter P. S. schreibe ich, dass ich heute für das Abendessen sorgen werde.

Sassnitz ist pünktlich. Und wieder blickt er uns durch ein anderes farbiges Brillengestell an. Der Juwelier trägt heute Lindgrün.

»Setzen Sie sich«, fordere ich ihn auf.

Er lässt sich auf den Stuhl fallen und redet sofort drauf los: »Sie brauchen mich nicht zu belehren. Ich weiß, dass ich gar nichts sagen muss. Ich weiß auch, dass ich einen Anwalt beauftragen könnte, der mich unterstützt. Von meinem Recht mache ich keinen Gebrauch, weil ich nicht möchte, dass meine Frau etwas von der ganzen Geschichte erfährt. Und das würde sie, denn unser Anwalt ist einer ihrer besten Freunde.«

»Sie sind sehr einfallsreich, was das Verheimlichen angeht. Ungeschönt könnte man auch sagen, Sie lügen wie gedruckt.«

Sassnitz grunzt. »Ach, kommen Sie mir nicht so. Welcher Mann spaziert nach Hause und erzählt seiner Frau, dass er eine andere nagelt?«

Kat hakt nach. »Nagelt? Drückt man es so aus, wenn man liebt?«

»Ich weiß, was sich gehört. Fragen Sie Frau Ickinger. Die ist sehr redselig und wird Ihnen auch das erklären.«

»Frau Miermann können wir nicht mehr fragen«, sagt Olli langsam.

»Dafür bin ich nicht verantwortlich. Das lasse ich mir nicht in die Schuhe schieben.«

»Sie waren länger mit Valentina zusammen und haben keinerlei Gefühlsregungen gezeigt, als wir Ihnen von ihrem grausamen Tod erzählt haben. Sie war schwanger …«

»Sorry. Ich bin nicht weinend zusammengebrochen. Valentina hat mich seit geraumer Zeit unter Druck gesetzt. Sie wollte mich zur Scheidung zwingen und ist bis zum Äußersten gegangen. Sie war nicht die Liebe und Sanfte. Sie hatte es faustdick hinter den Ohren.«

»Sie haben ihr doch signalisiert, dass Sie mit ihr zusammensein möchten«, wirft Kat ein.

»Zusammensein, ja. Aber von Heirat oder einem gemeinsamen Kind war nie die Rede. Ich hasse Kinder. Das wusste sie.«

Ich ändere die Richtung. »Ihre Frau ist krank? Schwer herzkrank?«

Viktor schaut zu Boden. Er rückt seine Brille zurecht.

»Sie wird in einer Münchener Spezialklinik behandelt? Wie heißt die Klinik?«

Er schweigt.

»Wir werden das überprüfen, Herr Sassnitz.«

Der Mann reagiert fuchsig. »Sie haben kein Recht, sich in mein Privatleben einzumischen. Hier geht es um Valentina. Und nicht um meine Frau. Das ist nicht …«

Ich fahre dazwischen und beuge mich blitzschnell vor. »Ich sag Ihnen, worum es hier geht. Hier geht es um die Aufklärung eines Mordes. Eines grausamen Mordes und wir werden jede Falte an Ihrem Hintern untersuchen, ob Sie nicht noch etwas bunkern, was ans Licht muss. Und ich sag Ihnen noch was. Ich bin mir ganz sicher, dass wir da bestimmt einiges finden werden.«

Sassnitz holt tief Luft. »Okay. Meine Frau ist nicht krank. Es … es war eine Schutzbehauptung.«

Ich lache kurz auf. »Schutzbehauptung? Herr Sassnitz, ich glaube, Sie haben keine Ahnung, wie dünn das Eis ist, auf dem Sie so waghalsig tanzen. Sie haben kein Alibi für die Nacht von Mittwoch auf Donnerstag … Sie haben Valentina benutzt wie ein Papiertaschentuch und jetzt sind Sie mit ihrer Freundin zusammen. Sie haben …«

Er hebt eine Hand. »Stopp. Ich habe ein Alibi. Martina Reif hat die Nacht bei mir verbracht.«

Für einen Moment ist es mucksmäuschenstill.

Kat räuspert sich. »Martina Reif? Ihre Angestellte?«

Sassnitz nickt, blickt in die Runde und grinst dabei. »Ja. Meine Angestellte. Sprechen Sie mit ihr.«

»Das machen wir«, antwortet Kat. »Treffen wir sie heute im Geschäft an?«

Er grinst noch immer. »Natürlich.«

*

Bleckmann kommt am späten Vormittag. Er flucht. »Sassnitz wendet sich wie ein Aal. Ich war fest davon überzeugt, dass wir ihn am Haken haben.«

Kat nickt. »Das haben wir auch gedacht. Der ist mit allen Wassern gewaschen. Er hat kein Gewissen.«

Mir fällt ein, was Inga über die sogenannten Psychopathen gesagt hat. Das trifft exakt auf Sassnitz zu. Ihm fehlen Empathie, das Gewissen und die soziale Verantwortung. Er zeigt sich als gefühlskalter Mensch, von dem man gerne behauptet, dass er über Leichen geht.

»Valentina ist unbequem geworden«, wirft Olli ein. »Er hat sie kurzerhand abserviert, als sie mehr von ihm wollte. Die Schwangerschaft könnte ausschlaggebend gewesen sein, dass er sie aus dem Weg geräumt hat.«

Ich spiele mit meiner Unterlippe. »Das Luxusleben bedeutet Sassnitz alles. Wie weit ist er gegangen, um diesen Lebensstil zu verteidigen?«

Bleckmann reckt den Unterkiefer nach vorn. »Wir bleiben ihm auf den Fersen. Wenn wir ihn festsetzen, dann so, dass ein Anwalt ihn nicht nach einem Tag wieder raushauen kann.« Er reibt sein Kinn. »Sassnitz hatte ein Motiv und er ist körperlich in der Lage gewesen, diese Tat zu begehen. Tja. Aber jetzt hat er ein Alibi. Ob es fadenscheinig ist oder nicht … wir bleiben ihm auf den Fersen. Nehmt seine Angestellte ins Visier. Mit diesem Timmerhaus bin ich auch noch nicht fertig. Schaut da genau hin. Und der Sohn von der Hörbiger, dieser Finn … Auch da sollten wir noch einmal die Lupe ansetzen.«

Kat stützt den Kopf auf die Hände. »Das habe ich gemacht. Am Mittwoch wurde er gegen Mitternacht wegen Ruhestörung angezeigt, weil er seine Nachbarn durch lautes Klavierspiel genervt hat. Er war in Hamburg.«

Während Kat und ihr Onkel Rudi sich unterhalten, ruft Frau Sassnitz an. Sie will mit mir sprechen.

»Herr Feddersen, ich bin heute Nachmittag in meiner Ballettschule. Ich würde Ihnen gern ein paar Schriftstücke zeigen.«

»Wo finden wir Sie?«

»Meine Ballettschule liegt im Gebäude neben dem neuen Fitnessstudio auf der Viktoria-Großhans-Straße 219.«

»Das Studio kenne ich. Gegen 16 Uhr sind wir da.«

Bleckmann verabschiedet sich mit einem Daumen nach oben. An der Tür dreht er sich um, und es wird privat.

»Ach, Kat. Ich soll dich von Merle grüßen. Sie kommt in den nächsten Tagen noch einmal zu uns. Ich sag dir Bescheid. Vielleicht klappt es ja dann, und ihr könnt euch um den Hals fallen.«

Kat ist mit drei Schritten bei ihrem Onkel und küsst ihn auf die Wange. »Das ist prima. Danke, Onkel Rudi. Grüß Tante Cilly.«

*

Wir müssen delegieren und schicken vier unserer Kollegen los, die sich mit dem Foto des Juweliers in der Obdachlosenszene rund um den Stadtpark umhören sollen. Es ist ungewiss, ob der Mörder von Valentina

Miermann gezielt auf Winfried Stresemann zugegangen ist oder ob er im Vorfeld schon Kontakt mit anderen Obdachlosen aufgenommen hat.

Anschließend sollen sie im Hochhaus die Mieter befragen, ob sie Sassnitz in der letzten Woche Mittwoch oder Donnerstag dort gesehen haben.

Bei Herrn Münker, Frau Hörbiger und Herrn Timmerhaus wollen wir selbst anklingeln.

Kat hat sich telefonisch bei Herrn Münker und Frau Hörbiger erkundigt, ob wir in der Ermittlungssache kurz vorbeikommen könnten. Beide sind im Haus. Allerdings … Frau Hörbiger muss um 12 Uhr im Krankenhaus sein.

Mark Timmerhaus' Handy ist ausgeschaltet. Im Schlachthof erfahren wir von Herrn Surmann, dass seine Schicht um 14 Uhr endet.

»Wenn es wichtig ist, dann kommen Sie einfach her. Ich bin gleich unterwegs, sag aber dem Pförtner Bescheid. Der ruft ihn dann aus der Halle.«

»Danke. Das ist prima. Wenn wir es zeitlich schaffen, sind wir da.«

Wir fahren in die Kleistraße und klingeln zuerst bei dem Hausverwalter Hinnak Münker. Als er uns auf einen Kaffee in die Wohnung bitten will, lehnen wir dankend ab.

»Das ist nett, Herr Münker, aber wir können uns nicht lange aufhalten«, erklärt Kat ihm freundlich. »Wir müssen weiter.«

Er atmet schwer, als er das Foto von Sassnitz betrachtet. »Nee. In der letzten Woche waren wir ja eh nicht daheim. Und in den Tagen vorher oder nachher habe ich diesen Mann nicht gesehen. Frau, komm mal her«, ruft er laut.

Auch Frau Münker ist Viktor Sassnitz noch nie begegnet.

Als wir den Aufzug betreten, drängeln sich drei Jungs im pubertären Alter an uns vorbei. Sie kabbeln und schubsen sich. Während der Lift nach oben fährt, starren sie auf Kats Oberweite und grinsen.

Kat hebt die Augenbrauen. »Achtung, Jungs. Davon wird man blind.«

Olli feixt. »Genau. Fragt Stevie Wonder. Der kann ein Lied davon singen.«

Die Zeiten, dass Jugendliche rot werden, sind vorbei. Sie stecken die Köpfe zusammen und flüstern. Dann wird gekichert.

Den drei Mietern, die uns nach dem Verlassen des Aufzugs begegnen, halten wir das Bild unter die Nase. Auch ihnen ist der Juwelier noch nie über den Weg gelaufen.

Frau Hörbiger empfängt uns nicht nur mit einem warmen Lächeln, sondern auch mit Kaffee.

Der Tisch ist bereits gedeckt. Da wir hier ein paar Worte mehr wechseln werden, schlagen wir das Angebot nicht aus.

In dem sonst so aufgeräumten Wohnzimmer wird heute gewerkelt. Finn Hörbiger sitzt vor der breiten Fensterbank, auf der Kabelsalat ausgebreitet ist. Zangen und Schraubenzieher liegen daneben.

»Hallo Herr Kommissar. Hi Olli, hi Kat.«

Mit einem charmanten Lächeln zwinkert er unserer Kollegin zu.

»Schauen Sie nicht auf die Unordnung«, sagt Frau Hörbiger im entschuldigenden Tonfall. »Mein Sohn bringt eine Alarmanlage im Keller an. Vor Jahren hatten wir die Gelegenheit, einen zweiten Keller zu mieten. Der hat allerdings nur eine Holztür.«

Sie schenkt Kaffee ein.

Finn korrigiert. »Keine Holztür, Irene.« Er schaut von seiner Arbeit auf. »Es ist eine Tür aus Holzlatten. Sie hat ein Vorhängeschloss. Ich mache mir Sorgen, dass Timmerhaus sich daran zu schaffen macht. Keine Ahnung warum. Es ist ein Bauchgefühl. Mein altes Bonanzarad steht unten.«

Kat schaut ihm über die Schulter. »Das sieht aber kompliziert aus. Mit Strom sollte man sich auskennen.«

»So ist es. Es heißt nicht umsonst: Elektriker stehen mit einem Bein im Grab. Ich bin jetzt nicht der große Starkstromheld, aber ein wenig kenne ich mich mit Volt & Co aus. In dem Fall ist es nichts Großes. Der Bausatz für die Alarmanlage ist schon älter. Ich habe ihn bei eBay ersteigert. Ich mag Nostalgiekram.«

Ich betrachte seine Hände, die geschickt mit den Werkzeugen umgehen. »Haben Sie Urlaub?«

»Nicht wirklich. Ich hatte ja erzählt, dass ich demnächst in Dänemark aktiv bin. Die Planungsarbeiten kann ich im Moment vom PC aus machen. Ich arbeite von hier aus. Irene ist der Grund, dass ich mich in den nächsten zwei Wochen in meinem Jugendzimmer auf der Matratze quäle. Seit dem Mord gegenüber ist sie nicht gern allein in der Wohnung. Das ist aber kein Dauerzustand. Ich kann es mir nicht leisten, nur zu Hause zu bleiben. Demnächst muss ich rüber nach Dänemark.«

Finns Mutter nippt am Kaffee. »Du bist gemein. Mach mir noch ein schlechtes Gewissen.«

»Ich mach dir kein schlechtes Gewissen. Ich sage es so, wie es ist.«

Er schließt die Augen und massiert seine Schläfen. »Ich habe dir den Vorschlag gemacht, hier auszuziehen. Du könntest auch auf Fehmarn eine Wohnung mieten. Dort wirst du den ganzen Kram vergessen.«

Mutter und Sohn schauen sich jetzt gar nicht mehr so liebevoll an.

»Ich habe dir erklärt, warum ich das nicht möchte. In erster Linie denke ich an meine Arbeit. Ich muss quasi nur um die Ecke, wenn ich Dienst im Krankenhaus habe. Außerdem … außerdem atme ich in der Wohnung Erinnerungen. Hier fühle ich mich Papa nah.«

Finn wirft entnervt den Kopf in den Nacken. Er zischt seine Mutter an. »Du und deine Scheißerinnerungen.« Der Schraubenzieher fliegt auf die Fensterbank. Er greift nach einer Zange.

Unser Aufkreuzen hat Unfrieden gestiftet.

»Sie hatten erzählt, dass Ihr Mann vor zwanzig Jahren verstorben ist.« Ich betrachte die Frau, die jetzt einen Flunsch zieht. »Ich weiß, dass Sie nicht gern drüber reden …«

Frau Hörbiger starrt auf das Bild ihres Mannes, das auf dem Highboard steht. »Erwin hatte jahrelang Streit mit seinem Bruder. Das Übliche. Wenn es ums Geld geht, zählen weder Freunde noch Familie. Es ging um eine Erbschaft. Eines Tages hatte er viel zu viel getrunken. Er hat auf dem Bau gearbeitet und ist vom Gerüst gestürzt. Er war sofort tot.«

Finn steht langsam auf. Er fährt sich durch die Haare. »Das ist zwanzig Jahre her, Irene. Du musst endlich loslassen.«

Frau Hörbiger strafft sich. »Entschuldigung. Ich wollte nicht sentimental werden.« Sie ändert die Richtung. »Ähm, was wollten Sie denn mit uns besprechen, Herr Feddersen?«

Ich hole das Foto von Sassnitz hervor und das Bild, auf dem Marlene Ickinger im Profil zu sehen ist.

»Sehen Sie sich bitte die Bilder an. Wir konnten das Pärchen ausfindig machen. Die beiden waren am 3. April gegen Mitternacht bei Frau Miermann. Schauen Sie noch einmal genau hin. Ist Ihnen der Mann vielleicht am vergangenen Mittwoch oder Donnerstag im oder vor dem Haus aufgefallen?«

Frau Hörbiger setzt die Brille auf die Nase. »Nein. Wirklich nicht. Die zwei stechen einem schon sehr ins Auge. Ich meine, ihr Erscheinungsbild. An die würde ich mich bestimmt erinnern.«

Finn begutachtet ebenfalls die Aufnahmen. »An den Tagen war ich nicht im Haus. Aber ich kann ganz sicher sagen, dass mir weder die Frau noch der Mann über den Weg gelaufen ist.«

Nachdem wir zügig den Kaffee getrunken haben, bringt Finn uns zur Tür. Seine schlechte Laune ist Vergangenheit. Er lehnt sich lässig gegen den Türrahmen und spielt mit einem Stück Kabel.

»Hast du heute Abend Zeit, Kat? Ich schaue mir gegen 20 Uhr eine Wohnung auf der Insel an. In Landkirchen. Ich würde mich freuen, wenn du mich begleiten würdest. Wir könnten nach der Besichtigung was essen gehen.«

»Das ist keine schlechte Idee. Wenn nicht etwas Außergewöhnliches passiert und ich Dienst schieben muss, bin ich dabei.«

*

Wir sitzen in der Empfangshalle des Schlachthofes Surmann und warten auf Mark Timmerhaus. Die Ledercouch ist so hart, dass ich das Gesicht verziehe, als ich mich daraufsetze. Ich schaue mich um. An den Wänden hängen Bilder des Schlachthofs, die aus verschiedenen Perspektiven fotografiert worden sind. Beeindruckend ist die Luftaufnahme, auf der man die beachtliche Größe des Gebäudes erkennt. Des Weiteren hängen

Urkunden und Auszeichnungen in Reih und Glied neben dem Bereich des Pförtners.

Kat blättert in einem Ordner, in dem Bilder von glücklichen Schweinen abgeheftet sind, die hier das letzte Mal grunzen oder quieken dürfen.

Olli beugt sich zu ihr und schaut mit. »He, die kleinen Säue kommen ja von Bauern aus der Umgebung. Hier … vom *Wiedekind-Hof*.«

»Ja. Wenn ich die Fotos sehe, habe ich gar keine Lust mehr auf ein Schnitzel. Die rosa Schweinchen sind so niedlich.«

Ich beobachte meine Kollegen. »Irgendwann essen Menschen keine Tiere mehr.«

Die Tür, durch die wir vor ein paar Tagen den Betrieb betreten haben, fliegt so auf, dass sie gegen die Wand knallt.

Timmerhaus kommt. Er trägt ein weißes Hemd, weiße Hosen und darüber eine graue Metzgerschürze. Die hellen Gummistiefel sind nass. Eine Plastikhaube rundet sein Outfit ab. »Hallo, zusammen. So … Jetzt habe ich Zeit. Wer will zuerst unters Hackebeil und Kopf ab? Ein Tisch ist frei.« Er grunzt vor Lachen.

Wir schauen ihn mit ausdruckslosen Gesichtern an. Niemand erwidert seinen Gruß. »Ich frage mich, ob das in Anbetracht der Tatsachen eine geschmacklose oder sehr geschmacklose Frage ist.«

»Ach, kommen Sie, Sherlock Holmes. Ich war schon immer Roberto-Blanco-Fan. Ein bisschen Spaß muss sein.« Er bewegt langsam die Hüften hin und her. Von jetzt auf gleich wird er ernst. »Was wollen Sie von mir?«

Ich stehe auf und reiche Mark das Foto. »Ist Ihnen am vergangenen Mittwoch oder Donnerstag dieser Mann in Ihrem häuslichen Umfeld begegnet?«

Er wischt sich mit dem Handrücken über die Nase. »Nee. Den Typen kenne ich nicht. Aber die Brille. Die ist mir schon mal irgendwo über den Weg gelaufen. Hm.« Timmerhaus reibt sich nachdenklich das Kinn. »Wo habe ich sie nur gesehen …?« Dann gackert er wieder los. »Kann ich sonst noch was für Sie tun?«

Ich ziehe ihm das Bild aus der Hand. »Im Augenblick nicht. Wir bleiben am Ball.«

»Und wegen so einer Kleinigkeit versauen Sie mir den Akkord?« Er dreht sich kopfschüttelnd um und hebt eine Hand. »Gott sei mit Ihnen.«

»Auf Wiedersehen, Herr Timmerhaus.« Ich schaue ihm hinterher. Er verlässt so temperamentvoll den Raum, wie er ihn betreten hat.

Kat bläht die Wangen. »Mann, ist das ein komischer Vogel.«

Der Pförtner hat Kats Spruch mitbekommen. Er lehnt sich über die Theke. »Ach, Timmerhaus muss man zu nehmen wissen. Ich kenne ihn schon lange. Im Grunde ist er ein gutmütiger Kerl. Seien Sie immer nett, wenn Sie mit ihm reden. Dann ist er es auch.«

»Ahhh.« Olli hebt einen Finger. »Danke, für den Tipp. Den werden wir beherzigen.«

*

Viktor Sassnitz' ›Alibi‹ Frau Reif schaut uns wie ein verschrecktes Kaninchen an, als wir das Juweliergeschäft betreten.

Ihre Wangen sind gerötet. Noch bevor wir sie begrüßen können, kommt Sassnitz auf uns zu. Er scheint guter Dinge zu sein. »Wir haben schon auf Sie gewartet. Martina weiß, worum es geht.«

Frau Hensler hat Kundschaft. Sie nickt uns freundlich zu, dann konzentriert sie sich wieder auf das junge Paar, das ganz offensichtlich Verlobungs- oder Trauringe aussucht.

»Können wir uns ungestört unterhalten, Frau Reif?«

»Ja. Kommen Sie, wir gehen ins Büro.«

Sassnitz mischt sich ein. »Ja, gehen wir ins Büro. Dort können wir in Ruhe reden.«

Kat stellt sich breitbeinig vor ihn. »Wir möchten uns nur mit Frau Reif unterhalten, okay?«

Er hebt die Hände. »Von mir aus. Alles gut … Ich dachte nur, dass es besser wäre, wenn ich dabei bin.«

»Nein. Ist es nicht.«

Als ich Frau Reif das letzte Mal erlebt habe, hatte ich nicht das Gefühl, dass sie ungelenk ist. Heute schon. Sie stolpert regelrecht über ihre eigenen Füße, als sie vor uns herläuft. In dem kleinen Raum setzt sie sich so ungeschickt auf den Schreibtischstuhl, dass er nach hinten rutscht und ihr Hintern fast auf dem Boden landet.

»Hoppela.« Instinktiv schnellt meine Hand nach vorn.

Olli reagiert ebenso. »Oops. Das ist ja noch mal gutgegangen«, sagt er lachend.

Ich setze mich auf den Stuhl, der vor dem Schreibtisch steht. Olli und Kat hocken sich wieder auf die dunkelgrüne Chaiselongue.

»Frau Reif«, lege ich los. »Herr Sassnitz hat uns erzählt, dass Sie in der letzten Woche die Nacht von Mittwoch auf Donnerstag mit ihm verbracht haben.«

Sie nickt schnell. »Ja, das ist richtig.« Sie wirft die langen Haare zurück.

Olli hebt die Augenbrauen. »Seit wann arbeiten Sie für Herrn Sassnitz?«

Ich betrachte die junge Frau mit dem niedlichen Stupsnäschen. Sie ist ausgesprochen hübsch. Die braunen Augen bilden zu ihrem blonden Haar einen schönen Kontrast. Ihre langen Beine stecken in engen Jeans, zu denen sie hochhackige Schuhe trägt.

Frau Reif schluckt. »Seit September 2014.«

»Verraten Sie uns, wie alt Sie sind?«

»Ich bin jetzt achtundzwanzig Jahre.«

»Weiß Frau Sassnitz, dass Sie ein Verhältnis mit ihrem Mann haben?«

»Nein. Natürlich nicht.«

»Natürlich«, erwidert Olli.

Ich mache weiter. »Sie haben also die Nacht in der Villa der Sassnitz' verbracht?«

»Ja. Ich war am Mittwochabend um 20:15 Uhr bei Herrn Sassnitz und bin am Donnerstag um 8:30 Uhr von dort aus direkt ins Geschäft gefahren.«

»Seit wann haben Sie und Herr Sassnitz ein Verhältnis?«

»Seit dem 11.11.2019.«

»Das ist ein schönes Datum. Der Martinstag, nicht wahr? Das Datum kann man sich leicht merken.«

»Ja. Jetzt, wo Sie es sagen …«

»Verbringen Sie öfter eine Nacht mit Herrn Sassnitz?«

»Immer, wenn seine Frau nicht daheim schläft. Das ist einmal im Monat der Fall. Ansonsten …« Sie schaut auf die Chaiselongue. »Wenn man sich liebt, dann muss es nicht zwangsläufig in der Nacht und im Bett sein.«

»Aaah. Ich verstehe«, sage ich und nehme ebenfalls das grüne Teil ins Visier.

»Weiß Ihre Kollegin, dass Sie und Ihr Chef sich sehr gerne haben?«

»Nein. Niemand weiß es. Das halten wir geheim.« Sie räuspert sich.

»*Sie* wissen aber schon, dass Herr Sassnitz kein Kind von Traurigkeit ist, oder?«

Frau Reif reagiert prompt. »Das ist mir egal. Er hat mir erzählt, dass da mal was mit Frau Miermann war. Ich habe keinerlei Erwartungen. Wir lieben uns nur so, zum Spaß.«

Wenn es nicht so traurig wäre, würde ich jetzt lachen. »Ahhh. Ich verstehe.«

Ich werfe Kat und Olli einen Blick zu. »Habt ihr noch Fragen?«

Kat steht auf. »Ja.« Sie läuft zu Frau Reif und zeigt auf ihre linke Hand. »Ist der Ring mit dem Panther von Cartier? Der ist wunderschön.«

Frau Reif lächelt versonnen, während sie ihre Finger spreizt und das Schmuckstück betrachtet. »Genau. Das ist der *Panthère de Cartier Ring*. Er ist aus 18 Karat Gelbgold. Das wunderschöne Teil ist mit Tsavoriten und Onyx besetzt.«

»Den hat Ihnen doch bestimmt Herr Sassnitz geschenkt, oder?«

»Ja. Erst gestern hat er mich damit überrascht.«

Die Blicke meiner Kollegen sprechen Bände. Sie scheinen dasselbe zu denken wie ich. Es riecht danach, dass Frau Reif gerade eine Gefälligkeitsaussage gemacht hat. Das Schwierigste daran ist, den Beweis dafür zu liefern.

*

Nach dem Öffnen der Tür ertönt Klaviermusik. Kat bleibt stehen.

»Hört mal, wie schön … Da kommen Erinnerungen hoch. Als kleines Mädchen war ich auch in der Ballettschule. Ich habe es geliebt, im Tutu an der Stange zu trainieren.«

Das kann ich nachvollziehen. »Ich glaube, davon träumt jedes Mädchen. Ich habe zwei Nichten. Franziska und Julia haben vor Jahren auch getanzt.«

Olli schiebt sie von hinten ins Gebäude. »Jetzt mach schon. Du kannst später weiterträumen.«

Eine ältere, hagere Dame im Trainingsanzug sitzt an der Anmeldung. Ihre grauen Haare sind nach hinten gekämmt und werden durch ein breites Stirnband gehalten. Sie hebt die feinen Augenbrauen, als sie uns sieht.

»Hallo. Sie sind bestimmt die Herrschaften von der Polizei.«

»Genau, die sind wir«, erwidere ich nach einem Gruß und stelle uns vor.

Sie neigt hoheitsvoll den Kopf und nennt uns ihren Namen. »Ich bin Frau Sassnitz' Tante. Henriette Detmers. Sophie unterrichtet noch, sie ist aber gleich fertig.«

Die Frau deutet auf die Glastür, durch die man Teenager in weißen Ballettanzügen sehen kann.

Sophie läuft hinter ihren Schülerinnen auf und ab. Sie trägt ebenfalls einen Ballettanzug, der jedoch rückenfrei ist. Man sieht, wie durchtrainiert ihr Körper ist. Die Rückenmuskulatur ist sehnig. Sie läuft hin und her, dabei klatscht sie zum Takt der Klaviermusik in die Hände. »Uuund eins, zwei, drei, eins, zwei, drei … Penelope, halt dich gerade … uuund strecken … eins, zwei, drei.«

Olli reibt sich das Kinn. »Das sieht anstrengend aus.«

Ich drehe mich zu Frau Detmers um. »Sind Sie auch Balletttänzerin?«

Ihre schmalen Lippen verziehen sich zu einem Lächeln. »Ja. Ich habe früher an der Staatsoper in Wien im Ensemble getanzt. Es war eine schöne Zeit. Nach meiner Heirat habe ich Ballettunterricht gegeben.«

»Dann ist Ihre Nichte quasi in Ihre Fußstapfen getreten«, folgert Kat.

Frau Detmers steht auf. Sie kommt zu uns. »Ja. Das ergab sich so. Ich habe meine Nichte mit erzogen. Sophies Mutter ist gestorben, als sie sechzehn Jahre alt war. Mein Bruder hat keine Partnerin mehr gewollt.

So habe ich mich wie eine Mutter um sie gekümmert. Meine Tochter Franzi und Sophie sind wie Schwestern aufgewachsen.«

Kat lässt Sophie nicht aus den Augen. »Das ist traurig, wenn einem in so jungen Jahren das Liebste genommen wird.«

»Ja. Und nun steht sie vor einem Haufen Mist, der bis zum Himmel stinkt.«

Ich schaue ihr in die Augen. »Wie meinen Sie das?«

»Ihre Frage erübrigt sich eigentlich, Herr Kommissar. Mein Bruder war mit Sophies Wahl nicht einverstanden. Als Angestellten hat er Viktor geschätzt. Er war immer fleißig und hat alles gegeben. Als Schwiegersohn war er ihm jedoch nicht willkommen. Darum hat er darauf gedrängt, dass noch vor der Hochzeit der beiden eine Gütertrennung vereinbart wurde. Und jetzt …«, sie schüttelt den Kopf, »… weiß meine Nichte nicht mehr, mit wem sie jahrelang Tisch und Bett geteilt hat. Sie fürchtet sich vor der Tatsache, dass Viktor was mit dem Tod dieser Prostituierten zu tun haben könnte. Sophie hat schon lange geahnt, dass Viktor sie betrügt. Er hat es immer geleugnet. Ich habe ihr so oft vorgeschlagen, einen Privatdetektiv zu beauftragen. Der Gedanke gefiel ihr nicht.« Sie seufzt. »Ich glaube, sie hatte einfach nur Angst vor der Wahrheit.«

»Wie gut kennen Sie Viktor? Was halten Sie von ihm?«

»Er ist ein Schwein. Er hat keine Gefühle und – wenn Sie mich fragen – ich traue ihm alles zu.«

»Auch einen Mord?«

Die Gesichtszüge der Frau verhärten sich. »Ich habe *alles* gesagt, und so meine ich es auch.«

Ich schaue durch die Tür und sehe, dass die jungen Frauen leichtfüßig in einen Nebenraum verschwinden.

Frau Detmers dreht sich um. »Kommen Sie. Gehen wir in den privaten Bereich. Dort können Sie sich setzen. Sophie wird gleich bei Ihnen sein.«

Wir folgen der grazilen Frau, die uns in ein gemütlich eingerichtetes Büro führt. Wir setzen uns auf eine Couch.

Kat holt ihr Handy hervor und fotografiert die Tapete mit einem zarten Blumenmuster. »Die wäre was für mich. Die finde ich todschick.«

Olli knetet seine Nasenspitze. »Na ja. Geht so.«

Lange müssen wir nicht auf Sophie warten. Sie trägt jetzt eine leichte Baumwollhose und ein weites T-Shirt.

Nachdem wir uns begrüßt haben, stellt sie Gläser und Mineralwasser auf den Tisch. Anschließend öffnet sie einen Schrank und holt einen Hefter heraus.

Ohne lange Vorrede kommt sie auf den Punkt. »Unsere Reinemachefrau hat in Viktors Büro diesen Hefter mit drei Briefen gefunden.« Sie schiebt mir das grüne Plastikteil zu. »Er lag unter dem Polster seines Schreibtischstuhls. Frau Petermann nimmt schon mal gern Möbel auseinander, wenn sie besonders putzfreudig ist. Sie hat mich gefragt, wo sie ihn hinlegen soll. Jetzt habe nicht nur *ich* den Beweis, dass mein Mann gelogen hat. Er hatte sehr wohl engeren Kontakt zu Frau Miermann. Und der ist nicht ohne Folgen geblieben.«

»Da hat Ihre Frau Petermann ganze Arbeit geleistet.«

Frau Sassnitz schiebt den Unterkiefer nach vorn. »Er hat nicht nur mit der Boutiquebesitzerin geschlafen. Sie werden es selbst lesen. Er hat es auch mit ihrer Freundin getrieben. Was mich schockiert: Er hat mich als Rammbock für seine Herumhurerei benutzt. Angeblich bin ich schwer herzkrank. Er hat beiden Frauen weisgemacht, dass er sich aus dem Grund noch nicht von mir trennen kann. Die Lügen türmen sich immer mehr auf.«

»Frau Sassnitz, seit gestern wissen wir Bescheid. Die Geliebte Ihres Mannes, Frau Ickinger, hat uns reinen Wein eingeschenkt. Er war heute Morgen bei uns und hat zugegeben, dass er gelogen hat.«

»Aha. Dann rückt er wohl jetzt in den Fokus der Ermittlungen, oder? Es gibt ein Motiv, und das weiß er. Ich sehe da eine Schlinge um seinen Hals. Dass Frau Miermann schwanger war … tz. Er wird Blut und Wasser geschwitzt haben. Ich kenne meinen Mann. Er hätte sich im Leben nicht um das Kind gekümmert.«

Olli bläht die Wangen. »Der Kopf steckt nicht wirklich in der Schlinge. Ihrem Mann ist eingefallen, dass er sehr wohl ein Alibi für die Nacht von Mittwoch auf Donnerstag hat. Er war mit Ihrer Angestellten Frau Reif zusammen. In Ihrem Haus.«

Frau Sassnitz schaut mich mit zusammengezogenen Augenbrauen an. »Was? Das glaube ich nicht ...« Ihre Gesichtsfarbe ändert sich. Sie wird blass.

Ich habe Mitgefühl mit der Frau. »Was mein Kollege sagt, stimmt. Das ist der aktuelle Stand.«

Sophie schaut auf die Uhr. Mit einem Ruck steht sie auf und macht ein entschlossenes Gesicht. »Ich habe noch etliches zu erledigen und bin sehr in Eile. Wenn Sie mich entschuldigen würden?«

Ich klemme mir den Hefter unter den Arm. »Kein Problem. Wir sind weg. Alles Gute, Frau Sassnitz. Wir melden uns. Danke für die Briefe.«

Im Hinausgehen überholt sie uns. »Henriette? Du musst mich zum Geschäft fahren. Ich will den Tesla aus der Tiefgarage holen. Anschließend muss ich zur Bank.«

*

Malte kramt in seiner Schreibtischschublade. »Ich hatte noch eine Tüte Chips hier rumfliegen. Hat die jemand gesehen?«

Olli hebt den Hintern vom Stuhl und schaut aus dem Fenster. »He. Das oben fliegt was. Das könnte sie sein.«

Ein Radiergummi saust durch die Luft und trifft Olli am Kopf. »Mann, lass dir mal was anderes einfallen. Der Spruch ist so alt wie mein Uropa.«

Kat sitzt vor dem geöffneten Ordner und lacht. »Finde sie einfach, damit ich endlich lesen kann.«

»Nee.« Malte bückt sich. »Wenn jemand vorliest, muss ich immer was kauen. Das hatte ich schon als Kind. Das ist ein Spleen von mir.«

Mein Finger wandert in die Luft. »Lass die Kindsköpfe. Leg los, ich hör dir zu.«

Unsere Kollegin räuspert sich. »Okay.«

Lieber Viktor,
ich weiß, dass du nicht willst, dass ich dir schreibe.
Da du nicht ans Telefon gehst oder auf meine Nachrichten

antwortest und auch nicht möchtest, dass ich dich im Geschäft besuche, bleibt mir nichts anderes übrig.
Wie kommst du darauf, dass ich dich erpressen möchte? Es tut mir weh, dass du meine Signale falsch verstanden hast, zumal noch gar nicht sicher ist, ob ich schwanger bin oder nicht. Du musst also noch keine Panik schieben. Allerdings, sollte ich schwanger sein, dann finde ich, dass der Zeitpunkt gekommen ist, deiner Frau reinen Wein einzuschenken. Warum lehnst du meinen Vorschlag ab, ein Gespräch mit ihrem behandelnden Arzt zu führen. Er wird verstehen, dass ein Mann nicht nur aus Fürsorge bei seiner kranken Frau bleiben kann, wenn sein Herz einer anderen gehört. Der Herzspezialist wird dich beruhigen und dir sagen können, dass die Nachricht von der Trennung keine Leiche hinterlassen wird.
Wir haben oft genug darüber gesprochen, dass ich dich unterstütze, wenn du dich nach der Trennung um deine Frau kümmerst.
Auch wenn du mir ständig erklärt hast, dass du keine Kinder magst, kann ich es nicht glauben.
Ganz im Gegenteil. Ich denke, dass du ein richtig toller Vater sein wirst. Du weißt, dass ich irgendwann einmal Kinder haben möchte. Wenn ich jetzt nicht schwanger bin, werde ich es in geraumer Zeit sein. Sollte nach meinem Pillenunfall deine Verhütung nicht korrekt gewesen sein, nehmen wir das Geschenk an.
Um ein klärendes Gespräch mit deiner Frau kommst du nicht herum.
Und was die Reise anbelangt, ich werde so oder so nach Mallorca fliegen. Ob du nun mitkommst oder nicht.
Auch wenn du an meiner Liebe zweifelst …
Ich liebe dich, Viktor.

Olli kratzt sich am Hinterkopf. »Im Nachhinein hört sich einiges makaber an.«

Malte kaut an einem Müsliriegel. »Von wegen … keine Leiche hinterlassen.« Er wiegt den Kopf hin und her.

»Valentina hat ihn schon ein wenig unter Druck gesetzt«, merkt Kat an.

Ich nicke. »Lies mal den nächsten Brief.«

Ach, Viktor. Ich freue mich, dass der Test positiv war. Manchmal habe ich das Gefühl, es mit einem kleinen Jungen zu tun zu haben. Diese Bockigkeit schreibt man Pubertierenden zu. Denkst du tatsächlich, dass du Problemen aus dem Weg gehen kannst, indem du wieder auf Durchzug schaltest und mich nicht an dich ranlässt?
Ich habe keine Lust mehr, unter Tränen die Einträge in mein Tagebuch vorzunehmen, weil du mir ständig die Pistole auf die Brust setzt.
Mit diesem Brief hast du es schriftlich und musst keinen Versuch mehr starten, mich von einer Abtreibung zu überzeugen. Ich möchte das Kind. Du hast gedroht, dich von mir zu trennen, wenn ich es bekomme.
Drohen kann ich auch und ich kann dir schon jetzt versprechen, dass ich meine Drohung wahr machen werde.
Obwohl ich sehr enttäuscht von dir bin … liebe ich dich.
In Love … Valentina

Kat schüttelt den Kopf. »Dass Valentina nicht gemerkt hat, dass sie von Sassnitz nur ausgenutzt wurde.«

»Es heißt nicht umsonst, dass Liebe blind macht«, erwidert Olli.

»Sie hat Tagebuch geschrieben«, sinniere ich laut. »Es ist nirgendwo aufgetaucht.«

Malte meldet sich zu Wort. »Vielleicht hat sie die Seiten zerrissen und ins Klo geworfen. Wenn meine Frau und ich streiten, zerfetzt sie gerne mal kleine Liebesbriefchen und pfeffert sie in die Keramik.«

Kat lacht. »Du Armer … Kann ich weitermachen, Hannes?«
»Jepp.«

Lieber Viktor,
seit Tagen denke ich über alles nach. Auch diesen Brief schreibe ich das zwanzigste Mal. Es fällt mir schwer, sachlich zu bleiben.
Mit Marlene habe ich heute telefoniert. Wir haben beide während des Gesprächs geweint. Sie hat mir gegenüber ein schlechtes Gewissen, und sich tausendmal dafür entschuldigt, dass es so gekommen ist, wie es ist.
Ich ziehe einen Schlussstrich und weiß noch nicht, ob ich mit Marlene weiter befreundet bleiben möchte. Wir waren beste Freundinnen. Das ist Vergangenheit. Von mir aus können wir uns noch einmal treffen. Dann bringe ich deine Sachen mit, die noch bei mir liegen. Auch wenn du viele meiner Empfindungen nicht nachvollziehen kannst, wirst du verstehen, dass ich von dir mehr als enttäuscht bin.
Dr. Kroska hat sich sehr viel Zeit für mich genommen und mir geholfen, mich zu finden. Irgendwann wurde mir klar, dass ich mich verirrt habe. Ich freue mich auf das Kind und bin schon am Planen, wie mein Leben weitergehen wird.
Dass deine Frau krank ist, das glaube ich dir. Dass du sie aus dem Grund nicht verlassen willst, das kaufe ich dir nicht mehr ab. Ich denke, dass es andere Gründe hat. Ich vermute, dass Marlene die nächste Frau ist, die du wie eine heiße Kartoffel fallen lässt, wenn sie unbequem wird.
Mittlerweile habe ich mich etwas beruhigt. Wenn du wüsstest, wie oft ich in der letzten Zeit das Handy in der Hand hatte, um deine Frau anzurufen. Es ist eh nur noch eine

Frage der Zeit, bis sie weiß, dass du Vater geworden bist.
Mir geht es finanziell sehr gut, aber aus der Pflicht entlasse ich dich nicht. Du wirst für unser Kind zahlen.
Und befasse dich auch mit dem Gedanken, dass du eine Erbin oder einen Erben gezeugt hast.
Viele Grüße
Valentina

Kat schließt den Ordner. »War der letzte Brief ihr Todesurteil?«

»Es könnte sein, dass bei Sassnitz danach die Sicherungen durchgeknallt sind«, mutmaße ich.

»Sie hat geschrieben, dass bei ihr noch Sachen von Viktor liegen. Farid und seine Leute haben aber nichts gefunden, was in Richtung Klamotten oder Gebrauchsgegenstände für Männer geht.«

Ich schaue Olli an. »Damit hast du Recht. Vielleicht ist Valentinas Mörder nach der Tat auch deshalb in ihre Hochhauswohnung gegangen.«

Malte faxt die Briefe nach Lübeck.

Während der Konferenzschaltung ordnet Czarnitzki an, dass er morgen mit Frau Reif sprechen möchte.

»Sie soll um 9 Uhr antanzen. Erklären wir ihr unmissverständlich, dass man bei der Polizei die Wahrheit sagen muss. Anschließend machen wir Nägel mit Köpfen.«

Was er damit meint, ist klar. Gegen Sassnitz wird Haftbefehl erlassen. Wir gehen zuversichtlich in den Feierabend und wünschen Kat viel Spaß mit Finn.

Olli hält ihr die Tür auf. »Schöne Grüße an deinen Naturfreund.«

Auf dem Weg in die Fischergasse diskutieren wir wieder den Fall Miermann. Wir sind auch der Meinung, dass Valentinas Mörder bald überführt ist.

Vor meinem Haus angekommen, verabschiede ich mich von Olli. »Wir sehen uns morgen … Ach, was ich dir noch sagen wollte, Olli. Ich habe heute Nacht bei Inga geschlafen.«

Sein Gesicht hellt sich auf. Er nickt langsam. »Das ist gut, Hannes.

Sehr gut.« Er hält mir die Hand zum Abklatschen hin. »Bis morgen, Hannes. Schönen Abend.«

Während ich auf die Haustür zulaufe, drehe ich mich um und werfe einen Blick in Richtung Ingas Garage. Sie ist halb geöffnet, ihr Auto steht nicht drin. Sie ist also noch nicht daheim. Unter meiner Klingel klebt ein Zettel.

Was für eine Überraschung. Er ist von Inga und bringt mich zum Schmunzeln. In Druckbuchstaben steht darauf:

Willst du mit mir gehen? Darunter hat sie ein Ja- und ein Nein-Kästchen gemalt.

Ich greife in meine Jackentasche, hole einen Stift heraus und mache ein fettes Kreuz in dem Ja-Kästchen. Dann laufe ich zu ihrer Haustür und klebe das Papier an ihren Briefkasten.

*

Als es klingelt, schiebe ich den Topf von der Kochplatte und wische die Hände an der Schürze ab. Die Sehnsucht nach Inga lässt mich schneller als gewohnt zur Tür laufen.

Sie begrüßt mich mit einem strahlenden Lächeln und fliegt mir um den Hals. »Das ist so toll, dass wir zusammen gehen, oder? Ich bin gerade heimgekommen. Ich war nur kurz drüben.«

»Ja«, antworte ich lachend. »Ich bin auch glücklich, dass wir jetzt Freund und Freundin sind.«

Wir küssen uns.

Mit einem Blick auf meine Schürze hält sie sich den Magen. »Ich habe so einen Hunger. Der Tag war ziemlich stressig. Ich bin nicht dazu gekommen, was Warmes zu essen.«

In der roten, schulterfreien Bluse und den Shorts sieht sie bezaubernd aus. Ihre gelockten Haare umspielen ihr zartes Gesicht.

Inga hakt mich unter. Wir laufen in die Küche. »Das duftet herrlich.«

»Der Klassiker. Wiener Schnitzel mit Pommes aus der Fritteuse und Blattsalat.«

Sie wirft einen Blick in die große Pfanne. »Lecker.«

»Wenn du willst, können wir loslegen.«

Gemeinsam sorgen wir dafür, dass das Essen auf die Teller wandert, und setzen uns auf die Terrasse. Die Sprinkleranlage läuft und lädt die Vögel zum Abendessen ein.

Es freut mich, dass Inga das Schnitzel regelrecht verschlingt. Nach ein paar Bissen wandert ihr Daumen nach oben. »Das schmeckt köstlich.«

Während sie kaut, erkundigt sie sich nach meinem Tag. »Seid ihr in dem Fall weitergekommen?«

»Ja.« Ich erzähle ihr, was passiert ist. »Der Juwelier hat sich dermaßen verdächtig gemacht, dass nur noch das Tüpfelchen auf dem i fehlt. Und das werden wir wahrscheinlich in Kürze draufsetzen können.«

»Hoffentlich wird dieser Irre bald aus dem Verkehr gezogen.«

»Das hoffen wir auch. Der Staatsanwalt und Bleckmann kommen morgen. Wir sind in der heißen Phase. Wie war dein Tag?«

Inga seufzt. »Ich habe einen neuen Klienten. Wir haben heute länger zusammengearbeitet. Der Mann wurde als Teenager vom Sportlehrer gemobbt. Er hat ihn ständig vor der Klasse schikaniert, weil er nicht zu den sportlichen Schülern zählte. Reinhard hat damals alles in sich reingefressen und irgendwann einen Ausraster bekommen.«

»Hat er den Sportlehrer angegriffen?«

Sie hält mit dem Essen inne. »Nein. Er fand hinter der Turnhalle im Altpapier die Ausgabe einer Schülerzeitung, auf der das Bild des Lehrers gedruckt war. Daran reagierte er sich ab. Wie im Blutrausch, so drückte er sich aus, hat er mit dem Messer darauf eingestochen und sich selbst dabei verletzt. Und genau dieser verhasste Lehrer erwischte ihn dabei. Nachdem der Direktor den Jungen verarztet hatte, ist er diesem Lehrer im Treppenhaus begegnet. Der Pauker reichte ihm die Hand. Als mein Klient danach griff, knackte es. Sein Lehrer hat ihm die Hand gebrochen und anschließend die Treppe runtergestoßen. Seitdem kämpft er mit Kopfschmerzen, die anfallartig auftreten, und mit unruhigen Träumen. Er nimmt die Schmerzen als bunte Blitze wahr.«

»Das ist übel. Ist der damalige Lehrer von der Schule geflogen?«

»Eben nicht. Dem Jungen wurde nicht geglaubt.«

»Wie lange dauert es, Menschen wie ihn zu therapieren?«

»Das kann ich im Vorhinein nicht sagen. Wenn Kinder erhebliche Belastungen aushalten müssen oder traumatische Erfahrungen machen, kann sich eine Persönlichkeitsstörung entwickeln. Wenn wir uns unterhalten und ich ihn anschaue, sehe ich eine Maske. Er versteckt sich. Bei ihm scheint sich etwas zu überlappen. Der Mann verwechselt Namen. Er wurde wütend, als ich ihn darauf ansprach.«

»Wir reagierst du, wenn jemand ausrastet?«

»Ich bleibe ruhig und höre zu. Solche Ausbrüche halten in der Regel nie lange an. Seelische Erschütterungen und gerade Verletzungen und Kränkungen können so tief verwurzelt sein, dass Menschen sie – trotz einer Therapie – mit ins Grab nehmen.« Sie schiebt den Teller beiseite und wischt sich den Mund an einer Serviette ab.

Ich schaue Inga an. Die Art, wie sie spricht, die Betonung, die sie mit sanften Bewegungen ihrer Hände unterstreicht, fasziniert mich.

Was bin ich für ein Idiot. Vor mir sitzt eine wunderschöne Frau, in die ich mich verliebt habe und der ich tausend schöne Worte sagen möchte. Und was mache ich? Ich fachsimpele und rede über Therapien und Persönlichkeitsstörungen.

Ich reiße das Ruder herum. »Es tut mir leid, Inga.«

»Was tut dir leid?«

»Den ganzen Tag warte ich darauf, dir zu sagen, was ich sagen möchte, und jetzt frage ich dich über deine Klienten aus.«

Sie lehnt sich zurück. »Der Abend ist noch lang. Ich habe Zeit.« Sie fummelt in der Tasche ihrer Shorts und zieht eine Zahnbürste heraus, die sie in die Luft hält. »Wenn du willst, bis morgen früh.«

*

Ich sitze im Auto und habe das Gebäude im Visier. Auf weißen Schildern, die neben der Tür hängen, stehen die Namen der Akademiker, die dort ihre Büros haben. Advokaten, Architekten … und sie.

Nach der Doppelstunde bei der Psychotante habe ich im Eiltempo ihre Praxis verlassen. Die letzte halbe Stunde konnte ich mich nicht mehr konzentrieren und wäre am liebsten abgehauen. Mit aller Gewalt musste ich mich bremsen, denn meine Flucht hätte ihr Anlass gegeben, über mein Verhalten nachzudenken.

Ich wische meine schwitzigen Hände an meiner Hose ab.

Sie hat gefragt und gefragt. Nach meiner Mutter, nach meinem Vater. Ich habe ihr erzählt, dass er verstorben sei. Sie wollte wissen, wann er verstorben ist, und dann hat sie sich auch noch erkundigt, woran. Ich musste mich schwer zusammenreißen, um sie nicht anzufahren. Als wenn ich das an die große Glocke hängen würde.

Ich bin ein Vollidiot. Ich rede über meinen Sportlehrer und nenne seinen Namen. »Nein, Herr Lauer hat die anderen Kinder nicht so behandelt. Er hat nur mich aufs Korn genommen. Herr Lauer hatte …« Als es mir bewusst geworden ist, war es zu spät. Gesprochene Worte kann man nicht zurückholen.

Ohne den Kopf zu heben, sah sie mich an. Ein Blick, den ich schlecht deuten konnte. Fragend? Misstrauisch? Keine Ahnung.

»Ihr Sportlehrer war ein Namensvetter von Ihnen?« Ihre rechte Hand spielte mit dem Kugelschreiber.

Die Pferde gingen mit mir durch. »Was soll das?«, fuhr ich sie an. »Hören Sie mir nicht zu? Ich *bin Lauer«, beeilte ich mich zu sagen. »Mein Sportlehrer hieß. Meyer mit y.« Mein Atem ging schneller. Wie kann man nur so blöd sein.*

Danach entspannte ich mich und erzählte ihr, dass ich mich sehr oft am Galgenberg auf Fehmarn herumgetrieben habe, und zeigte viel zu viel Begeisterung für diesen historischen Ort.

»Warum waren Sie so gerne am Galgenberg? Aus welchem Grund haben Sie sich so oft dorthin zurückgezogen?«

Als ich antwortete: »Wegen der schönen Natur«, lachte meine innere Stimme. Die *wusste genau, warum ich so gern dort war.*

Der Stift der Psychotante sauste ständig über den Block, der auf ihren Knien lag. Und immer wieder dieser Blick.

Zeitweise hat mich das vollkommen aus dem Konzept gebracht und je mehr Zeit verging, desto mehr hatte ich das Gefühl, dass sie mich durchschaut hat. Hatte ich noch etwas gesagt, was ich nicht hätte sagen sollen? Etwas, was ich verraten hatte?

Wusste sie aus den Medien, dass eine Nutte umgebracht worden ist, und dachte vielleicht: He. Der Typ ist mir nicht ganz geheuer.

Übereifrige Menschen greifen gern zum Telefon, um der Polizei irgendeine Beobachtung zu melden, die sie gemacht haben. Meist sind es die Vollblutrentner, die die Hälse recken, sobald sie eine Person in ihrer Straße sehen, die nicht dort wohnt.

Allerdings kann jemand so übereifrig sein, wie er will. Wenn Lauer keinen Namensvetter mehr in der Umgebung hat, gibt es keinen Mann mehr mit diesem Namen. Denn von meinem Herrn Lauer ist nicht mehr viel übriggeblieben. Also sollte ich mich einen Dreck darum scheren, was sie denkt oder nicht denkt.

Meine Finger trommeln auf dem Lenkrad, während meine Gedanken kreisen. Dumm ist nur, wenn jemand nach einem Reinhard Lauer forscht und es keinen Reinhard Lauer gibt, der so aussieht wie ich. Dann stellt sich die Frage, wer der Typ war, der in der psychologischen Praxis Inga Bergström saß. Und schon habe ich die Bluthunde am Arsch.

Hat sie mich vielleicht deshalb so angeschaut, weil sie sich vorsichtshalber mein Äußeres eingeprägt hat?

Achtung. Ich beuge mich vor und starre durch die Windschutzscheibe. Sie verlässt das Gebäude und zieht die Tür hinter sich zu. Nachdem sie etwas aus ihrer Handtasche geholt hat, steht sie am Straßenrand und beobachtet den Verkehr. Ihr Kopf dreht sich nach links und rechts. Als die Straße frei ist, steuert sie den Parkplatz an, auf dem ich stehe. Ich ducke mich leicht. In ihrer Hand hält sie einen Schlüsselbund. Dann sehe ich sie nicht mehr. Als ein Auto mit Berliner Kennzeichen langsam den Parkplatz verlässt, klappe ich die Sonnenblende runter und folge ihr mit größerem Abstand. Ab und an fädelt sich ein Fahrzeug zwischen uns ein. Ich verliere sie trotzdem nicht aus den Augen. Als sie ihre Karre in die Wohnsiedlung hinter dem großen Supermarkt lenkt, vermute ich, dass sie irgendwo dort zu Hause ist. Ich ver-

langsame das Tempo und halte kurz an, als sie den Blinker nach rechts setzt. Ich fahre ihr bis zur Straßenecke nach und beobachte von Weitem, dass sie ihren Wagen in eine Garage lenkt. Anschließend betritt sie das Haus, das unmittelbar danebensteht. Ich verrenke den Hals nach dem Straßenschild. Hier wohnt sie also. In der Fischergasse.

Ich würde gern an ihrem Haus vorbeifahren. Einfach so. Unentschlossen, ob ich es machen soll oder nicht, schalte ich das Radio ein. Die Stimme des Nachrichtensprechers lässt mich aufhorchen. »… Obdachlosen tappt die Polizei noch im Dunkeln. Auch im Fall der ermordeten Valentina Miermann fehlt vom Täter jede Spur. Das Wetter …«

Ich grinse mich im Rückspiegel an. Dann trete ich die Kupplung und lege den ersten Gang ein. Langsam gebe ich Gas und biege in die Fischergasse ein. Gepflegte Vorgärten, in denen es üppig blüht, haben etwas Idyllisches und Friedliches. In so einer Straße würde ich gern leben.

Als ich langsam auf ihr Haus zufahre, kommt sie heraus. Ich bremse abrupt. Sie läuft leichtfüßig über die kleine Straße zum gegenüberliegenden Haus. Sie nimmt keinerlei Notiz von mir. Sie hat sich umgezogen. Sie trägt jetzt ein Oberteil, das ihre Schultern freigibt, dazu knappe Shorts. Ihre Beine sind lang, schlank und braun. Ihre gelockte, kupferfarbene Mähne wippt bei jedem Schritt. Ihr Anblick löst eine Reaktion unter meiner Gürtellinie aus. Sie ist eine wunderschöne Frau. Warum erkenne ich das erst jetzt?

Da sie mit dem Rücken zu mir steht, kann ich getrost vorbeifahren. Ich riskiere einen Blick nach rechts. Die Tür wird geöffnet und mich trifft fast der Schlag, als ich sehe, wem sie um den Hals fällt.

»Scheiße«, murmele ich. Dann schlage ich aufs Lenkrad und schreie meine Wut heraus: »Fuck. So eine verdammte Scheiße.« Ich gebe Gas.

9. Kapitel

Freitag

Es ist das Los meines Jobs. An manchen Tagen holt mich das Handy mitten in der Nacht aus dem Tiefschlaf, weil es irgendwo eine Spur gibt, die verfolgt werden muss.

Die kühle Dusche weckt meine Lebensgeister. Vor fünf Minuten haben mich die Kollegen angerufen. Auf Fehmarn wurden in einer Plastiktüte grüne High Heels des Labels Manolo Blahnik an Land geschwemmt. Zwei Angler sind darüber gestolpert. In Valentina Miermanns Ankleidezimmer standen etliche Schuhe dieser luxuriösen Marke. Das könnte die nächste heiße Spur sein.

Ich habe mich leise aus dem Schlafzimmer geschlichen, damit ich Inga nicht wecke. Olli wurde ebenfalls aus den Federn geschmissen. Er hat eine Nachricht geschickt, dass er mich um 5:30 Uhr abholt. Er ist also in einer halben Stunde da.

Kat wird auf der Insel zusteigen.

Der harte Duschstrahl prasselt auf meinen Kopf. Heute Nacht ist mir vieles durch den Kopf gegangen. Erst weit nach Mitternacht bin ich eingeschlafen. Während ich Inga im Arm hielt, habe ich von Hannah geträumt. Sie hat mir lachend zugewunken und gerufen, dass die Zeit gekommen ist, mit unserem Schmetterling in die hintere Herzkammer zu ziehen, damit Inga genug Platz hat. Ich konnte nicht antworten, mein Hals war wie zugeschnürt. Bevor sie mit einem Koffer in der Hand in einen Waldweg verschwunden ist, hat sie gesagt, dass sie Inga mag.

Was mir im Kopf herumgeht, spiegelt sich oft in meinen Träumen wider. Ich weiß, dass ich kein schlechtes Gewissen haben muss, wieder glücklich zu sein. Dennoch ertappe ich mich dabei.

Auf dem Weg in die Küche duftet es nach Kaffee.

Ich bin überrascht, dass Inga dort werkelt. Mein Duschbad muss sie geweckt haben. Der Tisch ist gedeckt. Sie stellt sich auf Zehenspitzen und haucht mir einen Kuss auf die Lippen. Sie duftet nach Zahnpasta. »Guten Morgen … Ich habe das Wasser rauschen gehört. Du musst schnell weg, nicht wahr?«

Ich ziehe sie an mich und atme den Duft ihrer Haare. »Ja. Sorry. Ich hätte nicht duschen sollen. Ich habe einen Anruf bekommen. Olli ist gleich hier. Wir müssen nach Fehmarn. An der Steilküste in Katharinenhof wurden High Heels gefunden. Die könnten im Zusammenhang mit dem Mord an Valentina Miermann stehen.«

Ich lasse den Blick über den Tisch gleiten. Inga hat im Vorratsschrank ein Glas mit Leberwurst und Marmelade gefunden. Geröstete Scheiben Toast liegen im Frühstückskorb, die Butterdose steht daneben.

Ich kratze an meinem Dreitagebart. »Du hast dir so viel Mühe gegeben.« Ich schaue auf die Uhr. »Olli müsste jeden Moment hier sein.«

Kaum ausgesprochen, klingelt es an der Tür. Ich greife nach zwei Scheiben Toast und schlürfe noch einmal am Kaffee. Dann küsse ich Inga. »Ich liebe dich … Es tut mir leid, dass es kein gemütliches Frühstück wird.«

Sie winkt ab. »Das holen wir nach, wenn du den Verbrecher gefangen hast. Ich liebe dich auch.«

Es klingelt wieder. »Ich muss los, Inga. Im Flur hängt ein Zweitschlüssel für die Haustür am linken Haken. Es ist deiner.«

Sie schaut auf das Bild von Hannah und mir, das auf dem Regal steht. »Es ist alles noch so frisch … Bist du dir sicher?«

»Ja. Ganz sicher.«

*

Bevor wir den Weg nach Katharinenhof nehmen, lenkt Olli den Wagen in Richtung Landkirchen, damit Kat zusteigen kann. Er hat unsere Kollegin ebenfalls früh aus den Federn geschmissen.

Ollis Mutter wird uns kommen sehen haben, denn die Tür im Friesenstil wird aufgerissen.

Mein Kollege springt aus dem Auto und umarmt die sympathische Frau. »Na? Alles okay bei euch?«

Ich steige nur mit einem Bein aus, bleibe aber am Auto stehen. »Moin, Frau Hesse.«

»Hallo, ihr zwei.« Sie streichelt Ollis Arm. »Ja, es ist alles okay bei uns. Ich habe Kaffee in der Warmhaltekanne. Habt ihr Zeit auf ein Tässchen?«

»Leider nicht. Aber einen Pappbecher nehmen wir gern mit, nicht wahr, Hannes?«

Olli kennt mich. Zu Kaffee sage ich nie nein. »Das wäre prima.«

Frau Hesse dreht sich auf dem Absatz um, verschwindet und steht kurz darauf mit einem Tablett in der Tür, auf dem drei große Pappbecher stehen.

Kat kommt. Sie sieht müde aus und nimmt dankbar das heiße Getränk, das Ollis Mutter ihr reicht.

»Einen netten Freund haben Sie, Frau Holt.« Sie zwinkert ihr zu.

Olli und ich tauschen einen kurzen Blick.

Kats Wangen färben sich rosa. »Er ist um 23 Uhr gegangen.«

Frau Hesse schmunzelt. »Meinen Mann und mich stört es nicht, wenn Sie Besuch bekommen. Und auch nicht, wie lange er bleibt. Wirklich nicht.«

Wir verabschieden uns.

Olli pfeift leise ein paar Takte. Dann grinst er in einer Tour.

Als wir im Auto sitzen, räuspert sich Kat. Sie fährt Olli an. »Hör auf, so dämlich zu lachen. Was ist so lustig daran, dass Finn und ich zusammen in der Wohnung waren? Finn hatte Lust, noch ein wenig zu plaudern.«

Olli grinst. »Natüüürlich wollte er plaudern. Alles gut.«

Ich mische mich ein. »Wir sollten uns auf die Dinge konzentrieren, die wichtig sind.«

Die beiden Kampfhähne geben Ruhe.

Nach wenigen Minuten Autofahrt sind wir vor Ort.

Um diese Uhrzeit gibt es genug Parkmöglichkeiten vor der Steilküste. Um den Streifenwagen, der vor uns parkt, sind keine Schaulustigen versammelt. Die schlafen noch.

Am Strand sehen wir unsere uniformierten Kollegen, die auf uns gewartet haben, und zwei ältere Männer, die in einem Boot sitzen, das an Land gezogen ist.

Die Ostsee ist ruhig. Kleine Wellen plätschern an den Strand. Die Luft ist wunderbar klar. Wer an so einem schönen Tag wie heute viele Stunden auf der Insel verbringen darf, hat das große Los gezogen.

»Hallo, zusammen. Guten Morgen.« Ich zücke meinen Dienstausweis.

Die Männer nicken uns zu.

Unsere Kollegen Sondermann und Paulsen haben die Schuhe in eine Plastiktüte gelegt, die mir gereicht wird. »Herr Tenhagen und Herr Warenbeck sind zum Angeln rausgefahren. Als sie zurückkamen, ist ihnen der Beutel mit den Schuhen aufgefallen.«

»Die Schuhe sind ein Traum. Sie haben die Größe neununddreißig«, sagt Kat. »Valentina hat diese Schuhgröße getragen. Freiwillig wirft *die* bestimmt niemand ins Wasser.«

Ich werfe einen Blick in das Boot, in dem eine ordentliche Angelausrüstung, Eimer mit Deckel und eine Kühlbox steht.

»Jau«, sagt Herr Tenhagen. »Die sind schick. Wir haben von den Morden gehört und … man kann ja nie wissen, welche Füße in den Dingern gesteckt haben.« Er zieht Nasenrotz hoch.

Sein Angelbruder holt ein Päckchen Tabak und Zigarettenpapier heraus. »Gut, dass die Füße nicht dringesteckt haben. Ich hab schon öfter gelesen, dass in an Land gespülte Schuhe schon mal gerne Füße stecken.« Er dreht geschickt die Kippe, leckt am Blättchen und lässt ein Feuerzeug schnippen.

»Wo genau haben Sie die Tüte entdeckt?«, fragt Olli.

Herr Tenhagen zeigt nach links. »Da vorne. Circa drei Meter weiter.«

Herr Warenbeck zeigt ihm den Vogel. »Schnack doch kein dummes Zeug, Tenhagen.« Er zeigt nach rechts. »Da lagen sie. Und wenn ich das sage, stimmt es.«

»Sind Sie weit rausgefahren?«, fragt Kat.

»Nienich. Wir halten uns nur in Sichtweite vom Strand auf«, meint Herr Warenbeck. Er inhaliert tief den Qualm und bläst ihn in unsere Richtung.

Kat macht einen Schritt zurück.

Warenbeck redet weiter. »Wir sind seit 4 Uhr mit unserer *O nass is* unterwegs.« Er schlägt auf die Holzbank, auf der er sitzt.

»Ist Ihnen jemand begegnet?«, will Olli wissen.

»Wo jetzt. Auf'm Wasser?« Herr Tenhagen lacht und zeigt uns eine Zahnlücke.

»Zum Beispiel«, erwidere ich ernst. »Auf dem Wasser oder an Land.«

»Nienich«, kommt es von Herrn Tenhagen. »Alles windstill.« Er hustet. »Können wir jetzt die Fische nach Hause bringen?«

Unser Kollege Paulsen tippt auf die Brusttasche seines Hemdes. »Die Herren haben sich ausgewiesen. Wir haben ihre Daten notiert.«

Ich gebe grünes Licht. »Sicher. Wenn wir noch Fragen haben, melden wir uns.«

Während sich die Frühaufsteher mit ihrer Angelausrüstung bewaffnen, begutachten wir noch einmal das Fundstück.

»Die Paketschnur … vielleicht waren Gewichte dran gebunden, die sich gelöst haben, und darum ist die Tüte an Land geschwemmt worden.«

Wir machen Fotos von den Schuhen und bitten unsere Kollegen dafür zu sorgen, dass die Manolos ins Labor nach Lübeck gebracht werden.

Ich spitze die Lippen. »Sassnitz hat ausgesagt, dass er am Donnerstag hier joggen war.«

»Der hat so viel Dreck am Stecken«, meint Olli. »Das kann kein Zufall sein.«

Während wir zurücklaufen, wedelt Kat mit der Hand in der Luft. »Mann, wie ekelig der Zigarettenqualm ist.«

Heute gebe ich ihr Recht. »Die rauchen auch ein grässliches Kraut.«

Olli schüttelt den Kopf. »Du bist ein Witzbold. Meinst du, dass es besser riecht, wenn du qualmst? Es stinkt genauso.«

Ich halte Kat am Arm fest. »Warte mal. Stimmt das, was unser Partner sagt?«

»Ja. Für Nichtraucher ist es schlimm, diesen Gestank ertragen zu müssen. Ich möchte nicht wissen, wie schrecklich der Qualm deiner Zigarren stinkt.«

»Hee«, antworte ich lachend. »Die edlen Gerollten paffe ich nur, wenn ich Zeit und Muße habe. Und die habe ich im Moment nicht.«

»Gott sei Dank«, antwortet Olli.

Kurz vor unserem Dienstwagen steht ein Papierkorb. Ich fingere in der Brusttasche nach der Packung Zigaretten, zerquetsche sie und pfeffere sie in den Abfallbehälter.

»Inga wird es dir danken«, sagt Olli lachend. »Es macht bestimmt keinen Spaß, einen Aschenbecher zu knutschen.«

Kat hebt die Augenbrauen. Ernst sagt sie: »Inga und du? Wie schön ist das denn. Ich freue mich für euch, Hannes.«

*

Die Eheleute Miermann haben mit dem Kopf genickt, als wir ihnen das Foto der Schuhe gezeigt haben. Sie sind sich zwar nicht sicher, dass *die* High Heels ihrer Tochter gehörten. Sie habe aber genau die gleichen besessen.

Frau Miermann geht es sehr schlecht. Sie ist nur noch ein Schatten ihrer selbst. Der Schmerz, den sie empfindet, drückt sich in ihrer Mimik aus. Der Tod ihrer Tochter hat sie komplett aus der Bahn geworfen und einen anderen Menschen aus ihr gemacht. Nachdem sie leise weinend die Schuhe angeschaut hat, bleibt sie wieder regungslos am Tisch sitzen und starrt aus der Terrassentür in den Garten. Sie hört nicht, als wir uns von ihr verabschieden. In Gedanken ist sie wahrscheinlich an einem anderen Ort. Ihre Schwester kommt mit einem Tablett ins Wohnzimmer.

Nachdem sie uns zugenickt hat, spricht sie mit Frau Miermann. »Carola, du *musst* etwas essen. Ein halbes Brötchen. Bitte … mir zuliebe.«

Herr Miermann begleitet uns zur Tür. »Ich mache mir Sorgen um meine Frau. Ich habe Angst, sie auch noch zu verlieren.« Er zieht ein Taschentuch aus der Brusttasche seines Hemdes und tupft damit an seinen Augen. »Ich weiß nicht, ob meine Kraft ausreicht, sie zu halten.«

Das Schicksal der Miermanns geht uns allen an die Nieren.

»War Frau Bergström noch mal bei Ihnen?«, erkundige ich mich leise.

»Ja. Sie hat gesagt, dass die Zeit unser Verbündeter ist und wir lernen werden, mit dem Schmerz umzugehen.«

Ich drücke seinen Arm. »Vertrauen Sie ihr. Sie wird Ihnen helfen, dass es erträglicher wird.«

Als wir unser Büro betreten, hocken Bleckmann und Czarnitzki auf unseren Stühlen. Vor ihnen sitzt Frau Reif. Sie muss eher als vereinbart hier gewesen sein, denn es ist erst 8:45 Uhr.

Malte spielt die Kaffeetante. Er verteilt Tassen mit dem heißen Gebräu.

Frau Reif macht einen verunsicherten Eindruck. Sie sitzt auf der vorderen Stuhlkante und hält sich an ihrer Handtasche fest.

Nachdem er uns mit drei Worten begrüßt hat, schnieft Czarnitzki. »Noch einmal, Frau Reif. Wenn Sie vor Gericht unter Eid aussagen müssen und nicht die Wahrheit sagen, wird das bestraft. Im schlechtesten Fall könnte das bedeuten, dass sie fünf Jahre aus dem Verkehr gezogen werden. Sie versauen sich die Zukunft. Denken Sie noch einmal genau darüber nach, ob Sie die besagte Nacht zusammen mit Ihrem Chef verbracht haben.«

Frau Reif schluckt sichtbar.

Bleckmann mischt sich ein. »Wenn es stimmt, was Sie sagen, dann haben Sie nichts zu befürchten. Im Falle einer Lüge wird es eng für Sie.«

Warum auch immer … Die junge Frau blickt mich flehentlich an.

Der Staatsanwalt bekommt es mit. Er dreht sich zu mir. »Frau Reif wollte eigentlich nur mit *Ihnen* reden. Ich habe ihr erklärt, dass Sie nicht Harry Potter sind und eine Lüge nicht wegzaubern können.«

Kat und Olli lehnen an der Fensterbank. Ich setze mich auf eine Ecke von Maltes Schreibtisch. »Stimmt. Das kann ich nicht. Frau Reif, es hat sich herausgestellt, dass Herr Sassnitz uns in einigen Dingen an der Nase herumgeführt hat. Da er es mit der Wahrheit nicht so genau nimmt, könnte es sein, dass auch das Alibi frei erfunden ist. Haben Sie Familie?«

Sie schluckt wieder. »In einer Beziehung lebe ich nicht. Ich habe eine Wohnung im Haus meiner Eltern. Unterm Dach.«

Czarnitzki lehnt sich zurück. »Ahhh. Sie wohnen bei Mama und Papa im Haus. Das ist schön.« Er greift nach einer Büroklammer, verbiegt sie und spielt damit herum. »Die haben doch bestimmt mitbekommen, dass Sie nicht daheim waren, oder? Wenn Sie lügen, Frau Reif ... dann haben Sie für die nächsten Jahre Wassergeld und Heizkosten gespart. Und Ihre Hütte müssen Sie auch nicht putzen.«

Jetzt strafft sie sich und sagt leise: »Mein Gott, ich konnte doch nicht ahnen, welche Ausmaße das Ganze annimmt.« Sie schaut mich an. »Herr Feddersen, mein Chef hat mich gebeten, ihm diesen Gefallen zu tun. Er meinte, dass ihm jemand übel mitspielen würde und er im Fokus Ihrer Ermittlungen stände.« Sie hebt die Hand. »Er hat mir diesen Ring geschenkt. Als Dankeschön. Ich wollte ihm den Gefallen tun.«

»Weiß Herr Sassnitz, dass Sie bei uns sind?«

»Nein. Er hat mich gestern Abend angerufen und gesagt, dass er in dieser Woche nicht mehr ins Geschäft käme. Er verreist wohl für ein paar Tage.«

»Hat er gesagt, wohin er fährt?«

»Nein.«

Czarnitzki springt auf. »Danke, Frau Reif. Schade, dass Sie Sassnitz Rückendeckung gegeben haben.« Er schaut Malte an. »Fertigen Sie das Protokoll zu Ende ... und lassen Sie Frau Reif noch einmal alles durchlesen.« Er wippt auf den Zehenspitzen auf und ab und schaut in die Runde. »Gehen wir nach nebenan.«

Kurze Zeit später stehen wir im Büro, das eine Tür weiter liegt. Wir tauschen die Neuigkeiten aus.

Czarnitzki lässt die Fingerknöchel knacken. »Was haben Sie jetzt vor, Feddersen?«

»Die Schuhe sind auf dem Weg ins Labor. Wir werden einen Trupp auf die Insel schicken, der das Gelände in Katharinenhof unter die Lupe nimmt.«

»Gut. Ich telefoniere gleich mit dem Richter. Den Haftbefehl für Sassnitz haben wir in spätestens einer halben Stunde.«

*

Frau Sassnitz öffnet uns die Tür. Sie hebt die Augenbrauen, als sie Olli, mich und die beiden Kollegen von der Streife sieht, die uns begleiten.

»Frau Sassnitz, wir möchten zu Ihrem Mann.«

Sie überfliegt den Haftbefehl, den ich ihr unter die Nase halte. »Tja ... Viktor ist nicht da. Kommen Sie doch rein.«

Die Tatsache, dass ihr Mann festgenommen werden soll, nimmt sie anscheinend teilnahmslos hin. Wir bleiben im großen Flur stehen.

»Ich habe meinen Mann seit gestern Abend nicht mehr gesehen. Gemeinsam mit meiner Tante habe ich Vorkehrungen getroffen ... Besser gesagt, ich habe Viktor sämtliche Hähne zugedreht. Er hat weder ein Auto, noch kommt er ins Haus. Der Zugriff aufs Konto ist ebenfalls gesperrt.«

»Sie haben ihn rausgeschmissen?«, fragt Olli und es klingt ein wenig schadenfroh.

»Richtig. Im Haus wurden sämtliche Schlösser der Zugangstüren ausgetauscht und den Laden kann mein Mann auch nicht mehr betreten. Dafür haben die Handwerker noch gestern Abend gesorgt. Vorhin hat mich Frau Hensler angerufen, weil ihr Schlüssel zum Laden nicht mehr passt und ein Schild von innen an der Tür hängt, dass das Juweliergeschäft wegen Krankheit für einige Tage geschlossen bleibt. Mir ist es gestern durchgegangen, ihr Bescheid zu sagen.«

»Frau Sassnitz, Frau Reif war vorhin bei uns ...«

Sie unterbricht mich. »Ich weiß. Sie hat mich gerade angerufen und mir gesagt, dass sie gelogen hat und sich dafür entschuldigt. Mein Mann hat ihr als Dank für ihre *Hilfe* einen Ring aus der Vitrine gegeben, den sie zurücklegen wollte. Den Mädels habe ich für ein paar Tage Urlaub gegeben. Ich weiß noch nicht, wie es weitergehen soll. Diese Maßnahmen musste ich treffen, denn Viktor ist so abgrundtief schlecht, dass er eiskalt den Tresor ausräumen und mit dem Schmuck und den Goldbarren das Weite suchen würde. Er hat mir mit der Polizei gedroht, wenn ich ihn nicht ins Haus lassen würde … Nach einer halben Stunde Dauerklingeln orderte er ein Taxi. Ich mache mir keinerlei Gedanken. Ihm gehört ein Sparbuch, mit dem er eine Weile zurechtkommen wird.«

»Haben Sie eine Ahnung, wo Ihr Mann sich jetzt aufhält?«

»Ja. Fragen Sie im *Hotel Diekmann* nach ihm. Wenn er in der Vergangenheit ein Böckchen hatte, hat er sich dort für zwei bis drei Tage eingeigelt.«

Eine halbe Stunde später verrät uns die freundliche Dame an der Rezeption des Hotels, dass Herr Sassnitz im dritten Stock im Zimmer 466 zu finden ist.

*

Nach Mitternacht bin ich Schweiß gebadet aufgewacht. Ein Alptraum hat mich aus dem Schlaf gerissen. Die Nutte hockte ohne Kopf am Fußende meiner Matratze. Das Blut blubberte aus ihrem Hals wie flüssige Schokolade und lief langsam ihren nackten Körper hinunter. Meine Laken waren blutdurchtränkt. Ihre Hände umspannten meine Fußgelenke, an denen sie mich vom Bett zerren wollte. Nach einem Schrei zog ich mit einem Ruck die Beine an.

Als ich nach meiner Nachttischlampe tastete und das Licht einschaltete, sah ich ihren Kopf im Lichtkegel liegen. Die toten Augen starrten mich an und ihr blutverkrusteter Mund verzog sich zu einem hämischen Grinsen.

Mit einem Schrei fegte ich das gruselige Teil vom Nachttisch und erkannte im selben Moment, dass mein Wecker geflogen und gegen die Wand gescheppert ist.

An Schlaf war nicht mehr zu denken. Eine innere Unruhe hat mich gepackt und nicht mehr losgelassen. Still sitzen konnte ich nicht. Wie ein Tiger im Käfig bin ich hin und her gelaufen.

Mit klopfendem Herzen habe ich den Sekundenzeiger meiner Armbanduhr beobachtet. Tick-tack, tick-tack. Was erwartete mich, wenn er fünf weitere Runden gedreht hat? Steht die Polizei vor der Tür und legt mir Handschellen an? Mit den Gedanken, dass ich mich verdächtig gemacht habe, bin ich zu Bett gegangen und sie lassen mich auch jetzt nicht los.

Seit 4 Uhr sitze ich in meinem ›Büro‹. Auch wenn an den Wänden nicht mehr viel hängt, was mich beflügelt, kann ich hier besonders gut Pläne schmieden. Das habe ich schon oft getan. So auch heute. Mit gestrecktem Arm verpasse ich der Glühbirne einen Schubs. Sie pendelt hin und her. An der Wand sehe ich das Wechselspiel des Lichtes. Ich starre auf die Wand. Licht, Schatten, Licht, Schatten.

In Gedanken gehe ich noch einmal alles durch, dabei spiele ich mit dem Messer, das so scharf wie eine Rasierklinge ist. Das rächt sich. Ich beobachte den winzigen Schnitt an meinem Daumen, der sich mit Blut füllt. Er wandert in meinen Mund. Ich schmecke Metall.

Soweit habe ich an alles gedacht. Es passt, und es dürfte keine Probleme geben.

Ich schaue auf die Uhr. Es ist kurz nach 7 Uhr. Ich werde mich gleich auf den Weg machen. So leichtsinnig wie in den letzten Tagen darf ich nicht sein.

Es geht mir nicht aus dem Kopf, wie sie mich angeschaut hat. Ich habe das Gefühl, dass ihre Augen jedes Detail meines Gesichtes nachgezeichnet haben. So, als wenn sie sich mein Äußeres genau eingeprägt und im Gehirn gespeichert hat. Oder täusche ich mich? Nein, ich habe feine Antennen. Ich täusche mich nie.

Sollten der Herr Kommissar und die Psychotante mir gemeinsam über den Weg laufen, wird sich ganz schnell herausstellen, dass ich nicht Reinhard Lauer heiße.

Dann *wird die Polizei genau hinschauen. Und da ich wie ein Idiot vom Galgenberg geschwärmt habe, werden die das Gelände unter die Lupe nehmen. Nicht auszudenken.*

Es darf nicht sein, dass ich wegen eines dummen Zufalls doch noch im

Knast lande. Dann war alles umsonst. Um das auszuschließen, muss ich noch einmal ran.

Ich stehe langsam auf, strecke mich und gähne. Mein Plan steht.

*

Sassnitz hat uns leicht bekleidet und mit nassen Haaren die Tür geöffnet. Um seine Hüften war lediglich ein Handtuch geschlungen. Er musste gerade geduscht haben, denn ein angenehmer Duft strömte uns entgegen.

Nachdem ich ihm den Haftbefehl gezeigt habe, wurde er blass. Mit einer Mischung aus Ungläubigkeit und Erstaunen rückte er die gelbe Brille zurecht. »Das glaube ich jetzt nicht. Das … das gibt es doch nicht.«

Er fängt sich schnell und diskutiert nicht lange herum. Noch bevor er in seine Klamotten geschlüpft ist und wir ihn belehrt haben, hat er seinen Anwalt kontaktiert … Mit knappen Worten die Situation geschildert. Danach hat er uns mitgeteilt, dass sein Rechtsbeistand Dr. Wulfert alles Weitere in die Hand nehmen werde.

Er scheint sich mit seinen Rechten bestens auszukennen, denn er erklärt uns, dass wir ihn erst befragen dürften, wenn Dr. Wulfert mit ihm gesprochen habe.

Dennoch haben wir versucht, ihn zum Reden zu bewegen, was uns nicht gelungen ist.

Auch Czarnitzki ist mit seiner schroffen Art nicht weitergekommen. Teilnahmslos nahm Sassnitz hin, dass Frau Reif die gemachte Alibi-Aussage widerrufen hat, und er zeigte keine Regung, als wir ihn mit dem Fund der Schuhe am Strand von Katharinenhof konfrontierten.

Morgen soll er dem Untersuchungsrichter vorgeführt werden. Bis dahin wird Viktor Sassnitz in der JVA untergebracht.

Bleckmann verabschiedet sich freundlich und klopft jedem von uns auf die Schulter. »Ich danke euch für den Moment. Das Wochenende wird hoffentlich ein ruhiges.«

Auch Czarnitzki ringt sich ein Lächeln ab.

Als Bleckmann schon fast aus der Tür ist, dreht er sich um. »Ich bin stolz auf dich, Kat. Du hast dich gut eingelebt. Bleib den Rest des Tages im Büro und arbeite was ab, okay?«

»Mach ich.«

Nach einem starken Kaffee fahren Olli und Malte nach Fehmarn. Sie wollen dabei sein, wenn die Hundertschaft das Gelände in Katharinenhof durchkämmt.

Olli wirft mir den Schlüssel unseres Dienstfahrzeuges zu. »Den lasse ich hier. Ich steige bei Malte ein.«

Ich werde Kat Gesellschaft leisten und ihr helfen, den Schriftkram zu erledigen.

Mein Handy klingelt. Ingas Nummer erscheint auf dem Display. Als ich das Gespräch annehmen will, verstummt der Ton.

Ratlos schaue ich auf das erleuchtete Display.

»Was war das denn?«, will Kat wissen.

»Es war Inga. Vielleicht sitzt sie gerade im Funkloch.«

»Das kann gut sein. Finn erreiche ich auch nicht. Sein Handy ist tot.«

Ich wähle Ingas Nummer. Eine Ansage ertönt, dass sie nicht erreichbar ist.

Kat steht auf und holt einen Aktenordner aus dem Regal. Ich schaue durch sie durch, knete meine Unterlippe und spüre eine eigenartige Unruhe. Das Wort *tot*, hallt in mir wider. Zögerlich rufe ich mein E-Mail-Postfach auf und gehe den Posteingang durch. Nach und nach lese ich die Eingänge.

Und wieder meldet sich mein Mobiltelefon. Inga hat eine Nachricht geschickt.

Hallo Hannes,
der Ruf ging nicht durch,
das Netz hat Ausfälle.
Ich bin heute Abend erst
gegen 22 Uhr daheim.
Ich liebe dich,
dein Schmetterling

Schmetterling? Habe ich Inga mal so genannt? Ich horche in mich hinein.

Es klopft. Eine junge Frau streckt den Kopf durch die Tür. Ihre hellblonden, kurzen Haare haben einen pfiffigen Schnitt. Es ist Merle Bleckmann, die uns anstrahlt. »Hallooo, ist jemand zu Hause?« Dann fliegt die Tür ganz auf.

Kat stößt einen Freudenschrei aus. »Merle! Das ist ja eine Überraschung.«

Die Cousinen fallen sich um den Hals.

»Wenn der Berg nicht zum Propheten kommt … Du weißt schon.« Sie lacht. »Ich wollte nicht heimfahren, ohne dich gesehen zu haben.«

Dann werde ich begrüßt. »Hallo, Hannes. Gut schaust du aus.« Sie umarmt mich.

Merle hat ihren Vater oft im Büro besucht, daher kennen wir uns auch sehr gut. »Danke. Das Kompliment kann ich zurückgeben.«

Kat rückt einen Stuhl für Merle zurecht. »Boah, wie ich mich freue. Setz dich. Magst du Kaffee?«

Merle nickt schnell.

Die beiden schnattern drauf los.

Jetzt weiß ich auch, warum Bleckmann Kat in den Innendienst beordert hat. Er wusste von dem Überraschungsbesuch seiner Tochter. »Ich lasse euch für ein Stündchen allein«, schlage ich vor. »Ich dreh eine Runde über den Friedhof und bring Hannah ein paar Blumen.«

*

Dieses Mal war nicht ich unvorsichtig, sondern sie. Obwohl ich keinen Termin habe, will sie mich kurz anhören. Es ist 9 Uhr. Es ist kein Gong, der den letzten Akt ihres Lebens einleitet, sondern der Türsummer. Bsss.

Mit einem kräftigen Hüftschwung drücke ich die Tür auf.

Ich bemühe mich, das Gebäude leise zu betreten. Meine Atmung geht schnell und flach. Aus irgendwelchen Räumen ertönen fremdländische Klänge. Es hört sich nach einem Didgeridoo mit Trommelbegleitung an.

Schräge Gesänge gesellen sich dazu. Menschen mit der Managerkrankheit oder gestresste Geschäftsleute entspannen gern bei solcher Musik. Ich streife mir Latexhandschuhe über.

Die Tür ihrer Praxis ist einladend geöffnet. Ich betrete den Korridor auf leisen Sohlen und sorge ebenso geräuscharm dafür, dass die Tür hinter mir geschlossen wird.

Sie kommt mir ein paar Schritte entgegen. Ich registriere, dass sie eine Jeans und ein gelbes T-Shirt trägt. Ihre Haare werden von einem farblich passenden Stirnband aus dem Gesicht gehalten.

»Setzen Sie sich bitte noch ein paar Minuten in den Wartebereich, Herr Lauer. Gleich können wir uns unterhalten … Ich muss kurz eine Arbeit zu Ende bringen.« Sie lächelt mich an. »Ich habe heute Bürotag.«

Ich schaue ihr in die Augen. »Halt die Klappe«, sage ich leise. »Hier wird keine Arbeit mehr zu Ende gebracht. Es ist Feierabend. Ende im Gelände.«

Es gibt Menschen, die Situationen schnell einschätzen können und nicht nachfragen. In ihrem Gesicht lese ich, dass sie dazugehört. Ihre Augenlider flattern. Sie forscht in meinem Gesicht und erkennt sofort den Ernst der Lage. Langsam geht sie einige Schritte zurück, tastet nach der Türklinke und hält sich mit der Rechten daran fest. Dann läuft sie noch ein Stück zurück, bis sie gegen den Schreibtisch stößt. Sie greift hinter sich, kramt blind. Sie wird ihr Mobiltelefon gesucht haben, denn jetzt greift sie in die Tasche ihrer Jeans und zieht es heraus.

Abwechselnd schaut sie in mein Gesicht und aufs Display. »Was soll das werden … Sie sind hergekommen, um zu reden, Herr Lauer.« Ihr Atem geht schneller.

»Bleib ruuuhig«, flüstere ich. »Ganz ruhig. Alles wird gut.«

Sie dreht den Kopf leicht nach rechts, ohne mich aus den Augen zu lassen. In dem Moment, als ich einige Schritte auf sie zumache, weicht sie aus. Es gelingt ihr, um den Schreibtisch zu laufen. Sie will den Raum verlassen. Ich bin schneller und versperre ihr den Weg. Meine Finger schnappen nach ihrem Handgelenk und ich schaffe es, ihr das Mobiltelefon aus der Hand zu reißen.

Der Name Hannes Feddersen ist auf ihrem Handy zu lesen. Die Verbin-

dung hat sich bereits aufgebaut. Geistesgegenwärtig drücke ich die Taste, die das mobile Teil ausschaltet. Das Display wird schwarz.

Sie dreht sich um. Ich bekomme sie an den Haaren zu fassen und reiße sie zurück. Sie strauchelt und prallt gegen mich. Sofort schlägt und tritt sie um sich.

Mein rechter Arm hat sie jetzt fest im Griff. Trotz Strampeln und Schlagen schafft sie es nicht, sich loszureißen. Sie versucht, mir in den Arm zu beißen.

»Spinnst du?«, schreie ich ihr ins Ohr. »Du wolltest den Bullen anrufen … Ich kenne ihn. Ich weiß, dass du mit ihm in die Kiste hüpfst. Weißt du eigentlich, wie dick der Strich ist, den du mir durch die Rechnung gemacht hast?«

»Welche Rechnung?« Ihre Stimme stockt. »Beruhigen … Sie sich und … lassen Sie mich los. Sofort. Wir können … reden. Was ist passiert? Was macht Sie so wütend?«

Ich drehe sie und verpasse ihr einen Schubs nach hinten. Sie landet auf dem Schreibtischstuhl. Er rollt, knallt gegen ein Regal. Ordner und Dekosachen fallen auf den Boden.

Sie hebt abwehrend die Hände, als ich das Handy auf ihren Schoß schleudere. Wieselflink hole ich das Karambit-Messer aus meiner Hosentasche, das ich mit einer Hand öffne, und richte die Spitze der Klinge auf ihre Kehle. »Mach jetzt bloß keine Zicken. Schreib ihm. Schreib ihm, dass mit der Verbindung was nicht stimmt … du weg musst und erst um 22 Uhr wieder zu Hause bist.«

Während sie das Handy einschaltet und den Bildschirm entsperrt, redet sie weiter: »Warum erzählen Sie mir nicht, was Sie so aus dem Konzept gebracht hat? Manchmal …«

Ich blende ihre Worte aus. »Hör jetzt genau zu. Ein falscher Buchstabe und es spritzt Blut.«

Sie ruft die Nachrichten-App auf. Ich stelle mich neben die Psychotante, diktiere und lese jedes Wort mit, das sie schreibt. Trotz des Messers am Hals bleibt sie erstaunlich ruhig.

Da ich Zeit schinden muss, damit nicht zu schnell nach ihr gesucht wird, diktiere ich weiter. »Ich bin heute erst gegen 22 Uhr daheim und melde mich später bei dir.«

Ihre Finger sausen über das Display.

»Zum Schluss schreibst du das übliche Gesülze. Ich liebe dich … *deine Muschi oder wie immer er dich nennen mag.« Ich lese, dass sie die Nachricht mit* dein kleiner Schmetterling *beendet.*

Zufrieden ziehe ich ihr das Handy aus der Hand und übernehme das Versenden. Anschließend schalte ich das Teil wieder aus und werfe es auf den Schreibtisch. »Dir ist aufgefallen, dass ich mich mit dem Namen vertan habe, richtig?«

Sie will aufstehen. »Ich weiß nicht, was Sie meinen.«

Ich strecke meinen Arm und richte die tigerzahnförmige Klinge wieder auf ihre Kehle. Sie setzt sich.

»Rede keinen Mist. Stell dir vor, du gehst mit dem Bullen am Wochenende einkaufen. Ihr wollt euch einen schönen Abend machen und benötigt einen guten Wein. Und plötzlich stehen wir nebeneinander in der Weinabteilung vor einem Regal und du würdest sagen: Hallo, Herr Lauer. Na? Suchen Sie auch einen guten Tropfen?«

In ihrem Gesicht regt sich nichts.

Ich beuge mich zu ihr. »Weißt du, dass ich dann ein riesiges Problem habe, denn der Herr Kommissar kennt mich und weiß, dass ich nicht Lauer heiße. Er würde sich ganz flott fragen: He, warum lügt der Typ? Da wollen wir jetzt mal ganz genau hinschauen. Er musste einen Grund haben, sich unter falschem Namen bei meiner Inga einzuschleichen. Und jetzt kommt es … Wenn wir uns nicht im Supermarkt über den Weg laufen würden, dann könnte es im Kaufhaus, beim Gärtner oder einfach auf der Straße sein. Ich säße also immer auf einer Bombe, die tickt und eines Tages Boom macht.«

Draußen wird es laut. Ich mache einen Schritt zurück und spähe durch die Lamellenvorhänge. Arbeiter der Stadt sind vorgefahren. Sie hieven Rasenmäher, Trimmer und Gartengeräte von der Ladefläche des kleinen Lkw.

Der Rasentrimmer wird angeworfen. Es dröhnt. In meinem Kopf dröhnt es ebenfalls. Ich spüre, dass sich die Blitze zum Angriff bereitmachen. So fängt es immer an.

Mit zwei Fingern greife ich in die Brusttasche meines Hemdes und hole den Blister mit den Tabletten heraus. Ich fummele eine heraus und schlucke sie. Ich benötige kein Wasser. Das Teil rutscht auch so.

Die Dinger aus dem Internet sind Gold wert. Sie helfen meinem fehlenden Serotonin auf die Sprünge und lassen mich viel selbstsicherer werden. Mit Chemie im Blut fühle ich mich stark. Im Netz bekommt man alles. Drogen der feinsten Sorte und … den Saft der Tollkirsche.

»Haben Sie wieder Schmerzen?«, will sie wissen. »Nehmen Sie deshalb die Tabletten?«

Auf diese Frage gehe ich nicht ein.

Damit ich sie nicht die ganze Zeit in Schach halten muss, nehme ich die Rolle Paketband vom Regal und binde ihre Hände um die Armlehnen des Stuhls.

»Es ist schade, dass Sie nicht reden möchten«, sagt sie mit fester Stimme. »Ich bin mir sicher, dass wir Ihr Problem in den Griff bekommen hätten. Ich hatte viele Klienten, denen es physisch richtig dreckig ging. Bis sie endlich den Mut hatten, sich alles von der Seele zu reden. Sie haben sich der Vergangenheit gestellt.«

Ich setze mich auf eine Ecke ihres Schreibtischs und verbeuge ich mich leicht. »Ah. Guten Morgen, Frau Neunmalklug.« Ich grunze. Barsch sage ich: »Noch so ein Spruch und du fängst dir eine.« Ich massiere meine Stirn. »Wenn jemand Mut bewiesen hat, dann ich.«

»Haben Sie mal mit Ihrer Mutter darüber gesprochen?«

Mein Kopf fliegt in den Nacken. Ich lache zynisch. »Meine Mutter?« Die nächsten Worte speie ich ihr entgegen: »Meine Mutter war eine Nutte. Meine Probleme sind ihr am Hintern vorbeigegangen. Sie hat meinen Vater betrogen. Und weißt du mit wem? Mit Reinhard Lauer. Mit dem *Schweinehund, der mir das Handgelenk gebrochen hat. Als ich eines Tages von der Schule heimkam, habe ich sie beim Bumsen erwischt. Meine Mutter lag mit hochgeschopptem Kleid bäuchlings auf dem Küchentisch, und mein Sportlehrer hat es ihr von hinten besorgt. Sie waren so beschäftigt, dass sie gar nicht mitbekommen haben, dass ich in der Wohnung war. Ich bin weggerannt. Meine Mutter hat es einen Scheißdreck interessiert, was er mit mir gemacht hat. Am Abend habe ich ein Kondom im Müll gefunden.«*

»Haben Sie öfter mitbekommen, dass Lauer bei …«

Ich springe vom Schreibtisch und fuchtele mit dem Messer vor ihrem Gesicht. »Mensch, halt die Fresse. Popel nicht weiter herum …« Ich laufe auf und ab. Mein Kopf. Die Blitze. Ich bleibe stehen, schließe die Augen, zwinge mich zur Ruhe und rede weiter. »Seitdem habe ich jeden Tag heimlich den Mülleimer durchsucht, wenn ich von der Schule heimkam. Irgendwann wusste ich, dass er montags und donnerstags kam. Ich habe die ekeligen Gummis gesammelt und vergraben.«

»Warum haben Sie sie vergraben?«

»Weil es mir dadurch besser ging. Ich habe sie auf Fehmarn verbuddelt. Am Galgenberg.«

»Sie hatten mir von Galgenberg erzählt.«

»Klugscheiß nicht so. Als wenn ich nicht wüsste, was ich dir erzählt habe. Ich war nicht wegen der schönen Natur dort. Auf dem Galgenberg wurden früher Menschen hingerichtet, die es verdient hatten zu sterben. Zack. Kopf ab. Das war's.«

»War das Begraben für Sie so eine Art Befriedigung?«

»Du denkst mit. Richtig. Es war ein erhabenes Gefühl, etwas von seinem Körper unter die Erde zu bringen. Tja. Die Gerechtigkeit hat gesiegt. Lauer ist wenig später tödlich verunglückt.« Meine Hand fährt langsam durch die Luft. »Brrrm. Schepper. Knack.«

»Er hatte einen Unfall?«

»Jepp.« Ich strecke mich. »Die Gummis im Müll haben sein Schicksal eingeläutet. Und … er ist durch ein Stück Gummi gestorben. Sein Autoreifen ist während einer rasanten Fahrt geplatzt. Das Arschloch hat sich das Genick gebrochen. Das *war meine Rache.«*

»Sie *waren für den Unfall verantwortlich?«*

»Du denkst wieder mit. Genau. Ich habe dafür gesorgt, dass er wenig Luft in den Reifen hat.« Ich hebe die Augenbrauen und beuge mich wieder zu ihr. Meine Stimme wird leise. »Vorsicht. Ich bin ein Mörder.«

Ich beobachte mit einer großen Genugtuung die Wirkung meiner Worte. Ein Stück Selbstsicherheit fällt aus ihrem Gesicht, wie die Kachel von einer Wand.

»Das hast du nicht gedacht, was? He, du hast es mit einem Killer zu tun. Aber mit uns schrägen Vögeln kennst du dich ja aus. Ich habe im Internet recherchiert und interessante Dinge über dich gefunden.« Ich spiele mit dem Messer. »Im Gegensatz zu deinen Knastologen bin ich aber cleverer. Niemand ist auf die Idee gekommen, dass Lauers Tod kein Unfall war. Wenn ich Scheiße bau, dann baue ich sie so, dass mich niemand erwischt.« Ich lasse das Karambit-Messer kreisen.

Draußen ist es plötzlich ruhig. Ich linse wieder durch die Lamellen. Die Arbeiter sitzen auf den Randsteinen der Wiese und machen Pause. Sie packen ihre Brote aus. Ich trete vor den Heizkörper. »Fuck. Haut endlich ab, ihr Säcke. Mir brennt es unter den Nägeln.«

Sie hat sich gefangen. »Wie kommen Sie mit Frauen zurecht?«

Mit zwei großen Schritten stehe ich vor ihr und schlage zu. Ihr Kopf fliegt zur Seite. »Mann, hör auf, so beschissene Fragen zu stellen.« Ihre Nase blutet. »Frauen? Frauen sind Schlampen«, stoße ich hervor. »Alle. Und meine Mutter spielte in der ersten Liga.«

Blut tropft auf ihr gelbes T-Shirt. »Sie war so scheinheilig. Wie ein Engel hat sie meinen Vater und mich umsorgt. Ihre weiche Hand hat mir die Haare aus dem Gesicht gestrichen und meinem Vater hat sie verliebt am Arm gehangen, wenn sie spazieren gingen. Als Lauer krepiert ist, hatte Mama schnell den nächsten Stecher. Und danach folgte der Nächste und wieder der Nächste und danach noch Unzählige.« Ich lehne mich gegen den Türrahmen und ramme das Messer ins Holz, ziehe es heraus und ramme es wieder hinein. »Meinem Vater ist das nicht verborgen geblieben. Ein Jahr vor meinem Abitur ist er am Abend fortgegangen. Er ist nicht wiedergekommen. Ihn haben sie am alten Feld in der Nähe der damaligen Schnapsbrennerei an einem Baum gefunden. Mit einem Strick um den Hals. Er hat sich aufgehängt.« Meine Faust knallt gegen die Wand. »Fuck. Sie hätte sterben müssen. Nicht er. Ich habe sie gehasst. Eigentlich wollte ich Wirtschaftswissenschaften studieren, habe mich aber dagegen entschieden. Spitze Messer in Fleisch treiben, mit der Knochensäge hantieren, Blut fließen sehen, das war meine Passion. Und die Bilder, die ich dabei vor Augen hatte, haben mir ein verdammt gutes Gefühl gegeben.« Ich laufe zu ihr und stütze mich auf die Armlehnen. Mein Gesicht ist jetzt ganz nah vor ihrem. »Und soll ich dir was sagen? Ich werde jeden Tag an das gespaltene Verhältnis, das ich zu meiner Mutter hatte, erinnert. Fast jeden beschissenen Tag wird mir bewusst, dass es auch intakte Mutter-Kind-Beziehungen gibt. Gegenüber von mir wohnen zwei dieser Turteltäubchen. Die Irene und ihr Sohnemann. Ein Dream-Team. Es riecht ständig nach Kuchen und Gebratenem im Flur, wenn er seine Mama besuchen kommt. Er schleppt ihr die schweren Taschen aus dem Auto. Sie lachen so laut, dass man es nicht überhören kann. Ich könnte beiden den Hals umdrehen … Und dann war da noch meine Nachbarin, die Nutte. Die Miermann. Auch die hat mich ständig an meine Mutter erinnert. Dieses Flittchen … Nebenan ging es zu wie in einem Karnickelstall. Mich wollte sie nicht. Einmal hatte ich Bock, eine Runde auf dem Dorfmoped zu drehen. Obwohl ich ihr gutes Geld auf den Tisch gelegt hätte, hat sie mich schon am Telefon abgeschmettert. Sie wollte wissen, womit ich mein Geld verdiene. Ich war Frau Hure nicht fein genug. Jemand, der schlachtet, war unter ihrem Niveau. Die hat nur mit Gold behangene Schwänze akzeptiert. Sie war mit einem Kerl zusammen, der verheiratet ist. Ein Juwelier. Tja. Und von dem war sie schwanger.«

»Frau Miermann … Der Mord an der hübschen Frau geht jedem unter die Haut. Sie haben sie umgebracht?« Die Fassungslosigkeit steht ihr ins Gesicht geschrieben.

Ich laufe zu dem Stuhl, der vor ihrem Schreibtisch steht, und setze mich. »Ich hatte Mitleid mit dem Kind. Stell dir vor, es wird geboren. Sie umhegt und pflegt es und wenn das Kleine Bubu macht, schafft sie an. So ein Kind hat keine Freude im Leben. Und ihr Stecher, dieser Juwelier … auch der hat nur Unglück gestreut. Seine Frau ist schwer herzkrank. Sie würde eine Trennung von ihm nicht überleben. Die hat eine Ballettschule.« Ich schnalze mit der Zunge. »Mich hat interessiert, wie sie ausschaut. Ich war mal dort und habe gefragt, was der Unterricht kostet. Sie ist ein Zuckerpüppchen der feinsten Sorte.«

Ich horche auf. Endlich arbeiten die Typen weiter. Der Motor eines Rasenmähers ist zu hören.

»Woher wissen Sie das alles? Hat Frau Miermann es erzählt?«

»Du hast nicht aufgepasst, Inga. Sonst würdest du von allein drauf kommen.« Ich hebe die Augenbrauen. »Geheimnisse und die Dinge, die Menschen vermeintlich verschwinden lassen wollen, findet man im Müll. Der Mülleimer kann eine Goldgrube sein. Menschen sind leichtsinnig. Alle machen sich Sorgen, dass Daten missbraucht werden. Aber um die Dinge, die im Abfall landen, machen sich die wenigsten Gedanken. Du kannst dir nicht vorstellen, was ich alles von ihr wusste. Ich fand Geschäftsbriefe mit ihrer E-Mail-Adresse und ihrer Bankverbindung. Sehr schnell war mir klar, dass sie geile Wäsche verkauft. Seit die Schlampe mich so von oben herab behandelt und mich abblitzen lassen hat, hatte ich sie im Visier. Mit mir geht man so nicht um. Mich behandelt niemand ungestraft wie Dreck. Ich wusste, mit wie vielen Freiern sie am Abend auf der Matratze lag … Das Finanzamt hätte die Kondome zählen sollen. Die hat den Staat mit Sicherheit beschissen. Ich wusste auch, welche Pille sie schluckte und bei welchem Gynäkologen sie war. Du kannst dir nicht vorstellen, wie viele Briefe und herausgerissene Tagebuchseiten ich gelesen habe, die im Papierkorb gelandet sind. Jeden Streit, den sie mit ihrem geliebten Viktor Sassnitz hatte, vertraute sie Papier an. Zuletzt wurde ihr Ton schärfer. Sie drohte ihm, seine Frau einzuweihen. Die Miermann war richtig sauer, dass er plötzlich ihre Freundin Marlene vögelte. Ich kannte sie besser, als sie sich selbst kannte. Mir gehört zusätzlich ein kleiner Kellerraum, in dem ich gut nachdenken kann. Dort habe ich am späten Abend gesessen und auf das Klappern ihrer Stöckelschuhe gewartet. Ihren Gang hätte ich unter Tausenden erkannt. Ich konnte mich darauf verlassen, dass sie kam, denn sie brachte jeden Abend den Müll runter, den ich nach ihrem Verschwinden aus dem Container kramte. Ich bin ein schlaues Kerlchen. Ich habe kombiniert, hin und her gedacht und die Puzzleteile so lange gedreht, bis ich ein fertiges Bild vor Augen hatte. Mir war klar, dass Viktor Sassnitz bald unter Mordverdacht stehen wird, wenn eine Valentina Miermann den Kopf verliert. Bullen sind wie Trüffelschweine. Die wühlen so lange im Dreck, bis sie das gefunden haben, was sie suchen. Ich habe anonym gemeldet, bei welchem Frauenarzt die Miermann war. Und den letzten Stoß habe ich diesem Juwelier verpasst, indem ich die Schuhe der Schlampe an der Steilküste in Katharinenhof ins

Wasser geworfen habe. Ich war dem Weichei auf den Fersen, nachdem die Nutte diese Welt verlassen hat. Am Donnerstag nach der Tat war er früh auf Fehmarn joggen. Und das hat er mit Sicherheit der Polizei erzählt. Aus der Nummer kommt er nicht mehr raus. Sämtliche Indizien sprechen gegen ihn. Das Schicksal war mir wohlgesonnen. Dass er die Miermann an der Nase spazieren geführt hat, war ganz offensichtlich. Letztendlich konnte ich sie schnappen. Der Rest war leicht. Sie war geldgeil. Wenn man ihr die richtige Summe geboten hat, hat sie alles getan. Und ich weiß, wovon ich rede.«

»Sie haben vorhin erzählt, Sie hätten keine Schnitte Brot bei ihr bekommen.«

»He, du bist cool. Endlich mal eine Frau, die was in der Birne hat. Richtig. Als Mark Timmerhaus gab es nicht den kleinsten Brotkrumen. Für den Großindustriellen Reinhard Lauer hat sie jedoch ganz weit die Tür und dann die Beine geöffnet. Ein wenig Farbe ihm Haar … schicke Freizeitklamotten und das Tor zum Himmelreich öffnete sich wie von selbst. Was glaubst du, wie schnell sie sich darauf eingelassen hat, eine Nacht in ›meinem‹ *Jagdhaus zu verbringen. Es gehört dem Freund meines Chefs.« Ich krame nach meinem Schlüsselbund und wedele damit in der Luft. »Ich habe die Schlüssel vom Jagdhaus und von der dicken Karre, die dort in der Garage steht. Auch damit habe ich die Nutte schwer beeindruckt. Der Kumpel meines Chefs, der Herr Kraus, hat ein eigenes Jagdrevier, das direkt hinter dem Haus anfängt. Der Typ lebt in München und entspannt fast jedes Wochenende in der schicken Hütte. Er kommt mit dem Privatflieger aus Süddeutschland. Ich kümmere mich nicht nur um die Pflege des Gartens … Wenn er was geschossen hat, sorge ich dafür, dass Wildschwein & Co in die Kühltruhe passen. Das Schlachthaus, das hinter dem Haus liegt, ist mit allem eingerichtet, was das Herz eines Schlachters höherschlagen lässt. Im Moment urlaubt er mit seiner abgewrackten Schabracke in der Karibik.« Den nächsten Satz spreche ich betont langsam. »Wir haben also alle Zeit der Welt.«*

Ihre Knie zittern. Sie schaut mich mit großen Augen an, unter denen jetzt schwarze Schatten liegen.

Ich bin mir ganz sicher, dass sie weiß, was sie erwartet.

Ein Blick durch die Lamellen lässt mich erneut fluchen. Die Penner sind noch immer bei der Arbeit.

Es klingelt. Als hätte ich einen Stromschlag bekommen, ziehe ich meinen Zeigefinger von den Lamellen zurück. Von dem Fenster aus hat man keinen Einblick auf die Eingangstür.

Ich fahre die Psychotante an. »Du hast gesagt, du erledigst heute Bürokram. Erwartest du doch jemanden?«

»Ja. Ich hatte vergessen, dass noch ein Klient kommt.«

Verdammte Scheiße. Ich habe keinen Bock auf Komplikationen. Nachdem es dreimal geschellt hat, ist Ruhe. Mit dem Messer durchtrenne ich das Paketband, das ihre rechte Hand fixiert. »Für den Fall, dass später noch jemand kommt, schreib einen Wisch, dass du wegen eines Notfalls weggerufen worden bist und die Praxis geschlossen bleibt. Den klebe ich gleich unter die Klingel.«

*

Hannah liebte bunte Blumen. Die Besitzerin des Geschäftes *Art and Flowers* kennt ihren Geschmack. Frau Petersen greift gezielt nach farbigen Blüten. Dabei erzählt sie mir, dass die ehemalige Wirtin der kleinen Kneipe an der Ecke verstorben ist.

»Mit fast achtzig Jahren war sie bis auf ein paar Zipperlein gesund. Sie hatte einen schönen Tod. Bums. Einfach umgefallen und das war's.« Mit flinken Fingern bindet sie ein Bukett.

»Ja. Für die Angehörigen ist ein plötzlicher Verlust besonders schlimm. Für denjenigen, den der Herrgott ruft, ist so ein Tod gnädig.« Ich verschränke die Hände auf dem Rücken und überlege, welche Blumen Inga gern mag.

»O ja. Da haben Sie Recht, Herr Feddersen. Diese Morde in Serie … Man darf sich nicht vorstellen, wie die Opfer gelitten haben. Ich habe die Pressekonferenz am Montag geschaut. Da wird einem ganz anders. Seitdem bekomme ich eine Gänsehaut, wenn ich mit der Axt hantiere. Hoffentlich fangen Sie den Verbrecher bald.«

Ich muss schmunzeln. Frau Petersen drückt uns immer die Daumen, dass wir die Verbrecher fangen.

Sie zeigt mir das schöne Gebinde. »Ist es recht so?«

»Ja. Wunderbar. Danke.« Ich nehme mir vor, Inga morgen mit schönen Blumen zu überraschen. Ich zeige auf die Ranunkeln. »Binden Sie mir für morgen früh einen schönen Strauß?«

Frau Petersen nickt. »Sehr gerne. Ranunkeln sind so romantisch. Ich liebe sie. Die verwende ich sehr häufig für Tischdekorationen, wenn geheiratet wird.« Sie grinst mich vielsagend an. Mit meiner Kombinationsgabe ahne ich, dass sie auf die Hochzeit meiner Cousine anspielt, die morgen heiratet. Seit ich weiß, dass Inga mich zu dem großen Fest begleiten wird, freue ich mich darauf. Das Schicksal hat es gut mit mir gemeint.

Wenig später verlasse ich mit einem duftenden Strauß den Laden.

Die bunten Blumen machen sich wunderbar auf dem Grab. Mein Blick wandert über das Denkmal und bleibt an dem blauen Schmetterling aus Marmor hängen, der auf dem Stein sitzt. Ich denke an Inga. In Gedanken rede ich mit Hannah und sage ihr, dass sie immer einen Platz in meinem Herzen haben wird und ich ihr für die Botschaft heute Nacht danke. »Es ist schön«, flüstere ich, »dass du Inga magst.«

Es rührt mich ein wenig, dass ein weißer Falter seine Runden über Hannahs Grab dreht und dann vor meiner Nase tanzt. Er fliegt davon.

Ich trete den Rückweg an und denke, dass die Mädels sich schon ordentlich ausgetauscht haben.

Nachdem ich die große Wasserstelle hinter mir gelassen habe, lege ich einen Schritt zu und bremse nach ein paar Metern ab, weil ein Grabstein meine Aufmerksamkeit auf sich lenkt. In einen hellbraunen Naturstein ist der Name *Ingrid Timmerhaus* gemeißelt. Sie ist vor fünf Jahren verstorben. Ihr Mann, Friedhelm, hat etliche Jahre eher die Erde verlassen.

Laut Herrn Surmann hat Mark Timmerhaus eine kranke Mutter namens Ingrid. Aber die kann hier nicht liegen, denn Mark hatte sich einen Tag freigenommen, damit er seine krebskranke Mutter in die Onkologie begleiten kann.

Ist es Zufall, dass diese Frau Timmerhaus ebenfalls Ingrid heißt? Oder hat er sich einen freien Tag mit einer geschmacklosen Lüge erschlichen?

*

Zurück im Büro unterbreche ich den Klönschnack von Merle und Kat.

»Kat, kümmerst du dich kurz um die Familie Timmerhaus? Setz dich mit dem Bürgerbüro und dem Standesamt in Verbindung. Erkundige dich nach einer Ingrid Timmerhaus. Sie ist am 26. September 2014 verstorben. Ich will wissen, ob es Marks Mutter sein könnte. Neben ihr ruht ihr Mann Friedhelm, der schon vor zwanzig Jahren verstorben ist. Mich interessiert, ob Mark gelogen hat. Erinnerst du dich? Laut Herrn Surmann soll er eine krebskranke Mutter haben, die Ingrid heißt. Mark hatte seinen Chef um einen freien Tag gebeten, weil er seine Mutter in die Onkologie begleiten wollte.«

Kat nickt. »Genau. Das habe ich mitbekommen. Du meinst wirklich, dass er so dreist lügen würde? Hm. Okay. Merle ist im Aufbruch. Ich erledige das gleich.«

Merle Bleckmann steht auf und schultert ihre Handtasche. »Mark Timmerhaus? Wenn es *der* Mark Timmerhaus ist, den ich vom Gymnasium her kenne, dann könnte er ein Lügner sein. Der war mit allen Wassern gewaschen. Der hat sich damals so einiges zusammengesponnen.«

Ich stutze. »Timmerhaus und du … ihr wart in einer Jahrgangsstufe?«

»Neeein. Er war einige Klassen höher als ich und damals in aller Munde. Der war bekannt dafür, dass er mit einem Messer durch die Gegend gerannt ist. Damit hat er auch in den Pausen Unfug getrieben. Timmerhaus hatte laufend Schwierigkeiten mit unserem Sportlehrer. Irgendwann ist Mark ausgerastet. Ich weiß nur vom Hörensagen, was damals passiert ist. Lauer hat ihn mit dem Messer erwischt und es machte die Runde, dass viel Blut geflossen ist. Timmerhaus hat sich wohl selbst verletzt. Angeblich hat der Lehrer Mark an diesem Tag aufgelauert, ihm das Handgelenk gebrochen und anschließend die

Treppe runtergestoßen.« Sie öffnet ihre Handtasche und holt ihren Autoschlüssel hervor.

»Das klingt aber sehr abenteuerlich«, höre ich Kat sagen.

»Stimmt. Die Geschichte hat ihm auch niemand geglaubt.«

»Weißt du noch etwas über Timmerhaus?«, will ich wissen.

»Nicht wirklich. Nur, dass er sich mit seinen Freunden oft am Galgenberg auf Fehmarn herumgetrieben haben soll. Er war ein komischer Typ.« Sie steht auf. »So. Ich bin weg.«

Ich stehe ebenfalls auf. »Warte … Wie hieß Lauer mit Vornamen?«

»Reinhard hieß er. Reinhard Lauer. Er ist ein paar Monate nach dem Vorfall mit dem Auto tödlich verunglückt.«

Sie umarmt erst mich, dann ihre Cousine.

Ich höre wie durch Watte, wie sich die Frauen voneinander verabschieden.

Timmerhaus muss der Klient sein, der sich bei Inga kürzlich in Therapie begeben hat. Sie hat mir seine Geschichte mit wenigen Worten erzählt. Er wurde vom Sportlehrer gemobbt, er ist mit dem Messer in der Hand ausgerastet, und vor allem passt die Begebenheit mit dem gebrochenen Handgelenk, wofür der Sportlehrer verantwortlich sein soll. Außerdem sprach Inga von einem Reinhard. Ich kaue auf der Unterlippe. Timmerhaus hat Inga nicht seinen richtigen Namen genannt. Warum?

Kat kommt. »So, ich kümmere mich jetzt um die Timmerhaus'.« Sie schaut mich an. »He. Was hast du? Warum guckst du so komisch?«

»Ähm, ja. Mir geht was durch den Kopf …« Meine Gedanken überschlagen sich. Inga hat den kleinen Schmetterling erwähnt, der für mich nur *eine* Bedeutung hat. Das weiß sie eigentlich. Mein Bauchgefühl meldet sich. Hat sie einen Notruf abgesetzt?

Noch einmal versuche ich, Inga zu erreichen. Wieder vergeblich.

Meine innere Stimme warnt mich, Timmerhaus anzurufen.

Stattdessen wähle ich die Rufnummer des Schlachthofes Surmann und schicke ein Stoßgebet zum Himmel, dass Mark sich an seinem Arbeitsplatz aufhält.

Herr Surmann nimmt mir sofort die Hoffnung. »Nein. Der hat sich spontan freigenommen. Versuchen Sie es auf seinem Handy.« Er lacht. »Wenn er denn drangeht. Es interessiert ihn nicht, wer was von ihm will.«

»Ich weiß«, antworte ich ausweichend. »Wissen Sie, was er vorhat?«

»Gesagt hat er nichts. Ich könnte mir aber vorstellen, dass er in der Gegend des Dodauer Forst ist … der liegt in der Nähe von Bösdorf. Einer meiner Freunde aus München hat dort ein Jagdhaus, das er nur an den Wochenenden nutzt. Mark kümmert sich während seiner Abwesenheit um Haus und Hof und zerlegt auch das Wild, das Magnus zur Strecke gebracht hat. Timmerhaus hat damals geholfen, das Schlachthaus einzurichten.«

Die Bilder der ermordeten Valentina Miermann kommen mir in den Sinn. »Ein Schlachthaus?«

»Ja. Im Moment ist der Kühlraum leer. Magnus Kraus, also mein Freund, urlaubt zurzeit in der Karibik.«

»Danke.« Das Telefon fliegt auf den Tisch. Ich springe auf.

Bevor ich etwas sagen kann, meldet sich Kat zu Wort. »Timmerhaus hat gelogen. Er kann seine Mutter nicht in die Onkologie begleitet haben. Die Ingrid mit diesem Sterbedatum ist seine Mutter.«

Ich nicke ihr zu. »Es brennt. Ruf Olli und Malte an. Pfeif sie von der Insel zurück. Sie sollen das Blaulicht aufs Autodach setzen und Gas geben. Ich melde mich gleich selbst bei Olli.«

Kat stellt keine Fragen, sie reagiert.

Mit großen Schritten laufe ich ins Nebenzimmer. »Rosi … Für diese Handynummer brauche ich eine Ortung. Es geht um Timmerhaus. Ich muss wissen, wo er sich aufhält.« Ich kritzele die Rufnummer auf einen Zettel. »Kat und ich fahren zur Praxis von Inga Bergström. Wir brauchen Verstärkung und den Schlüsseldienst. Sie sollen in Zivil antanzen. Es geht in die Augustastraße 128 … In die psychologische Praxis Inga Bergström. Dann brauche ich die Adresse vom Zweitwohnsitz eines Magnus Kraus. Er wohnt in München und hat in der Nähe von Bösdorf ein Jagdhaus. Ich melde mich von unterwegs.«

Zurück im Büro erklärt Kat mir, dass Olli und Malte sich sofort auf den Weg machen.

Ich taste nach meinem Holster mit der Waffe und während ich schon im Begriff bin, das Büro zu verlassen, sage ich Kat, dass ich ihr alles Weitere im Auto erklären werde.

*

Die Gewissheit, dass Timmerhaus Inga in seiner Gewalt hat, erschlägt mich fast.

In der psychologischen Praxis finden wir ein Büro vor, in dem Spuren davon zeugen, dass Inga sich gegen Timmerhaus gewehrt haben muss. Auf dem Boden liegen Aktenordner und Dekoartikel, die von einem Wandregal gefallen sein müssen. Zwei Lamellen der Vorhänge sind aus der Führungsschiene gerissen. Um die Armlehnen des Schreibtischstuhls klebt aufgeschnittenes Paketband. Timmerhaus wird Inga gefesselt haben. Die Türzarge und das Türblatt sehen aus, als hätte jemand mehrmals ein Messer reingerammt.

Die Kollegen sehen sich die anderen Räume an.

»Hier ist alles okay«, informiert mich Herr Wehner von der Zivilstreife. »Keine Spuren, die von Gewalt zeugen.«

Kat beugt sich über den Schreibtisch. »Schau mal in die Utensilienbox. Das ist doch ein Diktiergerät, oder?«

Sie hat Recht. Ich nehme das kleine Teil in die Hand, an dessen Rückseite ein roter Punkt blinkt. »Es scheint, als würde es per Spracherkennung funktionieren.«

Nachdem ich es zurücklaufen lassen habe, höre ich Timmerhaus' Stimme.

»... wühlen so lange im Dreck, bis sie das gefunden haben, was sie suchen. Ich habe anonym gemeldet, bei welchem Frauenarzt die Miermann war. Und den letzten Stoß habe ich diesem Juwelier verpasst, indem ich die Schuhe der Schlampe an der Steilküste in Katharinenhof ins Wasser geworfen habe. Ich war dem Weichei auf den Fersen, nachdem die Nutte diese Welt verlassen hat.«

Ich drücke die Pausentaste, weil es klingelt. Herr Wehner öffnet die Tür. Olli und Malte kommen.

»Habt ihr schon die Ortung?«

Kat schüttelt den Kopf. »Wir warten drauf.«

Olli und Malte schauen sich um.

»So eine Scheiße«, sagt Olli.

»Ja«, antworte ich knapp. »Wir haben das hier gefunden.« Ich drücke erneut die Pausentaste.

»Am Donnerstag nach der Tat war er auf Fehmarn joggen. Und das hat er mit Sicherheit der Polizei erzählt. Aus der Nummer kommt er nicht mehr raus. Sämtliche Indizien sprechen gegen ihn. Das Schicksal war mir wohlgesonnen. Dass er die Miermann an der Nase spazieren geführt hat, war ganz offensichtlich. Letztendlich konnte ich sie schnappen. Der Rest war leicht. Sie war geldgeil. Wenn man ihr die richtige Summe geboten hat, hat sie alles getan. Und ich weiß, wovon ich rede.«

Inga antwortet. *»Sie haben vorhin erzählt, Sie hätten keine Schnitte Brot bei ihr bekommen.«*

»He, du bist cool. Endlich mal eine Frau, die was in der Birne hat. Richtig. Als Mark Timmerhaus gab es nicht den kleinsten Brotkrumen. Für den Großindustriellen Reinhard Lauer hat sie jedoch ganz weit die Tür und dann die Beine geöffnet. Ein wenig Farbe ihm Haar … schicke Freizeitklamotten und das Tor zum Himmelreich öffnete sich wie von selbst. Was glaubst du, wie schnell sie sich darauf eingelassen hat, eine Nacht in ›meinem‹ *Jagdhaus zu verbringen. Es gehört dem Freund …«*

Malte pfeift durch die Zähne. »Was für eine Lieferung. Wie auf dem goldenen Tablett.«

Mein Handy klingelt. »Feddersen? Sicherheitsbehörde, Lanfermann. Wir haben Timmerhaus auf dem Schirm. Er ist auf der A1 in Höhe Kabelhorst unterwegs. Wenn er in seinem Pkw sitzt, ist er in einem grünen Pick-up auf der Straße.« Er nennt das Kennzeichen. »Die Adresse von dem Jagdhaus ist *An der Lichtung*. Das Anwesen befindet sich ein Stück hinter Bösdorf und liegt direkt am Waldrand.«

»Okay. Danke. Wenn er über die A1 rauscht, jagen wir über die B202. Wir müssen vor ihm da sein.«

»Sollen wir ihn durch einen künstlichen Stau zurückhalten?«

»Ja. Das wollte ich gerade vorschlagen. Bremst den Verkehr aus. Die

Radiosender sollen eine aktuelle Verkehrsmeldung herausgeben. Wir bleiben in Kontakt.«

Olli hält mich am Arm fest. »Überlass uns das. Wir können Kontakt per Telefon halten.«

Ich befreie mich aus seinem Griff. Statt auf seinen Vorschlag einzugehen, gebe ich Anweisung. »Olli, wir fahren zusammen. Du gibst Gas. Kat ... Malte, ihr und die Kollegen folgt und fordert Verstärkung an. Ich informiere Bleckmann. Timmerhaus darf nicht den leisesten Verdacht schöpfen, dass er erwartet wird.«

*

Ich werfe einen Blick auf die Rückbank und grinse breit. Sie liegt gefesselt auf den Ledersitzen. Ihre Hände habe ich auf dem Rücken zusammengebunden, um ihre Fußgelenke ist ihr hauseigenes Paketband gewickelt, von dem auch ein langes Stück auf ihrem Mund klebt. Durch die getönten Scheiben kann zwar niemand in den Pick-up schauen, vorsichtshalber habe ich jedoch eine Decke über sie ausgebreitet.

Es ist gut, dass ich noch *eine Tablette geworfen habe. Wenn ich nur in Worte fassen könnte, wie ich mich fühle, wenn ich genug von dem Zeug intus habe. Erhaben und mächtig? Allmächtig? Das trifft es noch nicht ganz.*

Meine Hand schnellt nach vorn. Eine Schmeißfliege fährt mit. Ich treffe nicht. Sie hält mich zum Narren. Erst tanzt sie vor meiner Nase und sobald ich zuschlagen will, zieht sich der fette Brummer auf die Lüftungsschlitze zurück. Er ahnt nicht, mit wem er es zu tun hat. Einen Mark Timmerhaus reizt man nicht. Das endet böse.

»Weißt du was?«, frage ich sie, obwohl ich weiß, dass sie nicht antworten kann. »Ich musste zwei Personen ausschalten, weil sie ein zu großes Risiko für mich darstellten. Du bist die Dritte. Du hast bestimmt von dem Obdachlosen gehört, der tot auf dem Gelände der Villa Heimatland gefunden worden ist, oder? Ich habe ihn als Boten angeheuert. Die Nutte wollte vor dem Hochhaus neben der Bushaltestelle auf mich warten ... Mir war es aber zu riskant, dort aufzutauchen. Darum habe ich ihn hingeschickt, um sie ab-

zuholen. Er hat der Miermann verklickert, dass ich als Geschäftsmann mit meinem dicken Auto nicht gesehen werden will. Ich habe den abgewrackten Typen im Stadtpark aufgegabelt und ihn gefragt, ob er sich etwas Alkohol verdienen möchte.« Die Erinnerung lässt mich laut auflachen. »Der hat so schnell mit dem Kopf genickt, dass seine Nackenwirbel geknackt haben. Ich bin kein Unmensch, aber ich musste ihm die Lampe auspusten, verstehst du? Er hat die Miermann gesehen, er hat mich gesehen. Obwohl ich fein herausgeputzt war, hätte es dennoch sein können, dass er mir irgendwo über den Weg läuft und wiedererkennt. Mit ihm habe ich mir nicht viel Mühe gegeben. Ich habe ein kleines Drogenschränkchen im Keller. Darunter befindet sich auch ein Fläschchen mit dem Saft der Tollkirsche. Es war kein schöner Tod, hat aber für mich das Risiko auf null gefahren, erwischt zu werden.«

Ich schaue ab und an auf den Brummer. »Und dann war da noch die alte Frau, auf die ich in der Wohnung gestoßen bin. Ich schwöre bei Gott, dass ich nicht wusste, dass die Nutte eine Putze hatte. Die Frau habe ich noch nie zuvor gesehen. Sie ist mir nie auf dem Flur begegnet. Kannst du dir vorstellen, wie schockiert ich war, als ich auf die Alte gestoßen bin. Sie war ein zähes Luder und hat gekämpft.« Ich lache. »Wie steht es so oft in den Todesanzeigen? Sie hat gekämpft und doch verloren.«

Der Verkehrsfunk unterbricht meinen Redeschwall und die leise Musik.

»Hier eine wichtige Verkehrsmeldung. Vorsicht bitte auf der A1 in Höhe Hasselburg. Wegen herumliegender Metallteile auf der Fahrbahn staut sich der Verkehr. Die Räumarbeiten sind in vollem Gange … Ihr müsst für eure Fahrt circa fünfzehn Minuten mehr einplanen. Noch einmal … Vorsicht bitte … In Höhe Hasselburg fahrt ihr auf ein Stauende zu …« *Der Ton wird wieder leiser.*

Mit einem Blick auf die Schmeißfliege grinse ich. »Der Stau kommt mir gelegen. Gleich bist du dran.«

*

Während wir uns auf der rasanten Fahrt über die B202 Informationen über das Gelände An der Lichtung eingeholt haben, hat Bleckmann

Himmel und Hölle in Bewegung gesetzt. Die Kollegen aus Plön haben dafür gesorgt, dass wir Zugang zum Jagdhaus haben. Per Sprechfunk machen sie die Ansage, dass wir die edle Hütte durch die Kellertür und das Schlachthaus durch den Hintereingang betreten können.

Beamte von der Autobahnpolizei hatten Timmerhaus auf der A1 ständig im Visier. Sie haben sich mit zivilen Fahrzeugen vor und hinter seinen Pick-up positioniert. Ihren Beobachtungen nach sah es so aus, als sei er allein im Fahrzeug unterwegs. Da die hinteren Scheiben seines Autos getönt sind, war eine weitere Person nicht auszumachen. Wir gehen aber davon aus, dass Inga außer Gefecht gesetzt ist und auf dem Rücksitz liegt.

Uns ist klar, dass wir mit äußerster Vorsicht agieren müssen, denn wir wissen nicht, ob Timmerhaus eine Waffe auf Inga richtet, wenn er mit ihr das Fahrzeug verlässt.

Ich befinde mich in einem Ausnahmezustand. Die Gefühle habe ich komplett ausgeschaltet. Mit dem Sprechfunkgerät in der Hand hechte ich über den Jägerzaun auf das Grundstück des Jagdhauses. Wild entschlossen, nur mit Inga den Heimweg anzutreten, gebe ich Anweisung.

Nach den knappen Ansagen sprinten Malte und Kat mit drei Kollegen ins Jagdhaus. Sie werden im Obergeschoss hinter den Fenstern auf Timmerhaus warten. Olli, zwei Beamte der Plöner Mannschaft und ich laufen zielstrebig auf das Schlachthaus zu, dessen Vordertür über einen separaten Weg angefahren werden kann. Das weiß gestrichene Haus liegt ein ganzes Stück vom Haupthaus entfernt. Bis zum Wald, der unmittelbar dahinter liegt, sind es nur wenige Meter.

Kat meldet sich per Sprechfunk und erklärt, dass sie den Zufahrtsweg sowie den gepflasterten Pfad zum Haus im Blick haben.

Der Hintereingang führt in einen kleinen Flur, in dem große Blechwannen stehen. An den Wänden hängen Haken, an denen Gummischürzen baumeln, darunter stehen Gummistiefel in Reih und Glied. Durch ein kleines Fenster, das in der doppelflügeligen Tür eingebaut ist, werfen wir einen Blick in den Schlachtraum, den wir Sekunden später betreten.

Mein Blick fällt auf den großen Metalltisch. Ich halte kurz die Luft an. Hier wird Valentina Miermann das Opfer des Irren geworden sein.

Der Raum ist komplett gefliest. Die großen Maschinen wie der Fleischwolf, Wannen und Trichter verleihen meiner Fantasie große Schwingen. An den Wänden sind Magnetleisten angebracht, an denen sämtliche Arbeitsgeräte hängen, die ein Schlachter benötigt. Blanke Messer, Zangen, Sägen und Haken blitzen im Licht der Mittagssonne.

Auf einer großen Metalltür, die einen Spaltbreit geöffnet ist, steht in Großbuchstaben *Kühlhaus*. Olli späht durch das kleine Sichtfenster. »Die Kühlung läuft nicht.«

Daneben ist noch eine Tür aus Stahl, hinter der ein überschaubarer Technikraum liegt. Hinter einer gemauerten Wand hängen Schläuche und ein Hochdruckreiniger auf Halterungen.

Kat meldet sich. »Achtung. Der grüne Pick-up ist in Sicht. Er nimmt den Seitenweg, der zum Vordereingang des Schlachthauses führt …«

Durch das große Fenster neben der Eingangstür sehen wir Timmerhaus' Auto vorbeirollen. Olli und ich verziehen uns ins Kühlhaus, dabei lehnen wir die Tür wieder leicht an.

Kat schildert weiter: »Er steht direkt vor der Tür und steigt aus. Er läuft einmal ums Auto und öffnet die Tür hinter dem Beifahrersitz. Er zieht eine Decke hervor … wirft sie auf die Ladefläche … Er kramt in seiner Hosentasche … beugt sich in den Wagen … Er hantiert, zieht Inga vom Rücksitz. Sie sperrt sich, er schüttelt sie und richtet ein Messer seitlich auf ihren Hals. Er schubst sie …«

Es rumst.

Ich flüstere: »Ab jetzt ist Funkstille. Wir melden uns, sobald wir ihn haben.«

»Verstanden.«

Das Funkgerät wandert in die Gürteltasche. Wir nehmen unsere Dienstwaffen aus dem Holster.

Jede Faser meines Körpers ist angespannt und ich weiß, dass es Olli ebenso geht.

Eine Autotür wird zugeschlagen. Circa eine Minute später noch eine.

Kurz darauf betritt Inga den Schlachtraum, direkt hinter ihr ist Timmerhaus. Er hält ihr ein Messer an die Halsschlagader.

Sie ist blass. Aber sie läuft. Sie lebt. Nicht denken.

Auf ihrem Mund klebt Paketband, das sich halb gelöst hat. Er steht neben ihr und drückt es wieder auf die untere Gesichtspartie. Dabei nimmt er das Messer nicht von ihrem Hals. Die Klinge hat die Form einer Tigerkralle. Es ist ein Karambit-Messer. Seine linke Hand umspannt ihren Oberarm.

Inga leistet Widerstand, als er sie in Richtung Metalltisch schieben will, der oben und unten große Ösen hat, an denen Stricke baumeln. Sie tritt nach hinten aus und versucht, Timmerhaus' Griff zu entkommen.

Ich gebe Olli einstudierte Handzeichen. Er nickt.

Mark rastet aus. Er schreit. »Blöde Kuh. Glaub ja nicht, dass mir das hier Spaß macht. Ich sag es dir noch einmal. Du bist selbst Schuld. Aus der Nummer kommst du nicht mehr raus. Du wirst da landen, wo die Nutte gelandet ist.« Er legt das Messer aus der Hand und versucht, Inga zu bändigen.

Auf den Moment habe ich gewartet. Ich trete die Tür auf und richte die Waffe auf Timmerhaus. »Wenn du dich da mal nicht täuschst. Pfoten hoch.«

Olli ist mit drei Schritten am Metalltisch und zieht Inga mit einem Ruck beiseite. Er schiebt sie in Richtung Tür, öffnet sie und verpasst ihr einen Schubs. Sie ist in Sicherheit.

Das Überraschungsmoment ist so groß, dass Timmerhaus vollkommen neben der Spur ist. Er starrt mich mit offenem Mund an.

Olli zückt ebenfalls seine Waffe. »Jetzt gaaanz ruhig stehen bleiben«, sagt er in ruhigem Ton.

Ich lasse Timmerhaus nicht aus den Augen. »*Wo* ist die Leiche von Valentina Miermann?«

Kat und Malte kommen mit erhobenen Waffen durch den Hintereingang. Vor dem Fenster positionieren sich weitere Kollegen.

Als Olli nach dem Messer greifen will, ist Timmerhaus schneller. Er grinst breit und lässt es geschickt in der rechten Hand kreisen. Sein Blick fällt auf die Knochensäge. Dabei grunzt er wie ein Schwein. Sein Kopf zuckt nach rechts. »Der Tisch im Wald war reichlich gedeckt … Du glaubst gar nicht, wie sich Keiler und Bachen freuen können, wenn sie Hackfleisch kriegen.«

Seine Hand saust nach oben, dann spritzt Blut. Er sackt zusammen. An Timmerhaus' Hals klafft eine Wunde. Ihm ist nicht mehr zu helfen. Er hat sich die Halsschlagader durchtrennt.

*

Wir sind erst nach 18 Uhr wieder im Büro.

Timmerhaus wurde in die Rechtsmedizin nach Lübeck gebracht. So dramatisch, wie sein Leben war, so hat es auch geendet.

Der Trupp, der in Katharinenhof nach der Leiche von Valentina Miermann gesucht hat, ist dann hinter Petersdorf am Galgenberg aktiv geworden. Leichenspürhunde haben innerhalb kurzer Zeit angeschlagen. Es kam Grausiges zu Tage. Der Kopf von Valentina Miermann wurde gefunden, er war in Folie eingeschweißt.

Dass Inga ein Diktiergerät mit Spracherkennung eingeschaltet hatte, war verdammt clever. Sie hat erzählt, dass sie es geschafft habe, das kleine Teil zu aktivieren, als sie mit dem Rücken zum Schreibtisch stand.

Inga hatte es mal treffend ausgedrückt: Es gibt Menschen, die mit einer teuflischen Intelligenz ihr Umfeld in die Irre führen. Und Timmerhaus gehörte eindeutig dazu.

Viktor Sassnitz hat bereits am Mittag die Strafanstalt verlassen. Er hat mich angerufen und rechtliche Schritte angekündigt. Wir hätten sein Leben zerstört.

Inga war tapfer. Sie hat nichts riskiert, was Timmerhaus aus dem Konzept gebracht hätte. Ihre Tante hat sie nach den dramatischen Ereignissen vom Jagdhaus abgeholt und nach Hause gefahren.

Olli, Kat, Bleckmann, Czarnitzki und ich haben uns bis 21 Uhr die Sprachaufnahmen angehört. Diese Horrorgeschichte müssen wir alle erst einmal sacken lassen. Wie krank muss jemand sein, solch eine Tat zu begehen.

Ein beklemmendes Gefühl überrollt mich, wenn ich an Valentinas

Eltern denke. Die grausamen Nachrichten werden sie erschlagen. Sie haben ihre Tochter auf bestialische Weise verloren. Timmerhaus hat ein Feld der Verwüstung hinterlassen.

Bleckmann klopft mir beim Abschied auf die Schulter. »Wir sehen uns am Montag, Hannes. Machen Sie sich ein entspanntes Wochenende.«

Ich greife nach meiner Jacke. »Danke. Das mache ich.«

Kat halte ich die Hand zum Abschlag hin. »Ich bin froh, dich im Team zu haben. Bis Montag.«

Ihre Wangen färben sich rosa. Sie schlägt ein. »Bis Montag, Chef.«

*

Nachdem Olli mich zu Hause abgesetzt hat, klopfe ich aufs Autodach. »Wir sehen uns.«

»Ja, wir sehen uns. Grüß Inga. Sag ihr, dass sie sehr tapfer war.« Er grinst breit. »Schade, dass du jetzt vergeben bist. Ich hätte dich gern geheiratet.«

»Spinner.« Ich winke ihm lachend hinterher.

Nachdem ich mein Haus betreten habe, höre ich leise Musik. Inga ist da. Ich sehne mich danach, ihre Stimme zu hören. Sie sitzt im Wohnzimmer auf der Couch. Die dunklen Schatten unter ihren Augen verraten, wie erschöpft sie ist.

Sie lächelt mich an. »Hallo, Herr Kommissar. Schön, dass du da bist. Ich hatte große Sehnsucht nach dir … Wir müssen noch tanzen üben. Die Hochzeit ist doch schon morgen.«

Ich setze mich neben Inga, nehme sie in den Arm und lächele matt. »Du musst vollkommen erschlagen sein. Für die nächsten Tage solltest du es ganz ruhig angehen lassen. Der Tag muss der reinste Horror für dich gewesen sein.«

Sie kuschelt sich an mich. »Weißt du … wenn man ein schlechtes Erlebnis hatte, dann darf man nicht stehen bleiben und das Schlechte mit Tränen begießen. Sonst treibt es Wurzeln und wächst weiter und weiter.«

Ende

Printed in Poland
by Amazon Fulfillment
Poland Sp. z o.o., Wrocław

10447187R00164